LES MUSELÉS

"Actes noirs"

DU MÊME AUTEUR

LE BOURREAU DE GAUDÍ, Actes Sud, 2014.

À la fin du chapitre 21, on lira les paroles de la chanson *One Bourbon, one Scotch, one Beer*,
composée et écrite par John Lee Hooker

Titre original :
El ángulo muerto
Éditeur original :
RBA Libros SA, Barcelone

ISBN 978-2-330-06423-5

ARO SÁINZ DE LA MAZA

Les muselés

roman traduit de l'espagnol
par Serge Mestre

ACTES SUD

Pour Beatriz, évidemment.

C'est ainsi que finit le monde
Pas sur un Boum, sur un murmure.

T. S. Eliot
(*La Terre vaine et autres poèmes*,
Paris, Seuil, 2006.
Traduction de Pierre Leyris.)

PROLOGUE

Il devait penser à de nombreuses choses. Par exemple, à une stratégie ; même si avoir une stratégie n'était pas son genre.

Il remonta le col de son vieux manteau et se frotta les bras avec ses mains gantées. À l'intérieur, il faisait plus froid que dehors, dans la rue. Il alluma la radio et chercha une station diffusant des nouvelles. On ne disait rien de ce qui s'était passé ; c'était encore trop tôt. La gamine. Il était inquiet pour la gamine aux traits orientaux.

Il devait régler ce petit détail.

Après avoir flairé l'endroit, le jeune beagle pissa par terre puis se mit à jouer avec l'ourlet de son pantalon.

— Tu es un vilain chien, lui dit-il en lui caressant la tête. Je vais devoir t'apprendre les bonnes manières. À ta maîtresse aussi. Nous devons tous faire des sacrifices, surtout vu la situation.

Le chiot haleta, langue pendante sur un côté de sa gueule ouverte. On aurait dit qu'il souriait. Qu'il avait envie de jouer.

L'homme saisit un balai, il écrasa la brosse avec son pied et tira sur le manche pour le déboîter. Il le posa ensuite contre le mur et le coupa en deux. Le beagle se lança immédiatement derrière l'un des morceaux, le serra entre ses dents et le rapporta en bougeant la queue.

Il le posa à ses pieds.

— Mais non, c'est pour toi, voyons !

1

Bien que ce fût un des bâtiments les plus fréquentés de la ville, personne ne s'y rendait avec plaisir. D'aspect tout à fait sobre, minimaliste, sa silhouette se découpait sur le ciel plombé, rempli de nuages sombres, et les gens y entraient tête baissée et visage solennel, dans une attitude résignée. La plupart portaient des vêtements noirs et se parlaient en murmurant. On n'entendait presque pas de rires. De l'autre côté des portes coulissantes, un homme d'âge moyen pleurait, face au mur ; à deux mètres de là, une femme et l'enfant qu'elle tenait par la main attendaient. Elle, montrant des signes d'impatience ; le gamin, complètement effrayé.

L'inspecteur Milo Malart fit la moue et finit de grimper le dernier tronçon de la côte qui menait jusqu'à l'entrée. À ses côtés, la sous-inspectrice Rebeca Mercader frissonna dans son gros anorak.

— Je ne comprends pas que tu portes juste un blouson avec le froid qu'il fait, dit-elle. Zéro degré. Tu ne te gèles pas ?

— Le froid est un état mental. Et je te rappelle que nous sommes là pour rencontrer un suspect, pas pour chasser l'ours.

— Un état mental ? Je vais t'en foutre, moi, de l'état mental, se rebiffa Rebeca en expirant un gros nuage de buée, genre tuyau d'échappement.

Ils pénétrèrent dans le funérarium de Les Corts.

Tandis qu'elle retirait ses gants et son bonnet de laine, Milo s'approcha de l'écran, près du comptoir de la réception, afin de vérifier le numéro de la salle de veille réservée au nom de la famille Costa. Puis il se dirigea vers l'escalier.

Rebeca pressa le pas pour venir à sa hauteur.

— C'est laquelle ?

— La 6.

Contrairement à l'ancien funérarium de Barcelone, celui de Les Corts se caractérisait par une luminosité lui conférant un vaste espace intérieur ouvert sur le ciel, autour duquel s'agençaient les quinze salles du rez-de-chaussée. Hermétiquement isolé derrière des parois de verre, un gazon bien soigné, ainsi que plusieurs cyprès et quatre bancs de granit, accueillait les personnes qui sentaient le besoin de prendre l'air ou de se détendre un instant en fumant une cigarette, sans sortir du bâtiment.

— Pas question d'aller faire un tour dans ce frigo, dit-elle.

Ils atteignirent le sommet de l'escalier et l'inspecteur Malart jeta un regard circulaire sur l'énorme hall distribuant les salles. Il aperçut la numéro 6. Un groupe composé d'une trentaine de personnes se pressait devant elle. Les hommes portaient un costume sombre, une chemise claire et une cravate ; et les femmes une robe noire, des talons hauts et des bas. Au centre, un homme avec une mine contrite, gros, de petite taille, mâchoire arrondie et visage aplati, recevait les condoléances de rigueur après accolades, baisers et autres manifestations de douleur incompréhensibles, ainsi que put le constater Milo en arrivant à sa hauteur.

Marcelo Costa, le fils du défunt, le reconnut immédiatement. Il ne pouvait en être autrement. Malart était différent il se distinguait des autres personnes par sa tenue : jean, bottes jaunes de bûcheron canadien, rigides et lourdes, pull noir à col roulé et blouson de cuir élimé ; ainsi que par sa taille et son allure négligée : barbe de deux jours, cheveux décoiffés et l'air de ne pas avoir dormi depuis une semaine. Leurs regards se croisèrent et les yeux exorbités de Costa, soulignés par de grands cernes violacés, envoyèrent plusieurs messages. Surprise, crainte, alarme, colère, soulagement. Milo prit note de tous ces signaux contradictoires.

Il tendit la main et l'autre la lui serra de façon mécanique. Elle était flasque, molle.

— Monsieur Costa, je vous présente mes plus sincères condoléances. Pourrions-nous nous entretenir un instant en tête à tête ?

Le visage de l'homme se tendit.

— Je ne comprends pas ce que vous faites ici, je vous ai déjà dit tout ce que je savais.

— Juste une ou deux questions, seulement quelques minutes.

— Et ça ne peut pas attendre ? Nous sommes en pleine veillée, susurra-t-il en indiquant d'un geste les personnes qui se trouvaient autour de lui, de plus en plus nombreuses. Je dois recevoir la famille et les amis. L'enterrement aura lieu demain. Après tout le temps que vous avez mis à nous remettre le corps de mon père afin de pouvoir lui donner une sépulture digne, voilà que vous venez encore…

— Cela relève de l'institut médicolégal, monsieur, ça ne dépend pas de nous. Mais vous pouvez nous accompagner au commissariat si vous préférez.

Costa respira profondément tout en scrutant du coin de l'œil les gens qui, mine de rien, ne les quittaient pas des yeux.

— Très bien, comme vous voudrez, dit-il. Mais vous ne pourriez pas me poser ces questions dans un endroit plus discret ? Vous comprenez…

— Parfaitement, dit Milo en indiquant l'escalier. Puisque vous fumez, nous pourrions nous rendre dans le jardin intérieur, qu'en pensez-vous ?

Marcelo Costa acquiesça en hochant impatiemment la tête.

— Finissons-en au plus vite, dit-il en se mettant à marcher.

Sans tenir compte de la moue d'agacement de son équipière, l'inspecteur Malart s'apprêta à lui emboîter le pas lorsqu'une femme leur barra le chemin. Vêtue d'un pantalon large assorti à son blouson noir dissimulant difficilement sa grossesse avancée, Marta Servert, visage anodin couvert de taches de rousseur, allure timide et étriquée, s'adressa à son mari avec un air inquiet.

— Quelque chose ne va pas, Marcelo ? Qu'est venue faire la police ici ?

— Ne t'inquiète pas, ma chérie, je vais bavarder une minute avec eux et je reviens tout de suite. Occupe-toi des gens en attendant, veux-tu ?

Elle caressa son gros ventre.

— Je ne comprends pas. Il y a un problème ? demanda-t-elle en se tournant vers Milo et Rebeca, puis, prenant un air des plus naturels, elle s'efforça de ne pas élever la voix. Nous sommes en pleine veillée funèbre et vous nous dérangez, ce n'est pas correct du tout. Comment osez-vous ? Et… devant la famille et les amis, en plus… C'est honteux, faites-moi le plaisir de vous en aller et de…

— Ne vous fâchez pas, madame, ce n'est pas recommandé dans votre état, coupa la sous-inspectrice Mercader. Ce ne sont que quelques questions de routine, rien qui doive vous inquiéter.

Elle la toisa de haut en bas, avec une certaine rancœur. Puis elle prit son mari par le bras et, nerveuse, prétendit qu'elle allait appeler un avocat.

— Allez-y, madame, dit Milo. C'est une excellente idée, surtout si votre époux nous a caché quelque chose.

Il s'adressa à lui :

— Vous nous avez caché quelque chose, monsieur Costa ? Vous désirez faire appel à un avocat ?

— Mon Dieu, nous sommes en train de nous faire remarquer, dit-il en lâchant la main de sa femme. Ne compliquons pas les choses, pourquoi ferions-nous appel à qui que ce soit ? Je vais répondre à vos questions et on n'en parle plus. N'est-ce pas, inspecteur ?

— Absolument.

Costa embrassa son épouse sur la joue, et ils reprirent tous trois la direction du rez-de-chaussée. Marta Servert observa leurs dos sans cesser de se caresser le ventre, comme pour calmer le bébé.

Rebeca poussa la porte de verre qui ouvrait sur le petit jardin intérieur, Costa et Milo la franchirent, puis elle les suivit, en la refermant derrière eux. Elle remonta le col de son anorak jusqu'au menton et, tandis qu'ils prenaient place sur un des bancs, elle s'appuya contre la porte, à quelques pas, elle enfonça son bonnet sur sa tête et enfila ses gants, son porte-bloc-notes coincé sous le bras.

— Bien, que voulez-vous savoir ?

— Votre épouse est enceinte de combien de mois ? demanda Milo.

— Huit.

— Le bébé va donc naître en février ; c'est une bonne date. Verseau ou Poissons, si je ne m'abuse. C'est pas grave, les deux sont de bons signes. C'est une fille ou un garçon ?

L'homme battit des paupières avec une certaine stupeur.

— Un garçon, dit-il.

— Excellente nouvelle, félicitations. Et félicitez votre épouse de ma part. C'est votre premier, n'est-ce pas ? Vous verrez, les enfants sont une bénédiction ! Il n'est rien de plus fantastique que de mettre un enfant au monde, croyez-moi.

— Mais... Vous êtes très aimable, je vous remercie.

— Ça va vous changer la vie, ajouta Milo en souriant. Ils sont géniaux. Vous n'imaginez pas l'expérience que vous allez vivre. Vous m'en direz des nouvelles dans quelques mois.

Costa se gratta la nuque.

— Inspecteur, pourrions-nous en venir directement au fait, à ces fameuses questions ?

Milo lui tapota le genou à plusieurs reprises.

— Marcelo, Marcelo, que va-t-on bien pouvoir faire de toi ?

— Pardon, que dites-vous ?

— Nous savons que c'est toi qui as tué ton père. Nous avons tous les éléments prouvant, sans l'ombre d'un doute, que c'est toi le coupable, dit-il.

Immédiatement après, il étudia l'assassin. Ses réactions.

L'homme nia absolument tout et à plusieurs reprises. Milo demeura silencieux, les yeux fixés sur son interlocuteur. Malgré la température glaciale de ce réfrigérateur de verre, il s'aperçut que plusieurs gouttes de sueur commençaient à dégouliner sur son front tout pâle.

— Pour l'amour de Dieu, puisque je vous dis que je n'ai tué personne.

Il répéta sa théorie selon laquelle les assassins étaient des voleurs, qui avaient réussi à se cacher dans le hall de l'immeuble, puis, après avoir forcé la porte de la cour, à se hisser par les descentes de gouttière jusqu'au deuxième étage, où ils avaient brisé la vitre de la salle de bains pour s'introduire dans l'appartement de son père. Et il insista sur le fait qu'il était clair que les malfaiteurs savaient qu'il possédait une grosse somme d'argent dans son coffre-fort, car ils l'avaient violemment malmené pour qu'il leur donne la combinaison, mais qu'ils n'avaient pas prévu qu'il ait un infarctus.

— La tension, à son âge. C'était trop pour mon pauvre père.

Milo écouta son récit sans bouger un seul muscle de son visage. Il ne fut pas étonné par une telle profusion de détails. C'était habituel chez quelqu'un qui fabule, chez quelqu'un qui ment.

L'homme poursuivit en affirmant que ce genre d'agression était courant, qu'il s'en produisait fréquemment.

— Il suffit de lire la presse. Ce sont des bandes organisées, dont la plupart viennent des pays de l'Est, des professionnels qui… qui en voyant que mon père était mort se sont enfuis sans rien emporter.

Il commença à s'emmêler dans ses explications et à lancer des regards fuyants en direction de ses amis et des membres de sa famille qui l'observaient à travers les cloisons de verre. Il esquissa un sourire. Milo remarqua qu'il s'agissait de toute évidence d'un faux sourire, en raison de son aspect dissymétrique, nulle trace de patte-d'oie ni de froncement de sourcils.

— Vous pensez que j'ai suffisamment de cran pour tuer quelqu'un ? Et, en plus, quel pourrait bien être mon mobile ?

Il conserva son faux sourire jusqu'au moment où il réussit à actionner les muscles orbiculaires de ses paupières, parvenant ainsi à faire apparaître ses pattes-d'oie. Mais les sourcils, qui ne se fronçaient pas le moins du monde, le trahirent à nouveau.

— Vous devez me croire, inspecteur. Je suis innocent. Je n'ai rien à voir là-dedans.

Il arqua les sourcils, mais ne put éviter qu'ils s'approchent l'un de l'autre, signe de crainte et d'inquiétude. "Maudit Ekman, avec son manuel sur la façon de détecter les mensonges d'un suspect", pensa Milo qui s'obstinait à ne pas ouvrir la bouche et commençait à s'ennuyer. Et lorsqu'il se surprit à analyser le point où se fixait son regard, il se dit qu'il en avait par-dessus la tête de cette comédie.

— Marcelo, je vais te donner un conseil. S'obstiner à soutenir des mensonges va t'attirer des ennuis bien pires que ceux qui vont te tomber dessus si tu avoues. Je ne sais pas si je suis suffisamment clair.

— Je vous le jure, ce n'est pas moi. Ce sont ces malfaiteurs qui ont ligoté mon père sur une chaise et lui ont enfoncé un mouchoir dans la bouche, dit-il en desserrant le nœud de sa cravate. Ce sont ces fils de pute les coupables de sa mort, pas moi.

Milo fit signe vers le haut, en direction de la famille et des amis.

— Réfléchis, Marcelo, réfléchis. De toute façon, ils sauront tout. C'est mieux pour toi d'avouer. Nous savons que c'est toi. Nous avons les preuves, des preuves irréfutables.

Costa soutint son regard quelques secondes. Ensuite, il tira un paquet de cigarettes de sa poche et en alluma une. Au moment d'exhaler la fumée, il décroisa les jambes, puis les croisa à nouveau.

Après la troisième bouffée, il dit :

— Je ne vois pas de quelles preuves vous voulez parler, ce n'est…

— Tu mens, coupa Milo. Nous savons que c'est toi.

— À l'heure du crime, j'étais avec…

— Avec ta femme, en train de dormir. C'est ton alibi. Cela figure dans sa déclaration. Tu n'as pas quitté la maison de toute la nuit. Mais elle dort d'un sommeil très lourd, et elle ne s'est pas réveillée lorsque tu es sorti de l'appartement. Nous avons posé des questions. Nous avons enquêté un peu. Tu as commis une erreur, Marcelo. Une erreur parmi tant d'autres. Tu as oublié les caméras de surveillance.

— Les caméras de surveillance ?

Il accéléra le rythme de ses bouffées.

— Pour la surveillance de la circulation. Semblables à celles qui se trouvent sur la place du Docteur Barraquer, en face de chez toi. Elles ont enregistré ta sortie du parking dans ta voiture.

— Je suis parti à la recherche d'une pharmacie de garde, parce que…

— Et à celles qui se trouvent au carrefour de la Vía Augusta et de la rue Santaló. Elles ont enregistré le moment où tu as tourné en direction de la rue Herzégovine. Et qui est-ce qui habite dans cette rue ? Bingo. Ton père, la victime.

— Je suis allé à la pharmacie de la rue Descartes, je…

— Troisième caméra de surveillance : celle qui est située place Boston, où finit la rue Herzégovine. Et ne viens pas me parler de la pharmacie qui se trouve à proximité car, cette nuit-là, elle n'était pas de garde.

Dans un geste inconscient, Costa se gratta la pliure du genou, puis se justifia de ne pas le lui avoir dit avant, parce que cela n'avait rien à voir avec l'affaire. Il prétendit qu'il s'était contenté de faire un tour, rien d'autre.

— Comme tu voudras, dit Milo. Tu veux d'autres preuves ?

Marcelo croisa les bras. Il acquiesça.

— Ton père possédait un chien, un berger de Majorque, tout noir. Aucun voisin ne l'a entendu aboyer. Tu trouves ça normal ? Cette race est fidèle à son maître jusqu'à la mort, et on n'est pas en train de parler d'un petit caniche. Il pèse au moins quarante kilos, c'est pour ça que ton père l'appelait Gros. Une sacrée bête. Et voilà que des voleurs s'introduisent dans l'appartement et qu'il reste là peinard, sans aboyer et sans défendre son maître ? À d'autres, mon cher Marcelo.

— Ils l'ont peut-être drogué. C'étaient des prof…

— Te fatigue pas, nous avons vérifié. Pas une trace de drogue.

Marcelo jeta le mégot par terre et l'écrasa du bout de sa chaussure.

— Il ne faut pas croire tout ce qu'on raconte sur les chiens, dit-il en se frottant l'intérieur de l'avant-bras, puis en prenant une autre cigarette. Gros est calme comme un agneau, très docile avec les étrangers. Ma femme ne le supporte pas, elle ne veut pas qu'il salisse l'appartement, il est enfermé dans la voiture, dans le parking du funérarium. Elle dit que…

— Avec tout le respect que je te dois, je n'en ai rien à foutre de ce que dit ta femme. Tu avais peut-être de bonnes raisons pour le tuer, ça je peux le comprendre. Mais tant que tu y étais, tu aurais pu le faire proprement. Tu es vraiment un bricoleur, Marcelo.

Costa se leva.

— Je n'ai pas à supporter ce genre de…

— Rassieds-toi, Marcelo, dit Milo.

Il obéit immédiatement.

— Je continue à énumérer tes erreurs. La fenêtre fracturée de la salle de bains, par exemple. Nous avons découvert les morceaux de verre dans la cour intérieure et pas à l'intérieur où ils auraient dû tomber. Erreur de première année de maternelle. Et puis il y a aussi la porte de la cour qui, d'après toi, est l'endroit par où sont passés les voleurs après l'avoir forcée. Mais nous n'avons pas trouvé la moindre trace d'effraction. Encore un détail qui t'a échappé.

— Le concierge a pu oublier de la refermer, il est âgé et…

— Nous n'avons pas non plus trouvé de marques ni de traces de pas sur les tuyaux de descente. Tu ne vas pas me dire que ton père a ouvert la porte à des inconnus un peu après minuit, tout de même ?

— Que voulez-vous que je vous dise ? Les enquêteurs, c'est vous.

— Un piètre bricoleur, Marcelo. Voilà ce que tu es.

L'homme rougit. Au bout d'un moment, il répéta qu'il n'avait tué personne de toute sa vie, qu'il était un homme pacifique, travailleur, fidèle à son épouse… et qu'il n'aurait jamais eu l'idée de commettre une chose pareille. Qu'il était vraiment désolé de ne pas avoir été sincère envers eux concernant la promenade qu'il avait faite en voiture la nuit du cambriolage, mais qu'il avait pensé que c'était un détail qui n'apporterait rien à l'enquête et que c'était pour cette raison qu'il l'avait omis. Qu'il comprenait que cela ait pu entraîner des soupçons contre lui, mais qu'ils étaient sans fondement, que c'était une perte de temps, et qu'il regrettait d'avoir passé cet épisode sous silence, puis il s'était confondu en excuses.

Milo écouta son baratin sans broncher. Il n'aimait pas ce gars trop mielleux. Cependant, parler avec lui faisait partie de son travail. Concrètement, lui arracher ses aveux. Il savait qu'il était coupable, il n'avait pas le moindre doute là-dessus, mais il ne possédait pas de preuve accablante, seulement quelques preuves circonstancielles, et le seul moyen de le déférer devant le juge était de lui faire avouer l'assassinat. Le manuel expliquait comment faire : intensifier son anxiété, provoquer chez lui le besoin de se libérer du poids de son crime, démolir sa résistance, atténuer les conséquences négatives qu'il craint d'endurer s'il passe aux aveux, lui fournir des excuses morales, minimiser la gravité de son acte, déplacer la culpabilité…

Mais le manuel ne fonctionnait pas toujours.

En plus, Milo ne faisait pas vraiment confiance aux manuels.

Avec ce type-là, il lui faudrait improviser une autre méthode. Et il savait laquelle. Il la voyait clairement. Il devait impulser dans son esprit l'émotion dont il avait le plus besoin. Son point faible. Son profond malaise. Même si cela lui retournait les tripes.

— Tu parles super-bien, Marcelo. Mais tu ne me convaincs pas. Tu triches et ce n'est pas du jeu. Ta déclaration est pleine d'éléments inconsistants et de mensonges. Rien ne s'emboîte correctement.

— Je n'ai tué personne, dit-il d'une voix monotone.

— D'après les résultats de l'autopsie, ton père n'est pas mort d'un infarctus, mais par asphyxie. Il s'est noyé dans son propre vomi. C'est une mort horrible, dit-il, puis il signala le premier étage. C'est pour ça qu'il est là, dans la salle de la veillée. Tout seul. Il a eu le châtiment qu'il méritait, n'est-ce pas ?

Costa écarquilla les yeux, confondu.

— Mais de quoi diable parlez-vous ?

— Je dis que c'était un sacré salopard.

L'homme serra les lèvres tout en levant les yeux au ciel, couvert de nuages. Il fit doucement non de la tête.

— Là, vous avez raison. C'était un connard.

Milo réduisit la distance qui les séparait sur le banc.

— Ça arrive souvent. On n'a pas besoin d'obtenir un permis pour devenir père. Si je te racontais comment était le mien… C'est pour ça que je peux comprendre ce que tu ressens. Parfois, on n'a pas le choix. Et tu as eu l'idée de faire croire à un vol, pour cacher le crime.

Costa demeura silencieux, la tête dans les nuages de plus en plus denses et de plus en plus sombres. Il laissa échapper un grand soupir.

— Il va pleuvoir, dit-il. Ou peut-être avec un peu de chance, carrément neiger. Ce serait génial, non ? C'est un ciel de neige.

Milo se tourna vers Rebeca et, mine de rien, lui fit le signe typique du surfeur, mais en approchant son pouce de l'oreille et l'auriculaire de ses lèvres. Elle tira immédiatement le portable de sa poche.

— Marcelo.

— Je n'ai rien fait, dit-il sans baisser les yeux.

Milo se leva lentement, se plaça bien en face de lui, et se pencha pour approcher son visage à quelques centimètres du sien. Il lui posa les mains sur les épaules et dit :

— Tu veux que je te raconte comment je pense que ça s'est passé ?

— Comme vous voudrez. De toute façon, qu'est-ce que ça peut faire ?

2

— Tu ruminais ça depuis pas mal de temps. Mais quelque chose a soudain fait déborder le vase. Après minuit, une fois que ta femme dort profondément, tu te rends chez ton père. Tu sonnes. Il vient à la porte. En voyant que c'est toi, il imagine le pire et il t'ouvre. Tu ne retires ni ton manteau ni tes gants. Vous passez au salon. Le chien ne réagit pas, il te connaît. Sous prétexte de pouvoir t'entretenir avec lui sans être interrompu, tu le persuades d'enfermer le chien dans la chambre. Lorsqu'il revient, tu tentes de le convaincre au sujet d'une affaire. Une question concernant l'usine. Et bien sûr l'argent est au centre du problème, tu vas bientôt avoir un enfant, des dépenses en veux-tu en voilà. Mais ton père refuse. Il dit que tu es un bon à rien, un fainéant, la honte de la famille. Il a soixante-huit ans, il est veuf et s'est forgé tout seul, alors tes menaces ne lui font ni chaud ni froid. Il te dit quelque chose de blessant et la douleur t'aveugle. Tu ne peux pas la supporter, c'est plus fort que toi, et tu lui envoies un coup de poing qui l'étourdit. Tu es confus, ton cœur bat à cent à l'heure. Le voilà à terre, à ta merci. Tu ne réfléchis pas à deux fois, tu te précipites à la cuisine à la recherche d'un rouleau de ruban adhésif. Tu sais où il le range, car c'est un des produits que vous fabriquez à l'usine. Ensuite tu le ligotes à la chaise, par les pieds et les mains. Et pour ne pas qu'il crie lorsqu'il reprendra connaissance et n'alerte chien et voisins, tu lui enfonces un mouchoir dans la bouche, un de tes mouchoirs, et tu le maintiens avec le ruban adhésif. Puis tu t'assois en face de lui et tu attends qu'il revienne à lui. Ça va, jusque-là ?

Marcelo ne répondit pas.

Milo se leva, fit quelques pas dans le jardin. En souriant, il salua d'un signe de la main Marta Servert, puis il revint se planter devant Costa.

— Tu ne peux pas savoir combien je t'envie d'avoir bientôt un fils. Je parle sérieusement. Un fils, c'est important. C'est la chose la plus importante dans la vie. Mais bien entendu... poursuivit-il en cessant de sourire, ça peut également être la pire des déceptions. Tu me comprends parfaitement, n'est-ce pas ?

Il attendit la réaction de Marcelo.

Quelque chose se craquela dans l'expression de son visage. Ses yeux reflétèrent une terrible tristesse, une vulnérabilité infinie. Milo se prit pour un vrai misérable.

— Non seulement ton père te méprisait comme fils, mais également comme futur père.

Un léger tremblement affleura les lèvres de Costa.

— Il t'a humilié. Volontairement. Pour te détruire.

Costa serra les dents. Il fit oui en hochant la tête.

— C'était son jeu favori.

— Qu'est-ce qu'il t'a dit ?

Marcelo le fixa dans les yeux. Les cernes sous ses yeux globuleux étaient devenus tout noirs.

— Que les incapables comme moi ne devraient jamais avoir de descendants, que mon fils possédait déjà la marque de l'échec gravée sur son front. Que c'était aberrant qu'un homme comme moi puisse se reproduire.

— Et toi, qu'as-tu fait ?

— Rien, je n'ai absolument rien fait, dit-il.

On aurait dit qu'il venait de sortir d'une transe. Il se redressa.

— Combien de fois faudra-t-il vous le répéter ? Mes empreintes ne figurent pas sur le ruban adhésif. Vous n'avez pas la moindre preuve contre moi. Vous n'avez absolument rien, vous comprenez ? Rien de rien.

— Dermatite atopique.

— Quoi ?

— Tes démangeaisons. C'est à cause du froid, qui attaque les peaux sensibles comme la tienne, affecte les mollets, l'intérieur des avant-bras et le cuir chevelu. Le médecin t'a prescrit des corticoïdes en pommade et un adoucissant à base d'huile d'amande douce, exactement ce que la police scientifique a retrouvé sur le mouchoir que tu as introduit dans la bouche de ton père. Ton mouchoir. Encore une erreur, oui ! Tu l'as pris chez toi, avant de sortir, alors que tu n'avais pas encore enfilé tes gants.

Marcelo sentit ses jambes flancher et il se rassit.

— Mais qu'est-ce que je fais là, murmura-t-il. Je n'ai absolument rien fait.

— Ne t'inquiète pas, nous allons y venir, dit Milo en reprenant place à ses côtés. Je continue à te raconter ce qu'il s'est passé, d'accord ? C'est maintenant que ça devient intéressant.

Marcelo haussa les épaules.

— Ton père rouvre les yeux. Tu y lis la panique, la terreur. Il ne te croyait pas capable de ça. Il force pour se libérer de ses liens, mais n'y parvient pas. Il a du mal à respirer. Il tousse. Et à cause du tissu qui se plaque sur son palais, il commence à avoir des haut-le-cœur. Il lutte pour cracher le vomi qui monte dans sa gorge, mais ton mouchoir l'en empêche, puis il est pris de convulsions. Tu demeures immobile, assis sur ta chaise, sans bouger le moindre muscle. Et tu observes son agonie, lente, angoissante… La façon dont son teint devient rouge, puis pourpre. Sa mort. Sans intervenir. Sans pitié. Assis au premier rang de l'orchestre. Le spectacle était-il à ton goût ?

— Je n'ai rien fait, dit-il d'une voix claire, sans la moindre hésitation.

Milo détecta une nouvelle attitude chez lui. De l'orgueil. Il crânait. Immédiatement après, il s'aperçut qu'un sourire dépourvu d'humanité lui avait échappé, avec formation de pattes-d'oie ce coup-ci et froncement de sourcils. La haine, la colère. Tout cela à cause de sa douleur. Il se dit que c'était maintenant ou jamais.

— Tu as passé ta vie à t'entendre dire que tu es un bon à rien, que tu ne sais pas prendre d'initiative, que tu es un minable. Tu n'as pas envie de dire oui, pour une fois ? Mais putain, ton père aimait plus son chien que toi, son propre fils. Tu l'as puni.

Et alors ? N'importe qui aurait fait pareil que toi. La même chose. Tu m'entends, Marcelo ?

L'homme demeura immobile.

Milo approcha sa bouche de son oreille. Il murmura :

— Moi, j'ai plus ou moins fait comme toi, et puis tu vois, je suis là, peinard !

Costa souleva ses paupières. Il avala sa salive.

— C'est vrai ?

— Affirme-toi. Tu te sentiras mieux, je sais de quoi je parle.

Il le vit hésiter, se débattre entre deux options.

— Tu n'as pas à en avoir honte. Finalement, ça n'était pas la même chose que lui mettre un revolver sur la tempe et appuyer sur la détente.

Il y était presque, il le sentait.

— Tu n'es pas un assassin. La situation était trop intense et ça t'a bloqué. Il y a des circonstances atténuantes. Tu n'étais plus toi-même, tu étais quelqu'un d'autre.

Il ne manquait plus qu'une légère poussée.

— Il a eu ce qu'il méritait, un point c'est tout.

— Il m'a licencié, dit Marcelo d'une voix rauque. Il m'a renvoyé de l'usine. Moi. Son propre fils.

Il ne manquait plus qu'à tirer sur le fil et tout le reste allait venir.

— C'est pour cette raison que tu t'es rendu chez lui, pour le convaincre de revenir sur sa décision.

— Et il s'est moqué de moi. Comme d'habitude.

Il se tut. Au bout d'un moment, il fit claquer sa langue et dit :

— Il y a deux ans, il a gagné un bon paquet de fric à la loterie, plus ou moins deux cent mille euros. Et vous savez ce qu'il a fait ? Il m'a donné deux mille euros, deux mille minables euros. À peine un pour cent de merde. Ce gros salopard. C'était un vieil égoïste.

Milo hésita à lui dire que rien n'allait soulager cette douleur, qu'il la ressentirait toujours, qu'il allait traîner toute sa vie sa déception d'être venu au monde. Que les êtres humains ne parviennent jamais à effacer la tache indélébile des mots qui les ont blessés. Il eut d'autres idées dans le genre, mais il y renonça. Rien de son expérience personnelle ne pourrait le faire avouer.

Il aspira une longue bouffée d'air et lui dit :

— Avoue, comme le ferait un honnête homme. Car tu es un honnête homme, Marcelo, moi je le sais. C'est pour cela que tu as des cernes sous les yeux. Tu n'arrives plus à dormir.

Costa se pencha en avant, il baissa la tête et appuya ses coudes sur ses genoux. Il observa fixement le sol.

— Et qui vous dit que je ne peux pas dormir ?

— Ce qui est fait est fait. Si tu ne veux pas passer pour un bon à rien, avoue. Il vaut toujours mieux être un indésirable qu'un minable.

Costa se gratta à nouveau la nuque. Il poussa un profond soupir et se redressa. Il le regarda et dit :

— Putain de dermatite.

Puis il acquiesça tout doucement.

Milo fit un signe à la sous-inspectrice Mercader afin qu'elle le rejoigne avec son bloc et son stylo. Pendant ce temps, Costa alluma une cigarette et recracha la fumée vers le ciel.

Depuis le premier étage, sa femme le vit sourire, enfin détendu. Elle se tourna pour s'occuper de la famille et des amis de son mari.

Une épaule appuyée contre la paroi vitrée, Milo observa sa coéquipière qui venait vers lui d'un pas souple.

Elle lui indiqua le porte-bloc-notes.

— Nous avons ses aveux, écrits de sa main, relus et signés, dit-elle sans cacher sa satisfaction. Il ne pourra plus se rétracter. Tu as vraiment fait du bon travail.

— Où sont passés Rojo et Cervera ?

— Devant la porte, ils attendent dans la voiture.

— Eh bien tu peux leur demander de venir et de procéder à l'arrestation. Et, au fait… n'oublie pas de lui lire ses droits.

— Tu t'en vas ? s'étonna-t-elle.

— Je n'ai pas envie d'assister à la crise d'hystérie de son épouse. Je t'attends à l'extérieur, dans le jardin.

Sur ce, il ouvrit la porte et s'éloigna. À la réception, il croisa les inspecteurs Rojo et Cervera. Le premier n'arrêtait pas de se moucher et le second étouffait sa toux avec son poing. Sans s'arrêter, il échangea un signe de la tête avec eux, poursuivant son chemin en direction de la sortie.

Une fois dehors, il tourna sur la gauche et se dirigea vers une aire de jeux pour les enfants. Il avait toujours trouvé ça déplacé dans un funérarium. Il comprenait que c'était une bonne façon d'occuper les gamins pendant les obsèques, mais il trouvait que c'étaient surtout les enfants qui étaient déplacés dans un endroit pareil. Dans sa tête, la mort et les enfants n'avaient jamais fait bon ménage.

Il s'assit sur une balançoire et se laissa aller tout doucement. L'aire de jeux était déserte. Il passa son temps à tenter de faire des ronds de buée dans l'air glacé. Mission impossible.

La scène l'assaillit tel un éclair. "Si tu t'avises de recommencer, je te tuerai ; si tu lèves une nouvelle fois la main sur elle, je te jure que je te tuerai." Des mots qu'il ne hurla pas, mais qu'il prononça avec toute la force qu'un jeune enfant peut concentrer dans chaque syllabe. Et la réplique de son père : "Un merdeux comme toi ? Me fais pas rire." Son sourire diabolique, dément, et les yeux brillants, dans le vague.

Les enfants et la mort.

Non, décidément ça ne faisait pas bon ménage.

Il inspira profondément et secoua la tête pour se débarrasser de cette tache indélébile, de ce malaise permanent. Mission impossible. Tout de suite après, il observa la procession qui grimpait la côte menant au bâtiment minimaliste. Ça défilait par dizaines. Il tourna la tête. De l'autre côté, un fourgon funéraire surgissait régulièrement du sous-sol avec sa cargaison. Les vivants entraient, les cadavres sortaient. Tout cela était parfaitement réglé, comme dans une usine macabre.

Il ferma les yeux.

Un instant plus tard, la sous-inspectrice Mercader vint s'asseoir sur la balançoire d'à côté. Sans les rouvrir, il lui demanda si tout s'était bien passé et elle lui raconta que Marta Servert s'était mise en colère, avait versé de grosses larmes et menacé d'engager une légion d'avocats.

— Comme d'habitude. Sacré personnage, non ?

— Tel père tel fils, dit Milo de façon laconique.

— On aurait pourtant dit que vous vous entendiez très bien.

— Je jouais mon rôle, c'est tout. Je ne ressens absolument rien pour ce type. Un fils qui a tué son père. Il n'y a pas pire crime.

Ils demeurèrent silencieux.

Puis elle prit sa main dans la sienne et lui dit :

— L'antenne parabolique de l'inspecteur Malart est à nouveau activée, hein ? Tu as deviné tout ce qui s'est passé au domicile de la victime. J'imagine que tu étais là plus ou moins à l'heure où M. Costa est mort. Pour sympathiser avec l'assassin ou pour tout ce que tu fais d'habitude sur les lieux du crime.

Milo ouvrit les yeux et soupira bruyamment.

— Mais les soi-disant traces retrouvées par la scientifique sur le mouchoir de Marcelo, ça tu l'as sorti de ta manche. Comment savais-tu qu'il avait une dermatite atopique ? Ç'a été un vrai morceau de bravoure.

— Nous avons ses aveux, non ? Bon, eh bien, n'en parlons plus, dit-il en lâchant sa main pour descendre de la balançoire. Allez, je me casse.

— Où ça ?

— Au commissariat central. Ça n'est pas très loin et j'ai besoin de marcher, de me dégourdir les jambes. On se retrouve là-bas, dit-il en commençant à s'éloigner.

Rebeca courut derrière lui. Elle lui demanda s'il voulait qu'elle l'y conduise en voiture. Devant son refus, elle le saisit par une épaule et l'arrêta.

Elle lui fit face.

— Inspecteur, je t'ai entendu. Tout à l'heure. Même si tu as baissé la voix, j'ai compris ce que tu disais. Tu n'es absolument pas responsable de la mort de ton père. Tu l'as conduit à l'hôpital psychiatrique et c'est lui qui s'est tué. Lui tout seul.

Milo serra les lèvres.

— Tu as fait ça pour son bien, ajouta-t-elle.

— Pour son bien.

— Parfaitement. Ce n'est pas vrai ? demanda-t-elle exaspérée.

— Il y a plusieurs façons de voir les choses.

— Et il y a plusieurs façons d'intoxiquer sa mémoire.

Il la transperça du regard, réprima un frisson.

Elle pointa son doigt sur lui, l'air triomphant.

— Je le savais bien ! Tu as froid. Non, tu es frigorifié. Ce n'est pas à cause de ton état mental, rien de tout ça. Avoue que tu fais semblant.

Milo fit non de la tête, de façon pas très énergique.

— C'est à cause de cet endroit. De ce qu'il cache derrière ses murs, au sous-sol. Ça me donne la chair de poule.

— Merde alors ! Tu ne pourrais pas te comporter comme un individu normal, non ? On vient de boucler une affaire, mon vieux. Au lieu de penser à des cadavres, on pourrait fêter ça par exemple et organiser une petite réjouissance chez toi ou chez moi.

Les yeux de Milo scintillèrent.

— Avec moi, tu peux tout à fait éviter de parler de "normal", "d'état mental", etc. Tu piges ? Et puis, je voulais te dire : je m'appelle Milo, Malart ou inspecteur. Comme tu veux, mais surtout pas "mon vieux".

Rebeca mit plusieurs secondes à répondre.

— J'ai pigé, dit-elle d'une voix neutre. C'est tout ?

— Oui. Comment je m'appelle ?

— Imbécile ?

Milo haussa les épaules. Puis il serra les poings et se mit à marcher vers le bas de la rue. Une bruine légère commença à tomber.

3

Il adressa un salut à l'agent qui se trouvait devant la porte et franchit l'entrée du commissariat central. Tête baissée, il traversa le hall sans prêter attention à la voix des commerçants et des particuliers venus se plaindre aux différents comptoirs où l'on consignait les mains courantes, qui protestaient contre le manque de policiers dans leur quartier. C'était le pain quotidien des forces de l'ordre. Avec la crise, une vague de cambriolages et de vols avait déferlé sur toute la ville. Et les compressions de personnel avaient entraîné une diminution du nombre de patrouilles dans les rues.

Il arriva devant les ascenseurs et appuya sur le bouton d'appel. Dans la cabine, il choisit le quatrième étage. Il descendit la fermeture éclair de son blouson, se frotta les yeux et attendit que l'appareil s'immobilise. Puis il se dirigea vers le vaste *open space* du GEHME* et alla jusqu'à sa table de travail en fixant toujours le sol.

Il prit place devant son ordinateur et commença à rédiger un rapport.

— D'après ce que j'ai entendu dire, il paraît que tu as bouclé l'interrogatoire, inspecteur, dit le sergent Toni Crespo en se plantant devant lui.

— Racontars, dit-il.

* Grupo Especial de Homicidios de los Mossos d'Esquadra : le Groupe spécial d'homicides de la police de Catalogne, “le Groupe” abrège-t-on au sein du commissariat. *(Toutes les notes sont du traducteur.)*

Il finit de taper une phrase et se tourna vers le sergent, un expert en recherche d'indices. Intelligent, méticuleux, avec cet air distrait que possèdent tous les génies en informatique. Tenaillé par son obsession de maigrir, il s'inscrivait à toutes les courses populaires de la ville. Il le vit hocher la tête d'un air incrédule, une moue affable sur les lèvres.

— Le type mourait d'envie d'avouer, ajouta Milo.

— Ce n'est pas ce que m'ont dit Rojo et Cervera.

— Ne les écoute pas. Tu as quelque chose pour moi ?

— Singla a demandé à te voir, dit-il en faisant un signe dans son dos en direction du bureau de l'inspecteur-chef, qui avait fermé son petit rideau à lamelles.

— Tout de suite ? Je suis en train de rédiger le rapport.

— Il a dit dès ton retour.

— Bien, alors je ne suis pas de retour. Tu ne m'as pas vu. Le chef Singla sait que je suis parfois un peu lent.

— Je vois, tu as des araignées au plafond. Tu veux une aspirine ?

— Tu lis dans mes pensées, Toni.

Malart se tourna vers l'écran. Il se pencha sur le clavier.

Vingt minutes plus tard, il se leva et se dirigea vers le bureau situé au fond de l'*open space*. Fidèle à son habitude, il s'abstint de frapper, ouvrit la porte, et alla s'asseoir.

— Inspecteur-chef, tu as demandé à me voir ?

— Tu es en retard, dit Jordi Singla sans lever les yeux de son dossier.

Le visage de l'inspecteur-chef, un visage marqué par la variole, devint un instant tout sombre. Ils avaient eu une relation plutôt tendue par le passé en raison d'un différend personnel, et il en restait encore quelques braises mal éteintes. Cependant, après le bouclage de l'affaire du Bourreau de Gaudí, ils étaient parvenus à arrondir presque tout à fait les angles. Il se radoucit, ignora son dossier et appuya son dos sur le fauteuil.

— Tu es en retard d'une demi-heure, conclut Singla.

— Eh bien, comme tu vois, je n'ai même pas eu le temps de retirer mon blouson. Je viens juste d'arriver, il y a deux minutes.

— Laisse tomber, n'en rajoute pas, dit Singla.

Il arrangea le nœud de sa cravate bleue assortie à sa chemise, puis commença à effiler sa moustache.

— Parle-moi des aveux.

Milo lui résuma la scène en quelques mots, de façon succincte.

— Prétendre que le mouchoir lui appartenait était une feinte un peu risquée, dit l'inspecteur-chef. Si ç'avait été faux, la résolution de l'affaire était foutue. Et tu ne pouvais pas en être absolument sûr.

— J'ai eu une révélation et tout s'est bien passé.

— Mais ç'aurait pu être un bide. Un bide très grave.

— Une révélation, un bide. Nous avons ses aveux. Un point c'est tout.

Singla réprima son exaspération.

— La commissaire-chef Bassa tient à te féliciter.

— Message reçu.

— En personne, dit-il en se redressant. Tout de suite.

— Inspecteur-chef, je dois rédiger le rapport et…

— Tout de suite, répéta-t-il en lui montrant la porte. C'est un ordre.

Milo se leva lentement. Ne tentant pas de dissimuler sa contrariété, l'inspecteur-chef sortit du bureau en pestant dans sa barbe et le suivit. En route vers les ascenseurs, Milo vérifia la table de travail de la sous-inspectrice Mercader. Elle n'était toujours pas arrivée. Cela le surprit. Il s'apprêtait à trouver une nouvelle excuse, mais l'inspecteur-chef lui demanda de clouer son bec et ils parcoururent le reste du chemin ensemble.

Dans la cabine, Singla appuya sur le bouton du cinquième étage.

Il esquissa un demi-sourire.

— Ça n'est pas si douloureux, dit-il.

Anna Bassa occupait ce poste depuis la démission forcée du précédent commissaire-chef, Benet Bastos, afin d'éviter un scandale de grande envergure. On en ignorait les vraies raisons, mais il se disait dans tout le bâtiment que la corruption, le trafic d'influences et autre chose en rapport avec les scabreuses vidéos de mineurs pouvaient en être la cause. Seules cinq ou six personnes étaient au courant de ce qui s'était vraiment passé mais, pour le bien du Groupe, aucune d'elles n'avait parlé, étouffant volontairement l'affaire.

— Tu sais ce qu'est devenu Bastos ? demanda Milo.

— Il est directeur de je ne sais plus quoi, au ministère du Développement.

— Ces oiseaux-là retombent toujours sur leurs pattes. Ils ont sept vies.

— Si compétent soit-il, on n'aurait jamais dû nommer un gestionnaire à un poste de commissaire-chef. Ils ont fait une erreur, en haut lieu.

— Comme tu y vas ? ironisa Milo. Il ne me manquait plus qu'entendre une chose pareille.

La promotion d'Anna Bassa fut applaudie par tout le département. L'ex-responsable des relations avec les médias, après avoir été la première femme dans la police de Catalogne à atteindre le grade d'intendante, un grade qu'elle avait obtenu après quatorze ans de durs efforts, jouissait d'une grande popularité et était très respectée. Elle faisait partie de la maison, connaissait le métier sur le bout des doigts, les travers que supposait le travail des hommes et des femmes placés sous ses ordres et n'hésitait jamais à les épauler avec fermeté et assurance. Ne se laissant impressionner par personne, y compris par ses supérieurs, les politiques ou le personnel sous ses ordres, elle faisait preuve d'une grande maîtrise le moment venu de destituer qui que ce soit et quel que soit son grade. Elle était forte, intelligente et tranquille. Une histoire circulait dans les couloirs à son propos, prétendant que son profil avait été la source d'inspiration au moment de choisir la devise du Groupe : "La force tranquille de l'intelligence".

Ils sortirent de l'ascenseur et avancèrent le long du large couloir.

Milo commença à avoir un nœud au ventre. Il ne se sentait pas à son aise dans les bureaux du cinquième étage. Ses rapports avec Anna Bassa avaient toujours été fluides et cordiaux, mais il pensait dans son for intérieur que la fonction transforme les individus, et à présent c'était elle qui dirigeait la division.

Singla toqua à la porte.

— Commissaire-chef, dit-il.

Anna Bassa se leva prestement et leur demanda d'entrer, tout en leur adressant un signe. Les traits fins, le regard vif et les cheveux châtains ramassés en queue de cheval, elle contourna son bureau et alla à leur rencontre le bras en avant. Après une chaleureuse poignée de main, elle leur indiqua les fauteuils installés dans un angle de la pièce, devant la table basse.

— Inspecteur Malart, je voulais te féliciter pour la résolution de cette affaire, dit-elle en s'appuyant au dossier du fauteuil et en joignant ses doigts. Tu as accompli un bon travail, rapide, efficace, sans faire d'étincelles. Tout à fait comme j'aime.

Milo se demanda à quoi elle faisait référence en parlant de ces "étincelles". Il prit un air neutre et demeura silencieux.

Très satisfaite, Anna Bassa insista sur le fait qu'en quarante-huit heures à peine, le coupable avait été mis à la disposition de la justice.

Impassible, Milo ne savait toujours pas que dire.

Singla se racla la gorge.

— Commissaire, l'inspecteur Malart n'a jamais été friand de décorations.

Bassa sourit du bout des lèvres.

— Je sais, je sais, dit-elle. Son aversion pour les honneurs est légendaire et aussi… pour l'autorité. C'est pour cette raison que je voulais le féliciter en personne. C'est une des choses que j'ai entrepris de changer au commissariat, expliqua-t-elle en pinçant ses lèvres fines. Ce que je suis curieuse de savoir, Malart, c'est quel a été le point d'inflexion qui t'a permis d'obtenir les aveux du suspect.

— Aucune idée. Je me suis contenté de faire mon travail.

— Mais tu dois avoir un avis. Il n'est pas fréquent qu'un suspect admette avoir commis un délit, et encore moins lorsqu'il s'agit d'un crime.

Milo se vautra dans le fauteuil. Il devinait les intentions de la commissaire-chef, et pour rien au monde il ne voulait tomber dans le piège.

— L'esprit est une machine qui permet d'établir des connexions et mon métier consiste à faire parler les gens. Je me suis contenté de tirer sur le fil, de lui rendre les choses faciles. Rien de bien extraordinaire.

Anna Bassa soutint son regard.

— Très bien, dit-elle. Je ne vais pas t'obliger à me révéler tes secrets.

Elle se redressa et Singla l'imita immédiatement. Milo demeura encore quelques secondes immobile.

— Inspecteur-chef, je pense que le bouclage de cette affaire mérite d'être fêté, reprit-elle. Sur mon compte, bien entendu, et avec le Groupe au complet. Occupe-toi de prévenir tout le monde. Inspecteur Malart, tu en fais partie. C'est un ordre.

Milo se racla la gorge, un peu gêné.

— Un problème ? demanda-t-elle sans activer un seul muscle de son visage.

— Aucun, aucun. Je suis ravi que tu fêtes ça.

— Alors affaire conclue. Envoie-moi rapidement le rapport pour que je puisse le transmettre au juge d'instruction. Je le lirai très attentivement, Malart.

— Je m'y mets tout de suite, chef.

La réunion s'arrêta là. Ils se serrèrent à nouveau la main et Singla et Milo défilèrent l'un derrière l'autre en direction du couloir.

— Malart, tu es complètement malade, dit l'inspecteur-chef. Te mettre la commissaire à dos ne mène à rien.

— Tu as fini ?

— Si j'avais ton talent, je ne le cacherais pas.

— Je ne vois pas de quoi tu veux parler.

— Et bien sûr, tu n'as pas l'intention de venir. Je me trompe ? Même si, aujourd'hui, c'est vendredi et que ce week-end tu n'es pas en service. La commissaire ne va pas apprécier du tout. Tu le sais, n'est-ce pas ?

Sans répondre, Milo laissa derrière lui les ascenseurs et se dirigea vers la porte de l'escalier. Il la poussa et ils descendirent à pied.

Ils trouvèrent l'ensemble du Groupe réuni au milieu de l'*open space*. Tout le monde entourait la sous-inspectrice Mercader.

Un chien, noir comme du charbon, avec un collier de la même couleur garni de clous argentés, était couché à ses pieds avec un air mélancolique. Le sergent Crespo lui caressait la tête pendant que Rebeca expliquait qu'au moment de quitter le funérarium Marta Servert s'était plantée devant sa voiture et l'avait obligée à freiner. Elle hurlait et tirait furieusement le chien du défunt M. Costa par la laisse.

— Je vous jure, encore un peu et je l'arrêtais pour mauvais traitements.

Elle lui avait dit qu'elle ne voulait pas s'occuper de ce maudit animal et que si elle ne l'emmenait pas, il allait finir dans le premier chenil venu.

— Que voulais-tu que je fasse ? dit-elle. Tout le monde sait que le Centre d'accueil des animaux de compagnie, c'est pire que la Sibérie. Les cages sont glaciales, sans chauffage, elles sont couvertes de mousses, humides. Ils les nettoient à grands coups de tuyau d'arrosage et il y a des flaques d'eau en permanence. Rien de plus insalubre que cet endroit ! En plus, avec la crise, le nombre d'animaux abandonnés a augmenté et les chenils sont pleins à ras bord. Je ne pouvais pas la laisser faire, dit-elle en regardant tous ses collègues, l'un après l'autre. Il faut que quelqu'un d'entre nous accepte de recueillir Gros jusqu'à ce que nous lui trouvions un vrai foyer.

Cervera, qui n'arrêtait pas de tousser, dit qu'il ne fallait pas compter sur lui, car il était allergique aux animaux. Rojo, qui lui éternuait sans arrêt, expliqua qu'il en avait déjà trois et que s'il rentrait chez lui avec un autre chien sa femme allait le mettre dehors. L'inspecteur Sena prétendit que son épouse ne supportait pas les animaux de compagnie, et son nouvel équipier, l'inspecteur Boada, qui avait récemment rejoint le GEHME, en provenance du commissariat du quartier de Gracia, balbutia qu'il aimerait bien, mais que sa mère avait une santé fragile et que ce n'était pas une bonne idée.

— Tu habites encore chez ta mère ? demanda Cervera.

L'inspecteur Boada devint tout rouge. Trente ans passés, blond, yeux bleus, belle allure, avec l'air de ne jamais avoir brisé la moindre assiette de toute sa vie, l'inspecteur ne s'était pas encore parfaitement intégré au Groupe. D'après certains, sa nomination était due à des relations haut placées, et l'opinion générale était qu'il était encore mal dégrossi pour remplacer Bruno Bachs, l'inspecteur ancien ami de Milo renvoyé de la police après le scandale provoqué par l'affaire du Bourreau de Gaudí.

— Et alors ? fit-il. Elle est âgée, elle a besoin de compagnie. Ça vous gêne ?

— Bien sûr, et toi tu économises le loyer et du même coup quelqu'un fait ta lessive.

— Et toi, Toni ? demanda Rebeca sur un ton enjoué. C'est un chien très intelligent et docile, tu vois bien ! Et affectueux, très timide.

— J'ai un chat, sous-inspectrice, répondit le sergent.

Rebeca se tourna vers Singla.

— Inspecteur-chef ?

— Mon appartement est minuscule, et puis mon bail me l'interdit. Si ma propriétaire n'habitait pas juste la porte à côté…

— C'est pareil pour moi, dit-elle. La mienne habite juste en dessous et elle l'entendrait forcément marcher. Comme elle a une folle envie de me mettre dehors… je ne peux pas prendre le risque, ajouta-t-elle en soupirant. Merde alors, il n'y a personne qui puisse s'occuper de lui pendant quelques jours ?

Toutes les têtes se tournèrent vers Milo.

— C'est pas la peine de me regarder. Les animaux et moi n'avons jamais fait bon ménage.

— C'est juste histoire de quelques jours, je te promets. C'est un chien magnifique, tu ne peux pas lui faire ça. Regarde ses yeux, tu n'as pas l'impression qu'il pense vraiment ? Il ne lui manque que la parole !

Le visage de Milo se froissa. Le chien avait des yeux vifs, légèrement en amande. Il avait un regard énigmatique, intelligent et triste à la fois, un soupçon de méfiance. Il demeura silencieux.

Les autres inspecteurs commencèrent à défiler.

— J'ai vérifié sur Google, dit Rebeca. C'est un chien très réservé, son affection peut atteindre des limites insoupçonnables et il possède une grande noblesse, il est fidèle à son maître, courageux et bagarreur.

— Inspecteur… de caractère, c'est ton jumeau, dit Crespo.

— Commence pas à me chauffer, sergent. Au fait, tu as des nouvelles de Bruno Bachs ? Qu'est-il devenu ?

— Il travaille au casino. Il est responsable de la sécurité.

— Je suis content pour ses trois enfants.

Rebeca n'alimenta pas le changement de sujet et revint à la charge.

— Tu es sa dernière chance, Malart. C'est toi ou la Sibérie. Je suis persuadée que vous allez bien vous entendre tous les deux, vous êtes faits l'un pour l'autre. Je t'assure.

— Tu devrais changer de métier, sous-inspectrice, vendre des polices d'assurance.

— Ça veut dire que tu acceptes ? demanda-t-elle ravie.

— Je n'aime pas son nom.

— Eh bien tu le lui changes et le tour est joué ! Dans le fond, tu as un grand cœur, inspecteur, lui dit-elle en lui tendant la laisse. Tu vas voir, vous allez devenir bons amis. Et en plus tu vas pouvoir parler avec lui, tu maîtrises le langage des grognements à la perfection.

Le sergent et Rebeca le laissèrent seul avec le chien. Milo se sentit tout bête en train de tenir la poignée de la laisse, sans trop savoir quoi en faire. Il regarda à droite puis à gauche. Singla était en train d'expliquer au Groupe qu'il y aurait une petite fête un peu plus tard, au bar du coin, en l'honneur du bouclage de l'affaire. Résigné, Milo mit un genou à terre.

— Tu es le clébard le plus laid que j'ai jamais vu, fit-il à Gros qui émit un léger gémissement. Moi, mima-t-il en pointant son index sur sa poitrine, indépendant. Toi, ajouta-t-il en retournant son index vers lui, indépendant. C'est clair ?

Le chien dressa les oreilles pendant un instant, puis il les redescendit avec un air de soumission, ses yeux fuyant son regard, comme une âme en peine.

Milo soupira.

— Ce n'est pas de cette façon qu'on va réussir à s'entendre.

Il lui caressa doucement le dos.

— Ne t'inquiète pas, lui dit-il. Le mois de janvier est un mois très triste, très gris. Peut-être à cause de tous les autres qu'il a fallu subir avant d'atteindre la fin de l'année, ou parce qu'il arrive juste après les fêtes de Noël. Quoi qu'il en soit, c'est un des mois les plus difficiles et, toi, tu viens de passer deux jours de merde. C'est normal que ton maître te manque. Nous sommes tous pareils, il y a toujours quelqu'un qui nous manque, tu n'es pas le seul, tu sais.

Rebeca passa devant lui.

— Alors, vous devenez déjà bons amis ?

— Sous-inspectrice, dit-il sans relever la tête.

Elle s'arrêta.

— Pourquoi tu m'as pris la main, tout à l'heure, au funérarium ?

— Je ne sais pas, ç'a été une impulsion. Peut-être parce que ce genre d'endroit me rend un peu bête.

— Peut-être ?

— Je retire ce que je viens de dire. Tu n'as absolument rien qui bat à l'intérieur de ta poitrine. Ne me dis pas qu'il y a juste un trou, un trou tout noir, répliqua-t-elle en s'éloignant. Tu es un casse-couilles, mon vieux.

Milo sourit. Il donna deux tapes sur le dos du chien.

— Je t'appellerai "Mon Vieux", dit-il.

4

Depuis son ordinateur, il envoya son rapport à Singla ; ensuite, il tira sur la laisse pour que le chien le suive, et disparut de l'*open space* sans se faire remarquer. Une fois dans le parking du commissariat, il fit grimper le berger de Majorque sur la banquette arrière de sa vieille Volkswagen, puis s'installa au volant. Il actionna le démarreur. Le moteur fit un drôle de bruit, il toussa quelques instants, puis cala. Il répéta l'opération, tentant de jouer avec la pédale de l'accélérateur. Un moment, il crut avoir réussi, mais le moteur cala une nouvelle fois comme s'il était noyé.

— Fais pas chier !

Il tourna la clé une troisième fois. Pareil, aucun résultat. À la sixième tentative, il s'avoua vaincu, il descendit et alla ouvrir la portière au chien, puis il la claqua violemment et se dirigea vers la rampe de sortie. Dans la rue, il fut reçu par une grosse averse. Il remonta le col de son blouson et s'élança sous le rideau de pluie. Avant d'atteindre le passage piéton, ils traversèrent en courant la Travessera de les Corts et se dirigèrent dans le sens opposé au bar du coin. Il n'avait pas du tout envie de se retrouver avec le Groupe. Il avait horreur de ce genre de fêtes. Lui qui ne buvait pas devait supporter l'alcool coulant à flots, les collègues parlant à tort et à travers et ne sachant plus se tenir correctement. C'était l'inconvénient de son régime sec. Il ne s'intégrait dans aucune fête. Et il en avait par-dessus la tête d'être observé comme un animal de foire. Il accéléra et tourna dans la première rue en direction de la bouche de métro. C'est alors qu'il réalisa que les chiens étaient interdits dans les transports en commun. Mais il n'avait pas les moyens de se payer un taxi jusqu'à la Barceloneta.

— Mon Vieux, on va devoir y aller à pied. Y a pas le choix, dit-il au chien qui ne broncha pas. J'aime ta façon de prendre les choses.

Ils se mirent en route. Bien qu'il fût dix heures du soir d'un vendredi, il n'y avait pas trop de circulation par rapport aux années précédentes. Les rues étaient pratiquement désertes, tout comme les bars et les restaurants. Il traversa le quartier de l'Ensanche en s'abritant sous les corniches. Le berger de Majorque le suivait à une allure nonchalante, sans s'arrêter pour flairer, sans tirer sur la laisse, se contentant de se laisser guider. Soudain, il aperçut les larges épaules d'un type qui marchait avec un chien de petite taille. L'averse ne lui permettait pas de voir de quelle race était l'animal, mais en revanche il réussit à distinguer quelque chose ressemblant à un bouquet de fleurs que l'homme portait sous son bras, qui soutenait également un parapluie. Milo se retourna un instant, vérifia que personne ne le suivait, et regarda à nouveau devant lui. L'homme costaud et son chien avaient disparu.

Il poursuivit son chemin vers le bas de la rue et atteignit la Gran Vía, une des principales artères de Barcelone. Là-bas, la circulation était plus dense. À part les bruyants bus de nuit, quelques véhicules passaient de temps en temps, mais les trottoirs étaient absolument vides. Il frôlait les façades des bâtiments avec l'étrange sentiment de parcourir une ville abandonnée. Les halls des banques et des caisses d'épargne, en revanche, étaient bourrés d'individus couchés par terre, en train de dormir les uns sur les autres, certains enveloppés dans du papier journal. Il eut honte de les regarder et honte également de ne pas le faire. La crise s'acharnait sur les gens de façon cruelle. On aurait dit qu'on était retourné au siècle précédent, dans un pays en noir et blanc. Il sentit les braises d'une vieille rage se ranimer en lui. Vieille, parce que la situation n'était déjà plus nouvelle, elle commençait à durer de façon insupportable, et que l'habitude poussait chacun à s'accommoder y compris des choses les plus innommables. Et rage, parce que le nombre de pauvres gens qui étaient brusquement dans l'obligation d'abandonner leur appartement était de plus en plus considérable.

Il pénétra dans les ruelles qui mènent jusqu'aux Ramblas, les longea sans détourner son regard du sol et se dirigea vers le Born. Un peu avant d'atteindre la cathédrale, il vit un individu venir vers lui. Malgré son parapluie, il marchait aussi sous les corniches. L'image était absurde. Milo paria que l'homme ne le laisserait pas passer et décida de ne pas bouger d'un millimètre non plus.

Une fois l'un en face de l'autre, les deux hommes s'arrêtèrent.

— Alors, lui dit-il, tu as peur que ton parapluie ne rétrécisse ?

Le type l'observa, regarda le chien, puis à nouveau Milo. Sans répondre, comme un fantôme, il s'écarta pour les laisser passer ; un peu plus loin, il se mit à nouveau à raser les murs.

À la Barceloneta, tout près de son domicile, il pénétra à la Casa Leo pour manger un morceau. Il n'y avait pas de clients et il se retrouva en face des posters de Bambino et de Camarón de la Isla, d'une robe de sévillane miniature et d'une guitare espagnole. La patronne, une fan de rumba et de flamenco, lui signala le chien avec une mine renfrognée, puis la rue. Milo réprima un commentaire, car l'endroit ne brillait vraiment pas par son hygiène. Il commanda la même chose que d'habitude. La femme se frotta les mains sur un tablier immonde et répondit qu'elle n'avait plus de haricots blancs, qu'il restait juste des lentilles. Milo haussa les épaules, saisit le journal et sortit dans la rue. Appuyé au chambranle de la porte, il lut la une : le processus de souveraineté. Il tourna rapidement les pages jusqu'à tomber sur l'horoscope. Il chercha son signe. "Profitez de l'influence positive de votre signe ; la journée est placée sous les auspices de l'amour et de l'harmonie." Il poussa un grognement. À ses pieds, le berger de Majorque dressa les oreilles.

— Le type qui a écrit ça, dit-il en tambourinant du bout du doigt sur la page, est un sacré rigolo. Ou un connard de haut vol.

La femme entrouvrit la porte et lui tendit une assiette de lentilles, avec du boudin catalan, la fameuse *butifarra*, tout cramé et deux tranches de pain à la tomate ; avec des haricots blancs, c'était son menu d'hiver. Tout en lui tendant des couverts, elle lui demanda ce qu'il voulait boire. Milo lui rendit le journal, attrapa ce qu'on lui tendait du mieux qu'il put et lui répondit qu'il ne boirait rien. Il commença à manger tout en regardant la pluie, les flaques qui se formaient sur les pavés. Le chien commença à gémir.

— Merde alors, je t'avais oublié, fit-il en prenant la *butifarra* avec les doigts pour l'approcher de son museau. Bon appétit, Mon Vieux.

Il s'empressa d'avaler les lentilles, en crachant les petits cailloux qu'il trouvait de temps en temps, et lorsqu'il eut fini, il pénétra à l'intérieur, déposa l'assiette sur le comptoir et demanda à la femme de noter l'addition sur son ardoise.

Il parcourut les deux pâtés de maisons qui le séparaient de l'immeuble de la rue Atlàntida. Un peu avant d'arriver, il regarda à gauche et à droite par-dessus son épaule. Personne. Il s'engagea dans le couloir, alluma la lumière puis lui et le chien grimpèrent les quatre étages jusqu'à l'appartement en terrasse, en laissant une trace d'eau dans l'escalier.

Il fourragea un moment avec les clés et poussa la porte du bout du pied.

— Entre.

Le berger de Majorque ne bougea pas. Planté sur le palier, il avait l'air d'attendre son ancien maître. Milo tira sur la laisse sans le moindre ménagement et le chien entra tout intimidé, la queue entre les jambes. L'atmosphère de la pièce était froide et humide.

— L'hiver, ce n'est pas très accueillant, Mon Vieux, mais je n'ai rien d'autre. Tu as soif ?

Il entra dans la cuisine et chercha quelque chose ressemblant à une jatte. Il se contenta d'une assiette creuse. Il l'apporta dans le salon avec une carafe d'eau. Il la posa par terre et la remplit à ras bord. Puis il retira ses chaussures, son blouson, qu'il installa sur le dossier d'une chaise. Il rangea enfin son HK dans son étui, qu'il glissa dans un des tiroirs du meuble de l'entrée. Tout de suite après, il se laissa choir dans le canapé.

Il chercha la télécommande et alluma le téléviseur.

Le visage d'un homme âgé en train de pleurer apparut sur l'écran. À ses côtés, une femme de plus de quatre-vingts ans, accrochée à son déambulateur, essuyait ses larmes tandis que son mari donnait l'impression de ne rien comprendre. Dans son dos, on pouvait voir les ruines de ce qui avait été leur maison pendant quarante ans, une humble demeure de banlieue. Mais, ce matin-là, trente-trois gardes civils obéissant aux ordres, armés jusqu'aux dents en prévision des altercations à venir, avaient été envoyés pour les déloger et procéder à leur expulsion. Les pelles mécaniques avaient déjà accompli leur travail, tout comme les gardes civils, et les deux personnes âgées, auxquelles on n'avait même pas laissé le temps de ramasser leurs maigres affaires, regardaient la caméra avec un air ahuri, comme cherchant une explication.

Il changea de chaîne.

— Mon Vieux, il n'est pas très recommandé de voir des images pareilles, il faut garder la tête propre.

Le chien demeurait au milieu du salon, tête baissée et pattes en position légèrement obliques, tremblant de tout son être.

— D'accord, je vais mettre le chauffage, dit-il en se levant. Mais si tu donnes à ton corps tout ce qu'il te réclame, tu es foutu.

Il alluma le radiateur. Puis il apporta deux serviettes et le sécha du mieux qu'il put. Lorsqu'il eut fini, il en fit autant avec ses propres cheveux. Ses vêtements étaient trempés. Il alla se changer dans la chambre. Le chien le suivit d'une démarche nonchalante. Il l'observa depuis le seuil de la porte, sans oser rentrer. Puis il le suivit dans la cuisine, et ensuite lorsqu'il retourna sur le canapé, toujours sans lever la tête. Milo entama une tablette de chocolat et rompit un morceau de pain de la baguette. Cette dernière était molle comme du chewing-gum. Il ne savait pas si les chiens pouvaient manger du cacao, mais il lui en donna de toute façon un morceau que le berger de Majorque, après l'avoir flairé un instant, avala d'une seule bouchée.

— Tu aimes les dessins animés ?

Il tomba sur la énième rediffusion des *Simpson*. Au bout d'un moment, il s'aperçut du coin de l'œil que Mon Vieux s'approchait lentement pour s'asseoir près de lui. Ils regardèrent le téléviseur ensemble, en mangeant du pain et du chocolat. Il s'allongea sur le canapé et ferma les yeux. Les voix et les cris d'Homer et de sa famille envahirent le salon. Il tenta de trouver le sommeil.

Au bout d'un moment, il sentit la tête du chien posée sur sa jambe.

— Je sais, dit-il sans ouvrir les yeux. Ma vie est un désastre et cet appartement est un foutoir, mais au moins nous avons un toit.

Sans crier gare, la fatigue eut raison de lui. Un peu plus tard, il perçut une petite musique sans bien savoir d'où elle venait. Dans sa confusion mentale, il finit par comprendre qu'il pouvait s'agir d'un appel. Il tâta son corps à la recherche de son portable. Il regarda l'heure, cinq heures dix, et il lut le nom de son correspondant. Sara. La femme de son frère. Son frère. Il comprit que Hugo avait à nouveau fait des siennes et que Sara avait eu des problèmes.

Il porta l'appareil à son oreille.

Ils échangèrent quelques phrases. Il se redressa, posa les pieds par terre, et se pencha en avant. Il appuya ses coudes sur ses genoux en gardant le téléphone à son oreille.

Il se pinça le haut du nez.

— Oui, continue, Sara. Je t'écoute.

Le jour ne s'était pas encore levé lorsqu'il appela la sous-inspectrice Mercader. Il ne releva pas ses protestations pour l'avoir réveillée de si bon matin un samedi et il lui demanda ce que les chiens pouvaient bien manger. Après avoir obtenu la réponse, il raccrocha sans autre forme de procès. Il passa un survêtement, de vieilles chaussures de sport et attrapa une serviette de bain.

Devant la porte, il ramassa le dernier livre qui traînait toujours par terre.

— Tu viens avec moi ou tu préfères rester ici ?

Le chien sortit très lentement de l'appartement.

La pluie tombait à seaux. Ils traversèrent le paseo Marítimo et marchèrent sur la plage en direction de l'eau. Tandis que le soleil commençait à poindre sur l'horizon, il se déshabilla à toute vitesse et, tremblant de froid, courut vers la mer. La première immersion l'électrisa de la tête aux pieds. Respiration coupée, il commença à battre des bras et des jambes vers le large. Il sentait que son cœur était sur le point d'exploser, mais il chassa cette idée de sa tête et continua à nager. Vingt minutes plus tard, il s'arrêta. Essoufflé, il regarda le bord.

La bouche ouverte, le berger de Majorque progressait à grand-peine dans sa direction. Sans s'occuper du zéro degré ni du rideau d'eau qui lui frappait le museau, il agitait ses pattes maladroitement en tentant de réduire la distance. Milo ressentit un étrange courant chaud le réchauffer de l'intérieur. Il nagea jusqu'à l'animal.

— Mon Vieux, tu es incorrigible, reprocha-t-il. On avait dit qu'on était indépendants. Retourne vers le bord, allez, tu vas finir par te noyer.

Ils sortirent de l'eau. Tandis que le chien s'ébrouait, Milo attrapa la serviette mouillée et se demanda pourquoi il l'avait emmené avec lui. Il s'habilla en vitesse, claquant des dents, ramassa son livre, puis se dirigea vers le paseo. Ils pénétrèrent dans le quartier et arrivèrent devant une épicerie pakistanaise. Il demanda où se trouvait la nourriture pour les chiens. Il choisit un petit paquet, paya à la caisse puis, sur le chemin du retour, acheta une baguette, abandonnant le livre sur une étagère de la boulangerie, près du comptoir. De retour à l'appartement, il chercha une autre assiette creuse, la remplit de cette saloperie de biscuits granuleux de toutes les couleurs, et passa sous la douche. Alors qu'il se savonnait le corps, il prit conscience qu'il était en train de fredonner une chanson.

— Qu'est-ce qui te prend, imbécile ? Il te suit parce que tu lui donnes à manger, un point c'est tout.

Il le trouva là où il l'avait imaginé. Sur la place Letamendi, dans le petit square en face du bâtiment des impôts. Ni Sara ni Milo ne savaient pourquoi, mais c'était l'endroit où se réfugiait toujours Hugo lorsqu'il venait de frapper sa femme. Il était assis sur un banc, ne prêtait attention à rien ni personne et se contentait de passer des heures à se balancer d'avant en arrière, tout doucement, tout seul, le regard dans le vague. Milo s'interrogea sur les récurrents dérapages de son esprit. Son cerveau générait-il encore des pensées rationnelles ou, comme il le craignait, la folie y campait-elle totalement à son aise ? Il avait déjà vécu ce genre d'expérience avec son père et le souvenir de cet épisode était loin de lui être agréable. Il savait comment tout cela allait finir. Mal. Son visage se froissa en pensant à son père. Tout petit déjà, il s'était aperçu que quelque chose ne fonctionnait pas très bien dans sa tête. Ses soudaines sautes d'humeur, ses crises de violence, ses hurlements sans raison. Et sa mère le supportant sans répliquer, résignée, muette. Jusqu'à ce qu'un jour, un peu avant de mourir, elle prenne une décision.

Il pensait avoir une dette envers Hugo et il savait parfaitement laquelle.

Il se dirigea vers lui en tenant le berger de Majorque en laisse. Il s'assit à ses côtés et le chien se coucha sous le banc pour s'abriter de la pluie. Hugo continua à se balancer désespérément et Milo demeura immobile, les deux frères offrant une curieuse image. Il perçut tout de suite l'odeur de l'alcool. Irrité, il allait lui expliquer que cela aggravait son état, mais il se retint. Il le lui avait dit mille fois et cela n'avait servi à rien. Il avait besoin de boire pour calmer ses démons, même si cela entraînait l'effet contraire. Il était à présent un peu tard pour lui faire entendre raison. Un peu tard pour éviter que le maudit gène familial ne continue à faire ses ravages. Un peu tard pour échapper à la sentence annoncée. Mais pas pour sauver sa femme des affres de la destruction.

— Hugo, est-ce que tu m'entends ? dit-il calmement tandis que son frère continuait à se balancer sans arrêt. Je sais que tu m'entends, ne joue pas à ça avec moi. Il faut que ça s'arrête. Sara ne mérite pas une chose pareille.

La pluie s'abattait sur le ridicule chapeau de pêcheur de son frère, qui gouttait à l'extrémité des étroits rebords et trempait sa vieille gabardine élimée. Milo observa ses yeux enfoncés, sans éclat, sa peau pâle, toute ridée. Rien à voir avec le Hugo d'il y a dix ans, fort, fier, vif. Bien sûr, à l'époque, son fils ne s'était pas encore suicidé et cette escroquerie que le système s'acharnait à nommer “crise” n’avait pas encore anéanti son rêve de se forger un bel avenir.

— Notre mère a subi la même chose, tu t’en souviens ? Jusqu’au jour où son cœur a cessé de le supporter. Tu l’aimais beaucoup. Tu ne peux pas avoir oublié ça.

Hugo resta silencieux, mains jointes sur son giron, oscillant d’avant en arrière. Absent, dégoulinant de pluie. C’était comme parler à un mur et Milo remonta le col de son blouson. Son père avait élevé Hugo dans le but d’en faire un homme dur, résistant, apte à survivre. À grands coups de ceinture. Il serra les poings et les enfonça dans ses poches.

— Ça ne peut pas continuer ainsi. Tu sais très bien quelle est la prochaine étape. Je ne voudrais pas en arriver là, mais il n’y a pas d’autre solution. Je dois le faire pour Sara. Elle ne mérite pas ça, dit-il sans énergie. Hugo, tu es en train de la tuer à petit feu. Ce n’est pas ta faute, tu es malade. Mais ce n’est pas sa faute non plus, tu comprends ? Elle est innocente. Est-ce que tu m’entends ?

Une légère lueur éclaira son regard. Milo tenta de déterminer si c’étaient des larmes ou des gouttes de pluie. Sans y parvenir, il dirigea son regard vers le ciel couvert, nuages gris plomb.

Hugo avait été le préféré de leur père, tandis que Milo avait toujours été considéré comme un incapable, un être trop sensible. Leur père accusait sa mère de trop le cajoler, de l’avoir toujours dans ses jupes. Et elle avait décidé de le protéger en l’envoyant vivre chez ses grands-parents, à Port de la Selva, loin de la grande ville. Pourquoi lui et pas Hugo ? Parce qu’il était le plus petit ? Avait-elle tiré à pile ou face ? Cela lui avait permis d’éviter de vivre avec un type alcoolique et de supporter le poids de sa perpétuelle violence. Il avait ainsi pu grandir dans un climat d’affection permanente. Il respira profondément. À présent, il aurait tout à fait pu se retrouver comme son frère, avoir chaussé ses souliers. Il avait eu de la chance et il s’en était sorti. Il avait donc une dette envers Hugo.

Il se tourna vers lui.

Il lui expliqua une nouvelle fois la situation, ce qui allait se passer et quelle en était la raison. Ensuite, tandis que Hugo continuait à se taire, il le prit dans ses bras et le serra contre lui. Ils se balancèrent ensemble pendant quelques secondes. Puis il l’aida à se lever, à s'approcher du bord de la chaussée, leva la main pour arrêter un taxi. Après plusieurs tentatives, l'un d'eux finit par accepter de les prendre, malgré le chien. Il donna l'adresse d'un établissement psychiatrique, un établissement où l'on avait déjà soigné son frère à l'occasion d'une précédente crise. Pendant tout le trajet, il fut forcé de supporter la conversation du chauffeur qui n'arrêtait pas de pester contre les politiques qui gouvernaient le pays n'importe comment et avaient abandonné les citoyens à leur triste sort.

L'établissement psychiatrique était bourré de monde et ils patientèrent longtemps dans la salle d'attente, le chien attaché à un pylône, dans la rue. Le médecin de garde, une femme au visage creusé de fatigue, écouta ses explications et accepta de prendre Hugo en charge. Ils voulaient bien le garder, mais pas plus de quelques jours, précisa-t-elle.

— Vous comprenez, n'est-ce pas? C'est à cause des restrictions.

Milo sortit de l'hôpital, détacha le berger de Majorque et téléphona à Sara pour la tenir au courant. Puis il ajouta que, cette nuit, elle pourrait dormir tranquille. Il lui demanda si elle avait besoin d'argent et elle lui répondit que non, qu'elle en avait suffisamment pour tenir jusqu'à la fin du mois. Milo lui dit qu'il passerait lui rendre visite un de ces jours. Un de ces jours. Sans plus de précision. Ils raccrochèrent.

Sous la pluie, il s'appuya à un tronc d'arbre. Il eut envie de hurler.

Deux sur trois. Il ne restait plus que lui.

Il hurla.

À l'appartement, Milo se coucha et dormit deux bonnes heures. Il fut réveillé par un cauchemar et ne réussit plus à se rendormir. Il s'allongea sur le canapé, alluma la télé. D'après le journaliste de la météo, la température allait baisser. Apparemment, quelque chose en provenance de la Sibérie en était responsable, mais il ne comprit pas quoi exactement. Il passa sur une chaîne qui diffusait un film. La poursuite en voiture devint interminable et il commença à battre des paupières. Il s'assoupit à plusieurs reprises.

Le berger de Majorque lui tapa du bout du museau sur l'épaule. Milo mit du temps à comprendre ce qu'il voulait : Mon Vieux tournait en rond avec une grande inquiétude, gémissait et s'approchait de la porte pour revenir immédiatement vers lui. Il finit par comprendre ce qu'il voulait et ils sortirent dans la rue. Le chien partit comme une flèche jusqu'au premier tronc d'arbre venu. Il faisait déjà nuit, la pluie continuait à tomber et le froid avait vidé presque totalement le paseo Marítimo. Pas une seule étoile ne brillait dans le ciel. Le chien revint vers lui, gueule détendue, avec un air tout à fait soulagé.

— Mon Vieux, je suis désolé, tu aurais dû me donner ton emploi du temps.

Ils partirent en balade. D'autres personnes avaient sorti leur chien mais, contrairement à Milo, elles avaient toutes un parapluie. Il était en train de se dire qu'à ce rythme il n'allait pas tarder à attraper une pneumonie, lorsque le berger de Majorque tira brusquement sur la laisse, en direction d'un chien au poil soyeux et de couleur crème, que tenait une femme. Il tira une deuxième fois et parvint à lui échapper. Il se planta devant le golden retriever et les deux chiens commencèrent à se flairer avant de jouer ensemble.

Il se précipita sur eux, sourit à la propriétaire sans trop savoir quoi faire.

— Je suis un peu néophyte en matière de chien, dit-il en ramassant le bout de la laisse.

— Et comment s'appelle-t-on ?

— Milo Malart.

La femme éclata de rire.

— Pas vous. Le chien.

— Mon Vieux. C'est pas très original, mais je n'ai pas trouvé mieux.

— Ça me plaît bien, c'est un joli nom, dit-elle en caressant le dos du berger de Majorque. Très beau chien.

— Tu crois ?

— Pas toi ?

— Oui, bon, moi, je ne m'y connais pas tellement en chiens, dit-il en haussant les épaules et en pointant son doigt sur les animaux. On dirait qu'ils font ami-ami.

— Oui, Bruna est très sociable, dit la femme et, devant l'air circonspect de Milo, elle précisa : Bruna c'est ma chienne, une golden retriever. Elle a trois ans et elle adore jouer. Quel âge a le tien ?

— Plus ou moins ça, je pense.

La femme le regarda avec méfiance.

— Tu ne l'as pas volé, au moins ?

— Disons que c'est le contraire. On me l'a fourgué pour quelques jours, le temps de lui trouver un foyer. Je suis juste son chaperon.

— Et pourquoi tu ne le gardes pas ?

La femme avait les cheveux châtains, elle était décoiffée et ses yeux reflétaient un regard franc, volontaire. Ils étaient marron, sans la moindre trace de maquillage et la peau commençait à se rider à l'angle extérieur. Dessous, des cernes légèrement gonflés trahissaient sa fatigue. Ses sourcils épilés étaient la seule trace de coquetterie. De taille moyenne, elle portait un manteau trois quarts matelassé jaune criard, imperméable, et était chaussée de bottes de pluie noires avec un jean glissé à l'intérieur.

— J'ai une vie trop compliquée, répondit Milo.

— Bien sûr, comme tout le monde. Tu habites le quartier ?

Milo fit un signe dans son dos. La femme se mit à siffler.

— Ben dis donc ! En front de mer ! Ça vaut beaucoup de pognon !

— Non, j'habite juste derrière et l'appartement n'est pas à moi. Des amis me l'ont prêté. Ils sont journalistes, ils voyagent beaucoup. En échange, je prends soin de leurs affaires. Tu vois… dit-il en faisant la moue. Des chiens, des appartements. Si tu as quelque chose dont on doive s'occuper, je suis ton homme.

— Dommage de ne pas avoir connu tes amis plus tôt. Je viens juste de déménager, à présent j'habite rue Sal, derrière le marché. Si je te disais le loyer que je paye pour cinquante mètres carrés…

— Je te les présenterai. Mais je te préviens, ils ne vont pas revenir de sitôt. En ce moment, ils sont au Caire et pour l'instant ils n'ont vraiment pas l'intention de rentrer. Ils préfèrent rester en Égypte, surtout avec ce qui est en train de se passer ici.

— Ça ne m'étonne pas. À leur place, je ferais la même chose. Ce sont des gens sensés. Pas comme nous, qui n'avons même pas pris un parapluie.

— Parce que nous sommes optimistes. Il va bien s'arrêter de pleuvoir un jour, non ?

Elle rit à sa plaisanterie et ils se promenèrent un instant ensemble sans perdre de vue les chiens. Ils parlèrent de la pluie et du beau temps, de la probable fin du cycle des victoires du Barça, de l'arnaque de la TNT*. Puis Milo lui raconta l'anecdote de l'homme qui s'abritait sous les corniches alors qu'il avait un parapluie et qui ne voulait pas le laisser passer, cela les conduisit à aborder ensuite le sujet du manque de solidarité, puis celui de la crise, ce qui plomba l'ambiance enjouée de leur discussion. Elle prétendit qu'elle devait rentrer. Chacun récupéra son chien et s'éloigna de son côté, en se proposant de se revoir dans le quartier.

Sur le retour, Milo fit quelques courses pour le dîner. À peine arrivé, il remplit les assiettes du berger de Majorque avec de la nourriture et de l'eau, puis il se cuisina de la *butifarra* avec des haricots blancs accompagnés de pain à la tomate. Il mangea sur le canapé, devant le téléviseur, et lorsqu'il eut fini, il s'allongea pour essayer de trouver le sommeil. Il s'endormit rapidement et sans s'en apercevoir. Il fut réveillé par la sonnerie de son portable. Il vérifia l'heure, sept heures et quart, et le nom, Rebeca Mercader.

— Sous-inspectrice, dit-il avec la voix pâteuse, je ne t'imaginais pas aussi rancunière pour m'appeler de si bonne heure un dimanche matin.

— Tais-toi et écoute-moi bien. Le commissariat central vient juste de me joindre. On a retrouvé un cadavre à Collserola. Du boulot pour nous.

— Mais on n'est pas en service, ce week-end !

— Cervera a attrapé la grippe et Rojo pareil. Nous devons les remplacer avec Sena et Boada. Alors bouge ton cul, magne-toi.

— Sous-inspectrice.

— Tu es encore là ?

* Télévision numérique terrestre.

— Il faut que tu viennes me récupérer. Ma voiture est en panne et je ne veux pas dépenser une fortune en taxi.

— Je ne suis pas ton chauffeur. Je t'ai dit plus de mille fois que ton vieil engin allait te laisser en rade.

Milo écarta le portable. Puis lorsqu'il comprit que son équipière recommençait avec ses reproches, il le jeta sur le canapé et se dirigea vers la douche.

5

Il faisait mauvais et l'on respirait un air glacial, dense. La pluie avait cessé, mais le ciel, couvert de gros nuages épais, continuait à menacer. Ils traversèrent la ville à bord de la Ford KA rouge de Rebeca. Milo, dont la tête touchait le toit, ce qui l'obligeait à voyager recroquevillé, les genoux touchant le tableau de bord, se sentit comme coincé dans un tiroir.

— Quand est-ce que tu t'achètes un 4×4 Hummer, sous-inspectrice ?

Elle lui lança un regard assassin.

— C'est à moi que tu parles ?

— Oui, je ne vois nulle part l'écriteau *interdit de parler au conducteur*. Oui, bon, il n'y avait peut-être pas la place de l'accrocher !

— Parce qu'en plus tu prends ma voiture pour un transport public ! Tu es vraiment un fléau, dit-elle en secouant la tête de façon incrédule. Et pour couronner le tout, la commissaire-chef n'a pas du tout apprécié que tu zappes la fête pour le bouclage de l'affaire. C'est pas rigolo du tout. Devine à qui elle est venue casser les pieds ?

Milo mit les mains entre ses jambes sans dire un mot.

Montrant clairement sa contrariété, elle poussa violemment un CD dans le lecteur. Les notes d'une basse résonnèrent à l'intérieur de la voiture.

— Qu'est-ce que c'est ?

— *Papa Was a Rolling Stone*, The Temptations.

Ils laissèrent derrière eux la ville de Sarrià et prirent la C-16.

— C'est pas les Rolling Stones, dit Milo.

— Non, c'est The Temptations.
— Alors pourquoi tu as dit que c'est les Rolling Stones ?
La sous-inspectrice Mercader gonfla les joues en soupirant.
— J'essaie d'écouter un peu de musique.
Milo comprit le message et se tut. Elle continua à conduire en silence, tourna pour prendre la BV-1468 et ralentit pour négocier les nombreux virages de la route sinueuse.
— Tu vas rester comme ça longtemps ?
— Tout le temps qu'il faudra.
La montagne de Collserola, avec ses plus de huit mille hectares, un des parcs métropolitains les plus grands du monde, se dressait comme un promontoire au-dessus de Barcelone. C'était le poumon vert le plus important de la ville, l'endroit préféré des cyclistes, des coureurs et des marcheurs, qui avaient l'habitude de parcourir les sentiers et les routes qui serpentaient sur les flancs du Tibidabo.
Elle aperçut l'écriteau qui indiquait Can Merles et le suivit. Ils avancèrent le long d'un chemin caillouteux qui pénétrait dans un bosquet jusqu'à venir déboucher à Can Carbonell.
— Je crois que nous nous sommes perdus, dit Milo.
— Je sais parfaitement où nous sommes et où nous allons.
Après un coude du chemin, ils aperçurent les véhicules avec les lumières stroboscopiques et le ruban de balisage. Rebeca s'approcha en cahotant avec la voiture et s'arrêta à quelques mètres. Elle poussa un bouton pour éjecter le CD et éteignit le moteur.
— Tu vois ? Je ne me perds jamais, dit-elle en descendant.
Milo la suivit, les mains enfoncées dans ses poches et le regard rivé au sol, sans prêter attention aux saluts des agents et des gardes forestiers. Il se baissa pour passer sous le ruban qui délimitait le supposé lieu du crime et, après avoir grimpé un petit raidillon, se joignit à un groupe qui entourait un corps étendu sur les aiguilles de pin. Les agents de la scientifique avaient déjà fouillé les lieux à la recherche de preuves et disposé très peu de marques numérotées.
— Vous êtes en retard, pour changer, reprocha l'inspecteur Sena.
Rebeca fit un signe par-dessus son épaule en direction de Milo.

— Dis-le à notre phénomène. Monsieur avait besoin d'un chauffeur. Bien, qu'est-ce qu'on a ?

Sena jeta un coup d'œil sur plusieurs cartes dans un portefeuille.

— Carolina Estrada, vingt ans. Elle était étudiante en droit à l'UB* et habitait dans les alentours du quartier de Sants, rue Alcolea, tout près du commissariat central. C'est une femme qui l'a trouvée très tôt ce matin, elle a l'habitude de venir dans le coin pour enregistrer le chant des oiseaux. Ne me pose pas de questions, dit-il en voyant que Rebeca fronçait les sourcils, elle te racontera tout ça elle-même. D'après ce qu'elle a expliqué, le corps était à moitié caché sous des feuilles mortes poussées par le vent, suppose-t-on, car l'assassin ne s'est pas beaucoup fatigué à le dissimuler. Son sac était ouvert à côté d'elle. Le lieu du crime balisé par les agents de la DPC** conduit directement au sentier, mais il n'y a aucune trace de pas ni de pneus. Putain de pluie !

— Et hier, samedi, les gardes forestiers n'ont rien vu ?

Sena se gratta le bout du nez tout en baissant la voix.

— Disons qu'ils s'occupent plutôt de contrôler les sangliers et de prévenir les incendies, tu vois ce que je veux dire ? D'accord, avec ce qu'il est tombé hier, j'imagine qu'ils ne sont même pas descendus de leur 4×4.

— Causes de la mort ?

— Asphyxie par strangulation, répondit Goyo Bonhora, le médecin-chef de l'institut de médecine légale, en se redressant avec difficulté. Des marques sur le cou, hémorragies pétéchiales, le lot habituel. J'en saurai plus après avoir pratiqué l'autopsie.

— L'heure de la mort ?

— Difficile à dire avec cette température, surtout en cas d'asphyxie. Impossible d'être précis, dit-il en retirant ses gants de latex. D'après la *rigor mortis*, elle est décédée depuis vingt-quatre heures, mais comme elle est en train de disparaître progressivement, je dirais plutôt à peu près trente-six heures, entre vendredi soir et samedi de très bonne heure. Pour l'instant, il m'est impossible d'être plus précis.

* Université de Barcelone.

** División de Policía Científica : Division de la police scientifique.

La sous-inspectrice jeta un coup d'œil aux alentours.

— Je ne vois aucune trace de lutte, le corps a-t-il été déplacé ?

Bonhora pinça les lèvres.

— Les semelles de ses bottines ne portent aucune trace de terre ou de boue. Mais, comme l'a expliqué l'inspecteur Sena, la pluie a détruit la scène de crime. Cependant, d'après la position du corps et l'absence de traces de résistance, je pense qu'elle a été étranglée ailleurs, puis transportée ici.

— Des blessures de défense ?

— Deux ongles cassés, et deux autres fendus.

— Des indices d'agression sexuelle ?

— Aucun, mais c'est…

— Trop tôt, je sais, dit Rebeca en se tournant vers Sena, qui continuait à fouiller le sac de la victime, noir avec une fermeture à boucle. Le vol a-t-il pu être le mobile ?

— Il n'y a pas d'argent ni de carte de crédit.

— Des objets personnels ?

— Une montre bon marché, genre contrefaçon, une alliance et un collier en toc, comme les boucles d'oreilles, et un Smartphone, un Samsung M4.

— Merde alors, ça vaut un bras ce genre de truc. Dans la rue, tu pourrais le monnayer au moins à deux cents euros. Le voleur l'ignorait-il ?

— Il n'a peut-être pas voulu se compliquer l'existence.

— Après avoir assassiné une jeune femme ?

L'inspecteur Sena ne répondit pas.

Accroupi, cependant sans perdre un mot de la conversation, Milo observait attentivement le corps de Carolina Estrada. Elle était habillée simplement, aucun vêtement de marque : manteau, chemisier, gilet, jean et bottines à talons hauts. On l'avait allongée sur un talus, sur le dos, une main posée sur l'autre. Plusieurs mèches de ses cheveux châtains retombaient sur son visage. Elle avait des traits fins, presque délicats. Un air détendu, comme une enfant endormie. Derrière le masque de la mort, on pouvait deviner une jeune femme normale, ni séduisante ni anodine. Il regarda à nouveau ses mains. Petites, soignées, les ongles restants pas très longs, vernis de rouge ; une manucure parfaite. Mais ce qui attira surtout son attention fut la minceur qu'on pouvait imaginer sous ses vêtements. Elle était extrêmement maigre, à la limite de l'anorexie. Il calcula qu'elle ne devait pas peser plus de quarante ou quarante-cinq kilos. C'est quelqu'un de très facile à transporter, conclut-il pour lui-même.

La sous-inspectrice Mercader s'accroupit à ses côtés.

— Qu'en penses-tu ?

— Que tu es en train de faire du bon travail, *chica dura*, dit-il sans cesser d'observer le cadavre. Tu ne m'as pas encore demandé des nouvelles de ton chien.

— Parce qu'il est encore vivant ?

— Il adore le pain et le chocolat.

Le corps était trempé, couvert d'aiguilles de pin et d'éclaboussures de boue, les cheveux collés sur le crâne, des insectes s'introduisaient dans tous les orifices et les plis des vêtements. Une universitaire étranglée. Pour lui voler quelques euros ? Briser une vie pleine d'avenir, de projets, juste pour de la menue monnaie ? Ce n'était pas la première fois qu'il voyait ça. Et puis, l'empressement de la conduire dans un endroit isolé pour l'abandonner dans les bois, toute seule, à la merci des animaux et des éléments. Il ressentit une soudaine lassitude.

— Nous habitons un monde infâme, dit-il.

— Tu as trouvé quelque chose ?

— Elle ne porte ni gabardine ni imperméable. Même pas un parapluie.

— Peut-être que l'assassin l'a pris, ou qu'il l'a oublié sur le lieu du crime.

— Ou alors c'était un optimiste.

— Qu'est-ce que tu racontes ?

Milo s'éventa avec un air épuisé.

— Il ne pleuvait pas lorsqu'elle est sortie de chez elle, ce qui correspondrait plus ou moins à ce qu'a dit Bonhora. Il a commencé à pleuvoir vraiment fort vendredi vers neuf heures du soir.

— Lorsque nous avons quitté le funérarium, il commençait à pleuvioter, dit-elle. Mais ça ne veut rien dire. Les gens prennent aussi leur parapluie au cas où, pas seulement lorsqu'il pleut.

— Et puis il y a les gants. Elle n'en porte pas, dit-il en indiquant ses mains. Aucune femme qui prend à ce point soin de ses mains ne sortirait de chez elle sans les protéger du froid.

— L'assassin a également pu les emporter après l'avoir étranglée. Tu penses que le sac ouvert est une astuce pour simuler un vol ?

Milo se redressa sans répondre.

— L'individu qui l'a transportée jusqu'ici ne s'est pas contenté de la déposer et de s'en aller, il ne s'est pas non plus fatigué à la cacher pour retarder sa découverte. Il l'a allongée, a arrangé ses vêtements, puis est parti.

— J'avais remarqué. Il est probable qu'il ait eu des remords.

Milo lança un dernier coup d'œil à la victime. Lorsque la mort l'avait saisie, il n'y avait pas de gospel en musique de fond, ni l'hymne *Amazing Grace* chanté par des joueurs de cornemuse écossais ; elle avait juste eu le temps de percevoir sa propre plainte, et le monde s'était achevé.

— Carolina Estrada n'a pas vu sa mort venir.

Rebeca fit face à Milo. Elle le regarda fixement.

— Que veux-tu dire ?

Malart soutint son regard quelques secondes.

Les éléments inconsistants, toujours les maudits détails. La façon dont le corps s'est décomposé, l'endroit choisi, un lieu d'accès difficile, mais sans le cacher tout à fait. La posture impassible du cadavre. Les mains. L'une sur l'autre. Comme pour une veillée funèbre. La conscience. La douleur. L'assassin a-t-il ressenti le besoin de veiller sa victime quelques instants avant de disparaître ? Son intuition le poussait vers une hypothèse, mais ce n'était franchement pas suffisant. Sans preuves, ce n'était qu'un rideau de fumée en train de s'évanouir dans les airs.

— Rien, dit-il sur un ton sombre.

— Alors tu ne vois pas du tout ce qui a pu se passer ?

— Absolument pas.

L'inspecteur récemment incorporé au Groupe, blanc comme un linge, se redressa en le voyant approcher. Il arrangea sa frange sur son front et tenta de dissimuler son terrible malaise. Milo lui demanda où se trouvait la femme qui avait découvert le corps, celle qui enregistre le chant des oiseaux.

Avalant bruyamment sa salive, Boada fit un signe en direction des gardes forestiers.

Appuyée contre le capot d'un véhicule tout-terrain, une rouquine attendait, avec un visage de circonstance, qu'on vienne recueillir sa déclaration. Elle portait une housse de magnétophone à l'épaule, des écouteurs autour du cou et tenait une antenne parabolique dans une main. Elle aperçut Rebeca venir vers elle.

Milo se tourna à nouveau vers l'inspecteur.

Il l'étudia un instant.

— Edgar, n'est-ce pas? demanda-t-il à Boada qui acquiesça. Écoute-moi, ce n'est pas grave. Il est logique que le fait de te retrouver en présence d'un cadavre te retourne l'estomac, ça nous est arrivé à tous les premières fois, ajouta-t-il alors que Boada hochait à nouveau la tête. Je voudrais que tu me rendes deux services. Le premier, que tu me préviennes lorsque le juge arrivera ; mais le second est plus personnel, je voudrais que ça reste entre nous.

Il fit oui de la tête pour la troisième fois.

— On ne se connaît pas beaucoup, mais je dirais que tu es croyant et très religieux. Je crois que ce serait bien de réciter une prière pour le salut de l'âme de Carolina Estrada, dit-il en montrant la victime. Tu veux bien?

Sans attendre la réponse, Milo se dirigea vers le 4×4.

La femme était en train de détailler les faits à la sous-inspectrice Mercader, et celle-ci les notait sur son bloc-notes. Elle portait une parka verte, un jean, des bottes imperméables et une grosse écharpe de laine. Elle avait une allure avenante, de longs cheveux frisés qui encadraient un visage couvert de taches de rousseur, un nez en trompette et des yeux pétillants. D'après ce que Milo put entendre en arrivant à sa hauteur, Natalia Molina était biologiste, professeure dans un lycée et passionnée par l'enregistrement des trilles des oiseaux qu'elle ajoutait ensuite sur sa page web.

— Cet endroit est magnifique. Il se trouve à peine à quinze minutes de la ville et l'on peut y entendre le rossignol, le roitelet et le rouge-gorge ; vous les entendez? C'est une petite boule de plumes d'à peine neuf grammes, avec un cerveau minuscule, mais capable de reproduire des trilles demandant un grand contrôle neurologique. C'est bluffant, non ?

— Voilà, Natalia nous souhaiterions que vous…

— Et ça, c'est un bruant zizi, expliqua la biologiste en levant son index puis en penchant la tête. Et celui-ci un troglodyte mignon.

— Joli nom, dit Milo.

La femme prit soudain un air sérieux.

— Vous voulez savoir comment je l'ai trouvée, bien entendu. Pauvre fille. D'habitude, je me gare plus bas sur le sentier, à cinq cents mètres d'ici. Je prends tout mon attirail et je pénètre dans la forêt. Je l'ai tout de suite aperçue. Au début, je me suis dit qu'elle était en train de dormir, mais j'ai ensuite pensé : avec ce froid et ici, au milieu des bois ? Non, ce n'était pas possible. Je me suis approchée et, bon, en la voyant aussi pâle, avec des feuilles sur le visage et tous ces… vous voyez ce que je veux dire, tous ces insectes, je n'ai pas réfléchi à deux fois et j'ai appelé le 112.

— Vous avez touché à quelque chose ? demanda la sous-inspectrice Mercader.

— Écoutez, dit-elle en pointant à nouveau son index vers le ciel. Ça, c'est une grive musicienne, son *tuit-tuit-tuit-ti-tiit, ti-tiit, ti-tiit*, est unique. Est-ce que j'ai touché à quelque chose ? À rien, bien entendu. Pour quoi faire ? Avec la répulsion que j'ai ressentie, je n'en ai même pas eu l'idée. Ce n'est pas le premier mort que je vois. Il y a deux ans, en été, un garçon s'est noyé sur la plage de Badalona et il est resté un bon moment sur le bord avant qu'on emporte son corps. Mais on ne peut jamais s'habituer à ce genre de chose, et encore moins lorsqu'on est seule. La mort est une chose horrible.

— Le sac, dit Rebeca. Parlez-nous du sac noir.

La biologiste se tourna vers Milo.

— Ce que vous avez dit à votre collègue, celui qui a failli tourner de l'œil, je l'ai entendu, fit-elle en montrant ses écouteurs autour du cou. Même si je ne les porte pas, j'ai l'ouïe extrêmement fine. Il me suffit de diriger discrètement l'antenne parabolique et j'entends tout.

— Moi, je fais un peu pareil, répondit Milo en demeurant impassible.

— Vous saviez qu'il était croyant ou vous l'avez deviné ?

— Mon travail consiste la plupart du temps à faire des déductions. Vous voulez bien nous parler du sac ?

— Le sac noir, oui. Il était ouvert à côté d'elle. Et avant que vous ne me le demandiez, non, je n'y ai pas touché non plus. Qu'aurais-je bien pu faire avec le sac d'une morte ? dit-elle en retroussant son nez. Vous êtes en train de m'interroger, n'est-ce pas ? Le premier témoin est aussi le premier suspect. J'ai vu beaucoup de films, ajouta-t-elle en souriant. Ah, quelle merveille. Ce *toc-toc… tic-tic-tic-tix-tix-tix* aussi rapide est le signal d'alerte d'un merle. Voyez-vous, écouter la nature fait du bien émotionnellement et ça améliore la santé mentale.

Rebeca jeta un coup d'œil inquisiteur à son collègue.

— Prends-en de la graine, inspecteur Malart.

Milo ne réagit pas et demanda :

— Autre chose qui pourrait nous aider ?

— Je ne sais pas. Je voulais venir hier, samedi, comme d'habitude, mais avec la pluie, c'était absurde, expliqua-t-elle en levant la tête. Ça gâche tous mes enregistrements. Et ce matin, de bonne heure, voyant que le temps avait tourné, j'ai pris tout mon attirail et je suis montée jusqu'ici. En vérité, si j'avais su que j'allais trouver ce macchabée, je serais restée chez moi, bien au chaud, à écouter mes enregistrements de trilles. Je vais vous avouer quelque chose : un son peut tout à fait vous faire revivre un moment de façon plus intense et émouvante qu'une image.

Comprenant qu'ils ne tireraient rien d'autre de la biologiste, la sous-inspectrice la remercia pour ces informations.

— C'est bien dommage que vos oiseaux ne parlent pas, ils nous auraient bien facilité la tâche.

— Et qui vous a dit qu'ils ne parlaient pas ? C'est nous qui sommes limités et ne les comprenons pas.

Ils allaient déjà faire demi-tour lorsque la femme s'adressa brusquement à Milo.

— J'ai bien aimé ce que vous lui avez demandé… de réciter une prière. C'est une magnifique attention. C'est agréable de savoir que nos forces de l'ordre se comportent de façon aussi humaine.

Milo respira profondément.

— Je ne crois pas au paradis et tout ça, dit-il. Mais prier, pour un croyant comme mon collègue, est une chose réconfortante, qui l'aide à surmonter ses émotions. Il en a plus besoin que la victime.

Ils retournèrent au talus juste au moment où le juge arrivait accompagné du secrétaire du tribunal. Emmitouflé dans un luxueux manteau de peau, assorti à ses gants, il s'arrêta devant le corps et adopta une attitude solennelle. Il ajusta ses lunettes sans monture, verres percés, aux branches couleur citrouille, et l'observa quelques secondes. De façon inconsciente, il lissa ses cheveux blancs.

Au bout d'un moment, il se tourna vers les autres.

— Monsieur, mademoiselle, dit-il avec un léger hochement de tête, je m'appelle Martín Losada, je suis le juge qui va instruire cette affaire. Si cela ne vous dérange pas, étant donné qu'il doit faire moins deux ou moins trois, j'aimerais qu'on procède le plus rapidement possible avant de se geler complètement les couilles.

Le médecin légiste Bonhora fut le premier à le mettre au courant. Puis ce fut le tour de Manu Márquez, le responsable de la scientifique, et enfin la sous-inspectrice Mercader intervint, se faisant la porte-parole du Groupe. Elle consulta ses notes et lui en fit un résumé. Le secrétaire du tribunal consigna les déclarations sur son formulaire fixé à un porte-bloc-notes avec une écriture fine et serrée. Le juge demanda un ou deux éclaircissements à propos de détails anodins puis, s'adressant à Bonhora et Márquez, il leur demanda s'ils avaient fini. Après que les deux hommes eurent acquiescé d'un hochement de tête, il posa la même question à son secrétaire, qui lui fit une réponse identique. Il signa donc le formulaire et ordonna la levée du corps.

Bonhora fit un signe à ses subordonnés et ceux-ci, de façon parcimonieuse et mécanique, étendirent une housse noire en nylon à côté de la victime. En silence, tandis que l'inspecteur Boada se retournait en faisant un discret signe de croix, ils y introduisirent le corps, remontèrent la fermeture éclair et le portèrent sans difficulté vers le bas du chemin où se trouvait la fourgonnette blanche.

Refermant sa grosse mallette argentée, Márquez dit à Milo qu'il lui ferait parvenir son rapport au plus vite.

— Demain, par exemple ? Vous n'avez presque pas placé de marques.

— Le plus tôt possible, insista Márquez en se dirigeant vers la fourgonnette.

Malart fixa le sol, toujours pensif.

— Ne te casse pas la tête, dit Bonhora en lui tapant sur l'épaule. Ça n'en vaut vraiment pas le coup.

Milo fit claquer sa langue. Il s'efforça de paraître normal.

— Dis-moi, il faut pardonner ma collègue pour tout à l'heure. Elle est jeune, impulsive et elle n'a jamais compris qu'on devait le respect à plus âgés que soi. Ne lui en veux pas. Mais je préfère qu'elle soit comme ça, que trop indifférente… elle a tout de même passé les bornes.

— Ça c'est évident, elle est complètement dérangée. On peut savoir ce que tu lui as fait ?

— Tu peux me fouiller, je suis innocent.

— Ce que tu ne lui as pas fait, alors !

— Ne sois pas grivois, Goyo. À ton âge ça ne se fait pas.

— Mon âge ? demanda-t-il offusqué. Qu'est-ce qu'il a mon âge. Malart, tu devrais savoir que l'âge est un concept. Mon esprit me dit que je suis un jeune de vingt ans.

— Avec les hormones prêtes à exploser, j'ai remarqué. Un de ces jours, il me faudra en parler avec ta femme.

— En parlant du diable, quand est-ce que tu viens dîner à la maison ? Ça fait une éternité qu'elle t'a invité et elle commence à se dire que tu n'aimes pas sa cuisine. Si tu veux bien garder le secret, on est déjà deux.

Le médecin légiste-chef lui fit un clin d'œil et éclata de rire.

— Une chose, Goyo. Essaie de voir si la victime a été attaquée par-derrière. J'ai besoin de le savoir.

Bonhora le toisa de haut en bas.

Il laissa passer un moment, puis il dit :

— Toi, tu as quelque chose qui te trotte dans la tête, je te connais bien, dit-il en soupirant, résigné. Ton antenne parabolique est une vraie poisse. Je ne comprends pas comment tu la supportes. Le self-control, Malart, la clé c'est le self-control.

Milo se tut.

— Bien, je me sauve, on m'attend. Ils n'ont trouvé presque aucun indice, on va voir si avec un peu de chance… en laboratoire, dit-il en saisissant la mallette et en commençant à descendre le raidillon avec prudence. Heureusement que quelqu'un a trouvé le corps avant les sangliers, ajouta-t-il en faisant au revoir de la main. Passe un jour par ma tanière pour faire une partie de citations.

Milo observa ses larges épaules qui s'éloignaient.

— Je vais te battre à plate couture.

Bonhora immobilisa sa main en l'air. Puis il tourna son pouce vers le bas.

Le juge Losada regarda l'un après l'autre le visage de chacun des membres du Groupe.

— Messieurs, mademoiselle, dit-il, mobile, arme et circonstances sont les trois piliers de toute bonne enquête. Tenez-vous-en à cela et nous ferons un long chemin ensemble.

Il tapa des pieds pour se réchauffer et Milo remarqua qu'il portait des bottines très particulières, de marque britannique, imperméables, dans une matière isolante. Le juge frappa plusieurs fois dans ses mains gantées et demanda du respect pour le secret de l'instruction.

— Je veux de la rapidité et des résultats. Et je ne tolérerai aucune fuite à la presse. D'aucune nature que ce soit. Est-ce que c'est bien clair ? À ce sujet, tolérance zéro de ma part. Très bien, on prend son temps et on s'applique. Tenez-moi informé au fur et à mesure de la progression de l'enquête. Bonne journée, messieurs… et mademoiselle.

Il s'engouffra dans son véhicule de fonction, suivi de son secrétaire, et la voiture démarra. Les pneus crissèrent en glissant sur le givre qui perlait entre les cailloux du sentier. Cela produisit un son de griffure.

— Ce type est un génie, dit Sena. Enquêter sur l'arme dans un cas de strangulation ? fit-il en prenant l'air bête. Et que décidons-nous, rapidité ou lenteur ?

— Aucun doute, c'est un vrai casse-couilles ! dit Rebeca.

— Je ne vois pas de quoi tu te plains, dit Milo. Il t'a appelée "mademoiselle"… à trois reprises.

L'inspecteur Boada demanda, avec un petit filet de voix, qui allait se charger d'annoncer la mauvaise nouvelle à la famille Estrada.

Une épaisse brume les enveloppa soudain, estompant leur visage.

6

L'appartement sentait le chou bouilli et Milo fronça le nez tout en observant la photo, sans cadre, usée, dont trois des angles étaient cornés, que lui montrait Isabel, la mère de Carolina Estrada.

— C'était une très gentille fille, répéta-t-elle en réprimant un sanglot.

Une collégienne regardait l'objectif sans sourire, sans poser, comme si elle s'était laissé prendre en photo malgré elle. Ses cheveux châtains lui cachaient la moitié du visage, comme chez les adolescents qui ne sont pas sûrs d'eux, mais cela n'empêchait pas d'apercevoir le gris, ou peut-être le vert, de ses yeux.

— Là, elle avait quinze ans, elle venait de finir le collège avec de très bonnes notes. Ma Lina était très intelligente, elle était en avance.

Milo saisit la photo. Le regard de la gamine était direct, mais pas du tout lumineux ; on aurait dit qu'elle n'était pas spécialement fière d'avoir réussi son année. Il eut beau faire des efforts, il ne détecta pas la moindre trace de joie de vivre. Le polaroïd avait été pris dans la rue, on distinguait au dernier plan l'aire de jeux d'un parc, et l'adolescente avait été cadrée en pied. Carolina était debout, jambes parallèles, un bras pressait un cartable contre la poitrine, et l'autre pendait nonchalamment le long du corps. Elle portait un débardeur blanc, un short bleu clair et des minorquines. Sa maigreur le surprit une nouvelle fois. Elle avait des jambes comme des allumettes, on lui voyait les côtes, ses bras étaient squelettiques. Elle avait un cou de cygne.

— Au collège, tout le monde lui disait qu'elle irait loin, qu'elle pourrait apprendre n'importe quel métier. Ma… ma pauvre Lina. Je…

Elle ne put continuer, cacha son visage dans ses mains et éclata en sanglots, le corps convulsé par les pleurs. La sous-inspectrice Mercader lui tendit un paquet de mouchoirs en papier, mais la mère ne s'en aperçut pas et Rebeca resta un moment le bras tendu sans trop savoir si elle devait le reposer sur son giron ou rester ainsi.

Ils avaient tiré au sort à Collserola et ils avaient perdu, au grand désespoir de Milo. Tous les membres du GEHME avaient été formés à l'académie de police de Mollet sur la façon d'annoncer la mort d'un être cher à sa famille, mais cela n'empêchait pas l'horreur de la situation, et ils saisissaient toujours la moindre occasion de se défiler. Tandis qu'ils grimpaient les étroites marches de l'immeuble, Milo avait rappelé à Rebeca que les courtes distances n'étaient pas son fort, qu'il n'était pas très bon dans ce rôle et que par conséquent il valait mieux que ce soit elle qui parle, tandis que lui demeurerait dans un discret second plan. La sous-inspectrice avait soupiré, irritée, puis répliqué sur un ton rêche et tranchant : "Même pas en rêve."

Milo détourna son regard et examina le salon. C'était une petite pièce humble, sans charme. Tout montrait clairement que les Estrada traversaient une mauvaise passe. Le lino du sol, imitation parquet, se soulevait à plusieurs endroits ; les rideaux, sales et froissés, étaient raccommodés un peu partout. Les murs, qui possédaient de larges taches d'humidité, étaient lézardés par-ci par-là et leur peinture tout écaillée, sur le point de tomber. Le buffet, à l'instar du reste des meubles, semblait avoir été récupéré dans la rue, et l'atmosphère qu'on respirait dans cet espace était trouble, un pénétrant mélange de transpiration rance et de nourriture avariée. Et venait s'ajouter pardessus tout ça un froid insalubre transporté par les courants d'air qui passaient par les fenêtres, ainsi que par la porte d'entrée donnant directement dans le salon.

Un énorme téléviseur très ancien présidait le tout. Il avait été placé en biais, le décodeur de la TNT au-dessus. Le petit compartiment des commandes manuelles avait perdu son cache.

Assis sur un vieux fauteuil devant l'appareil, comme s'il s'agissait d'un meuble de plus, Emilio Estrada regardait fixement l'écran. Son visage hébété ne donnait aucun signe de vie. Il n'y avait rien dans ses yeux, rien dans l'expression de son visage. Sa femme posa une main sur la sienne.

— Et à présent, qu'allons-nous devenir, mon pauvre Emilio ?

L'homme serra fermement les accoudoirs du fauteuil.

— Qu'est-ce qu'il a ? demanda Rebeca.

La femme comprit qu'elle faisait allusion à la réaction de son mari.

— Je ne sais pas, personne ne sait. Qui peut savoir ce qui lui passe par la tête ? fit-elle, puis elle demeura un instant silencieuse. Quelle tête ?

Depuis son accident de la circulation, il n'était plus le même, expliqua-t-elle. Emilio était transporteur routier. Il conduisait son propre camion lorsque, pendant un voyage, il y avait une dizaine d'années, il a traversé un terre-plein en tentant de doubler un véhicule. Il n'avait pas vu la voiture de tourisme qui venait en face. Pour éviter le choc, il a donné un grand coup de volant qui l'a fait sortir de la route. Il a dégringolé jusqu'au bas de la montagne, en faisant des tonneaux et encore des tonneaux. Il s'en est sorti par miracle. Mais il s'est fracassé le crâne et il a fallu lui retirer une partie du lobe frontal. Il a perdu l'usage de la parole, ainsi que d'autres fonctions, mais par chance il a conservé plusieurs fonctions organiques, vous voyez ce que je veux dire. Il a cessé d'être lui-même et est devenu dépendant de la famille. Un beau jour, le travailleur qui rapportait le pain à la maison est sorti de ce salon, et lorsqu'il y est revenu ce n'était plus qu'un légume incapable de se suffire à lui-même.

— Depuis, il est comme ça, il regarde la télévision toute la journée, dit-elle en lui caressant la main. Le dimanche, lorsqu'il fait beau, je l'emmène en promenade dans le parc qui se trouve ici, tout près, pour qu'il prenne un peu l'air et le soleil. Mais à vrai dire, parfois, j'ai l'impression que ce n'est plus mon mari.

Un lourd silence retomba sur toute la salle de séjour.

Mal à l'aise, Milo et Rebeca échangèrent un regard.

Isabel retira sa main et se tourna vers eux. Elle avait cinquante-deux ans, mais en paraissait soixante. La peau ridée, des cernes sous les yeux, les cheveux gris et gras, coiffés avec une raie au milieu et une queue de cheval derrière. Grosse, vêtue d'une blouse et de plusieurs chandails, c'était une femme qui avait cessé de soigner son apparence depuis bien longtemps. Elle essuya ses larmes avec un des mouchoirs en papier, puis elle leur raconta que l'État leur versait une allocation de dépendance :

— Deux cent cinquante-six euros. Une misère.

Elle poursuivit en expliquant qu'à présent, avec la crise et les restrictions, elle craignait qu'on ne la lui enlève.

— Le midi, je travaille. Je fais la cuisine dans un bar du quartier. Je finis à quatre heures, puis je vais faire des ménages dans une autre maison, deux jours par semaine, le mardi et le vendredi, jusqu'à huit heures du soir. À la fin de la journée, je suis crevée, j'en peux plus. Et tout ça pour même pas mille euros par mois. Notre Eloy, qui n'a encore que quinze ans, m'aide un peu. Il est pas fait pour les études. Lorsqu'il sort du collège et tous les samedis, il travaille comme apprenti dans un atelier de mécanique, mais il est pas payé, il gagne juste des pourboires, même pas cent euros, dit-elle en tournant ses yeux noyés de larmes vers eux. Lina, elle, nous donnait tout son salaire, je me demande comment je vais me débrouiller sans elle.

Rebeca se racla la gorge.

— Donc, votre fille travaillait ?

La femme acquiesça avec une pointe de fierté.

— Comme stagiaire, l'après-midi, dans un cabinet d'avocats, à s'occuper de je sais pas très bien quoi… des mauvais payeurs, je crois. Elle aimait pas ça, mais notre situation nous permettait pas de faire autrement en attendant qu'elle trouve mieux. Et allez pas croire, hein ? Joli cabinet, titre ronflant, mais ça les empêchait pas de la payer avec un lance-pierre. Comme elle était jeune et qu'elle avait pas fini ses études, ils l'exploitaient, bien sûr. C'est pour ça qu'ils sont riches, parce qu'ils payent pas. Et ensuite vous les voyez dans leurs belles voitures. Ils devraient avoir honte !

Milo tendit la photographie à Rebeca. Elle l'observa un instant, en redressant les angles cornés.

— Ma Lina a jamais fait de mal à personne. Qui a bien pu la mettre dans cet état ? Pourquoi ?

— Nous avons envisagé plusieurs possibilités. L'une d'elles consiste à penser qu'il s'agit d'un vol, votre fille a pu résister à son agresseur et… et les choses ont mal tourné. Elle avait beaucoup d'argent sur elle ?

La femme devint muette, une moue d'incrédulité lui barrant le visage.

— Je veux dire que quelqu'un a pu se dire que c'était une fille aisée, précisa la sous-inspectrice. Elle s'habillait simplement, mais ces choses-là peuvent tromper, et surtout aujourd'hui.

— Ma Lina achetait ses vêtements au marché de Cornellá, mais elle avait belle allure. Vous avez des enfants, vous ? leur demanda-t-elle et ils firent non de la tête. Alors vous pouvez pas comprendre.

— Madame, nous sommes désolés de vous poser toutes ces questions, mais…

— Avoir des enfants ou pas avoir d'enfants : vous pouvez pas savoir ce que ça signifie.

Milo reprit la photo des mains de Rebeca et la rendit à Mme Estrada. Il hésita un instant, se demandant s'il devait intervenir ou pas.

— Carolina était une grande fille, dit-il enfin.

Les traits du visage d'Isabel se détendirent. Elle pencha la tête sur le côté et regarda la photo, en passant un doigt sur les cheveux de sa fille, comme si elle était en train de la peigner. Elle acquiesça.

— Elle était très travailleuse et très responsable. Elle a jamais eu de problème. Mais ça, c'est vrai, à la maison, elle faisait toujours la demoiselle. Pas question de faire la vaisselle. Vous auriez dû la voir. Pour rien au monde elle aurait trempé ses mains dans l'évier ou dans la cuvette des toilettes. Elle, toucher du savon ou de la javel ? Même pas en rêve. Elle était très pointilleuse avec ça. Elle ne trempait pas ses mains dans l'eau même avec des gants en caoutchouc. Mon Dieu, elle était complètement obsédée par ses mains. Mais ça, c'est vrai, elles étaient très belles. Elle aurait pu devenir mannequin de mains pour la publicité. Je le lui ai répété plus de mille fois : “Lina, tu sais pas tirer parti de tes mains, à la télé on te paierait une fortune." Mais elle faisait pas attention à ce que je lui disais. Et les vernis à ongles ? C'était sa passion, elle en achetait des centaines, sans parler des crèmes ou des pommades. Mais elle allait chez les Chinois, allez surtout pas vous faire des idées. Ma Lina était pas un panier percé, non. Et si vous me croyez pas, je vais vous montrer quelque chose.

Elle se leva au prix d'un gros effort et saisit un panier en osier qui se trouvait dans le buffet. Elle le tendit à Milo qui le prit d'un air effaré.

Il jeta un œil sur la montagne de vernis à ongles. Il y en avait de toutes les couleurs, mais surtout des rouges dans tous les tons. Il lut les noms : rouge sang, rouge bordeaux, rouge géranium, rouge fièvre, rouge bourgogne, rouge clandestin…

— Qu'est-ce que je vous disais, c'est vrai ou pas ? dit Isabel fièrement en retournant s'asseoir à sa place. Elle les achetait chez tous les Chinois, mais quelquefois elle allait dans les parfumeries du centre et elle réussissait à se faire offrir un échantillon et ça m'étonne pas… les vendeuses tombaient amoureuses de ses mains. Elle était plus experte qu'elles toutes réunies. Mais ça, c'est vrai, à la maison, on aurait pu la tuer qu'elle aurait pas pris le chiffon, elle faisait toujours la demoiselle !

Milo agita distraitement les vernis. Il était habitué à ce genre de raisonnements. Ce n'était pas une absence de sentiments, mais c'était une façon de réagir chez certaines personnes confrontées à la mort violente d'un membre de leur famille. Les premiers moments passés, elles se blindaient devant l'événement pour le laisser en marge de la réalité. Ainsi, après l'effondrement initial, s'ensuivait une soudaine prise de distance, une sorte d'"il ne s'est rien passé", comme si leur cerveau, incapable d'accepter la terrible réalité d'un assassinat, déployait une membrane autour de lui pour se protéger. Elles entendaient ce qui s'était passé, le comprenaient, mais étaient incapables de l'assimiler. Comme si une chose aussi monstrueuse ne pouvait pas être vraie. Milo n'était tombé que très exceptionnellement sur des personnes émotionnellement froides qui assimilaient les faits du premier coup, pour s'effondrer immédiatement après devant la tragédie. Et cela lui semblait être un curieux paradoxe.

— Elle les soignait beaucoup, oui, dit enfin la femme avant que sa voix ne se casse. Et vous voyez à quoi tout ça a servi. Ma Lina, ma pauvre petite.

Milo observa le poêle qui ne fonctionnait pas, les ampoules nues, le visage déconnecté du père de Carolina.

La sous-inspectrice Mercader se racla à nouveau la gorge.

— Quand l'avez-vous vue, vous ou votre fils, pour la dernière fois ?

Mme Estrada réfléchit avant de répondre.

— Vendredi… Oui, ça doit être vendredi, avant qu'elle aille à l'université. Je vous explique : je lui prépare son casse-croûte de bon matin et je vais au bar pour continuer à cuisiner. Lina rentrait directement à la maison après les cours et s'occupait de servir à manger à mon mari et à Eloy. Ensuite, elle partait à son travail et rentrait tard dans la soirée. Le vendredi, on la laissait quitter le cabinet à sept heures. Son frère ne rentre qu'à la nuit tombée, comme moi. Lina remplissait son sac avec quelques affaires et ses livres, puis vers huit heures elle allait chez une amie de la faculté pour étudier.

— Et vous n'avez pas été surprise de son absence, depuis vendredi ?

La femme froissa le mouchoir dans sa main.

— Elle passait ses week-ends chez cette amie. Elle disait qu'elle arrivait à mieux se concentrer là-bas. Que, ici, avec la télé allumée et tout le reste, elle pouvait rien faire. Que voulez-vous que je vous dise ? Elle avait vingt ans et elle faisait sa vie. Elle avait de bonnes notes, vous savez ? Elle a commencé à faire ça au mois de septembre, lorsqu'elle est entrée en seconde année de droit, c'est pas facile et elle voulait pas rater ses examens. Je vous ai déjà dit qu'elle était très responsable. Oui, mon mari a dû la voir quitter la maison vendredi après-midi, mais bien entendu, lui… Il compte pas.

Rebeca suivit la direction de son doigt et observa un instant M. Estrada. Impassible, il avait toujours un regard absent, les yeux rivés sur l'écran.

— Vous ne craignez pas de le laisser tout seul à la maison ?

— Et que voulez-vous que je fasse ? demanda la femme. Il peut pas y avoir toujours quelqu'un derrière lui, on peut pas tout faire. Vous croyez que ça me plaît de le laisser tout seul ? D'où voulez-vous que je sorte l'argent pour payer quelqu'un ? Nous, les pauvres, on a pas les moyens de s'offrir ce genre de luxe.

L'homme serra à nouveau les accoudoirs du fauteuil et sa femme s'empressa de lui caresser la main une nouvelle fois.

— Tout va bien. T'inquiète pas, dit-elle et les doigts de son mari cessèrent immédiatement d'être tout blancs. Il fait ça sans arrêt. Les médecins disent que c'est un réflexe du… cortex… ou quelque chose dans le style, ajouta-t-elle en faisant la moue. Si vous voulez que je vous dise ce que j'en pense, moi, eh bien je crois que les docteurs en savent pas plus que moi.

Rebeca toussa discrètement.

— Vous connaissez le nom de cette amie ? demanda-t-elle un stylo dans une main et le bloc-notes dans l'autre.

— Oui, je crois qu'elle me l'a dit ; non, c'est sûr, mais je m'en souviens pas. Mais, c'est pas grave, si vous allez à la faculté, vous tomberez à coup sûr sur elle. C'était sa meilleure amie. Elles s'aidaient l'une l'autre.

— Avez-vous remarqué quelque chose d'étrange chez elle, ces derniers temps ? Un changement dans sa personnalité par exemple, peut-être l'avez-vous sentie plus préoccupée, plus silencieuse ?

Elle fit non de la tête.

— Elle était pas très causante, mais j'ai rien remarqué de tout ça. Ma Lina était une jeune femme normale, bavarde quand elle était joyeuse et silencieuse de temps en temps. Lorsqu'elle avait ses règles, elle devenait insupportable, elle se mettait en colère pour un rien, mais ça c'est normal, non ? Mon Eloy pourra vous en dire davantage. Ils s'entendaient très bien, il l'adore ; c'est sa grande sœur et il la vénère. Aujourd'hui, il travaille pas, il est avec ses amis. Il mérite un peu de distraction, dit-elle en même temps que son visage se congestionnait à nouveau. Je sais pas comment je vais lui annoncer… Le pauvre, il va s'effondrer, il l'aimait tellement… à la folie.

— Il nous faudra nous entretenir avec lui, précisa Rebeca. Vous avez dit qu'il travaillait dans un atelier de mécanique ?

— Oui, dans la rue Tenor Masini, tout près d'ici. Tous les après-midi, en sortant du lycée et le samedi, pour quatre sous.

Elle prit cela en note et ils se levèrent tous les deux.

— Madame, nous ne vous dérangeons pas plus longtemps. Une dernière question. Votre fille a un fiancé ?

La femme gémit en même temps qu'elle faisait non de la tête.

— Non… pas que je sache, en tout cas. Elle était très particulière avec ces choses. Elle pensait qu'à ses études, elle avait pas assez de temps pour un fiancé… Elle me l'aurait dit, non ? Je suis sa mère, quand même.

— Vous pourriez nous donner l'adresse du cabinet d'avocats ?

Elle fit oui tout en reniflant. Elle fouilla dans un des tiroirs du buffet et finit par tomber sur un bout de papier qu'elle leur tendit sans lever les yeux du sol.

Avant de partir, Milo ne put s'empêcher de demander :

— Votre fille était anorexique ?

Isabel battit des paupières, un peu confuse.

— Ma Lina a jamais eu beaucoup d'appétit, dit-elle après quelques secondes. Mais, oui, elle a eu un petit problème, il y a longtemps, avec la nourriture, lorsqu'on l'a changée de lycée. Elle avait fait une… une thérapie et les choses s'étaient remises en place. Avec le soutien de la famille. On était tout pour elle.

Ils se dirigèrent vers la porte. Rebeca lui répéta la procédure d'identification du corps, qu'il lui faudrait aller reconnaître à l'institut médicolégal, à la Cité de la justice, et elle lui redit qu'ils étaient désolés pour ce qui s'était passé. À la fin, elle lui tendit une carte où était noté le numéro de téléphone d'un département de la police de Catalogne, spécialisé en soutien psychologique, au cas où ils ressentiraient le besoin d'avoir une aide.

— Une aide psychologique ? murmura-t-elle. Ce dont on a besoin, c'est d'une aide économique.

Rebeca et Milo descendirent ensemble l'escalier de l'immeuble d'un pas rapide, sans ouvrir la bouche. Une fois dehors, ils respirèrent profondément.

— Une seconde de plus et je tombais dans les pommes, dit Rebeca les mains sur les hanches. J'étais en train d'étouffer. Toute cette misère m'assomme.

Milo remonta le col de son blouson.

— L'autre jour, tu m'as donné la main et maintenant tu te montres sensible au malheur des autres… Tu ne serais pas en train de t'attendrir, *chica dura* ?

— Ne dis pas de bêtises. Il faudrait être de pierre pour ne pas être affecté par des choses pareilles. Et moi, je suis de chair et d'os, inspecteur.

— D'os, ça c'est sûr. Écoute-moi, je suis complètement ignare dans le domaine des vernis à ongles, mais je jurerais que la plupart des flacons que j'ai vus dans le panier ne venaient pas de chez les Chinois. Tu as remarqué ? Tout ça doit coûter pas mal de fric, non ?

La sous-inspectrice demeura immobile.

— Tu veux dire que Carolina Estrada était une petite menteuse ?

Il haussa les épaules.

Puis il donna un coup de pied dans une canette qui traînait par terre et dit :

— Il nous faut reconstituer ses faits et gestes depuis l'instant où elle a quitté son travail. Nous ne savons pas si elle est rentrée chez elle. L'homme qui regarde sans arrêt la télé n'est pas un témoin fiable.

Elle réprima un frisson et ferma son anorak.

— Ce type me fout les nerfs en pelote. Tu t'imagines vivre comme ça ? Je te jure que je préférerais être morte.

Milo secoua affirmativement la tête.

— Bon, dit Rebeca, qu'est-ce qu'on fait maintenant ? Le cabinet et l'université sont fermés, et tant qu'on ne disposera pas de la liste de ses amis et de ses connaissances on ne peut pas enquêter pour savoir si l'un d'entre eux avait quelque chose contre elle.

— On va attendre demain. C'est lundi.

— Ça te dit d'aller prendre quelque chose, de discuter un moment ? Ici, on est en train de se geler le cul pour rien.

— Un autre jour. Je suis attendu.

— Et ce soir ?
— J'ai un dîner.
— D'accord, comme tous les dimanches soir.
— Vraiment ? Je n'avais pas réalisé.
— Tu es très demandé, dit Rebeca, en le toisant du regard.

Milo écarta les bras, les paumes des mains en direction du ciel. Elle se mordit les lèvres en s'interdisant de lui formuler une question. Peine perdue :

— Je peux savoir avec qui ?
— Avec la justice.

7

Il continuait à penser que c'était une gigantesque piscine. Fade, sans le moindre charme. La décharge de la ville. Une mer morte. Mais à présent, en hiver, avec sa couleur gris acier, secouée par les vagues et le vent, elle avait une apparence menaçante qui l'attirait comme un aimant.

— Mon Vieux, le jour où elle va prendre la mouche, elle va tous nous engloutir. Un jour, elle va se fâcher, ça c'est évident. C'est juste une question de temps.

Il caressa le berger de Majorque couché à ses pieds.

— Je ne veux rater le spectacle pour rien au monde.

Milo détourna son regard de la mer et se pencha sur l'animal.

— Dis donc, toi, je suis rentré en vitesse pour te sortir de la maison et que tu puisses faire tes besoins, mais aussi pour que tu gambades, allez, qu'est-ce que tu attends ?

Le chien le regarda avec ses yeux en amande, sa queue frappant nonchalamment les dalles.

— Ce n'est pas la peine d'essayer de m'attendrir, Mon Vieux, je ne bougerai pas de ce banc.

La nuit commença à tomber tandis que de rares passants rentraient chez eux. Assis au bord de la mer, un couple d'adolescents était enlacé, en marge du monde, immobile, sans s'occuper du froid, la tête de la fille posée sur l'épaule du garçon. En les voyant, une image apparut dans son cerveau : les deux derniers survivants. Ou peut-être pas, car quelque chose dans le langage corporel de la fille présageait une rupture. Il se sentit voyeur et tourna la tête. Sur le paseo, un vieil homme vêtu d'un élégant manteau noir avec un cache-nez s'approchait en faisant des mouvements étranges. Il marchait en fixant le sol, à petits pas, de façon syncopée, changeant de direction à tout moment, sans cesser de regarder des deux côtés. Soudain, très lentement, il se baissait, ramassait quelque chose qu'il mettait dans son manteau, puis repartait. On aurait dit un goéland en train de chercher à manger. Après avoir répété l'opération cinq ou six fois, l'homme s'assit sur le banc d'à côté. Il soupira profondément, puis tira sa cueillette de sa poche pour la disposer sur son giron. Ensuite, il commença à dépiauter les mégots dans une main, jetant les filtres par terre. Lorsqu'il eut récupéré suffisamment de tabac, il enfouit sa main libre dans son manteau, à hauteur de la poitrine, en tira du papier à cigarette et, sans se presser, savourant cet instant, s'en roula une.

Milo fit une moue de dégoût.

— Mon Vieux, tu m'as convaincu. On va se promener.

Les quintes de toux de l'homme au manteau élégant résonnèrent dans son dos lorsque brusquement une exhalaison dorée se planta devant le berger de Majorque, le tirant de sa léthargie.

— Comme on se retrouve ! s'exclama l'inconnue de l'autre jour en souriant largement. On dirait que Bruna est devenue amie avec ton chien, Milo Malart.

— Il s'appelle Mon Vieux, c'est moi qui m'appelle… C'est bon, tu m'as bien eu.

La femelle golden sautait autour du chien tandis que la femme lui caressait le dos. Mon Vieux se laissa faire stoïquement.

— Il n'a pas l'air très heureux.

— Il a vécu des moments très durs, dit Milo en comprenant soudain qu'elle s'était souvenue de son nom. Mais c'est aussi un gros fainéant.

— Tu l'as mal habitué. Les bergers ont besoin de faire de l'exercice. Plus ils bougent et plus ils ont envie de bouger, ils adorent ça. C'est ta faute, tu ne le sors pas suffisamment.

Elle se redressa, se plaça devant les deux chiens et commença à courir. Tous les deux la suivirent ; Mon Vieux avec un temps de retard. Milo observa la scène de loin. Au bord de la plage, le couple d'adolescents n'était plus enlacé. Ils contemplaient la mer en silence.

La femme revint. Elle était essoufflée.

— Tu vois ? Il suffisait de le stimuler un peu. C'est après que ça se complique, lorsqu'il est l'heure de rentrer à la maison. Ils ne veulent plus s'arrêter de jouer.

Il les observa en train de courir d'un palmier à l'autre, en zigzaguant constamment et en changeant de rythme. Mon Vieux tirait la langue en essayant de ne pas rater cette occasion. Il avait l'air content.

— On a le droit de les lâcher, comme ça ?

— Tu es de la police ? Est-ce qu'ils dérangent quelqu'un ? La règle s'applique juste lorsqu'il y a du monde.

— Ah bon, dit-il. C'est précisé ça ?

— Non, pas exactement, mais ça coule de source.

— La règle, c'est la règle, c'est bien pour ça qu'elles existent.

La femme pencha la tête sur le côté, fronça les sourcils. Au bout d'un moment, elle dit :

— Tu te moques de moi, n'est-ce pas ?

— Vraiment ?

— Tu te moques de moi, dit-elle en le poussant légèrement. Pendant un instant, j'ai failli te prendre au sérieux.

Milo se frotta l'épaule.

— C'est pas une raison pour te montrer violente.

— Tu exagères, je t'ai à peine frôlé. Un homme aussi costaud que toi, dit-elle en lui tournant le dos.

Au loin, les chiens continuaient à jouer.

— C'est agréable de les voir s'amuser, non ? Ils ont un esprit tellement pur. On leur donne un peu de tendresse et ils te la rendent au centuple, dit-elle en le regardant à nouveau. C'est pas comme les humains, qui se compliquent la vie avec des bêtises et ne savent rien faire d'autre que de mentir et de se faire du mal.

— J'ai un instant cru que tu étais optimiste.

— Ça dépend des jours, dit-elle. Et toi, tu es un menteur, Milo Malart ? Tu fais du mal aux gens ?

— Je ne fais que ça. C'est ma nature, je ne peux pas faire autrement.

La femme plissa les yeux. Elle le regarda attentivement.

— Ton visage me dit quelque chose, on se connaît ?

Milo secoua la tête péniblement.
— Il manque plus que tu me demandes si j'habite toujours chez mes parents.
— Non, sérieusement, je jurerais que je t'ai déjà vu quelque part. Je n'oublie jamais un visage, tu sais.
Les adolescents du bord de l'eau s'étaient à présent levés. Ils se trouvaient l'un en face de l'autre. Le garçon agitait les bras. La fille baissait les yeux en essuyant le sermon.
— Ça y est on a traversé la rivière, dit Milo. Tu as réussi à me faire passer sur l'autre berge. Pourtant tu savais que j'étais un scorpion.
— Tu plaisantes ? Personne n'a jamais grimpé sur mon dos.
Milo secoua la tête en direction des jeunes, au bord de l'eau.
— Je parlais d'eux. C'est ce que vient de lui dire la fille.

Ils récupérèrent les chiens et traversèrent le paseo. Milo expliqua qu'il allait dans sa direction et la raccompagna jusque chez elle. En chemin, il se retourna à deux reprises. À la troisième, elle lui demanda en plaisantant s'il craignait d'être suivi. Milo haussa nonchalamment les épaules, renchérit en parlant de rétroviseurs et de sensations, puis en parcourant le dernier tronçon du chemin en silence. En arrivant devant l'entrée de son immeuble, dans la rue Sal, il la regarda introduire la clé, puis hésiter un instant.
— Voilà… je voulais te dire… je suis séparée.
— Moi aussi.
— Et concernant les relations, je suis devenue infirme, tu vois ce que je veux dire…
— Moi aussi.
— Génial, dit-elle en le fixant un instant, puis en faisant un signe vers le haut. Tu veux monter prendre un café ?
— Un autre jour. J'ai un rendez-vous.
Elle laissa échapper un soupir de soulagement, précisa qu'elle s'appelait Leire et ils se dirent au revoir. Milo attendit qu'elle soit rentrée dans le hall. Ensuite il se dirigea vers la rue Ginebra, pour tourner en direction du paseo Juan de Borbón. À l'angle, les établissements classiques d'antan avaient été remplacés par

un restaurant de hamburger américain, un kebab turc et une pizzéria italienne, les uns à la suite des autres ; trois franchises de trois chaînes définitivement désertées par les clients.

Vers le haut du paseo, il s'apprêta à traverser la moitié de la ville jusqu'à la rue Bertrán, dans le quartier du Putxet, au-delà de la Ronda del Mig.

— Tu voulais faire de l'exercice, n'est-ce pas, Mon Vieux ? Eh bien, je t'en ai servi deux pleines gamelles.

Une heure et demie plus tard, il appuyait sur le bouton de l'interphone. Après être entré dans l'ascenseur, le chien se coucha par terre.

— Lève-toi, on est presque arrivés. J'espère que tu vas bien te tenir chez mon amie. Elle a passé des moments très durs, elle aussi. Avec un peu de chance, elle acceptera de t'adopter. Elle aussi a besoin de compagnie. Tu verras, elle a un grand cœur.

L'ascenseur s'arrêta au dernier étage et ils sortirent de la cabine. La seule porte donnant sur le palier était ouverte.

— Je ne sais pas comment tu te débrouilles, mais tu es encore en retard.

— On m'a retenu, dit Milo.

— C'est lui ton ami ? Lorsque tu m'as dit de prévoir une assiette supplémentaire, j'ai pensé qu'il s'agissait d'un invité à deux pattes.

— Il en a bien deux, non ? Mon Vieux, je te présente Susana Cabot, juge ; Susana, je te présente Mon Vieux, ton futur animal de compagnie.

L'appartement en terrasse était confortable, accueillant ; rien à voir avec celui où lui-même habitait. L'éclairage indirect, associé à quelques notes de jazz en fond, conférait une certaine intimité apaisante à cette ambiance d'oasis au milieu du chaos. Comme tous les dimanches, Milo écarta le rideau de la porte de la terrasse et observa en silence la vue splendide sur la ville. Dans son dos, le berger de Majorque s'était couché sur le parquet, la tête entre les pattes, sans le lâcher du regard.

— On pourrait croire que tu le maltraites. Il a l'air épuisé.

Il lui expliqua, sans se retourner, qu'ils étaient venus à pied depuis la Barceloneta. Que sa vieille Volkswagen l'avait laissé en rade.

— On ne peut plus faire confiance à personne, dit-il.

— Si tu as besoin d'une voiture de façon ponctuelle, je peux te prêter ma Mercedes. Et elle souligna le mot "ponctuelle".

— T'inquiète, demain je demanderai à Singla de me prêter une voiture de service du GEHME pour quelques jours, jusqu'à ce que la mienne soit réparée.

— T'inquiète? interrogea-t-elle. Tu trouves que je suis préoccupée?

Milo sourit à son reflet dans la vitre. Il aimait l'entendre s'exprimer à nouveau ainsi, sans détour, de façon directe. Enfin. Après avoir passé plusieurs mois, trop nombreux, plongée dans une profonde dépression, elle était à nouveau elle-même. Elle était toujours passée pour une femme d'une solidité mentale inébranlable. Son sens commun maîtrisait les élans du cœur et elle ne perdait jamais la tête. De fait, si elle était parvenue à survivre à la terrible expérience de l'affaire du Bourreau de Gaudí, la dernière où elle était intervenue en qualité de juge d'instruction, c'était grâce à cette qualité, son "seul talent naturel", disait-elle. Mais se faire enterrer vivante et voir la mort en face avaient été une épreuve particulièrement difficile.

De neuf ans son aînée, ils s'étaient connus alors que Milo était tout frais émoulu de l'académie de police et que Susana venait juste d'être nommée juge d'instruction. Leur relation avait traversé des phases très différentes. Ils avaient d'abord été amants, ensuite simples connaissances, un peu plus tard amis, et dernièrement, après avoir affronté ensemble la cruauté en personne, plus qu'amis sans qu'aucun d'eux ne s'aventure à définir leur nouvelle relation, qu'ils qualifiaient d'"étroite amitié" sans plus, sans se poser de questions. Pendant tous ces mois d'intense thérapie d'ordre psychologique, l'un comme l'autre avaient évité d'évoquer ce qui s'était passé ; lui, pour ne pas interférer avec les médecins, et elle, parce qu'elle tremblait encore de tous ses membres, en se remémorant ce qu'elle avait vécu.

Milo se tourna lentement vers elle.

— Votre Honneur, on ne dîne jamais dans cette maison ?

Susana, sans bouger de son canapé, indiqua la direction de la cuisine.

— Tu sais où se trouvent les choses. Moi, je suis encore en convalescence.

— Tu as un culot, il faut voir comment !

— Tu te laisses pousser la barbe ou tu as la flemme de te raser ?

Assise à table, Susana entamait à peine son deuxième plat, alors que Milo et le chien avaient déjà avalé le leur en deux bouchées, sans le déguster.

— C'est un crime de gâcher une entrecôte aussi exceptionnelle avec des gens comme vous.

— Je t'ai déjà dit que, moi, un morceau de *butifarra* me suffisait amplement, mais tu as insisté. Même si c'est plutôt bien que Mon Vieux mange quelque chose de plus nourrissant de temps en temps. Avec moi, c'est toujours la même chose.

— Tu sais très bien que je ne peux pas le garder. Alors n'insiste pas, dit-elle en voyant que Milo revenait à la charge. Dans une semaine, je reprends le travail et avant ça il faut que je me remette à jour sur beaucoup de choses. En plus, cet animal me ruinerait. Mais je te remercie d'avoir pensé à moi.

Milo retira son chandail. Puis il leva son verre plein d'eau.

— Le chauffage est vraiment fort, tu n'as pas trop chaud ? demanda-t-il. Ça, c'est une bonne nouvelle.

— Oui, je retourne au tribunal, me battre contre des dossiers interminables, instruire des affaires de criminels de la pire espèce, répondit-elle en observant le fond de son verre. Pour être sincère, je n'ai pas complètement récupéré. Je me sens bien mieux, sans doute rétablie, mais…

— Tu seras parfaite, comme d'habitude, je n'en doute pas une seconde.

Elle avala une gorgée d'eau, s'essuya les lèvres avec sa serviette, puis s'appuya au dossier de la chaise.

— Tu m'as été d'un grand secours ces derniers mois.

— Pur égoïsme. Craintive et timorée, tu ne peux m'être d'aucune utilité. Qui d'autre que toi pourrait me protéger ?

— Je parle sérieusement, Milo.
— Et moi aussi, madame la juge. Au fait, dimanche prochain n'oublie pas de préparer du pain à la tomate. Me connaissant, c'est une erreur impardonnable.
— Tu vas continuer à venir me rendre visite ?
— J'adore les habitudes. Tu peux me parler du juge Losada ?
— C'est lui qui instruit la nouvelle affaire ?
Milo acquiesça.
— Il est très strict, très formel, il a la réputation d'être très sévère. Les insubordinations le mettent hors de lui. Un conseil : qu'il n'apprenne jamais que tu lui désobéis. C'est un type rancunier et il peut te créer d'énormes problèmes.
— Super.
Susana coupa un morceau de viande tout en lui demandant comment les choses se passaient. Milo réfléchit un moment en se grattant la nuque.
— J'apprends à remettre ma vie en ordre tout en travaillant, ce qui n'est pas chose facile, dit-il un peu lassé. Tu sais bien que ce n'est pas toujours possible. Si je ne m'implique pas complètement, je n'arrive pas à fonctionner. Et si je fonctionne, la vie s'arrange pour me créer toutes sortes de problèmes. Enfin, on ne peut pas être au four et au moulin.
Il se leva et commença à débarrasser la table. Lorsqu'il revint de la cuisine, Susana poussa son assiette vers lui.
— Des problèmes avec la famille ? demanda-t-elle. Hugo ?
Milo se laissa choir sur sa chaise. Il expliqua de façon concise la rechute de son frère. Son admission dans un établissement psychiatrique pour seulement quelques jours.
— Deux sur trois, Susana. Tu imagines ce que ça signifie ?
— Ne commençons pas à spéculer, Milo.
— D'abord mon père, et à présent mon frère. C'est génétique, tu le vois bien ! Et j'ai la même donne. Putain d'hérédité. Je n'aime pas du tout penser à ce qui m'attend. La schizophrénie, ce n'est pas rien, crois-moi, dit-il soudain découragé. Je préfère n'importe quoi d'autre, tout ce qu'on voudra, y compris si l'issue doit être fatale, mais surtout pas ça. J'ai déjà vu en quoi ça pouvait transformer un homme, et… Non, je ne veux pas de ça pour moi.

Il se tut. Il ne savait pas comment lui expliquer sa crainte de finir avec un esprit complètement explosé, transformé en prison, enfermé avec les démons, avec les fantômes. La perte de perception, les délires, les hallucinations. Les voix qui donnent l'ordre de mettre fin à la torture, d'en finir une bonne fois pour toutes. L'ennemi à l'intérieur de soi, de sa propre tête. Les balancements de son frère, un coup en avant, un coup en arrière. Le filet de salive en permanence à la commissure des lèvres entrouvertes de son père. Mon Dieu ! Il préférait n'importe quelle autre agonie, mais pas celle-là, n'importe quelle autre prison.

— Le facteur génétique n'est pas déterminant à cent pour cent, Milo. Il y a aussi des exceptions.

— D'accord, l'épée de Damoclès n'est pas aiguisée, et alors ? Il continue à y avoir pas mal de chances que la maladie soit latente chez moi. Génétiquement parlant, je continue à être vulnérable.

— Si tu veux, admettons que tu aies raison, tu es abstinent, tu n'es pas alcoolique, comme Hugo. Tu n'es en aucun cas en train d'accélérer le processus.

— Ça suffit, Susana, tu ne comprends pas. Tu ne peux pas comprendre.

La juge se pencha en avant. Elle pointa son doigt sur lui.

— Je comprends mieux que tu ne l'imagines. Voilà d'où vient ton obstination à couper les liens avec les gens qui ont de l'affection envers toi.

Milo tapa du poing sur la table. Mon Vieux dressa les oreilles, en alerte.

— Je n'ai aucun avenir. Comment faut-il que je te le dise ? Combien d'années de lucidité me reste-t-il à vivre ? Trois, cinq ? Malart et avenir ne riment pas ensemble, ce n'est pas plus compliqué que ça. Que ça me plaise ou pas, ma tête possède une date de péremption.

— Je ne suis pas d'accord.

— Tu refuses de l'être, c'est différent, dit-il fatigué. Et je t'en remercie, mais ça ne me sert à rien. Rien ne sert à rien. Tu veux que je te dise quelque chose ? J'ai été tenté plus d'une fois de me prendre une bonne cuite. Une après l'autre. Ce n'est pas l'envie qui m'en manque, je te le jure. Peut-être vaut-il mieux finir comme eux que plus ou moins normal dans ce monde de fous.

Susana respira profondément.

— Et je suis persuadée que tu continues à avoir cette stupide idée que tu es responsable de la mort de ton père, dit-elle.

Elle s'aperçut qu'il serrait les lèvres.

— Je me demande bien pourquoi ; tu t'es simplement contenté d'agir en bon fils.

"Si tu lèves une nouvelle fois la main sur elle, je te jure que je te tuerai."

— Tu as fait ce qu'il fallait faire, Milo. Rien d'autre.

"En bon fils."

— Tu ne dis rien?

Milo soutint son regard sans faire de commentaire.

— Tu es incroyable. Tu t'obstines à voir des choses qui n'existent pas et pas moyen de te faire changer d'avis.

Elle observa son visage inexpressif et expira bruyamment. Parler avec lui de ce sujet revenait à s'adresser à un mur. Au point où ils en étaient, il valait mieux laisser tomber la conversation que de poursuivre dans cette spirale qui ne menait nulle part. Elle se leva et dit qu'elle s'occupait de finir de débarrasser. En allant à la cuisine, elle ajouta qu'elle allait faire du café, qu'il aille s'asseoir dans le canapé.

Milo obéit comme un automate.

Au moment de s'asseoir, il aperçut le journal qui traînait sur la table basse. Il se pencha et lut la première page. Le processus souverainiste. Il tourna les pages, lisant les titres. "Trente-cinq mille familles expulsées cette année." "Le patrimoine des six fortunes les plus importantes du pays a augmenté de quinze pour cent." Il alla directement à celle de l'horoscope. Il lut le sien : "Aujourd'hui, vous verrez tout en rose, vous serez chargé d'énergie positive. Un large horizon s'ouvre devant vous."

Il s'aperçut que Susana mettait plus longtemps que prévu à revenir.

— Ça va avec les cafés?

Sa réponse arriva amortie. Quelques minutes plus tard, elle se présenta avec un plateau entre les mains, à pas lents, mal assurés. Elle le posa sur la table basse et commença à servir.

— Laisse, je m'en occupe.

Elle s'assit sur le canapé. Puis elle prit ses jambes dans ses bras et posa la tête sur ses genoux.

— Sans sucre, n'est-ce pas ?

Susana fit oui d'une voix éteinte.

— On t'a piqué le sac pendant que tu étais dans la cuisine ? demanda Milo tout en lui tendant une tasse fumante.

La juge se força à sourire.

— Heureusement que je suis avec un membre des forces de l'ordre, dit-elle en buvant une gorgée. Comment se passe la nouvelle affaire ?

— Tu sais parfaitement que je ne peux rien te dire.

— Alors raconte-moi comment ça va avec cette sous-inspectrice si séduisante. Tu sors toujours avec elle ?

— Je ne suis jamais sorti avec elle.

Susana maintint la tasse à quelques centimètres de ses lèvres.

— Je ne vois pas pourquoi tu t'évertues à nier l'évidence, dit-elle. On m'a prescrit un arrêt de travail, d'accord, mais je n'ai pas perdu la mémoire.

Milo remarqua son changement de ton.

— Parlons d'autre chose, Votre Honneur. Il te reste encore une semaine de vacances. Si j'étais toi, je partirais en voyage. Les Caraïbes, ça te dit pas ?

Susana secoua la tête d'un air contrarié.

— C'est bien ce que je disais tout à l'heure. Dès que quelqu'un commence à s'intéresser à toi, tu t'ingénies à lui mettre des bâtons dans les roues, à te sauver. Et tu le fais exprès.

— Tu ne sais pas de quoi tu parles. Passons à autre chose.

Susana reposa les pieds par terre en grimaçant.

— À d'autres, ce genre de réaction, dit-elle d'un air revêche. Tu as décrété que tu ne voulais pas d'attaches sentimentales ni d'engagement avec une femme et tu places des mines partout pour mieux prendre tes distances. Je lis en toi comme dans un livre ouvert.

Milo ne comprit pas sa réaction. Était-elle en train de le juger ? Ses mots résonnèrent comme une condamnation et il se sentit stupide.

— Pourquoi sommes-nous à présent en train de parler de ça, madame la juge ?

La tasse à café se mit à trembler dans la main de Susana.

Elle pâlit soudain et la posa maladroitement sur la table basse.

— Qu'est-ce qu'il y a ?

— Écoute-moi, dit-elle en saisissant son poignet. Je n'ai vu aucune lumière blanche là-bas… là-bas dedans. Il n'y a rien dans l'au-delà. Tu m'entends ? L'ici et maintenant, c'est tout ce qu'il y a. Il faut que tu apprennes à aimer ce que tu ressens, ce que les autres ressentent envers toi. Tu as compris, espèce d'imbécile ? Et maintenant prends-moi dans tes bras, s'il te plaît. Serre-moi fort.

Il sentit qu'elle frissonnait. Le corps agité par de petits spasmes. C'étaient ses efforts pour contenir les sanglots.

Après un moment, il la prit dans ses bras pour l'emmener dans sa chambre. Elle se blottit entre les draps, les yeux fermés.

— Non… n'éteins pas la lumière, s'il te plaît.

Milo lui arrangea une mèche sur le visage.

— T'en fais pas, je ne t'abandonnerai jamais, dit-il.

Il lui susurra des mots à l'oreille jusqu'à ce que ses spasmes disparaissent. Il se cala contre les oreillers, puis caressa son visage jusqu'à ce que sa respiration redevienne régulière.

"La tache indélébile."

"Le malaise constant."

"En bon fils ?"

La lumière demeura allumée toute la nuit.

8

Il nagea ses habituelles longueurs, tandis que le berger de Majorque s'obstinait à le suivre sur toute la distance, puis il ressortit de l'eau en claquant des dents. Il remonta en courant dans son appartement, prit une douche rapide et s'habilla à toute vitesse. Il ne voulait pas arriver en retard à son rendez-vous avec la sous-inspectrice Mercader. L'attente à l'arrêt d'autobus s'éternisa. Enfin, il aperçut le 39 qui s'engageait dans le paseo Juan de Borbón et il tendit le bras pour lui faire signe de s'arrêter. Il n'avait pas sa carte d'abonnement T-10 et paya en liquide, ce qui provoqua une confusion parmi les passagers qui s'attroupèrent dans son dos, tous avec leur carte préparée pour l'introduire dans l'appareil à valider et soucieux de s'ouvrir le passage jusqu'à un siège. Il en aperçut deux libres, côte à côte, non loin de la conductrice. Maudissant la panne de sa voiture, il s'y laissa choir comme un poids mort.

Pendant le trajet, personne ne vint s'asseoir à ses côtés.

Il passa son temps à regarder à travers la vitre, à écouter les conversations autour de lui. À un moment, la conductrice expliqua à un contrôleur que la veille un type lui avait demandé s'il pouvait laisser son père, qui souffrait de démence sénile, dans l'autobus, pour quelques heures, parce qu'il devait aller faire des démarches importantes et qu'il ne connaissait personne à qui le confier, en lui promettant de venir le reprendre lorsqu'il aurait fini.

— Il a pris mon bus pour un asile ambulant, j'y crois pas, dis donc ! Y en a qui doutent de rien : il voulait que je promène son père tout l'après-midi.

Le contrôleur secoua la tête d'un air incrédule.

— Les gens sont complètement tarés, bons à enfermer, conclut-il.

Milo descendit deux rues après l'angle des rues Pau Claris et Mallorca.

Rebeca l'attendait appuyée sur le capot d'une voiture, bras croisés et mine renfrognée, en face de l'immeuble où se trouvait le cabinet Pons, Galver y Puig.

Il alla à sa rencontre. En voyant ses cernes sous les yeux, elle demanda :

— Mauvaise nuit, on dirait !

— Je ne vois pas de quoi tu veux parler.

Le bureau des avocats se trouvait au premier étage. À leur arrivée, une porte coulissante s'ouvrit, qui portait le logo du cabinet guilloché sur la vitre dépolie. Une réceptionniste leur demanda de s'asseoir et de patienter le temps de prévenir les associés.

Milo jeta un coup d'œil aux installations.

— Tu as trouvé un autre foyer pour ton chien ?

Derrière le comptoir, on pouvait voir un vaste *open space*, divisé en plusieurs petits bureaux par des cloisons basses et des plantes naturelles. La décoration était moderne, fonctionnelle. Moquette grise sur le sol, stuc blanc sur les murs, lithographies voyantes, tables de verre avec ordinateurs à la pomme et fauteuils ergonomiques. Sans être luxueux, le décor donnait le sentiment d'une affaire bien menée, d'un dynamisme et d'une augmentation progressive du flux de capitaux.

— Il ne faudrait pas que ta mauvaise humeur me retombe dessus. Si tu es en colère, c'est ton problème, pas le mien.

Il planta son regard dans le sien.

— T'en as trouvé un ou pas ?

— Inspecteur, il vaudrait mieux que ce soit moi qui interroge les associés. Je ne voudrais pas entamer la semaine avec une plainte pour violences policières, qu'en penses-tu ?

Deux hommes s'approchèrent en contournant les tables, précédés par la réceptionniste. Le plus âgé était grand ; l'autre, que Milo estima être de son âge, un peu plus petit et gros par rapport à son collègue. Tous les deux étaient vêtus d'un costume impeccablement coupé, de chaussures lustrées et arboraient un splendide bronzage. Milo et Rebeca leur montrèrent leur plaque tout en expliquant les raisons de leur visite.

Faisant une moue de contrariété, le grand leur montra les bureaux tout en les priant de le suivre. Ils leur emboîtèrent le pas.

— Laurel et Hardy, dit Milo à l'oreille de la sous-inspectrice. Qui va être le troisième ? Groucho Marx ?

Rebeca l'incendia du regard.

Ils furent guidés jusqu'à une pièce qui se trouvait dans le fond. Les avocats s'écartèrent pour les laisser entrer en premier. Une table de verre, grande et rectangulaire, occupait le centre, avec trois chaises sur chaque longueur et une sur chaque largeur. Une vaste baie vitrée donnait sur la rue, hermétique et isolante, avec des rideaux à larges lamelles de toile crème. Le mur opposé, également vitré et avec les rideaux tirés, donnait sur l'*open space*. Le logo du cabinet présidait la salle, représentant les trois initiales en lettres argentées. Le grand les pria de s'asseoir et prit lui-même place à une extrémité de la table, l'autre demeurant debout à ses côtés.

Après s'être raclé la gorge, ce dernier dit :

— La mort tragique de Carolina Estrada a été une grande perte pour nous. Malgré sa jeunesse, elle faisait un excellent travail, elle était efficace et rapide. Nous avions de grands projets pour elle. C'est une vraie tragédie. Enfin ! En quoi pouvons-nous vous être utiles ?

Rebeca saisit son bloc-notes et son stylo.

— Vous êtes monsieur ?…

— Galver, Jordi Galver, dit-il tandis que Milo observait le logo sur lequel la lettre *G* occupait la deuxième place, puis l'homme signala son associé assis : Je vous présente Antonio Pons, le fondateur de la société.

L'avocat les salua d'un léger hochement de tête, puis il expliqua que le troisième associé, Lorenzo Puig, ne se trouvait pas en ce moment dans son bureau.

— Le lundi, il a tendance à rester couché, dit-il.

— Il doit être en visite, Antonio. Notre cabinet conseille de petites, moyennes et grandes entreprises dans les domaines civils, marchands, de l'emploi et des affaires juridiques, et par chance nous possédons un large portefeuille de clients. Lorenzo doit probablement être chez l'un d'entre eux.

— Quel genre de travail faisait exactement Carolina Estrada ?

— Elle faisait partie du département de gestion des impayés.

— Le recouvrement des retards de paiement, si vous préférez, intervint Pons.

— Les grandes entreprises de fournitures souffrent actuellement de nombreux impayés, reprit Galver. Vous savez bien… à cause de la crise. Et après avoir échoué dans leurs tentatives de recouvrement, ils font appel à nous. Vous ne pouvez pas imaginer les arnaques que nous subissons aujourd'hui. Changement de domicile, de nom…

— Lorsque vous parlez de fournitures, vous parlez du gaz, de l'électricité, de l'eau.

— En effet, dit Pons. Notre département s'occupe de réaliser l'enquête, grâce à plusieurs bases de données, pour retrouver les nouvelles coordonnées postales et téléphoniques des retardataires, particuliers, entreprises ou administrations. Quand les individus sont localisés, nous procédons à la réclamation des sommes dues.

— Mlle Estrada était une de nos plus efficaces enquêtrices, dit Galver. Son taux de réussite était l'un des plus élevés du service.

Milo commença à tambouriner du bout des ongles sur la surface en verre. "Contrôle-toi, Milo", se répétait-il.

— Une stagiaire bien sûr, ne put-il cependant s'empêcher de dire.

— Pardon ?

Rebeca s'empressa d'intervenir.

— Mlle Estrada est-elle venue travailler ce vendredi ?

— Bien entendu, dit Galver. Autant que je me souvienne, elle n'a jamais été absente à son travail depuis toute cette longue année qu'elle fait partie de la société. Toujours ponctuelle. Je vous dis, c'était une excellente collaboratrice.

— Vous l'avez sentie nerveuse ? Quelque chose d'inhabituel chez elle ?

Galver et Pons s'observèrent un instant. Le deuxième pressa le bouton de l'interphone qui se trouvait sur la table. Une voix de femme répondit. Il lui demanda de les rejoindre dans la salle de réunion.

— C'est la responsable du département, dit Galver. Elle pourra vous répondre mieux que moi.

Cristina Sanz se présenta immédiatement. Jeune, belle allure, elle portait un tailleur, jupe et veste de couleur noire. Rebeca lui posa la même question et la femme hésita un instant en rougissant jusqu'aux oreilles.

— Non, non, je ne sais pas, dit-elle. Carolina regardait souvent sa montre, mais le vendredi c'est normal, c'est la fin de la semaine.

— Elle vous a dit, si elle avait l'intention de se rendre quelque part ?

Milo se remit à tambouriner sur le verre de la table de plus en plus fort à présent.

— Je suis sûr, dit-il, qu'elle avait l'intention d'aller skier à Baqueira.

La jeune femme sourit avec affectation. Elle arrangea sa jupe.

— Carolina n'aimait pas le ski, expliqua-t-elle. Son plaisir, c'est la plage, mais avec ce temps… Mais non, elle ne m'a pas dit si elle avait des projets pour le week-end.

— À quelle heure est-elle partie du bureau ? demanda Rebeca.

— À sept heures, comme tous les vendredis ; les autres jours nous travaillons jusqu'à huit heures. Elle a pris son sac et nous a dit au revoir.

— Un sac noir, avec une fermeture à boucle ?

— Non, un sac clair, couleur crème, avec une fermeture éclair, une imitation, dit-elle en rougissant à nouveau.

— Carolina s'entendait bien avec vous et les autres collègues ?

La jeune femme acquiesça, en se montrant à présent inquiète.

— Elle est réservée… par timidité, mais elle très affable. Elle s'entend bien avec tout le monde. Il lui… il lui est arrivé quelque chose ?

Rebeca fit un signe en direction des deux associés, qui écoutaient imperturbablement, et lui dit que ses patrons lui expliqueraient la situation tout à l'heure.

— D'après ce que je comprends, comme chef de service, vous distribuez à chacun des employés l'historique et le nom des personnes sur qui enquêter, dit-elle à la jeune femme qui acquiesça immédiatement. Carolina a-t-elle eu des problèmes avec certains retardataires dont elle s'occupait ?

— Comme d'habitude, dit-elle en tortillant ses mains. De temps en temps les hurlements et les menaces habituels, rien d'anormal.

— Vous avez dit des menaces ?

— Elles font partie de notre quotidien, nous y sommes habitués. Et c'est compréhensible. Parfois nous sommes obligés de mentionner la possibilité d'une saisie de biens s'ils ne paient pas tout de suite, ou la coupure des services ; c'est en fonction de la dette et, bien entendu, cela ne plaît à personne. Les entreprises ça peut encore aller, mais les particuliers, eux… vous voyez ce que je veux dire, ils ne réagissent pas toujours de façon très civilisée.

Milo serra les dents et s'obligea à se taire. Surtout ne pas perdre les pédales. “Contrôle-toi, Milo”, se répéta-t-il à nouveau.

Son équipière poursuivait l'interrogatoire :

— Vous vous souvenez de quelqu'un qui aurait attiré l'attention plus que d'autres ?

— Bon, il y a deux ou trois cas un peu limites, peut-être même davantage, dit-elle en se forçant à sourire. Certains individus nous donnent pas mal de fil à retordre. Si vous voulez, je peux chercher les noms sur les fichiers.

La sous-inspectrice Mercader acquiesça.

— Je veux bien, mais il suffira de sortir ceux du mois dernier dit-elle, puis après avoir réfléchi un instant, elle ajouta : Non… disons ceux du dernier trimestre.

La jeune femme secoua la tête et sortit de la salle de réunion. Rebeca était en train de relire son bloc-notes lorsqu'elle entendit Milo se racler bruyamment la gorge. Craignant le pire, elle se tourna vers lui. À l'expression de son visage, elle comprit qu'il hésitait à intervenir. Elle pria pour qu'il continue à garder le silence. Mais ses prières ne furent malheureusement pas exaucées.

— D'avocat à avocats, si vous permettez, c'est une belle petite entreprise que vous avez montée là.

— Vous êtes avocat ? demanda Pons en arquant un sourcil.

— Les grandes entreprises vous chargent de serrer la vis aux mauvais payeurs et vous, vous utilisez les stagiaires et les jeunes femmes pour faire le sale boulot en échange d'un salaire ridicule.

— Nous ne faisons rien d'illégal, dit Galver offensé.

— C'est un travail difficile, désagréable et sordide. Vous restez cachés sous votre cloche de verre tandis qu'elles se coltinent d'horribles drames pour quatre sous. C'est très enrichissant, dit-il en se levant et en embrassant l'ensemble de la salle de réunion d'un grand mouvement du bras. Autrement dit, vous financez tout ça avec le malheur d'autrui.

— Mais qu'insinuez-vous donc ?

Malart fixa son regard sur les lettres d'argent.

— Je parie que la plupart de ces mauvais payeurs sont des particuliers, des gens qui ont perdu leur travail.

— Il y a aussi des entreprises et des…

— Et par-dessus le marché vous parlez d'arnaques, dit Milo. "Et merde pour le contrôle." Il y avait des choses contre lesquelles il ne parvenait pas à se battre, il reprit.

— Vous étranglez les gens. Vous menacez de les saisir. Vous leur coupez toute chance de s'en sortir. Et tout ça dans l'intérêt des grandes entreprises, dit-il en se retournant. J'imagine que vous n'allez pas tarder à ouvrir des succursales, n'est-ce pas ?

Galver balbutia qu'en effet, ils allaient bientôt ouvrir d'autres cabinets dans d'autres provinces à travers le pays, mais Milo, penché sur l'autre associé, ne l'écoutait plus.

Il approcha son visage à juste dix centimètres du sien.

— La neige était bonne comme vous l'aimez, ce week-end ?

Antonio Pons demeura calme, sans perdre sa contenance.

— C'était de la vraie poudreuse et les pistes étaient désertes… pas de populace. Exactement comme j'aime. Si vous n'avez pas d'autres questions, vous savez où se trouve la sortie.

La sous-inspectrice prit Milo par le bras et le traîna hors de la salle de réunion. Ils marchèrent en silence jusqu'à la réception sous le regard attentif d'une dizaine d'employés au visage fatigué, tendu. Ils les regardèrent passer, puis retournèrent à leur travail.

Cristina Sanz les rattrapa devant le comptoir. Elle leur remit une chemise, prit congé à toute vitesse et s'éloigna avec des claquements de talons nerveux vers son poste de travail.

Ils passèrent les portes vitrées.

— Bon, dit Milo, ça ne s'est pas si mal passé. Nous sommes sûrs de deux choses : Carolina Estrada était vivante vendredi à sept heures du soir et elle est retournée chez elle pour, au minimum, changer de sac. Il ne nous reste plus qu'à remplir les trous à partir de là, dit-il en s'arrêtant sur le palier. Que se passe-t-il ? Pourquoi tu me regardes comme ça ?

Les yeux de Rebeca brillaient de colère Elle prit un long moment pour décider si ça valait la peine ou pas de le lui expliquer.

— Tu ne peux pas fermer ta grande gueule, hein ? dit-elle finalement. Ton travail ne consiste pas à juger les gens et encore moins quelqu'un qui peut nous donner des informations sur une victime. Mais pour qui te prends-tu, à la fin ?

— J'ai juste donné mon opinion.

— Et quand vas-tu comprendre que personne n'en a rien à foutre, de tes opinions ?

— J'ai le droit de m'offusquer, non ?

— D'accord, mais pas lorsque nous sommes en service.

L'inspecteur Boada consulta son bloc-notes, il se racla la gorge et expliqua d'une voix peu sûre ce qu'ils avaient appris à l'université.

— En général, tous les professeurs définissent la victime comme une étudiante normale, sérieuse, appliquée, ne s'attirant jamais de problèmes avec qui que ce soit, autrement dit dans la moyenne. Elle était très studieuse, mais ne participait pas beaucoup en classe. Vendredi matin, elle n'est pas allée en cours, c'était tout à fait exceptionnel. Ses camarades, en revanche, voient ça différemment. Nous avons recueilli toutes sortes d'opinions différentes. Certains trouvent que c'était une nana mignonne qui se la jouait un peu, d'autres, une fille timide et romantique. J'ai aussi entendu dire que c'était une lèche-botte, une solitaire, une tricheuse, une âme sensible, une mauvaise camarade et une étudiante sournoise. Ce sont les filles qui se sont montrées les plus dures, elles ont prétendu que c'était une fieffée harpie, une sacrée dragueuse et même une égoïste.

— On a rencontré un étudiant qui a prétendu être sorti avec elle l'année dernière, dit l'inspecteur Sena. D'après lui, la victime était capable de tout pour atteindre ses objectifs. Apparemment, après s'être servie de lui pour réussir à ses examens, elle a rompu juste avant les vacances, au mois de juin, sans lui donner la moindre explication.

— C'est juste du ressentiment de sa part, ça me semble très clair, dit Rebeca.

— Et puis, dit Boada, des filles nous ont également fait part d'une rumeur à son propos, mais nous n'y accordons pas beaucoup de crédit, parce que ça n'a été que des "paraît-il" et des "on dit". Il paraît, donc, qu'elle a eu une liaison avec un de ses professeurs. Nous sommes allés en parler avec l'intéressé, un quinquagénaire chauve avec un gros ventre de buveur de bière et, bien entendu, il a tout nié en bloc. En réalité, il n'a pas un physique très attirant pour une jeune femme de vingt ans et en plus, il lui a collé une mention du genre "extrême indulgence" à l'examen du dernier quadrimestre, c'est pas très cohérent avec le fait qu'il ait eu une aventure avec elle.

Toutes les têtes se tournèrent vers l'inspecteur-chef Singla.

La séance de travail avait lieu dans la salle de réunion. Le sergent Crespo avait accroché sur le tableau magnétique un agrandissement de la photo de la carte d'identité de Carolina Estrada à côté d'autres plans d'ensemble pris dans le bois où elle avait été retrouvée. Milo observait le portrait de la victime dans un parfait mutisme. Malgré le manque de charme du polaroïd, propre à tous les photomatons du métro, le visage de la jeune femme avait quelque chose de très fascinant. Ce qui au début ne lui avait semblé ni attirant ni anodin, à présent, sans la rigidité cadavérique, le séduisait de façon étrange. Le nez imparfait, les pommettes trop saillantes, la courbure des lèvres : il éprouvait un intense désir d'observer tout cet ensemble avec attention, comme s'il s'agissait d'un portrait exceptionnel. Perplexe, il étudia la simplicité de ses traits sans comprendre pour quelle raison il ne pouvait pas détourner son regard de ce visage. Peut-être à cause d'un halo indéfini autour de lui ou de la mélancolie qui semblait s'en dégager, le fait est que ce portrait l'intriguait. Tandis que la sous-inspectrice égrenait le récit de leur visite à la famille Estrada, puis au cabinet des avocats, il scrutait la profondeur de ses yeux gris-vert. Inexpressifs, ils regardaient droit devant de façon absolument dépassionnée, comme si elle avait précisément voulu ne rien exprimer, demeurer cachée. "Lorsque la jeune fille a pris cette photo, conclut-il pour lui-même, elle a essayé de paraître la plus neutre qui soit, elle a voulu qu'on la remarque le moins possible." Il se demanda pourquoi.

— Quelque chose à ajouter, inspecteur Malart ? demanda Singla.

Il fit non en secouant légèrement la tête.

Rebeca se tourna vers les inspecteurs Boada et Sena pour leur demander s'ils avaient rencontré la meilleure amie de Carolina, la fameuse camarade avec qui elle révisait ses cours tous les week-ends chez elle. Ils la regardèrent d'un air étonné et dirent qu'à l'université personne ne leur avait parlé de cette camarade.

— D'après ce que nous savons, dit Sena, les jeunes qui ont eu des rapports avec la victime ne la voient pas du tout de la même façon.

— Moi, je ne ferais pas trop confiance aux témoignages de ses camarades de classe, dit Rebeca, nous savons bien comment ça fonctionne en général.

— Bien, alors comment était-elle, cette Carolina Estrada ? demanda Singla

— Mince, dit Milo. C'était une fille mince qui, chez elle, était entourée de misère.

9

L'inspecteur-chef Singla demanda qu'on étudie la liste des mauvais payeurs les plus problématiques, au cas où l'un d'eux aurait eu l'idée de mettre ses menaces à exécution, puis qu'on continue à fouiller dans la vie personnelle de la victime en quête d'autres éventuels suspects.

— Si l'on met de côté les personnes âgées et les femmes, la liste se réduit considérablement.

— Si je comprends bien, on abandonne l'idée du vol qui a dégénéré en homicide ? dit Boada.

— Pour l'instant, on n'abandonne rien du tout, on avance pas à pas.

— Le rapport de la scientifique est arrivé ?

— Non, ni celui du médecin légiste.

— Qui s'est occupé du téléphone portable ? demanda Rebeca.

— Nous, dit Sena. Nous sommes allés le chercher après que la DPC l'a eu analysé. Le sergent Crespo travaille actuellement sur le carnet d'adresses.

Singla distribua les dossiers qui se trouvaient dans la chemise à chaque équipe d'inspecteurs, puis il clôtura la réunion. Alors que tout le monde se dirigeait déjà vers la porte, Milo s'approcha.

— Chef, tu peux m'accorder un instant ?

Il acquiesça tout en lui indiquant de l'accompagner à son bureau. Milo lui parla de la panne de sa voiture, lui dit qu'il avait appelé l'atelier de mécanique et que, après avoir entendu ses explications, le mécanicien avait pensé qu'il s'agissait du carburateur, que c'était le papillon des gaz qui devait être endommagé.

— Le papillon des gaz, incroyable ?

Ils traversèrent l'*open space*.

— Et pourquoi me racontes-tu tout ça ?

— Ma Volkswagen est très vieille, c'est un ancien modèle, et il faut faire venir la pièce d'Allemagne. Même si on la trouve, ça va prendre du temps. Et en plus on me demande trois mille euros, trois mille balles, je ne sais pas si tu vois !

Singla poussa un sifflement de surprise tout en pénétrant dans son bureau. Il alla s'asseoir sur son siège derrière sa table de travail.

— C'est beaucoup de fric pour une antiquité, mais je continue à ne pas voir le rapport avec moi.

Milo respira profondément.

— Il faut que tu me prêtes une voiture du parc automobile.

— Tu plaisantes ? C'est le désert ici, Malart. Nous n'avons plus de munitions pour nous entraîner au tir, les gilets pare-balles n'ont pas encore été livrés, les nouveaux effectifs n'arrivent pas et un tiers de nos véhicules sont en mauvais état à cause de ces putains de mesures de restriction. Comme l'Intérieur se contente de soigner les BRIMO*, les moyens affectés à ces maudits antiémeutes semblent illimités, et nous, on n'a qu'à aller se faire voir ailleurs. Et toi, tu viens me demander une voiture ?

— Celle de Rojo et de Cervera fonctionne bien ?

— Elle est à l'atelier avec le carter d'huile fendu.

Milo lâcha une exclamation et s'appuya au dossier de son fauteuil.

— Tu pourrais rédiger un rapport d'incident.

Singla le regarda fixement.

— Uniquement si la panne est due à ton travail.

— Ça s'est passé ici, dans notre parking, dit Milo d'un air candide.

— Tu te fous de moi ? Ça ne compte pas.

* Brigade mobile, dans l'argot policier de la police de Catalogne, équivalant aux Compagnies républicaines de sécurité en France, ou aux compagnies ou sections d'intervention ou de sécurisation.

— Eh bien, tu n'as qu'à mentir.

L'inspecteur-chef lui indiqua la porte.

Milo s'apprêta à abandonner le bureau.

— Je peux te poser une dernière question, chef?

À cet instant, le téléphone se mit à sonner et, en apercevant le voyant rouge du cinquième étage qui s'était mis à clignoter, Singla s'empressa de décrocher. La conversation fut brève. Lorsqu'il eut fini, il eut un soupir d'impatience.

— La commissaire-chef Bassa voudrait te voir, dit-il en posant ses poings sur son bureau pour se relever. Immédiatement.

— Et toi, où vas-tu? Je ne pense pas que je vais me perdre en chemin.

— Ferme-la et suis-moi. Elle m'a demandé de t'accompagner. C'est le protocole. Et ça ne me plaît pas du tout.

Ils traversèrent à nouveau l'*open space* et se dirigèrent vers les ascenseurs.

— Quelle était cette dernière question?

— Le parc de Collserola s'étend sur neuf communes en plus de longer plusieurs arrondissements de la ville, et aucun d'eux ne se trouve dans notre secteur. Par ailleurs, nous faisons partie du Groupe spécial d'homicides.

Ils pénétrèrent dans la cabine. Singla pressa le bouton fortement.

— Je n'ai entendu aucune question.

— Pourquoi nous a-t-on confié cette affaire?

L'inspecteur-chef battit des paupières avec stupéfaction.

— Autrement dit, qu'est-ce que cet assassinat a de si spécial, dit Milo sur un ton monocorde.

— Mais qu'est-ce que tu racontes? Je n'en sais rien, moi. Les ordres viennent d'en haut, un point c'est tout.

Milo baissa la tête et enfonça les mains dans ses poches.

— Non, je me demandais, c'était juste pour savoir.

— Ça t'ennuie que ce ne soit pas une affaire assez médiatique cette fois, tu regrettes de ne pas passer une nouvelle fois à la télé peut-être?

— Chef, dit-il en pointant son doigt sur la caméra de l'ascenseur. Je suis inspecteur de police, pas un putain d'animal médiatique.

Les portes s'ouvrirent.
— Alors arrête de te plaindre et avance.

La commissaire-chef Bassa adopta une expression grave et annonça qu'on avait approximativement recensé plus de deux cent mille animaux de compagnie à Barcelone, en majorité des chiens, sans compter ceux qui n'ont pas de puce électronique.

— Vous comprenez pourquoi nous devons nous occuper sérieusement de cette affaire ? Ça va créer des ennuis, beaucoup d'ennuis, et notre rôle est d'éviter que les citoyens soient angoissés par des problèmes que nous pouvons et devons résoudre.

Singla et Milo échangèrent un regard gêné.

On avait retrouvé dans un parc de la ville, entre l'aire de jeux des enfants et la zone réservée aux chiens, dans une posture qui rappelait celle d'un petit épouvantail scabreux, le corps planté à la verticale d'un chiot de race beagle. Un bout de bois pointu le traversait de part en part et ressortait par sa bouche, tandis que ses pattes antérieures pendaient mollement le long de ses flancs.

La découverte avait été faite samedi, aux premières heures de la matinée, par des promeneurs et leurs chiens. Après la consternation première, quelqu'un avait proposé de retirer l'animal, mais d'autres personnes s'y étaient opposées, indignées, prétendant qu'il s'agissait d'un crime et qu'il fallait appeler la police et ne toucher à rien avant son arrivée. Ensuite, les téléphones portables s'étaient mis à l'œuvre pour prendre des photos. Tandis qu'une âme charitable couvrait le corps à l'aide d'un foulard pour éviter que les enfants ne voient ça, la nouvelle se répandit comme une traînée de poudre dans le quartier. Tout le monde sans exception se demandait qui pouvait bien être l'auteur d'une telle sauvagerie.

Finalement, une patrouille de la police municipale se présenta et les nombreuses personnes qui l'attendaient sous la pluie l'entourèrent pour lui indiquer le lieu de leur macabre découverte. D'abord pris au dépourvu, les agents ne surent pas très bien ce qu'il y avait lieu de faire, et les badauds réagirent de plus en plus violemment, leur demandant de trouver le responsable d'une telle atrocité. Voyant que les esprits s'échauffaient, l'un d'eux appela le commissariat central pour demander des instructions, puis tenta de calmer la foule en annonçant qu'une équipe arrivait sur les lieux pour retirer le corps. Entre-temps, son collègue s'était rendu à la voiture pour récupérer un rouleau de ruban de balisage. Les cris de protestation fusèrent. Cependant, lorsque les agents commencèrent à délimiter la zone, les gens observèrent un silence respectueux. Tout de suite, les photos et les vidéos commencèrent à circuler sur la toile.

L'inspecteur-chef Singla toussa discrètement.

— Commissaire, je comprends l'émotion de ces gens, et je ne voudrais pas être politiquement incorrect, mais… tout ce remue-ménage pour un chien ?

— Pour trois chiens, Singla. On en a retrouvé un autre hier dimanche et encore un ce matin même, dans deux parcs de la ville, embrochés de la même façon. Les téléphones commencent à fumer et j'ai bien peur que les médias ne tardent à se faire l'écho de la nouvelle, dit-elle en leur lançant un regard très dur. Je répète : vous comprenez pourquoi nous devons nous occuper sérieusement de cette affaire ?

Quelque peu inquiet, Milo commença à se balancer sur sa chaise.

— Tu veux dire qu'on laisse l'assassinat de l'universitaire sur la touche ? C'est ça ?

— Pas du tout. Mais comme nous manquons de personnel, tu vas mener ces deux affaires de front. À présent, plus que jamais, nous avons besoin de ton talent… particulier. Il te faut trouver si ce sont de petits vauriens, avec un horrible sens du divertissement, ou un fêlé, dit-elle en faisant une pause. En tout cas, il faut les mettre hors d'état de nuire.

Milo retroussa le nez. Le Code pénal punissait la maltraitance animale de trois mois à un an de prison, ce qui dans la pratique signifiait que personne n'allait en prison pour cette raison, sauf si c'était un récidiviste.

— Les mettre hors d'état de nuire, très bien. Et après ? Ça

ne va pas leur coûter bien cher, ils ne seront pas punis et ne subiront aucun châtiment.

— Ça, ce n'est pas notre problème, ce sera celui des juges.

— Bien sûr que si, c'est notre problème, à partir du moment où nous nous trouvons dans l'obligation de partager nos efforts, alors qu'un assassin est en train de circuler en toute liberté dans les rues de la ville après avoir étranglé une jeune femme de vingt ans.

Milo avait élevé la voix et les commissures des lèvres de la commissaire-chef Bassa se raidirent.

— Tu es en train de me dire de quelle façon je dois faire mon travail ?

— Pas du tout, je me contente de t'expliquer en quoi consiste le mien.

L'inspecteur-chef Singla s'empressa d'intervenir.

— Les chiens ont-ils été d'abord torturés ?

Bassa mit plusieurs secondes à dérider son visage.

— On leur a tordu le cou proprement, puis on les a empalés. Ils n'ont pas souffert, dit-elle en leur tendant un dossier. Voilà tous les renseignements que nous possédons pour l'instant. Il n'y a pas grand-chose, mais j'espère que ce sera utile.

Milo observa son visage hiératique. Il savait que l'événement allait s'ébruiter à toute vitesse sur les réseaux sociaux et dans les médias. Les gens raffolent de ce genre d'affaire : les défenseurs des animaux, les sociétés protectrices, les associations en tout genre… La ville entière allait crier au scandale et rien ni personne n'y pourrait rien. Il se demanda si la commissaire avait changé d'opinion et se fichait bien maintenant qu'on fît des étincelles, voire un vrai feu d'artifice.

Il soupira bruyamment.

— Il y a des témoins ?

Bassa fit doucement non de la tête.

Alors Milo demanda tout de suite après si l'un des parcs était équipé de caméras de surveillance, ou si l'une de celles qui se trouvaient à proximité avait enregistré quelque chose. Il obtint la même réponse et laissa échapper un profond soupir.

— Sait-on au moins d'où sortent ces chiens ? Ou s'ils appartenaient aux responsables de leur mort ?

— Je n'aime pas le ton sur lequel tu me parles, Malart, dit la commissaire.

— Je suis désolé, mais tu as conscience de ce que tu es en train de nous demander ?

— Moi, je ne demande rien, inspecteur. Je me contente de donner des ordres et, toi, tu obéis, même si tu n'en as pas l'habitude, comme tu me l'as encore prouvé vendredi soir.

Elle attendit un moment en silence jusqu'à ce que Milo se décide enfin à acquiescer à contrecœur.

— Pour répondre à ta question, les chiens avaient un maître. Nous ignorons d'où sort le premier, mais les deux autres ont été volés à la porte d'un supermarché, où les propriétaires les avaient attachés. Quelqu'un les a détachés et les a emmenés. C'était également deux chiots, un bâtard et un jack russell terrier. Aucun des trois ne portait de puce électronique. La loi n'oblige pas à la leur implanter avant la vaccination, plus ou moins entre le troisième et sixième mois, mais certains maîtres ne prennent jamais la peine de régulariser la situation.

L'inspecteur-chef Singla se leva d'un bond.

— Nous ferons tout notre possible, commissaire. Autre chose ?

Milo s'entêta, répondant dans un murmure aigri.

— Oui, je pense que les gars de la brigade mobile auraient pu se charger de ça.

— Qu'est-ce que tu dis, Malart ?

— Rien, je me demandais si tu n'aurais pas un véhicule de reste par là, chef.

Tandis que tous les deux quittaient le bureau, la commissaire Bassa le regarda sans comprendre à quoi il faisait allusion. Sur le chemin des ascenseurs, Singla se mit à feuilleter le dossier.

— Le premier chien a été retrouvé dans un parc tout proche du commissariat central, à l'angle des rues Sentmenat et Numancia. Je te dis ça parce que tu pourrais aller y faire un tour à pied, non ? Ça fait juste une petite promenade.

Sans réagir à la pique, Milo lui demanda quand les inspecteurs Rojo et Cervera allaient reprendre leur service.

— Si l'on ne nous donne pas d'effectifs supplémentaires, on risque d'avoir besoin de leur aide.

Singla haussa les épaules.
— La grippe fait des ravages en ville.
— Rien que la grippe, tu crois ?

Milo jeta le dossier sur sa table de travail et se laissa choir dans son fauteuil.
— Mauvaises nouvelles ? demanda la sous-inspectrice Mercader.
Il poussa le dossier vers elle. Rebeca le feuilleta rapidement.
— Merde alors ! Le monde est vraiment pourri, dit-elle en prenant l'air dégoûté. Qu'est-ce qui peut pousser quelqu'un à commettre une saloperie pareille.
— Tu veux parler de l'assassinat de la jeune fille, bien entendu.
— Oui de ça aussi, mais… un petit chiot sans défense, vraiment ?…
Milo l'incendia du regard sans ouvrir la bouche.
— Je ne vous dérange pas, inspecteur ? demanda le sergent Crespo en venant se placer entre ses deux collègues.
Milo lui fit non de la tête.
— Aucun des mauvais payeurs de la liste ne possède d'antécédents judiciaires, dit-il.
Malart saisit la feuille.
— Je m'y attendais, s'exclama-t-il. Ce sont des gens qui traversent des difficultés économiques, pas des délinquants.
— Oui, mais il fallait bien le vérifier.
— Qu'est-ce que tu as trouvé sur le portable de la victime ? Tu sais à qui elle a téléphoné pour la dernière fois et à quelle heure ?
— À midi quarante-quatre, le vendredi. À un numéro correspondant au nom de Mario Calatrava. Je l'ai appelé à plusieurs reprises, mais il y a un message indiquant qu'il est hors couverture réseau. Je finirai bien par le joindre.
— E le dernier appel reçu ?
— Un numéro a fait sept appels manqués vendredi à partir de vingt et une heures seize, par intervalles de dix minutes jusqu'à vingt-deux heures quinze. Puis le même numéro a

rappelé samedi à deux reprises, à quatorze heures dix et à dix-huit heures trente, c'est le dernier appel enregistré sur le téléphone.

— Tu connais l'identité de cette personne si insistante ?

Le sergent consulta son bloc-notes.

— Son nom est Elisa Roca. Elle habite dans la rue Valencia. Entre les rues Muntaner et Aribau. J'ai également tenté de l'appeler, mais son portable est éteint.

— Continue à essayer de la joindre, Toni. C'est peut-être sa fameuse amie de l'université. Si tu n'y parviens pas dans la journée, dis-le-moi et j'irai lui rendre visite chez elle. Je voudrais m'entretenir le plus vite possible avec cette fille, elle sait peut-être quelque chose.

Et le reste des contacts ?

— Je les ai tous, il y en a environ deux cents. À présent, je suis en train de répertorier les messages et les appels sortants et entrants. Je cherche les numéros les plus fréquents pour trouver ensuite l'identité des correspondants.

Milo se gratta la nuque.

— Je vais également avoir besoin des mouvements bancaires de la victime, de ses relevés de comptes. Et je suis désolé, Toni, mais tout ça est très urgent.

Le sergent Crespo esquissa un petit sourire.

— C'est pour hier, je sais, dit-il en prenant note. Tout à l'heure, je vais jeter un coup d'œil sur les réseaux sociaux, au cas où la victime aurait ouvert un compte sur l'un d'entre eux. C'est toujours une vraie mine d'informations.

Milo se tourna vers Rebeca.

— Une autre idée, sous-inspectrice ?

Elle arrêta de lire et leva la tête.

— C'est répugnant, vraiment. Je ne comprends pas comment un individu sain d'esprit peut commettre de telles horreurs envers un animal, un animal domestique : c'est un vrai trésor de tendresse, de loyauté…

— Je voulais parler de l'affaire Carolina Estrada.

— Ce serait intéressant d'avoir accès à l'ordinateur personnel de la victime, si elle en avait un, dit le sergent. Il pourrait contenir des renseignements très utiles pour nous.

— Toni, pour moi, tes désirs sont des ordres, dit Milo en faisant la moue à la sous-inspectrice. Tu vois ? C'est comme ça qu'on doit faire. Il faut penser. Essaie donc un de ces jours. C'est pas si difficile.

Rebeca passa le dossier au sergent Crespo.

— Lis-le et tu m'en diras des nouvelles, lui lança-t-elle puis, se tournant vers Milo : Arrête de me fatiguer, toi !

Malart se redressa brusquement.

— Qu'est-ce que tu as dit ?

— Bon, si tu commences à devenir lourd, moi…

— T'emballe pas, Mercader. Je veux parler de ce que tu as dit lorsque je t'ai interrompue, à propos des animaux de compagnie.

— J'ai dit que ce sont de vrais trésors de loyauté, de tendresse, de jeu. Que ce sont des êtres sans méchanceté. Et encore plus si ce sont de jeunes chiots.

— Continue.

— Tu te moques de moi, hein ?

— Continue, sous-inspectrice. Ce sont des trésors de quoi d'autre encore ?

— De compagnie ? dit-elle en hésitant, tandis que Milo faisait tourner sa main pour qu'elle continue. D'attachement, d'affection inconditionnelle.

— Si quelqu'un tue ce "trésor", dit Crespo en mimant les guillemets avec les doigts, c'est peut-être parce qu'il a perdu la faculté de ressentir de la tendresse, de ressentir de l'affection inconditionnelle.

— Ce peut aussi être gratuitement, murmura Milo, sans aucune raison particulière.

— Ou parce qu'il se met soudain à haïr cette affection, ajouta Rebeca, et tous ceux qui l'éprouvent. Les hommes, les femmes, les vieillards… Les enfants ?

Le visage du sergent Crespo s'éclaira soudain.

— Les enfants, oui. Cela pourrait expliquer qu'il ait planté les corps dans des parcs, près de l'aire de jeux des enfants. Peut-être pour que les enfants "perdent" cette affection ? Si moi je ne peux pas en avoir, parce que je l'ai perdue, vous ne pourrez plus non plus, parce que j'en ai décidé ainsi.

— Toni, voilà du travail supplémentaire, dit Rebeca. Chercher dans la base de données les gens qui ont perdu leur enfant à une date plus ou moins récente, ajouta-t-elle en se tournant vers Milo. Tu es d'accord avec moi, inspecteur ?

Malart demeura silencieux. Cela lui rappelait beaucoup de choses. L'impossibilité de ressentir de l'affection, la folie, la vengeance aveugle. La douleur qui pouvait être source de haine. Il tenta de s'ôter tous ces souvenirs de la tête, ce qui ne fut pas du tout facile. Ils étaient gravés en lettres de feu dans sa mémoire.

Quelques secondes plus tard, il acquiesça très lentement.

— C'est possible, dit-il. La douleur est égoïste.

10

Elle le trouva en train de manger à la Casa Rafa, un bar sordide situé à trois pâtés de maisons du commissariat central, penché sur le comptoir.

Elle s'assit sur un tabouret à côté de lui.

— Je savais que je te trouverais ici, loin des collègues.

— C'est le seul endroit où l'on prépare la *butifarra* aux haricots comme j'aime.

Rebeca arqua les sourcils.

— Ils ont un secret ?

— Pas du tout, ils se contentent de la cuisiner, dit Milo en s'essuyant la bouche avec sa serviette. Et leur pain à la tomate est à tomber par terre. Et je ne parle pas de leur eau, juste à point.

— Je n'ai jamais vu un type aussi bizarre que toi.

— Tu prends un café ? demanda-t-il en descendant de son tabouret. Commandes-en un aussi pour moi, en même temps. Je vais aux toilettes.

— Ton truc est vraiment archi-connu, je n'ai pas du tout l'intention de régler ton addition.

— Relax, sous-inspectrice. Je ne te ferais jamais une chose pareille.

En revenant, il vida la tasse d'un trait et dit au patron de tout noter sur son ardoise. Ils sortirent. L'air glacial de la rue le saisit au visage de façon si violente qu'il finit par trouver cela agréable. Le froid lui remit les idées en place.

— On se caille ! dit Rebeca.

— Tu exagères, il fait juste un peu frais.

— Parle pour toi, moi je regrette vraiment l'été.

— Tu ne dirais pas la même chose si tu avais des neurones. Le soleil te les grille.

Ils prirent la Travessera de les Corts en direction du parc où l'on avait trouvé le premier chien embroché.

— On va faire des heures supplémentaires en pagaille, dit Rebeca en serrant les dents. Et sous prétexte de restrictions, sans être payés.

— C'est ça, égaie-moi la journée, toi !

Elle s'arrêta à un passage piéton.

— On peut savoir ce que tu as contre moi ? Tu réagis au quart de tour à tout ce que je dis.

— Interdit d'aborder des questions personnelles pendant le service.

Milo s'aperçut que le feu était à l'envers. Le petit bonhomme rouge avait la tête en bas, il était suspendu les pieds en l'air. Il pointa son doigt sur lui.

— Voilà un bon résumé de la situation, dit-il.

Rebeca soupira, puis ni l'un ni l'autre ne prononça un mot avant d'atteindre l'intersection avec la rue Numancia. Deux énormes tours d'habitation confluaient à l'angle, une de quinze étages une autre de douze. Ils tournèrent à droite.

— Habiter là, c'est comme vivre dans une ruche, dit Rebeca. Les ascenseurs doivent fumer.

— Oui, mais avec tous ces voisins, ton anonymat est assuré.

Au carrefour suivant, ils bifurquèrent également sur la droite, rue Marqués de Sentmenat, qui mène au parc. Ce dernier occupait tout l'espace intérieur de l'angle droit formé par les deux gigantesques ensembles. De fait, les parcs étaient également au nombre de deux : jardin Can Cuiàs et jardin de Les Infantes. Dans l'un d'eux, il y avait des balançoires et des toboggans, et dans l'autre, la zone canine avec une sanisette pour chiens entourée d'une clôture en bois. La macabre découverte avait été faite à l'intersection des deux.

— Il faut être vicieux pour l'avoir planté là, dit Rebeca. Juste au milieu du passage des enfants et des chiens.

Malart acquiesça en silence, tout en observant attentivement les lieux. Malgré la température glaciale, un groupe d'hommes et de femmes, la plupart d'âge respectable, se promenaient avec leurs chiens ou observaient les animaux s'égailler à leur aise, assis sur un banc. En revanche, l'aire de jeux était presque déserte, il y avait à peine une dizaine d'enfants.

Ils s'approchèrent des personnes âgées assises sur les bancs. Après leur avoir montré sa plaque, Rebeca leur expliqua la raison de leur présence sur les lieux.

— Eh bien ce n'est pas trop tôt, mademoiselle, se plaignit une femme aux cheveux blancs légèrement teintés de violet. La police municipale n'a rien fait, vous comprenez ? Absolument rien.

— Ils nous ont traités de façon indigne, dit un homme, couvert jusqu'aux sourcils. Ils nous ont bousculés pour nous faire évacuer la zone en nous demandant de ne pas provoquer davantage d'inquiétude. Ne voilà-t-il pas que c'est nous qui provoquons de l'inquiétude maintenant ? Ils ont été très mal élevés.

Leurs éclats de voix attirèrent d'autres propriétaires de chiens, tout ce monde formant un immense chœur de récriminations.

Rebeca tenta de les circonvenir.

— S'il vous plaît, un peu de calme. Que voulez-vous savoir ?

— Si vous allez arrêter le misérable qui a tué ce pauvre toutou, que voulez-vous qu'on veuille savoir d'autre ? dit la femme aux cheveux lilas. C'est votre travail de policiers. Mais bien entendu, comme il s'agit d'un chien, ni vu ni connu, hein ? Et sachez pourtant que c'est un crime gros comme une cathédrale, paracheva-t-elle fièrement.

Tous les gens regroupés reprirent ses mots en chœur.

— Lorsque vous avez découvert le chien, avez-vous remarqué quelqu'un d'étranger au quartier en train de fouiner par-ci par-là ? demanda Milo, et les gens le dévisagèrent en silence. Je veux parler d'un inconnu avec une attitude suspecte, vous voyez ce que je veux dire, un inconnu regardant plus qu'il ne faut, vous observant vous plutôt que le corps empalé.

Le groupe restait muet.

— Les responsables de ce genre de choses sont souvent présents au moment où l'on découvre le forfait, expliqua-t-il, ils jouissent du sentiment de peur qu'ils provoquent parmi les témoins.

— Nous étions nombreux, dit un vieil homme, et nous ne parvenions pas à quitter du regard le… le toutou, comprenez-vous ce que je veux dire ?

— Nous ne sommes pas des policiers, rétorqua la femme aux cheveux violets.

Les autres acquiescèrent de façon véhémente.

— Quelqu'un a-t-il reconnu le… la victime ? demanda Milo. Vous aviez déjà vu ce jeune beagle auparavant par ici ? Ça nous serait très utile de savoir qui est son propriétaire, s'il habite le quartier, afin de parler avec lui.

— Avec elle, rétorqua une vieille femme de petite taille.

Courbée en avant, elle tenait d'une main fragile et tremblante un yorkshire terrier couvert d'un volumineux manteau de laine.

— Je n'en suis pas sûre, mais je jurerais que ma Nala a quelquefois joué avec ce beagle. C'est une fillette qui le promenait, une fillette chinoise. Mais je vous le répète, je n'en suis pas sûre, à mon âge, je ne vois plus très bien.

Rebeca s'empara de son bloc-notes et lui demanda si elle savait où elle habitait. La vieille femme fit non de la tête. Elle ne put pas leur dire son nom, non plus.

— Vous savez comment sont les Chinois, ils ne parlent presque à personne.

— Elle doit habiter le quartier, dit le vieil homme précédent. Maintenant que cette dame le dit, je crois que moi aussi j'ai aperçu cette fillette chinoise.

— Qu'est-ce que tu racontes, toi, tu es une vraie taupe, se moqua la femme aux cheveux mauves. Va pas compliquer le travail des policiers avec de fausses pistes, ça va déjà être assez dur d'arrêter ce scélérat. Parce que vous allez l'arrêter, n'est-ce pas ?

Rebeca dit qu'ils allaient faire tout leur possible et, après avoir formulé encore deux ou trois questions, ils quittèrent les lieux.

— Ils étaient tous indignés, n'est-ce pas ? Surtout cette femme, là…

Milo ne répondit pas. Il avait décelé de la répulsion et de l'horreur sur les visages de ces gens, mais également un autre sentiment, qu'il était habitué à percevoir : la fascination pour le mal qui niche dans le cerveau humain.

Profitant du fait qu'ils se trouvaient tout près du domicile de l'un des mauvais payeurs de la liste, ils décidèrent d'aller lui rendre une petite visite. Des nuages noirs commençaient à se rassembler au-dessus de leur tête. Ils pressèrent le pas.

— Nous savons que la victime est morte entre sept heures, en fin d'après-midi, lorsqu'on l'a vue quitter le cabinet, et neuf heures seize du soir, lorsqu'elle a cessé de répondre à son portable.

— Elle peut aussi ne pas avoir répondu pour d'autres raisons, dit Milo. Moi, je ne décroche pas systématiquement lorsqu'on m'appelle.

— Oui, mais, toi, tu n'es pas une référence, tu es un irresponsable. Et nous savons qu'elle est également passée chez elle, même si c'est bien dommage que les Estrada ne puissent pas nous dire à quelle heure elle est sortie. Nous aurions pu raccourcir l'intervalle. Mais le père ne compte pas.

Peu de temps après, ils s'arrêtèrent devant une entrée de la rue París, près du carrefour avec la rue Viladomat. Ils consultèrent la liste des locataires et appuyèrent sur un bouton de l'interphone. C'est une voix éteinte qui leur répondit. Après avoir échangé quelques mots, ils entendirent le petit déclic de la porte qui s'ouvrait. Ils prirent l'ascenseur jusqu'au troisième étage. Une femme les attendait sur le palier, l'air préoccupé.

Ils lui montrèrent leur plaque.

— Que voulez-vous ? Nous n'avons rien fait de mal, dit-elle, puis elle ajouta sur un ton angoissé : Qu'est-ce qui va nous tomber dessus encore ?

Rebeca respira profondément et lui expliqua calmement ce qui s'était passé.

— Et vous nous soupçonnez ?

— Ce sont des questions de routine, madame, pour nous permettre d'écarter des possibilités. On peut entrer ? Ce sera vite fait.

La femme hésita un instant. Au bout d'un moment, elle baissa la tête et accepta. À peine eurent-ils passé le seuil de la porte qu'ils remarquèrent la température basse qui régnait dans l'appartement. Un poêle à gaz butane éteint trônait au centre du salon ; à côté, il y avait un téléviseur allumé, et en face un canapé avec le siège enfoncé, comme si quelqu'un l'avait occupé quelques secondes auparavant.

— Désolée pour le froid, dit-elle en montrant le poêle. Nous ne l'allumons que lorsque notre Julián rentre de l'école.

— Votre mari n'est pas là, monsieur… Arnau Milans ? demanda Rebeca, après avoir examiné sa liste. Nous aimerions nous entretenir avec lui, si cela ne vous dérange pas.

La femme devint toute rouge. Son regard se dirigea vers le couloir, puis vers eux, et à nouveau vers le couloir. Elle murmura quelques mots.

— Pardon, je n'ai pas entendu ?

La femme tortilla ses doigts.

— Mon mari ne se sent pas très bien depuis… depuis qu'il est au chômage. Il n'arrive pas à reprendre le dessus. Il ne veut plus voir personne.

— Nous comprenons, madame, mais il nous faut absolument le voir, ça fait partie de notre travail, dit Rebeca. S'il vous plaît, essayez de le convaincre. Ce ne sera pas long.

Milo se racla la gorge.

— Dites-lui qu'il n'aura pas besoin de parler, qu'il se contente de venir dans le salon. C'est seulement pour comparer un portrait-robot avec son visage, rien d'autre. Vous comprenez ?

Elle saisit le col de sa blouse à deux mains, le referma sur les deux chandails qu'elle portait dessous et demeura un instant les mains croisées sur sa poitrine. Ensuite, elle fit quelques pas en direction du couloir, s'arrêta, et, dubitative, pénétra dans la chambre à coucher. Ils entendirent des éclats de voix. La féminine suppliait, la masculine faisait des reproches. Puis un épais silence. Enfin, la femme regagna le salon. Derrière elle, un homme barbu d'une quarantaine d'années fit irruption. Il portait un pantalon de survêtement, un sweat-shirt deux tailles en dessous, avec la capuche sur la tête, et une écharpe autour du cou. Il avait de vieux chaussons aux pieds. Sans lever les yeux, il se dirigea directement vers le canapé devant le téléviseur et s'assit. Pendant les quelques secondes où il put apercevoir son visage, Milo reconnut les stigmates de la dépression, du manque de sommeil et d'autre chose encore qui lui était très familier.

Rebeca attendit que Mme Milans se soit assise sur sa chaise pour poser une question à propos de Carolina Estrada : quand est-ce qu'ils l'avaient vue ou avaient parlé avec elle pour la dernière fois.

— Nous ne l'avons jamais vue en personne, dit la femme, tout se passait par téléphone, la dernière fois, c'était il y a environ un mois.

— Il s'est passé quelque chose de particulier lors de cette dernière conversation.

Mme Milans baissa à nouveau les yeux, accablée.

— Mon mari a eu une altercation avec elle, dit-elle.

Milo détourna son regard. Il le fixa sur les chaussons de l'homme, sur le trou au niveau du gros orteil, sur leur tremblement incessant et nerveux sur le sol.

— C'est après qu'elle a commencé à nous appeler pour nous réclamer le règlement d'une dette.

La femme leva une tête exempte de la moindre fierté.

— Il s'est disputé avec cette fille parce que… parce qu'elle nous avait menacés de nous couper le gaz, en plein hiver, alors que nous étions presque à Noël. Et nous, nous avons un fils, et lui et moi nous sommes au chômage. Nous ne touchons aucune aide, rien du tout. Nous parvenons tout juste à survivre. Avec quoi voulait-elle qu'on la paie ? Et tout ça pour une dette de quatre-vingt-sept euros. Elle… elle était devenue insupportable, c'était comme tenter de raisonner une machine. Alors mon mari a fini par exploser. C'est pour ça qu'ils se sont disputés. Elle avait été extrêmement désagréable. Nous regrettons sincèrement ce qui est arrivé à cette jeune femme, mais nous, je… nous n'avons rien à voir là-dedans, nous sommes des gens honnêtes, nous n'avons jamais eu de dettes, nous n'avons jamais vécu au-dessus de nos moyens. Jusqu'à ce que… jusqu'à ce que…

— Tais-toi, Mariana, dit son mari d'une voix rauque, mais pleine de tendresse. Tu parles trop.

— Vous avez une voiture ?

— Une Ferrari, oui, pour transporter tous nos millions en Andorre, dit-il avec mépris, évitant tout contact visuel.

— Répondez à ma question, monsieur Milans.

L'homme se raidit.

— Arnau, s'il te plaît, intervint la femme.

M. Milans inspira profondément.

— Nous l'avons vendue pour acheter des chaussures neuves et les livres d'école à notre fils.

— Pourriez-vous nous dire où vous vous trouviez, vous et votre épouse, vendredi dernier entre sept heures du soir et samedi matin ?

Mme Milans s'empressa de répondre.

— À la maison, dit-elle. Nous ne sortons presque plus, pour... pour éviter les questions des voisins. Vendredi, dites-vous ?

Elle devint soudain muette.

— Il s'est passé quelque chose vendredi ? demanda Rebeca.

Mme Milans se tourna vers son mari.

— Arnau...

— Nous nous sommes disputés juste avant le dîner, dit-il d'une voix monocorde. Et je suis sorti prendre l'air. Il pleuvait. Les rues étaient désertes. Je suis allé faire un tour et je suis rentré quelques heures plus tard. Une autre question ?

— Vous êtes allé quelque part en particulier ? Quelqu'un vous a-t-il vu, quelqu'un qui pourrait confirmer ?

Milo tenta de deviner des indices sur son visage, de découvrir les signes du mensonge ; mais tout dans l'expression de cet homme dénotait du désarroi, sans la moindre trace de sourire, et il le laissa tranquille.

— Je n'ai pas osé prendre le métro, dit-il en pinçant les lèvres et en secouant la tête négativement. Je n'en ai pas eu le courage.

Rebeca allait dire quelque chose, mais Milo l'en empêcha. Le silence était une des mesures de pression les plus efficaces.

— Vous avez une arme ? demanda l'homme à brûle-pourpoint.

— Si vous songez à faire une bêtise, oubliez ça, dit Milo. Nous avons d'autres méthodes.

Arnau Milans ne fuit pas son regard.

— Vous avez de la chance.

— D'avoir un travail ? demanda Rebeca.

— Non, d'avoir une arme.

Il se leva lentement, traversa le salon d'un pas hésitant et alla se perdre dans l'obscurité du couloir.

Sa femme fit glisser son corps jusqu'au bord de la chaise.

— L'angoisse l'empêche de vivre en paix, expliqua-t-elle, excusez-le. Le quotidien est en train de nous tuer à petit feu et tout ce qu'il souhaite, c'est qu'on lui diagnostique une tumeur au cerveau ou qu'un bus lui passe sur le corps pour arrêter de souffrir. Mais il est en bonne santé, comprenez-vous ? Son drame, c'est qu'il est physiquement en parfaite santé.

Rebeca et Milo demeurèrent immobiles, sans respirer.

— J'ai tenté de l'accompagner dans un service psychiatrique, mais ils sont tous débordés à cause des restrictions. Nous sommes nombreux dans ce même état de désespoir, et ils ne peuvent pas s'occuper de tout le monde, dit-elle en essayant d'esquisser un lointain sourire. Mon mari est un brave homme, vous auriez dû le voir avant son licenciement. C'est arrivé du jour au lendemain. Il est incapable de faire du mal, même à une mouche, je vous le jure. Vous auriez dû le voir, il y a six mois.

— Il ne l'a pas vu venir, dit Milo en réfléchissant à haute voix. Personne ne l'a vu venir. Personne.

La femme acquiesça sans énergie.

— Et personne ne nous est venu en aide.

Une fois dehors, Rebeca expliqua avec une moue de dégoût que certains jours elle haïssait son travail. Ensuite, voyant qu'il ne parlait pas, elle lui demanda pourquoi il avait évoqué le portrait-robot de l'assassin.

— J'espère que nous obtiendrons bientôt sa description, dit-il en commençant à marcher. Je n'ai fait qu'anticiper.

— Tu es un optimiste, toi !

Ils marchèrent en silence sans but précis.

— On ne peut pas écarter Arnau Milans.

— Non, répondit Milo en baissant la tête.

Ils traversèrent deux ou trois pâtés de maisons en évitant les piétons, puis Rebeca signala qu'ils n'étaient pas très loin du domicile d'Elisa Roca, l'amie qui avait appelé avec insistance

Carolina Estrada le vendredi soir. Elle tira son téléphone portable de sa poche et appuya sur le nom du sergent Crespo. Elle eut un bref échange avec lui. Non, il n'avait pas réussi à joindre la jeune femme. Après avoir raccroché, elle proposa à Milo de se rendre chez elle pour lui parler.

Malart accepta en faisant la moue et ils continuèrent à avancer.

— Je commence à voir la victime avec d'autres yeux.

— Pourquoi ? demanda-t-il en penchant la tête sur le côté pour surveiller ses arrières. Elle ne faisait que son travail.

— Tu parles sérieusement ?

— Fumer tue, les bureaux de tabac en sont-ils responsables ?

Ils traversèrent la chaussée et prirent la rue Muntaner. À mesure que le soir tombait, la sensation de froid s'intensifiait. Elle remonta la fermeture de son anorak jusqu'au cou. À côté d'elle, elle s'aperçut que Milo observait à nouveau derrière lui.

— Tu crains une attaque dans le dos ? plaisanta-t-elle.

Ils atteignirent la rue Valencia et trouvèrent tout de suite l'immeuble. Le hall d'entrée était élégant, vaste, avec plusieurs plantes vertes et un immense miroir sur un mur. Le concierge leur indiqua l'étage où habitait la jeune femme. Ils prirent l'ascenseur en compagnie d'un voisin. Milo pria pour qu'on évite de parler du temps qu'il faisait. La cabine s'arrêta au troisième étage et ils restèrent seuls. Il poussa un soupir, tandis que Rebeca pressait le bouton du cinquième. Devant la porte, ils sonnèrent à plusieurs reprises. Ils entendirent une voix juvénile avant que la porte ne s'ouvre.

Somnolente, la voix se plaignait.

— Nous n'avions pas rendez-vous avant huit heures.

11

Elle ouvrit la porte, mais n'eut pas le temps de prononcer le moindre mot. La sous-inspectrice demanda s'ils pouvaient entrer et elle accepta d'un geste mécanique. Elle referma la porte doucement. Affectée par la mauvaise nouvelle, elle appuya la tête contre le chambranle. Milo regarda autour de lui. Le salon était tout petit et très peu meublé. Dans un coin, on pouvait voir un ficus avec de grandes feuilles, flanqué de deux fauteuils aux lignes modernes. Un court couloir s'enfonçait vers le fond de l'appartement, avec un parquet nordique, légèrement éclairé par une lumière indirecte. La température était élevée et accueillante. Il descendit la fermeture éclair de son blouson et le retira, tandis que Rebeca faisait de même avec son anorak.

Elle se tourna vers eux, le visage noyé de larmes.

— Jaque assassinée ? dit-elle. Comment est-ce possible ?

Elle fixa ses yeux ambrés sur Milo et attendit une réponse. Gêné, celui-ci fit un signe vers l'intérieur de l'appartement.

— On peut s'asseoir ?

Elisa Roca passa devant, avançant comme une somnambule. Elle portait un kimono d'un strident rouge vif, qui lui arrivait aux genoux, avec un dragon doré dans le dos se recroquevillant sur lui-même. Elle mesurait environ un mètre soixante-dix. Sa chevelure blonde tombait en cascade sur ses épaules étroites. Elle était pieds nus et marchait à petits pas mais avec des mouvements élastiques de gymnaste. Elle prit place sur un canapé design, tout comme le reste des meubles, alluma une lampe et tira un mouchoir d'une boîte.

Sans entrer dans les détails, Rebeca lui expliqua ce qui s'était passé, en finissant par l'intervalle horaire pendant lequel, d'après les premières constatations, le crime avait eu lieu.

— Le vendredi, elle arrivait à peu près à neuf heures. C'est pour ça qu'en ne la voyant pas venir, j'ai commencé à m'inquiéter et je l'ai appelée sur son portable, dit-elle en essuyant ses larmes. C'était pas normal chez elle et encore moins lorsqu'elle avait un rendez-vous comme c'était le cas. Elle était très ponctuelle, on plaisantait toujours avec ça. Je l'ai aussi appelée le samedi à deux ou trois reprises, mais comme elle ne m'a pas répondu, je me suis dit qu'elle était occupée ou qu'elle avait la grippe et j'ai laissé tomber.

— Mademoiselle Roca, vous l'avez appelée Jaque tout à l'heure et je…

— C'était son nom de guerre, dit-elle en se levant. Jacqueline. Mais tout le monde l'appelait Jaque ; c'était plus court, précisa-t-elle en se dirigeant vers une porte. Le mien est Tiffany, comme la bijouterie dans *Diamants sur canapé*, mais sans *s*. Quel superbe film, n'est-ce pas ? Je vais aux toilettes, excusez-moi une seconde, je dois être horrible.

Elle disparut dans un froissement de soie du kimono.

Sa voix leur parvint amortie.

— J'étais en train de faire la sieste, après l'agitation d'hier.

Ils entendirent la chasse d'eau. Et tout de suite après, elle leur demanda s'ils voulaient boire quelque chose. Milo et Rebeca se regardèrent surpris. La jeune fille revint vers eux et, à grands pas cette fois, se dirigea vers un comptoir situé au bout de la pièce. Tout en se versant un verre, elle réitéra sa question. Milo haussa les épaules et dit qu'un verre d'eau lui suffirait tout à fait.

— D'accord, vous êtes en service. Et toi ?

Rebeca répondit la même chose et Elisa prit deux petites bouteilles en verre, deux verres à eau et installa tout ça sur un plateau. Elle s'approcha d'eux et leur servit à boire. Puis elle se dirigea vers le canapé, en face des fauteuils où ils avaient pris place, quelque peu guindés. Elle s'assit en tailleur, laissant retomber sa main libre entre ses jambes. Enfin, elle avala une ou deux gorgées de son gin tonic.

— J'en avais besoin, dit-elle en poussant un profond soupir. Tout ça est vraiment triste, vous ne trouvez pas ?

Rebeca se pencha en avant.

— Voilà… Tiffany, nous aimerions savoir…

— Appelez-moi Elisa, en ce moment je ne travaille pas. Et tutoie-moi, si ça ne t'ennuie pas.

Tandis que Rebeca lui formulait les premières questions, Milo contemplait son visage ovale, sa peau blanche sans taches, ses lèvres charnues, ni fines ni épaisses. La lueur de sa jeunesse. Sans être particulièrement belle, la simplicité de ses traits naturels, sans maquillage, lui conférait une agréable apparence.

— Jaque voulait être indépendante, elle ne supportait pas la situation chez ses parents, dit-elle. C'est pour cette raison que lorsque je lui ai proposé de travailler avec moi, l'année dernière, elle a accepté sans y réfléchir à deux fois. Et croyez-moi, elle a tout de suite compris comment il fallait faire. Si nous n'avions pas été amies, je veux dire de véritables amies, je m'en serais débarrassée rapidement. Elle aurait pu être une redoutable rivale, me piquer tous mes clients. Mais finalement, ajouta-t-elle en souriant, tout s'est très bien passé entre nous.

— Tu es en train de dire ce que je crois que tu es en train de dire ?

Elisa se montra on ne peut plus perplexe.

— Oui, pourquoi ? Je suis une escort-girl, y a un problème ? Ça te choque ?…

— Tu veux dire une prostituée, dit Rebeca.

— Appelle ça comme tu veux, de toute façon je n'ai pas honte. Je sais parfaitement ce que je fais et pourquoi je le fais. Je n'ai pas de problème avec le nom de ce que je fais.

Elle avala une nouvelle gorgée avant de reprendre :

— Je vis ma sexualité dans la joie et en toute liberté, y a un inconvénient à ça ? Et Jaque aussi avait une sexualité désinhibée. Elle aimait jouir de son corps, un point c'est tout.

Milo tendit son bras pour saisir sa petite bouteille. Il passa du temps à lire l'étiquette, tandis que Rebeca demandait à quel moment Carolina avait commencé à se consacrer à la chose. C'était une marque française.

Elisa réfléchit à ce qu'elle allait répondre.

— Au mois de juin, ou de juillet, avant l'été. Moi, j'ai commencé à la moitié de la première année. Je me suis inscrite en droit, mais je ne suis pas pressée d'obtenir mon diplôme. Jaque, oui, pour elle les études passaient avant tout. Pour vous dire la vérité, je n'ai jamais compris son obsession à obtenir le fameux diplôme. Elle me passait ses notes, elle m'aidait à réviser les examens, elle prenait tout ça très au sérieux. C'est pour cette raison qu'elle ne travaillait que du vendredi au dimanche. Ce n'est pas comme moi qui travaille toute la semaine, sauf le mardi, c'est mon jour de congé.

— Tu sais si quelqu'un lui en voulait à la faculté ?

Elle haussa les épaules.

— Je n'y vais pas beaucoup, dit-elle, mais je ne crois pas. Jaque s'entendait bien avec tout le monde. Elle me l'aurait certainement dit.

— Vous partagiez certains clients ?

— Avec cette tigresse ? Même pas en rêve, je les aurais tous perdus, dit-elle. Jaque les excitait avec ses longues jambes, sa taille de guêpe. Elle les chauffait vraiment, et en plus avec sa façon de s'habiller. Au début, je lui en ai présenté quelques-uns des miens, c'était la meilleure façon d'apprendre pour elle, de l'initier. Et vous savez quoi ? Ils en ont été satisfaits, très satisfaits même. Le bouche à oreille a commencé à fonctionner et il marche encore aujourd'hui.

Elle posa les pieds par terre et son verre sur la table basse, sur un sous-verre. Son kimono s'ouvrit.

— Nous, on fait pas de publicité, dit-elle. Notre politique est très simple : pour éviter les problèmes, on préfère faire plaisir à nos clients. Si on leur plaît et bien sûr on leur plaît, ils se chargent eux-mêmes de nous faire de la publicité. Et puis on n'accepte personne sans rendez-vous préalable ailleurs qu'ici, pour tâter le terrain, ou sans recommandation. Ça nous permet d'éviter les types bizarres. Et ça a toujours bien marché. On n'a jamais eu de problèmes. Jamais. Ni elle ni moi.

— Vous avez un… un protecteur ?

— Pour quoi faire ? dit Elisa en appuyant son dos contre le dossier du canapé. On n'est pas des filles des rues, on est indépendantes, et on a notre dignité. Moi, je cotise à la Sécurité sociale et je paie mes impôts, et par conséquent j'ai des droits. Et en plus je profite du système de santé privée. Un protecteur ? Ça, ce n'est pas pour des filles comme nous, avec notre niveau d'éducation. De luxe, quoi, si tu vois ce que je veux dire.

— Et Carolina ? Ou plutôt : Jaque.

— Je ne sais pas si elle a suivi mes conseils, elle était très réservée au sujet de l'argent, dit-elle en faisant la moue. Je pense que oui.

Milo posa la petite bouteille sur la table. Il regarda dans toutes les directions avant de fixer son regard sur l'endroit choisi.

Elisa laissa échapper un petit rire.

— Le sexe est ici, inspecteur, dit-elle en montrant sa tête. Pas seulement là, ajouta-t-elle en soulevant rapidement le bas de son kimono dans un mouvement fugace. C'est pour cette raison qu'on a réussi à obtenir un portefeuille de clients fidèles, parce qu'on utilise les deux atouts.

— Fidèles ? Curieux concept dans ce contexte.

— Tu es choquée, je le sens. Voyons… comment expliquer ça ?

Elle se gratta le front et prit un air pensif.

— On possède une certaine culture, on parle anglais, on est attirantes et discrètes. On a juste choisi une façon facile de gagner de l'argent, beaucoup d'argent. On tient les rênes de notre commerce, on ne fait jamais rien qui ne nous plaise pas, et on choisit soigneusement les candidats. Le reste, c'est juste de la peau.

Les muscles du visage de Rebeca se tendirent.

— Lorsque tu étais petite, tu rêvais de devenir pute plus tard ? Excuse-moi, mais la façon dont tu présentes les choses pourrait nous faire croire que c'est juste un truc anodin. Et je suis désolée, mais moi je pense que c'est… plutôt dégradant.

Elisa tourna la tête vers Milo.

— Tu penses la même chose que ta camarade ?

— Moi, je n'aborde jamais les sujets personnels lorsque je suis en service.

— Et tu as bien raison. Tu es vraiment flic ? C'est qu'avec ton allure si négligée, tu ressemblerais plutôt à un délinquant.

Et ce n'est pas que ta dégaine me dérange, mais j'imaginais autre chose, si tu vois ce que je veux dire.

Elle se tourna lentement vers Rebeca.

— Ne juge pas si tu ne veux pas être jugée. Ce n'est pas moi qui ai dit ça, c'est Jésus, ou Dieu, je ne sais plus, c'est dans la Bible. Tu devrais te méfier des préjugés. Tu es trop jolie pour te comporter comme un dinosaure dans la vie. Et à présent, si vous voulez bien m'excuser, j'ai un rendez-vous dans une demi-heure et je dois me préparer.

Elle se leva d'un bond et se dirigea vers sa chambre.

— On n'en a pas fini avec les questions.

— Vas-y, je t'écoute d'ici, tu peux rentrer si tu veux, dit-elle depuis la pièce d'à côté. Je vais juste prendre une douche, ça ne te dérange pas ?

La sous-inspectrice se leva d'un air agacé. Grommelant tout bas, elle entra dans sa chambre. Milo fit une grimace et prit la direction opposée, vers l'autre chambre.

Il ouvrit la porte et alluma la lumière.

En réalité, c'était une suite. Un grand lit occupait le centre de la pièce, avec un miroir à la tête du lit et un autre au plafond. Il passa la tête par la porte du fond. Une salle de bains très bien équipée, spacieuse, avec baignoire hydromassante. Il fouilla dans l'armoire encastrée dans le mur. Dans le corps central du meuble, des vêtements pour toutes sortes de jeux sexuels, uniformes, déguisements et aussi des nuisettes, étaient suspendus. Un des corps latéraux était réservé à une large gamme de chaussures, talons aiguilles, sandales, bottines. L'autre était composé de tiroirs et il ouvrit chacun d'eux. Lingerie multicolore en tout genre, jouets variés, accessoires. Dans l'avant-dernier, des cadeaux dans leur étui, bracelets, boucles d'oreilles, colliers, certains en verroterie, d'autres de valeur. Dans le dernier, il y avait des vêtements de ville, plusieurs dossiers avec des notes, et d'autres articles courants. Il était sur le point de le refermer lorsqu'il aperçut une photo au format standard sous les vêtements. C'était le portrait d'un gamin d'une douzaine d'années. Il souriait à l'objectif. Vu la ressemblance, il en déduisit qu'il s'agissait d'Eloy, le frère. Il remit tout en place et scruta l'ensemble de la pièce d'un regard circulaire. Aucun objet personnel, aucune autre photographie, rien qui pût révéler l'identité de Carolina Estrada.

Il sortit de la suite, éteignit la lumière et referma la porte derrière lui.

La voix d'Elisa parvint à ses oreilles.

— Et je t'assure, lorsqu'il y a des foires dans la ville, et il n'en manque pas, on se remplit bien les poches. On a des clients qui viennent du monde entier, dit-elle en éclatant de rire. Nous sommes expertes en traitement des pannes, je ne sais pas si tu vois ce que je veux dire.

Milo s'arrêta à deux mètres de la suite. La porte était ouverte. La voix de Rebeca résonnait avec moins de sérieux que d'habitude.

— Et tu n'as pas de scrupules à… comment dire, à faire ce qu'on te demande parfois de faire ?

— C'est bien plus simple que tu ne penses. La plupart du temps on ne fait pas plus que ce que tu fais à ton mari. La majorité de nos clients sont simplement des hommes dont les épouses ne remplissent pas leur fameux devoir conjugal. Alors, avec nous, ils sont aux anges.

— Je crois que je ne pourrais jamais. Il faut être blindée pour ça.

Elisa éclata à nouveau de rire.

— Voyons, je ne voudrais tout de même pas t'induire en erreur, dit-elle en traversant la chambre enveloppée dans une serviette de bain. Certains sont plus raffinés que d'autres, ils ont quelques fantaisies. Mais ce n'est pas aussi sordide que tu imagines. Je t'ai déjà dit, c'est juste de la peau.

— Et si vous refusez d'obéir à leurs demandes ?

— Mais puisque je te dis qu'ils ne nous demandent pas de choses si bizarres que ça ! Mon client de tout à l'heure, par exemple, est complètement cinglé de bas, de porte-jarretelles et de talons aiguilles. C'est tout. Ensuite, c'est juste de la conversation, un peu de psychologie, et le truc normal entre un homme et une femme. Je t'ai déjà dit qu'on détectait les gars bizarres lors du rendez-vous préliminaire.

— Et il n'y en a jamais un qui est passé entre les mailles ?

— On n'est pas des saintes nitouches, non plus. On accepte pratiquement tout, même si chacune a sa spécialité. Tu aimes cet ensemble ? Lorsque je le reçois dans cette tenue, il a les yeux comme des soucoupes. Parfois, il me laisse même pas le temps d'arriver jusqu'au salon.

— Et c'est quoi ces spécialités ?

— Secret professionnel, ma chérie. Tu me donnes quatre cents euros et je te montre. Je t'ouvre les portes du paradis. Tu as l'air d'en avoir besoin, toi, si tu vois ce que je veux dire.

Milo toussa à plusieurs reprises.

La voix de Rebeca reprit son ton habituel.

— Est-ce que tu as un registre avec les noms des clients de Jaque ?

— Tu te crois à la banque ou quoi ? J'ai un ordinateur, mais on n'est pas informatisées. Tu vois ce que je veux dire ?

— Et tu peux m'assurer qu'aucun des clients réguliers de Jaque ne lui a posé de problèmes, n'est-ce pas ?

— Avec le tarif qu'on pratique ? J'en doute. La plupart sont des cadres supérieurs bourrés de tunes, tout le temps en déplacement, avec niveau culturel moyen haut, et ni eux ni nous n'avons intérêt à faire des vagues. Eux, se soulagent, et nous, on s'enrichit. Tout le monde, plus ou moins, cherche la même chose, n'est-ce pas ? dit-elle en faisant une pause. Je suis effondrée après ce qui est arrivé à Jaque. Juste en ce moment. On va vraiment la regretter, ajouta-t-elle avec une soudaine tristesse. Je vais devoir lui trouver une remplaçante.

— Pourquoi dis-tu juste en ce moment ?

Elisa sortit de la suite le kimono sur l'épaule.

Elle s'arrêta devant Milo, mit une main sur sa hanche.

— Comment tu me trouves ? demanda-t-elle.

L'inspecteur eut le souffle coupé par la transformation. Maquillée et vêtue de cette façon, la jeune fille était devenue une autre femme. Sa simplicité au naturel avait laissé place à un artifice provocateur et sensuel. Il imagina Carolina. Avec la même lingerie. Si mince. La peau sur les os. Il se sentit coupable. Comme un voyeur. Et plus encore, il éprouvait un sentiment déplacé. De la colère. Une colère intense et profonde.

— Pourquoi juste en ce moment ? demanda-t-il à son tour, la voix grave.

Elisa passa son kimono avec un geste exaspéré.

— C'est juste de la peau, inspecteur. Pourquoi en ce moment ? Parce qu'en ce moment tout se passait bien pour elle, pour ses projets. Elle avait enfin laissé derrière elle l'angoisse des fins de mois difficiles et repris confiance en elle. L'argent guérit beaucoup de choses, tu sais…

— Ils étaient au courant chez elle ?

Elle fit un geste de dédain à peine perceptible.

— On ne le crie pas sur les toits, tu sais… Ce qu'on fait ou ne fait pas ne regarde personne.

Puis elle répéta qu'elle avait un rendez-vous, qu'elle était désolée, mais qu'ils devaient s'en aller.

— Vous pouvez revenir un autre jour si vous voulez, dit-elle. Mais prévenez-moi avant, sinon vous risquez d'être un peu choqués. Vous avez mon numéro de portable, non ?

Dans le couloir, Milo lui demanda si Jaque avait l'habitude d'utiliser son ordinateur. En faisant nerveusement claquer ses talons, elle répondit qu'en effet, elle s'en servait pour envoyer des travaux à l'UB et pour consulter ses notes et le courrier depuis son compte d'étudiante. À la question, si elle voyait un inconvénient à ce qu'un des informaticiens de la police passe chez elle pour copier le contenu du disque dur sur un disque externe, elle répondit qu'il n'y avait aucun problème, puis elle leur ouvrit la porte et prit congé en vitesse.

— Si vous croisez mon client dans l'entrée, s'il vous plaît évitez de lui dire que vous êtes de la police, d'accord ?

Elle referma la porte sans faire de bruit.

Tandis que Rebeca appuyait sur le bouton d'appel de l'ascenseur, Milo tira son portable de la poche et appela le sergent Crespo. Il lui dit qu'ils avaient trouvé Elisa Roca, puis il le chargea du travail convenu avec elle et raccrocha.

Dans l'ascenseur, ils regardèrent par terre.

— N'oublie pas, c'est juste de la peau, dit Milo.

— Si tu vois ce que je veux dire.

Ils éclatèrent de rire, mais cela ressembla plutôt à des croassements. Sans joie.

Dans la rue, ils essuyèrent une grosse averse et s'abritèrent sous une corniche pour refermer leur vêtement chaud.

— Quoi qu'en pense Elisa, on ne peut pas écarter aussi rapidement qu'il s'agisse d'un client de Carolina. Il aurait pu s'attacher à elle et, devant son refus, dans un élan passionnel… dit Rebeca.

Milo fit la moue.

— Peut-être, mais c'est peu probable. En général, les types qui fréquentent ces escorts ne veulent pas d'histoires, ils ne tuent pas. Ils changent de corps, achètent les services d'une autre fille et l'affaire est dans le sac.

— Moi, je n'en suis pas si sûre que toi.

— Tu te souviens d'une autre escort assassinée ces dernières années, dans la ville ? Des prostituées de rues ou des jeunes attrapées dans des réseaux de traite des Blanches, ça oui ; mais ce genre de filles, non. Et pourtant aujourd'hui, elles sont légion dans notre belle ville de Barcelone, et pas toutes aussi jeunes. Il y a aussi des maîtresses de maison, avec des maris parfaitement au courant de la situation. Le fric est le fric, et la crise est la crise.

Ils demeurèrent silencieux. Au bout d'un moment, Rebeca laissa échapper un soupir.

— Qui était Carolina Estrada en réalité ?

— Une fille ordinaire très peu ordinaire.

Ils restèrent un moment immobiles à regarder tomber la pluie.

— Il nous reste encore un mauvais payeur sur notre liste.

La sous-inspectrice Mercader soupira de fatigue.

— Encore de la misère ? Ça ne me plaît pas beaucoup.

— À moi non plus.

— Et si on laissait ça pour demain ?

Ils se scrutèrent un instant. Milo étouffa un bâillement.

— On y va ?

— On y va.

12

Ils pénétrèrent dans l'immeuble. À cause de la pluie, le concierge avait déroulé un tapis vert tout le long du couloir d'entrée, qu'ils empruntèrent jusqu'à l'ascenseur. L'homme se trouvait à l'intérieur et s'apprêtait à sortir deux grandes poubelles chargées de sacs d'ordures.

— Où allez-vous ?

Rebeca consulta la feuille.

— Premier étage, M. et Mme Soler.

— Ils n'habitent plus ici, dit-il en forçant sur la seconde poubelle pour l'extraire de la cabine.

Milo l'aida en maintenant la porte ouverte.

— Ils sont partis il y a un mois, ils pouvaient plus payer le loyer.

— Vous connaissez leur nouvelle adresse ?

Le concierge acquiesça avec un geste de mauvaise humeur. Il abandonna les poubelles au milieu de l'entrée et pénétra dans sa loge. Il fouilla dans un tiroir. Au bout d'un moment, il en tira un bout de papier grossièrement déchiré.

— Rue Sepúlveda, tout près d'ici. Madame vient ici de temps en temps pour récupérer son courrier, mais y a toujours que des factures. C'étaient de braves gens, dit-il en faisant une grimace. Mais vous savez bien, avec la crise…

Il ne finit pas sa phrase et referma le tiroir.

Milo et Rebeca se retrouvèrent à nouveau dans la rue. En continuant à suivre les corniches, ils tournèrent rue Casanova. La voie était interdite à la circulation. Arrivés à la Gran Vía, ils en découvrirent la raison. Une grande foule, composée d'hommes, de femmes, d'enfants et de personnes âgées, défilait en silence sur la chaussée centrale de la grande artère. Les parapluies que tenaient la plupart des gens formaient une mer au-dessus de laquelle on pouvait également apercevoir des pancartes critiquant les restrictions dans les domaines de la santé et de l'éducation, les expulsions et le chômage, et certaines d'entre elles demandaient tout simplement du pain, du travail et un toit. Une file de fourgons de la BRIMO, tout neufs, rutilants, dernier modèle – Milo en compta une bonne quarantaine –, circulait au pas, sur une des contre-allées de la Gran Vía.

— Que craignent-ils ? Qu'ils s'en prennent à la Banque d'Espagne ? demanda Rebeca.

Le silence des manifestants, ajouté à la rumeur sourde de leurs pas, à la pluie tombant de manière incessante, conférait une étrange dignité à cette scène. Sur la sombre mer des parapluies, les pancartes ressemblaient à présent à des voiles gonflées par le vent. La menace latente des forces antiémeutes, prêtes à intervenir au moindre signe de désordre, était la seule note discordante.

— Ce sont des gens pacifiques, en quoi y a-t-il danger ?

Milo indiqua les fourgons du bout du menton. Son sang ne fit qu'un tour.

— C'est vraiment pervers, murmura-t-il.

Ils coupèrent la manifestation. La foule s'ouvrait pour les laisser passer et atteindre l'autre côté de l'avenue. Puis elle se refermait comme un organisme vivant sous le fin rideau de la pluie. Une masse muette. Une ambiance glaciale. Les lumières bleues des gyrophares. Un déploiement de force disproportionné. Une juste protestation.

Milo serra les poings. Rebeca lui prit le bras.

— Surtout pas, lui dit-elle, occupons-nous de nos oignons, ajouta-t-elle en le tirant par le bras. Achevons notre travail le plus rapidement possible, d'accord ?

Ils s'éloignèrent en direction de la rue Sepúlveda, tête baissée.

Rebeca chercha des yeux le numéro de l'immeuble.

Dans l'ascenseur, elle pressa le bouton du deuxième étage. Un homme âgé leur ouvrit la porte. Ils lui demandèrent où habitait la famille Soler.

— Ma fille Merche n'est pas encore arrivée. Elle aide une vieille personne à son domicile, mais elle ne devrait pas tarder.

— Et son mari, Domingo Soler ?

Une grimace déforma le visage de l'homme.

— Il n'habite pas ici, dit-il.

Il tenta de refermer la porte, mais Rebeca la bloqua avec la main.

— Ici, c'est chez moi, allez-vous-en ou j'appelle…

— La police ?… C'est nous, fit Rebeca d'un air fatigué.

— Qu'est-ce qu'il a encore fait cet incapable ?

— Ça ne vous regarde pas. Où pouvons-nous le trouver ?

L'homme changea immédiatement de ton. Il leur expliqua qu'il habitait à présent dans un magasin à moitié désaffecté dans la rue Mercaders, près du marché de Santa Caterina. Il surveillait de la marchandise sans la moindre valeur et, en échange, le patron l'avait laissé s'installer là, dans un local sale, rempli de souris et tout humide.

— C'est un vrai taudis… De toute façon, il ne mérite pas mieux. J'ai été obligé de régler ses dettes, dit-il de plus en plus irrité. Notre pension a été complètement dilapidée par ce… par ce… Un homme qui n'est même pas capable de subvenir aux besoins de sa famille n'est pas un homme !

Ils laissèrent la cathédrale derrière eux et se dirigèrent vers le marché. Les passants marchaient penchés en avant, les épaules toutes recroquevillées ; certains, d'un pas rapide ; les autres, traînant les pieds. Il n'était pas bien difficile de deviner pour qui les choses allaient bien, ou disons pas trop mal, et pour qui c'était tout le contraire. Ils prirent la rue Mercaders, une ruelle à peine illuminée. À une cinquantaine de mètres, ils aperçurent un homme appuyé contre le mur, près d'un rideau métallique baissé, avec une petite porte latérale. Il fumait une cigarette et la fumée qu'il expirait se mélangeait à la buée de sa respiration.

Rebeca alla frapper du poing sur le rideau de fer.

— Domingo Soler ? lui demanda Milo.

L'homme leva le visage vers lui. Dur, mal rasé, avec de petits yeux tout ronds, légèrement bridés, un air de demeuré. Il portait un manteau gris usé, avec un cache-nez, des gants et un bonnet de laine, et était chaussé d'énormes souliers noirs. Il était de taille moyenne et costaud ; Milo lui donna une quarantaine d'années.

— C'est moi, dit-il en regardant par-dessus l'épaule de Milo.

— Nous aimerions vous parler un instant, dit Rebeca en montrant le rideau de fer. Si on entrait ?

L'homme était bouche bée, ne comprenait rien.

— Parler, dit-il, parler avec moi ?

Rebeca et Milo lui montrèrent leur plaque. Il les regarda avec curiosité, les joues toutes ridées. Il leva la tête. Sans parvenir à vraiment croiser leur regard, il leur dit qu'il faisait encore plus froid à l'intérieur, et qu'en plus il n'avait pas le droit d'y fumer.

— Il y a des bidons de liquide inflammable. On me l'a expressément interdit, précisa-t-il en montrant sa cigarette roulée, son papier jauni, et en haussant les épaules. À l'angle là-bas, il y a un bar. C'est un endroit très agréable. Le rendez-vous des gens du marché. C'est pas cher. Mais moi, je n'ai pas d'argent du tout.

— On y va, dit Rebeca. C'est nous qui payons.

Ils s'y dirigèrent.

— Vous verrez, c'est un endroit très agréable, répéta Domingo Soler en finissant son mégot. Le rendez-vous des gens du marché.

Ils prirent place à une table du fond. L'endroit était à moitié vide, mais la température y était douce. Ils attendirent en silence que le garçon leur apporte un café au lait très chaud pour lui, une noisette pour elle et un verre d'eau pour Milo. Domingo saisit la tasse à deux mains, sans retirer ses gants.

Les questions de Rebeca, après qu'elle lui eut expliqué ce qui s'était passé, abordèrent à nouveau le sujet des menaces. Pendant ce temps, Milo saisit le journal qui se trouvait sur la table. Il était du jour et titrait sur le processus souverainiste. Il le feuilleta distraitement.

— Vous voulez dire que Mlle Estrada est morte ? dit Domingo, les yeux exorbités. Elle est vraiment morte ?

— Où étiez-vous vendredi dernier entre sept heures du soir et samedi de bonne heure ?

L'homme battit nerveusement des paupières. Sans poser la grosse tasse, il fixa son regard au plafond. La bouche ouverte. Il sembla méditer profondément.

— Au Corte Inglés… ou à la FNAC, je ne me souviens pas. Il fait très bon là-bas. Et ensuite… Je ne sais pas. Au magasin. Je dors au magasin, j'ai installé un lit. C'est moi qui me le suis fabriqué.

— Un témoin peut-il le confirmer ?

Il tourna la tête à gauche puis à droite, d'un air étourdi.

— Si on parlait de vos menaces envers Carolina Estrada.

Domingo se pencha en avant pour approcher les lèvres de sa tasse. Il avala plusieurs gorgées avant de répondre.

— Mlle Estrada a été très gentille envers moi, très gentille. Je me suis excusé et elle a fini par comprendre ma colère. Vous n'étiez pas au courant ? Je lui ai fait des excuses, à cause de mes mauvaises manières, dit-il en relevant la tête. Je n'étais plus dans mon état normal. Elle l'a compris. Elle s'est mise à ma place. Elle a été très compréhensive. J'ai traversé une très mauvaise passe, avant d'arriver à régler mes dettes. À présent, je n'ai plus de dettes. Je ne consomme plus, je ne dépense presque plus rien.

Rebeca observa son air pitoyable, timide. Il lui sembla évident qu'il n'était pas très futé et elle se sentit mal à l'aise.

— Elle a été très gentille, dit Domingo. Elle m'a promis que si elle entendait parler d'un travail, elle me le dirait. Ç'a été un ange pour moi. Je ne lui aurais jamais fait le moindre mal, ajouta-t-il en fronçant les sourcils. Je n'aurais pas pu. Mlle Estrada a été très gentille envers moi, très gentille, répéta-t-il en se signant très lentement avec un respect presque solennel. Et croyez-moi… je sais ce que c'est que d'avoir à supporter les colères et les menaces des clients. À cause de mon boulot précédent. Mais elle ne méritait pas de finir comme ça. Mon Dieu, pauvre Mlle Estrada.

Rebeca adopta une moue de circonstance. Elle regarda Milo à la recherche d'un peu d'aide de sa part, mais il était plongé dans la lecture du journal. Furieuse, elle lui demanda s'il avait une autre question à lui poser.

— Vous avez une voiture ? demanda Milo sans détourner son regard de la presse.

Domingo approcha la tasse de sa bouche. Il avala bruyamment la fin de son café au lait. Entre-temps, Milo lut son horoscope : "C'est une excellente journée pour les activités sociales. Vous aimerez et pourrez connaître des gens intéressants avec qui vous sympathiserez." Il referma le journal d'un coup sec.

— Je vous ai demandé si vous aviez une voiture.

— Non, non. Ma femme a décidé de la vendre. Ça fait longtemps maintenant. Mais vous savez, moi, je ne suis pas devenu aussi misérable que certains autres. Je gagne un peu d'argent en vendant des kleenex aux feux rouges. Et aussi des briquets.

Milo se leva brusquement. Rebeca l'imita, mais plus lentement.

— Tu veux bien régler l'addition ? Je n'ai plus un sou de monnaie.

Elle le fusilla du regard. Ensuite, tout en rouspétant, elle se dirigea vers le comptoir. Milo porta la petite bouteille d'eau à sa bouche.

— Je vais trouver du travail, vous allez voir, dit Domingo en serrant la tasse entre ses mains. Je ne suis pas un parasite, moi.

— Je n'en doute pas, mon ami. Bonne chance.

Il s'éloignait déjà lorsqu'il l'entendit continuer à parler. Il s'arrêta.

— Il se peut que Merche ait raison, que je ne sois pas très malin, mais je trouverai quand même du travail, dit-il en baissant la tête et en s'adressant à la tasse. Je vais me tirer de ce mauvais pas et récupérer Merche et Rosina. Je ne suis pas un bon à rien, quoi qu'en dise mon beau-père.

Il leva tout doucement la tête. Bouche ouverte, il regarda par-dessus l'épaule de Milo avec des yeux malheureux.

— Mlle Estrada a été très gentille avec moi. Très gentille.

Ils sortirent dans la rue.

— Putain, dit Rebeca. On perd notre temps. Ce type ne savait même pas que Carolina était morte. Tu as vu la tête qu'il a faite lorsqu'on le lui a dit ? C'est un pauvre mec qui mène une vie de chien.

Milo acquiesça, les yeux fermés.

Ils longèrent la Vía Layetana vers le bas, en direction de la mer. Elle était déserte. Il continuait à pleuvioter, mais ni l'un ni l'autre ne sembla s'en apercevoir. Rebeca décida que ça suffisait pour aujourd'hui. Elle considéra que la journée était terminée pour elle.

— Monsieur me donne l'autorisation d'aborder des sujets personnels ?

— On m'attend, dit Milo d'une voix blanche.

— Une autre femme ?

— Et alors ?

Rebeca respira profondément, elle se maîtrisa.

— Je n'aime pas courir après les mecs. Et toi et moi, nous avions une relation sympa. Tu as l'air d'avoir oublié.

Milo enfonça ses mains dans ses poches.

— Les contrats sociaux… ce n'est pas mon fort, tu sais.

— Tu n'as rien d'autre à me dire ?

— Parler de ce que je ressens ou de ce que je ne ressens pas ne servirait absolument à rien.

— Et tu te débines… comme d'habitude. Je connais ta tactique, à présent.

— Tu ne sais rien de moi, de ma situation.

— J'en sais suffisamment.

— Ben, on ne dirait pas. Je t'ai déjà dit que je n'étais pas un type normal. Je t'ai prévenue. Je ne réagis pas comme tout le monde. Alors maintenant ne viens pas te plaindre, je t'en prie.

Rebeca enrageait.

— Tu t'es foutu de moi, espèce de fils de pute !

— Eh, mauvais caractère, arrête ton char ! Pour siffler, il faut deux lèvres et personne ne t'a mis un pistolet sur la tempe que je sache. On est des adultes.

— Certains plus que d'autres, dit-elle d'une voix cassante.

— Ne sois pas puérile. Je t'en prie.

— C'est la maturité qui parle ! Ça ne nous mène nulle part tout ça.

— Mais qu'est-ce que tu me reproches exactement ?

Rebeca secoua la tête avec incrédulité. Elle fit deux pas en arrière et écarta les bras. Puis au bout d'un moment, elle se planta à nouveau devant lui.

— Je n'imaginais pas du tout ça entre nous, dit-elle. Au début ç'a été… ç'a même été merveilleux. À Port de la Selva, toi et moi… En revanche, maintenant, c'est tout le contraire. Finis les dîners au restaurant, les petits moments devant un verre, tout d'un coup, c'est devenu chacun chez soi. Et je ne comprends pas pourquoi.

Milo pointa son doigt vers la statue d'un homme au milieu de la place.

— Ce type était un négrier. Antonio López. La ville a érigé une statue en l'honneur d'un négrier. Et elle est toujours plantée là. Tu trouves ça normal, toi ? Ici rien n'est normal. Pourquoi voudrais-tu que moi je le sois ?

— Je ne suis pas heureuse, Milo.

— Mais peux-tu me dire qui est heureux ? Personne n'est heureux. C'est la crise, tu es au courant ?

— Je veux mieux que ça. Comme on était au début.

Il observa son visage tendu, la façon dont elle entrouvrait ses yeux de chatte, un léger tremblement sur les lèvres.

— Je vais te dire quelque chose… tu vois, je ne suis pas très doué en musique, mais même moi je sais que le début de *Smoke on the Water* est très puissant, merveilleux. Mais ensuite… le reste du thème devient faible, il n'est pas à la hauteur.

Ne sachant comment poursuivre, il se tut un instant. Puis il reprit.

— Ce que je veux dire… c'est qu'il ne faut jamais se fier aux débuts.

Rebeca lui lança un regard haineux.

— Je déteste ton baratin, tout ça c'est du blabla de lâche. T'es pas différent, non, t'es pareil que les autres. Et tu ne connais vraiment rien à la musique.

Milo soupira.

— T'as mis longtemps à le comprendre.

Sans ajouter un mot, Rebeca s'approcha de la chaussée et fouilla la nuit à la recherche d'une voiture. Pas un seul taxi dans le coin. L'attente sembla durer une éternité. Mais quelques minutes plus tard, elle en aperçut un et lui fit signe. Elle s'y engouffra et le véhicule démarra à toute vitesse.

Milo le suivit des yeux jusqu'à ce qu'il disparaisse, au loin.

Complètement trempé, il ouvrit la porte d'entrée dans la rue Atlàntida, il regarda derrière lui, puis pénétra dans l'étroit couloir de l'immeuble. Il grimpa les quatre étages en baissant la tête, jusqu'à son appartement. Sur le palier, il poussa la porte d'un air las. Le berger de Majorque passa la tête.

À peine le vit-il, son cœur se serra.

Dans un élan, il s'accroupit et le serra fortement dans ses bras, lui caressant le dos sans arrêt. Son empressement lui fit perdre l'équilibre et il se retrouva les quatre fers en l'air. Sans le lâcher, ils roulèrent ensemble. Un étrange tambourinement attira son attention. C'était la queue du chien qui s'agitait à toute vitesse.

— Mon Vieux, tu dois être sur le point d'exploser. T'inquiète pas, on descend tout de suite.

Il alla prendre la laisse, et se ravisa.

— On n'en a plus besoin, n'est-ce pas ?

Ils coururent tout le long du paseo Marítimo, Milo l'encourageant à aller plus vite, le berger de Majorque essoufflé, langue pendante.

Au bout d'un moment, il s'assit sur un banc.

Il regarda autour de lui. Le bruit des vagues au bord de l'eau, le claquement de la pluie tombant sur les dalles, l'absence des bruits de la circulation et des piaillements des touristes dans l'alignement des petits stands.

Il approcha son visage de la gueule du berger de Majorque.

— En ce moment, c'est merveilleux, Mon Vieux, il te faudrait voir ça en plein été. C'est insupportable. Le soleil t'empêche de réfléchir et tu ne peux même pas mettre un pied devant l'autre. C'est pour ça que je préfère l'hiver. Il n'y a personne dans les rues et moi, le froid me met le cerveau en éveil.

Et ce qui est encore mieux : les journées sont très courtes. Dans l'obscurité, les choses me semblent bien plus claires.

Il regarda à nouveau autour de lui.

Pas la moindre trace de la golden retriever. Ni de sa maîtresse.

— J'ai l'impression qu'aujourd'hui tu ne verras pas ta compagne de jeu.

Il tendit ses bras sur le dossier du banc et dirigea son visage vers le ciel. Il ouvrit la bouche. Les gouttes d'eau claquèrent sur ses dents.

— Je vais te dire quelque chose, Mon Vieux, lança-t-il sans changer de position, aujourd'hui, tu m'as manqué.

Il se leva immédiatement. Surpris, il jeta un coup d'œil vers la gauche, puis vers la droite. Personne. Il se pencha à nouveau sur le chien.

— Tu es en train de me faire perdre la tête, dit-il en le saisissant par les deux babines et en le secouant doucement d'un côté et de l'autre. Ça marche comme un canard, ça parle comme un canard, et ça fait je ne sais plus quoi comme un canard, qu'est-ce que c'est ?

Le berger de Majorque attendait la réponse dans le froid, acquiesçant chaque fois qu'il haletait, comme s'il avait un ressort dans le cou.

— Un chien, par exemple ?

Il éclata de rire.

Il posa son front sur le front de l'animal.

— Mon Vieux, tu n'aboies jamais, toi ?

Le chien lui envoya un grand coup de langue.

— Oh, ça va, sois pas trop affectueux non plus, d'accord ?

Il se leva, sentit qu'il avait très faim.

— On va dîner. Tu aimes bien la *butifarra* cramée, hein ?

Il s'endormit inquiet. Il se sentait épuisé, mais le sommeil ne venait pas et son esprit le harcelait avec un tas d'images bouleversantes. Il revoyait le rictus de Susana lorsqu'il avait fait glisser la dalle au-dessus d'elle, les vers grouillant sur le visage raidi de Carolina, la tête de son neveu Marc, cervelle éparpillée par un coup de feu à bout portant. Juste avant le petit jour, il avait réussi à cesser de se battre contre son cerveau et s'était levé. Puis il s'était dirigé vers la porte de la terrasse. Il avait contemplé la mer, sa vaste étendue noire. Ah, les fantômes, toujours ces putains de fantômes. Il les avait maudits en silence.

Il se souvint d'une autre mer, celle de son enfance à Port de la Selva, où il avait vécu pendant six ans avec ses grands-parents maternels. Il esquissa un sourire éteint. Le vieux pêcheur avait une obsession : protéger la tête de Milo de ce qu'il appelait des "images nocives". Ainsi, lorsqu'ils passaient à table pour le dîner et que son grand-père allumait la télévision pour regarder les nouvelles, celui-ci était toujours sur le qui-vive, prêt à changer rapidement de chaîne si l'on diffusait des images de cadavres, d'enfants blessés par les bombes ou de femmes frappées par une foule. Milo protestait en disant qu'il voyait les mêmes choses et même pire dans les films. Son grand-père répliquait systématiquement : "Oui, mais c'est de la fiction, tandis que ça, c'est la réalité. Ce n'est pas bon que ta tête emmagasine des images aussi horribles, il te faut la garder bien propre." Son sourire se figea. Oui, un esprit impeccablement sain, se dit-il. Il le garda pratiquement sans souillure jusqu'à ses douze ans, jusqu'au moment où il était retourné vivre à Barcelone avec son père et son frère. Jusqu'au moment où l'affection et la tendresse de ses grands-parents furent remplacées par de la tension et de la violence. Jusqu'au moment où l'atmosphère malsaine et la progression de la schizophrénie devinrent son pain quotidien. Et enfin jusqu'au moment où sa profession s'ingénia à finir de le souiller avec la réalité en direct.

Le berger de Majorque appuya son dos sur ses jambes.

Il revint au présent.

Au bout d'un instant, il caressa la gueule de l'animal.

— Dis-moi, je vais nager un peu.

Il pointa son doigt sur lui et lui dit sur un ton sévère.

— Je te laisse m'accompagner, si tu me promets de ne pas rentrer dans l'eau.

Le chien remua la queue.

Son premier plongeon lui fit l'effet d'un millier d'aiguilles plantées dans son corps. Il eut l'impression que sa tête allait exploser. Son cœur était sur le point de remonter jusqu'à sa gorge ; ses muscles de se paralyser. Les premières brasses faillirent le faire renoncer. Mais sa respiration commença à reprendre son rythme. Il récupéra progressivement la sensibilité de ses bras et de ses jambes, l'exercice commença à devenir agréable. À mesure qu'il se dirigeait vers le large, nageant entre la noirceur du fond et celle du ciel, il se demanda si son attitude ne serait pas du pur masochisme. Une espèce de vengeance. Il s'arrêta de nager et se laissa flotter, étourdi par cette dernière idée.

En retournant vers le bord, il aperçut une forme noire en train de s'ouvrir le passage à grand-peine dans sa direction.

— Putain de merde, Mon Vieux !

Il le rattrapa à mi-chemin.

— Tu ne tiens pas tes promesses, hein ?

Ils retournèrent ensemble jusqu'à la plage, Milo le poussant de temps en temps pour l'aider à regagner la terre ferme. Ils sortirent de l'eau en tremblant comme des feuilles et ils partirent en courant en direction de l'appartement. Après la douche, une fois que le soleil avait pointé, le sommeil commença à s'emparer de lui. C'est alors que son portable se mit à sonner, il entendit la voix de la standardiste du commissariat central et se réveilla complètement.

13

Pour éviter d'arriver en retard, il prit le métro à la station de la Barceloneta. Les passagers consultaient leur portable, écoutaient de la musique avec leurs écouteurs ou somnolaient sur leur siège. Ils regardaient vers nulle part, les uns avec un air absent, les autres de défi. Chacun était enfermé dans son monde. Il descendit à la station Urquinaona pour effectuer le changement. Les tunnels étaient bondés. La plupart des gens se pressaient, mais d'autres bloquaient le passage en marchant comme s'ils étaient déjà fatigués, de mauvaise humeur. L'air vicié sentait la sueur, le renfermé. L'atmosphère était vraiment étouffante.

Il prit la ligne en direction de Plaza de España.

Le wagon était bourré de monde. Malgré ça, un individu avec un accordéon s'acharnait à jouer une petite musique irritante au rythme d'un tambourin tenu par une femme. Toux, éternuements, bousculades. Un vieil homme debout supportait tout ça d'un air stoïque. Plusieurs jeunes assis parlaient extrêmement fort. Les autres, aux visages froissés de sommeil ou de tristesse, enduraient la scène, résignés.

La rame stoppa à l'arrêt précédent, les portes s'ouvrirent – des gens descendirent, d'autres montèrent – puis se refermèrent. Le convoi ne démarra pas. Plusieurs minutes s'écoulèrent. Les portes s'ouvrirent à nouveau. Les haut-parleurs du quai annoncèrent qu'à cause d'un incident technique, le service était interrompu pour une durée indéterminée.

— Un incident technique ? Je vois !... dit une femme d'un air blasé. Encore un suicide, oui !

— C'est tous les jours pareil, se plaignit un homme qui portait un bleu de travail. Ils ne pourraient pas choisir une autre façon, non ?… et pas faire chier les autres, merde ! Qui est-ce qui va me payer le temps que je perds en ce moment ?

Milo imita le reste des passagers et descendit du wagon.

Il parcourut le dernier tronçon du trajet à pied.

Il entra dans le parc Joan Miró par la mauvaise rue et, tandis qu'il entendait le bruyant hululement de plusieurs sirènes en train de se faufiler dans la circulation menant à la Plaza de España, il dut le traverser de bout en bout avant d'arriver sur les lieux exacts.

Il aperçut la commissaire-chef entourée de plusieurs agents, visage perplexe. Elle portait un anorak bleu, une grosse écharpe de la même couleur, les pantalons de l'uniforme dépassant pardessous, et des bottines fourrées. Un bonnet, couleur ivoire, dépareillé, lui couvrait la tête. Malgré son grade, il ne fut pas du tout étonné qu'elle se soit rendue en personne jusqu'au parc. On venait de retrouver un autre chien empalé et elle voulait être vue par les gens du quartier, par les journalistes, par les curieux en général, afin que tout le monde puisse constater que la police prenait l'affaire au sérieux. Il fallait absolument se mettre la presse dans la poche. Anna Bassa était fine psychologue, se dit-il ironiquement. Le simple fait d'être présente lui permettait de museler un tas de gens. Et d'éviter bien des critiques.

Il alla directement vers elle.

— Tu es en retard, inspecteur Malart.

Milo se dit qu'il était inutile de lui en expliquer les raisons.

Il jeta un coup d'œil au lieu. On avait déjà emporté le corps de l'animal, cette fois-ci un bouledogue français, mais il s'approcha cependant de l'endroit où on l'avait planté. Il s'accroupit, observa le trou peu profond dans la terre, les traces. Il retourna près de la commissaire et demanda si quelqu'un avait relevé les empreintes. Non, les voisins avaient complètement détruit la scène du forfait. Il n'y avait aucun témoin, pas d'enregistrement vidéo non plus. L'hypothèse la plus logique était que le responsable avait pénétré dans le parc un peu avant le lever du jour, protégé par l'obscurité de la nuit, le chien empalé dans un grand sac en plastique afin d'éviter de laisser des traces de sang dans la rue et les indices correspondants. Ils parlèrent au singulier. Supposer qu'il s'agissait, pour la quatrième fois, d'une bande de petits voyous n'avait plus grand sens. L'intérêt d'un jeu aussi pervers résidait surtout dans sa nouveauté ; on pouvait peut-être le répéter deux fois, trois à la rigueur, mais pas se lancer dans une semblable récurrence. Anna Bassa expliqua qu'on avait à nouveau brisé le cou de l'animal, qu'on lui avait déplacé les vertèbres de façon nette et rapide. Qu'il semblait évident que l'individu avait une prédilection pour les petits chiens assez jeunes. Ils pensèrent que c'était en raison de leur cou plus étroit et donc plus facile à manier au moment de s'emparer d'eux et aussi parce qu'ils étaient moins lourds à transporter. Enfin, le dénominateur commun de ces exactions était qu'il choisissait des parcs ouverts, et toujours les aires de jeux des enfants.

Ils échangèrent un regard. Il n'y avait pas grand-chose à ajouter.

La commissaire-chef se racla la gorge.

— Les forums et les réseaux sociaux chauffent au maximum. Une association de défense des droits des animaux et contre leur maltraitance offre une récompense de neuf mille euros à qui pourra donner des détails déterminants sur l'identité de l'auteur.

— Il fallait s'y attendre, dit Milo.

Il observa le ciel, les gros nuages noirs de plus en plus chargés d'eau. L'air suspendu comme une goutte de glace.

— Cette violence gratuite me donne la nausée. Je ne comprends pas ces gens qui jouissent de la souffrance d'autrui.

— Et pour Carolina Estrada ? demanda Milo à l'improviste.

— Quoi pour Carolina Estrada ?

— Personne n'offre une récompense pour attraper son assassin ? Il n'y a pas d'association de défense des droits des jeunes universitaires ?

— Ne complique pas les choses, inspecteur Malart.

Milo se mordit les lèvres.

L'affaire était en train de prendre des proportions scandaleuses, pensa-t-il, et malgré ça c'était lui qui compliquait les choses. Pour neuf mille euros, se dit-il, il va y avoir une horde de volontaires dehors en train de surveiller chacun des parcs de la ville. C'était une belle somme par les temps qui couraient.

Il se tourna vers elle.

— Qu'est-ce que je fais ici, commissaire ? Ça n'a aucun sens.

— Tu cherches encore un sens à la réalité, toi ?

Milo baissa la tête.

— Je voulais parler de ma présence ici, chef.

Son visage resta pétrifié, imperturbable. Elle allait répliquer, mais les premières notes d'*Els segadors* retentirent sur son portable et elle s'éloigna de quelques mètres pour répondre. Milo l'observa du coin de l'œil pâlir de temps en temps, donner une réponse sèche et raccrocher. Vu ses mouvements lents et méticuleux pour ranger le téléphone dans son sac, il devina que les choses commençaient à sérieusement se compliquer.

La commissaire-chef s'approcha de lui et lui demanda de la suivre. Ils marchèrent en direction opposée à la foule des curieux.

— Nous venons de découvrir un nouvel assassinat, dit-elle à voix basse et posée. À nouveau par strangulation. Cette fois la victime est un avocat, Lorenzo Puig. On a retrouvé son cadavre chez lui.

Il se raidit.

— Lorenzo Puig ? Le troisième associé du cabinet où travaillait Carolina Estrada ?

Anna Bassa acquiesça. Puis elle inspira profondément et dit :

— Il habitait dans un immeuble, à l'angle de la Travessera de les Corts et de la rue Numancia, juste au-dessus du parc où l'on a retrouvé le premier chien empalé.

Milo laissa s'écouler quelques secondes.

— Ça ne peut pas être une coïncidence.

La commissaire-chef fit non, tout doucement, avec la tête.

La voiture d'Anna Bassa s'arrêta à l'angle opposé à l'immeuble et Milo descendit. Il attendit qu'elle redémarre en direction du commissariat central, puis il s'apprêta à traverser au passage piéton. À cet instant, il s'aperçut que le fourgon du médecin légiste descendait du trottoir d'en face pour se mêler à la circulation de la rue Numancia. Des klaxons de protestation se firent entendre. Près de l'entrée de l'immeuble, il y avait deux véhicules de la division de la police scientifique, trois unités de la police de Catalogne et une ambulance toutes portes ouvertes. Les habituels curieux étaient massés derrière le ruban de balisage, tandis que plusieurs agents les empêchaient d'approcher davantage. Milo passa sa plaque autour de son cou, se fraya un chemin et, après s'être accroupi pour éviter le ruban, se dirigea vers le hall d'entrée.

Dans le grand vestibule, un homme gesticulait de façon ostentatoire devant deux sergents en train de l'interroger. Apercevant Milo, l'un d'eux lui indiqua l'étage de la victime et l'endroit où se trouvaient les ascenseurs.

— Vous êtes le concierge ? demanda-t-il à l'homme qui acquiesça immédiatement. Je voudrais m'entretenir avec vous tout à l'heure, ne vous éloignez pas.

— Mais combien de fois vais-je devoir vous répéter la même chose ? se rebiffa le concierge.

Milo se dirigea vers le fond, là où le vestibule se divisait en escalier droit et gauche. Il prit le premier, monta dans un des ascenseurs et pressa le bouton du huitième étage. Tentant de ne pas penser à l'abîme qui se creusait sous ses pieds, il ouvrit son blouson et secoua son cou. Il sortit de la cabine, regarda dans les deux directions. Le couloir était long, avec huit portes par palier. Au bout de celui-ci, Milo aperçut Boada, le front appuyé contre le chambranle d'une porte, pâle comme un fantôme. Il se dirigea vers lui. À mesure qu'il s'approchait, il commença à sentir la puanteur.

Il lui donna une tape sur l'épaule.

Surpris, l'inspecteur Boada sursauta.

— Tu t'es peut-être trompé de métier, mon cher Edgar. Tu y as bien réfléchi ?

Il s'arrêta sur le seuil, prit sa respiration et ferma les yeux. Il tenta de vider son esprit, d'effacer toute pensée. Il se concentra sur la couleur bleue, un truc qui avait toujours marché. Tous les sens en alerte, il pénétra dans l'appartement.

Porte blindée, avec renfort métallique et judas. Sans entrée, deux niveaux délimitant entrée et salon. Décoration moderne, luxueuse. Chauffage très fort. Le sol de marbre blanc italien, des tapis noirs. Dans le fond, un grand canapé blanc couvert de coussins noirs et blancs et devant une table basse en verre. Sur le mur gauche, un gigantesque cliché en noir et blanc de New York la nuit. En face, un meuble laqué d'une discordante couleur framboise. Une chaîne stéréo, un téléviseur écran plat quarante pouces et quelques cadres avec des portraits. Pas de livres. Une baie vitrée occupant tout un pan de mur, stores baissés. Au plafond, huit foyers de lumière avec régulateur d'intensité. Sur la droite, une porte ouverte, et une autre de l'autre côté, laissant voir les sanitaires blancs sur un sol de grès noir. À sa gauche, une cuisine américaine, éléments blancs, plan de travail de marbre noir jaspé, trois tabourets noirs devant un comptoir blanc. Sur celui-ci, une bouteille de champagne avec une étiquette jaune, vide aux trois quarts et une coupe avec deux doigts de liquide éventé. À deux mètres, une table de salle à manger avec quatre chaises. L'appartement rénové d'un don Juan célibataire passionné par le jeu d'échecs. Il en déduisit qu'il avait sacrifié la deuxième chambre pour obtenir un salon plus spacieux.

— Alors, tu fais ton numéro habituel ? dit Rebeca.

Il ne répondit pas.

Les agents de la police scientifique, dans leur combinaison blanche, bonnet sur la tête et housses de protection aux pieds, parcouraient les lieux avec leurs mallettes argentées. Manu Márquez le salua d'un geste et disparut dans la salle de bains.

— Pourquoi avoir emporté le corps si rapidement ?

— Ça, il faut le demander à Bonhora.

Milo fit claquer sa langue.

— C'est à toi que je le demande, sous-inspectrice. Et je trouve désagréable de te rappeler que je m'appelle inspecteur.

Il ne vit pas son visage offusqué.

— Il était à moitié décomposé, expliqua Rebeca. Il était mort depuis vendredi soir, il y a plus de trois jours et avec le chauffage si fort…

— Comment savez-vous que ça s'est passé vendredi ?

— Nous avons vérifié son portable, les derniers appels, dit-elle en feuilletant son bloc-notes. Après être sortie du cabinet vendredi, la victime a appelé un ami à dix-huit heures quarante-sept, un certain Borja Rovira. Il nous a dit que Lorenzo Puig l'avait invité à dîner ce soir-là au Tragaluz à vingt et une heures trente, où il avait réservé une table pour deux personnes. Nous n'avons pas encore eu le temps de le vérifier avec le restaurateur, l'établissement est fermé à cette heure-ci. Apparemment, il avait projeté de fêter comme il se doit sa dernière période de chance. Voyant qu'il ne se présentait pas au rendez-vous, son ami l'a appelé plusieurs fois sur son portable, sans succès. Une demi-heure plus tard, fatigué de l'attendre, il est parti fâché, en se disant qu'il lui avait posé un lapin parce qu'il avait certainement eu mieux à faire, au dernier moment. C'est une chose qui lui était déjà arrivée plusieurs fois, malgré les promesses de la victime. C'est pour cette raison qu'il ne s'est à aucun moment dit qu'il avait pu lui arriver quelque chose de fâcheux.

— Qu'en pense Bonhora ?

— Il refuse de se prononcer avant d'avoir pratiqué l'autopsie. Mais il dit qu'en principe ça peut coller avec le témoignage de son ami.

— Je continue à être surpris par cet empressement à emporter le corps. Qui est le juge qui a ordonné sa levée ?

— Une de nos vieilles connaissances, Ignasi Nadal, mais il s'est désisté en faveur de Martín Losada, notre casse-couilles de juge. L'opinion générale est que la mort de Lorenzo Puig est liée à celle de Carolina Estrada.

Milo se frotta la tête du plat de la main.

— Cause de la mort ?

— La même que celle de Jaque. Asphyxie mécanique. Les mêmes marques sur le cou. Et cette fois-ci, aucun doute, l'assassin l'a bien étranglé par-derrière. Ah, il m'a dit qu'il passerait par notre repaire cet après-midi et qu'il voulait s'entretenir avec toi.

— Elle s'appelait Carolina, sous-inspectrice, corrigea-t-il, pas Jaque.

— À vos ordres, inspecteur.

— Arrête tes conneries et dis-moi où l'on a trouvé le cadavre exactement.

— Dans la salle de bains, à genoux, poitrine appuyée contre le rebord de la baignoire, la tête dans l'eau. Et à moitié nu, un peignoir blanc noué à la taille.

Milo se tourna brusquement vers elle.

— Marques d'agression sexuelle ?

Rebeca fit un signe négatif.

— Indices permettant de dire que le corps a été déplacé ?

Elle fit le même signe.

— Qui l'a découvert ?

— La femme de ménage. À huit heures, lorsqu'elle est arrivée, comme d'habitude. Elle nettoie l'appartement le mardi et le vendredi. Tu as d'ailleurs dû la croiser dans l'ascenseur… elle est partie en ambulance. Nous avons dû en appeler une, car elle a fait une crise d'anxiété. D'abord à cause de la puanteur… et je ne te dis pas, lorsqu'elle a aperçu le corps.

— Elle a touché à quelque chose ?

— D'après le peu que nous avons pu en tirer, seulement la poignée de la porte d'entrée. Rien d'autre.

— Elle était fermée ?

— Juste claquée.

— Et celle de la salle de bains ?

— Ouverte, comme maintenant.

Milo se gratta le menton.

— À quoi penses-tu ?

— Je pense que ça pique. Il va falloir que je me rase un de ces jours. Les gars de la DPC en ont fini avec le sol ?

— Oui, ils ont trouvé des traces de pas avec de la boue. Dans l'entrée, dans le salon et dans la salle de bains. Pointure 45. Aucune dans la chambre de la victime. Ça y est, tu peux arrêter de faire la statue et te balader dans tout l'appartement, inspecteur.

Milo se dirigea vers le comptoir de la cuisine. Il lut l'étiquette de la bouteille de champagne. Veuve Clicquot. Il demanda à Rebeca si c'était une bonne marque. Elle haussa les épaules.

— Y a mieux !

Puis, il s'approcha de l'énorme meuble framboise, observa les photos qui montraient toutes un même visage agréable, yeux clairs, sourire parfaitement dessiné, denture impeccable, cheveux fraîchement coupés.

— Lorenzo Puig?

— Lui-même, celui que tu as appelé Groucho Marx.

Il fit une grimace.

— Oui, ce coup-ci, je n'ai pas assuré. Il ressemble plutôt à Zeppo, le plus séduisant des quatre. Et aussi le moins amusant.

Rebeca se mordit la langue pour ne pas répondre.

Milo approcha son nez de la chaîne stéréo, une LG. Il s'aperçut que la touche *Repeat* était activée. Il tira un mouchoir de son jean et appuya sur le bouton *Play* du lecteur de CD. Le volume assourdissant d'une guitare se mit à résonner dans tout l'appartement. Deux membres de la scientifique sortirent de la salle de bains comme des fusées, suivis par l'inspecteur Sena. Tous les trois le regardèrent d'un air perplexe.

Milo éteignit immédiatement et prit un air innocent.

— Je vérifiais juste comment ça fonctionne.

— Le boulot s'accumule, dit Sena en soupirant et en tirant un bloc-notes de sa poche. On a déjà interrogé le concierge. D'après ses déclarations, vendredi, à peu près vers huit heures du soir, il a vu un type monter, un livreur, avec un bouquet de fleurs destiné à la victime. Il ne peut pas nous préciser grand-chose à ce sujet, il ne l'a vu que de profil, de loin, et à peine quelques secondes. Il l'a aperçu alors que l'homme était sur le point de prendre l'ascenseur. Le concierge, lui, revenait de la réserve où il était allé chercher un tapis imperméable et un porte-parapluie, pour les installer dans le vestibule. Il lui a demandé en criant où il allait et le type lui a répondu qu'il montait au huitième, appartement 8, qu'il venait livrer des fleurs à M. Puig de la part du cabinet d'avocats. Il portait une écharpe qui lui cachait la moitié du visage. Il est entré dans la cabine un point c'est tout.

— Il ne l'a pas vu redescendre? s'étonna Malart.

L'inspecteur Sena fit une grimace.

— Il était parti à la cave chercher les poubelles pour ramasser les sacs de détritus des voisins, il fait toujours ça un peu avant huit heures et demie.

— Si ce livreur est l'assassin, il a eu une chance incroyable, dit Rebeca.

Pensif, Milo revint vers la chaîne stéréo.

— La même chance que celle que voulait fêter la victime ? répliqua-t-il.

— Tout n'est qu'une question de périodes.

Il observa un instant la LG. Puis il regarda la salle dans son dos. Il se dirigea vers la chambre et fit de même. Sur le lit, on pouvait voir des pantalons noirs, une chemise pourpre, un slip et des chaussettes noires. Par terre, des chaussures lustrées assorties. Une veste également noire sur un cintre suspendu à la porte de l'armoire. L'ensemble des vêtements était de marque.

Il alla à la cuisine et répéta l'opération.

— La chance, c'est des balivernes, dit-il. Ça n'existe pas.

Rebeca commença à s'impatienter.

— On peut savoir ce que tu cherches ?

Milo se dirigea vers la salle de bains. Il s'arrêta sur le seuil.

— Márquez, l'un d'entre vous a-t-il touché quelque chose dans la salle de bains ?

— Rien n'a bougé, tout est comme on l'a trouvé. Nous avons juste pris des empreintes, repéré les traces et ensaché les preuves. Tu ne vas pas nous apprendre à faire notre travail, maintenant ?

Milo se força à sourire.

— J'aime ton style, tu as toujours beaucoup d'humour, répondit-il en effaçant son sourire. Vous n'avez rien retiré non plus ?

Márquez soutint son regard. Il hocha plusieurs fois la tête.

— Non, rien touché ni retiré. Content ?

— Pourquoi tu me demandes ça, tu trouves que je saute de joie ?

— Si tu veux, je peux te montrer les photos.

— Ce n'est pas nécessaire, dit-il en faisant demi-tour.

Au bout d'un petit instant, il passa à nouveau la tête.

— Il y avait des empreintes sur la sonnette ?

— Aucune, même pas partielles.

— Et sur la poignée ?

— Une empreinte complète. Je suppose qu'elle appartient à la femme de ménage. Nous avons pris les siennes, pour comparer.

— Vous avez cherché sur le panneau extérieur de la porte ?

Au lieu de lui répondre, Márquez prit l'appareil photo et chercha une image dans la carte mémoire. Il lui montra l'empreinte que quelqu'un avait laissée en collant son oreille à la porte. Milo vit la marque de sueur et de gras qui avait été révélée avec de la céruse ou de la poudre magnétique. Un pavillon auditif parfaitement délimité. Ce nouveau système d'identification allait permettre de comparer l'oreille d'un suspect à l'empreinte relevée, une méthode aussi efficace que celle des empreintes digitales, car il n'est pas deux êtres qui aient les mêmes oreilles.

— D'après la hauteur à laquelle nous l'avons trouvée, il s'agit d'un individu de taille moyenne, entre un mètre soixante et un mètre quatre-vingts ; on sera plus précis après avoir déterminé l'inclinaison du pavillon auditif. Il n'a ni cheveux longs ni piercing ou boucle d'oreille.

— Je vous tire mon chapeau, Márquez. Vous êtes vraiment des putains de professionnels, dit-il.

Il jeta un coup d'œil d'ensemble à la salle de bains, remarqua un séchoir à cheveux sur le lavabo, puis se retourna.

Il se remit à observer attentivement tous les recoins du salon.

La sous-inspectrice Mercader s'adressa à Sena.

— Cette fois, c'est votre tour d'aller annoncer la mort à la famille. Bon courage.

— Si tu veux. Mais la seule famille qui lui restait est sa mère qui a quatre-vingt-six ans et un alzheimer en phase terminale. Elle se trouve dans un asile, dans la partie haute de la ville, sourit-il d'oreille à oreille. Elle ne va rien comprendre.

— Putain, et après ça, il y en a qui pensent encore que la chance n'existe pas.

Sans régir à l'allusion, Milo s'assit sur un des tabourets.

Au bout de quelques minutes, les gars de la police scientifique ramassèrent leurs affaires et commencèrent à se diriger vers la sortie.

— À vous de jouer, dit Márquez.

— Et pour le rapport… laissa échapper Milo.

— Le plus rapidement possible.

— On attend toujours celui de la première victime.

Márquez pressa le pas pour quitter l'appartement. Sur le seuil de la porte, il croisa Boada qui, livide, s'assit à son tour sur un tabouret sans ouvrir la bouche. Sena s'empressa d'occuper celui qui était resté libre.

Rebeca se plaça devant eux, mains sur les hanches.

— Bien, dit-elle, quelles sont les premières conclusions ?

Ils demeurèrent tous trois silencieux.

— D'accord, je vais récapituler les faits. Voilà ce qu'il s'est passé.

— La victime est sortie du cabinet, vendredi en milieu d'après-midi. Quelque chose avait rendu Lorenzo Puig très content, extrêmement joyeux. Il décide de fêter ça et appelle un de ses amis. Le récit du dénommé Borja Rovira nous permet d'avancer deux éléments : qu'il y avait un certain type de relation entre eux deux, Lorenzo Puig était gay et ne s'en est jamais caché, et que c'était un bon vivant, bref, je veux dire qu'il avait plusieurs compagnons de bal. En principe, on devrait se foutre pas mal de ses tendances sexuelles, sauf que la position dans laquelle on a trouvé le cadavre est un peu singulière. On ne peut pas écarter le crime passionnel, expliqua-t-elle en examinant, l'un après l'autre, les visages des inspecteurs présents. Je poursuis. Lorenzo Puig arrive chez lui, débouche une bouteille de champagne et met de la musique. Il choisit les vêtements avec lesquels il a décidé de se rendre à la fête et les dispose sur le lit. Il va et vient dans l'appartement, en sirotant son verre, peut-être même en esquissant quelques pas de danse.

Milo lui fit signe d'arrêter. Il alla jusqu'au lecteur de CD et saisit la télécommande. Il se rassit sur son tabouret et pressa la touche *Play*. Il baissa le volume rapidement. On entendit les accords d'une guitare, une voix blanche qui chantait.

— C'est pas mal, dit-il. Bon rythme.

— Un classique, expliqua l'inspecteur Boada. *One Bourbon, One Scotch, One Beer*, version George Thorogood. Moi, je préfère la version de John Lee Hooker, c'est plus authentique, moins rock, et c'est plus…

— Je peux continuer, oui ?…

Boada rougit, il prit un air penaud et se tut.

Milo baissa encore le volume.

— Merci. J'étais en train de dire que Lorenzo Puig était tout joyeux et qu'il décide soudain de prendre un bain. Il commence par remplir la baignoire. Puis il se déshabille, passe son peignoir… Et c'est alors qu'il entend sonner et qu'il va à la porte.

— Avec le son à fond ? demanda Milo en le montant au même niveau que lorsqu'il avait appuyé la première fois sur *Play*.

Musique assourdissante, il demanda en criant :

— Tu m'entends ?

Rebeca se montra déconcertée.

Sena se boucha les oreilles et Milo baissa à nouveau le son.

— Laissons cela pour l'instant. Continue.

— Il approche l'œil du judas, dit-elle avec une voix moins assurée. Il voit les fleurs qui cachent le visage du livreur et, confiant, pensant que c'est un employé du fleuriste, il ouvre la porte et c'est alors que l'assassin le surprend, il…

— Pourquoi l'a-t-il emmené jusqu'à la salle de bains ? demanda Sena. Il aurait été plus logique de l'agresser directement dans l'entrée ou dans le salon. Et puis, il n'y a pas la moindre trace de lutte.

— Peut-être se connaissaient-ils et ont-ils discuté un moment. Une dispute a pu éclater et, je ne sais pas moi, une chose en entraînant une autre… fit-elle en laissant retomber ses bras le long de son corps. D'accord, je me rends. Qui veut continuer ?

Ils se tournèrent tous les trois vers Milo.

Il suivait le rythme de la musique en bougeant sa tête.

— C'est vraiment un chouette thème ! Ça me plaît ! Un bourbon, un scotch et une bière. Absolument sublime.

— Tu n'as rien à ajouter ?

— Si, dit-il. Les fleurs. Où sont les fleurs ?

14

Ils en vinrent à la conclusion que, pour l'instant, ils n'avaient rien d'autre à faire là, et Sena demanda à l'inspecteur Boada de prévenir par talkie-walkie les agents pour qu'ils viennent installer les scellés à l'appartement.

— Demande-leur de frapper ensuite à toutes les portes des étages pour vérifier si vraiment personne n'a croisé le livreur de fleurs. Avec un peu de chance, on obtiendra une description de l'individu. Ne me regarde pas comme ça, Malart, on ne sait jamais !

Ils sortirent dans le couloir.

— Il faut qu'on aille à nouveau parler à ces avocats, au gros et au maigre, à Laurel et Hardy, dit Milo. Le livreur a dit au concierge que ce sont eux qui avaient commandé les fleurs. S'il savait que la victime travaillait chez Pons, Galver y Puig, il se peut qu'il soit lié à ce cabinet d'une façon ou d'une autre. Quoi qu'il en soit, les bureaux de ces avocats sont l'élément commun aux deux assassinats.

— Toi et moi, ce n'est pas la peine qu'on y retourne, dit Rebeca. Et surtout toi qui es devenu leur meilleur ami, pour la vie, ajouta-t-elle sur un ton sarcastique. Ils vont se montrer on ne peut plus coopératifs, tu verras ce que je te dis !

Milo réfléchit un instant.

— Tu as raison, ce n'est pas une bonne idée.

Il s'adressa à Sena et à Boada.

— Il vaudrait mieux que vous y alliez vous-mêmes, et le plus vite possible. Tout de suite, d'accord ? Nous, on s'occupe du concierge.

— Je vais vous dire, intervint Rebeca, ces deux-là ne me font pas bonne impression du tout. Alors pas de quartier, compris ? Je ne leur fais pas un poil confiance ! Boada, sois dur avec ces salauds, c'est clair ? dit-elle en arquant les sourcils. Allez en avant !

Milo cacha son sourire tandis que Boada démarrait au quart de tour, comme mû par un ressort, suivi de Sena qui n'arrêtait pas de faire des grimaces.

Il s'appuya contre le mur et enfonça ses mains dans ses poches.

— Dis-moi, à propos d'hier soir… commença à dire Rebeca.

— Pas maintenant, sous-inspectrice, coupa-t-il d'un air pensif.

Il se demandait pour la énième fois ce qui pouvait pousser quelqu'un à tuer quelqu'un d'autre. Il se sentit tout de suite complètement idiot. Il voyait ça tous les jours. On tuait pour n'importe quel motif. De l'argent, une vengeance, le pouvoir, le sexe. Et aussi pour rien. Il ferma les yeux, Il ne pouvait pas s'ôter de la tête le rythme de cette chanson. Soudain, il eut une envie irrépressible de boire un verre. Plusieurs verres, l'un après l'autre. Et c'était égal que ce soit du scotch ou de la bière, même du bourbon ferait l'affaire, bien qu'il n'aimât pas trop ça. N'importe quoi pourvu qu'il puisse oublier qu'il était un idiot.

Deux agents sortirent de l'ascenseur et se dirigèrent vers eux. À l'aide d'un ruban adhésif, ils obturèrent les trous de la chaînette de sécurité, refermèrent la porte et commencèrent à y apposer les scellés.

Milo et Rebeca s'éloignèrent à pas lents.

Dans l'ascenseur, elle expliqua, de façon froide et routinière, que si l'assassin chaussait du 45, ce devait également être un type grand.

— D'après Márquez, pas si grand que ça, dit Milo.

— En tout cas, nous savons qu'il portait des gants. Il n'a laissé aucune trace sur la sonnette. C'est un professionnel.

— Ou un type qui avait froid aux mains.

Rebeca inspira profondément.

— Mais tu ne vas pas me dire que ce n'est pas le livreur de fleurs qui a été le dernier à voir la victime vivante. Et d'après l'heure où Puig a cessé de répondre au téléphone, on peut en conclure qu'il s'agit bien de l'assassin.

Milo haussa les épaules. Il n'en était pas convaincu.

— Tout ça ne veut rien dire.

— Je ne comprends pas.

— Les fleurs ne sont pas dans l'appartement, ce qui signifie que la victime était peut-être déjà morte lorsque le livreur a sonné, et que, comme personne ne lui a répondu, il est parti. Il faudrait interroger les fleuristes du quartier, mais ça va être une énorme perte de temps. Et en plus les fleurs peuvent venir de n'importe quel autre magasin de la ville.

— Alors, qu'est-ce qu'on sait vraiment ? dit-elle frustrée.

Le regard rivé au sol, Milo murmura :

— Lorenzo Puig. Encore un qui ne l'a pas venu venir.

Lorsqu'ils arrivèrent en bas, ils trouvèrent le concierge en train de balayer l'entrée. Un groupe de voisins s'était réuni à bonne distance des coups de balai. Avec les sourcils froncés et une évidente mauvaise humeur, il leur expliquait ce qui s'était passé. Lorsqu'il aperçut Rebeca qui lui faisait signe d'approcher, il posa le balai contre le mur et écarta les bras.

— Voilà que ça recommence ! J'ai déjà dit tout ce dont je me souviens à vos collègues. Ce n'est pas suffisant ?

— Où pouvons-nous nous installer pour bavarder tranquillement ?

Après une série de protestations, résigné, il indiqua sa loge. Ils le suivirent. Dans la petite pièce, l'homme fit coulisser la porte de verre du guichet, s'assit sur sa chaise et attendit que Rebeca ait refermé derrière elle. Ils étaient tellement serrés que Milo eut l'impression de se retrouver dans le métro à l'heure de pointe.

Il écouta la vague description que faisait l'homme du livreur de fleurs.

— Pas très grand, moins que vous, dit-il en le pointant du doigt. Mais je ne suis pas très doué pour ces choses-là. Il était costaud, mais c'était peut-être à cause de ses vêtements chauds. Je n'ai presque pas vu son visage à cause de son écharpe…

et parce qu'il portait le bouquet de fleurs en l'air. Juste deux secondes. Il m'a répondu qu'il allait au huitième, appartement n° 8, de la part du cabinet, et moi je l'ai laissé monter. Que vouliez-vous que je fasse ? Ici, il y a un tas de locataires, ça fait quinze étages, huit portes par palier, et moi je suis tout seul pour tout ce monde. Je ne m'en sors pas.

— Parlons de ces fameux vêtements chauds, dit Rebeca.

— Eh bien… une grosse veste en daim, marron foncé, très épaisse, avec un col en fourrure d'agneau. J'ai été surpris qu'un livreur porte un vêtement aussi cher. Et des gants, oui. Je les ai vus à la main qui tenait le bouquet. Et un parapluie noir suspendu à son poignet.

— Et vous ne l'avez pas vu redescendre.

La voix de Rebeca retentit comme un reproche et le concierge se mit en colère.

— Non, je ne l'ai pas vu redescendre. C'était l'heure de ramasser les ordures et je suis allé chercher les poubelles. Y a un problème ? Je faisais mon travail, un point c'est tout.

— Vous avez remarqué ses chaussures ? demanda Milo.

Le concierge le regarda avec des yeux stupéfaits.

— Ses chaussures ? Qu'est-ce qu'elles ont ses chaussures ?

— Ne réfléchissez pas. Dites la première chose qui vous passe par la tête.

— Écoutez, je ne… Que voulez-vous que je vous dise. Elles étaient normales, noires.

Il jeta un coup d'œil à la façon dont Milo était chaussé, des godillots de bûcheron canadien, durs, lourds.

— Pas comme les vôtres.

— Vous voulez dire que ce n'étaient pas des chaussures d'hiver.

— Eh bien, je dirais que non, voyons, ce n'étaient pas des chaussures thermiques, comme les miennes, vous voyez ? dit-il en levant un pied. Elles sont fourrées à l'intérieur, avec un de ces trucs modernes pour qu'elles restent toujours chaudes. Elles ne sont pas données, mais avec le métier que je fais, c'est vraiment bien.

— Vous avez eu l'impression qu'elles lui étaient trop grandes ?

— Je ne sais pas quoi vous dire. Je ne les ai presque pas vues.

— Parlons de la victime, Lorenzo Puig, dit Rebeca.

Le concierge se gratta la nuque.

— C'était quelqu'un de bien, la crème de l'immeuble. Il me donnait toujours une enveloppe pour Noël, il n'était pas comme les autres qui passaient ni vu ni connu. Il avait de la classe. Il s'arrêtait toujours devant la loge pour me demander si tout allait bien. Il était très blagueur, vous savez ? Et élégant. Je ne l'ai jamais vu habillé autrement que sur son trente et un. Je n'avais pas apprécié qu'il quitte l'immeuble. C'était un homme toujours de bonne humeur et généreux, on ne voit pas ça tous les jours.

— Il voulait quitter l'immeuble, dites-vous ?

L'homme regarda à droite et à gauche avant de répondre.

— Ici, les choses ont beaucoup changé, critiqua-t-il en baissant la voix, ce n'est plus comme avant. Il n'y a pas si longtemps, les résidents de cet immeuble étaient tous des gens distingués et les appartements étaient chers, ils n'étaient pas à la portée de toutes les bourses. Puis les propriétaires ont commencé à déménager vers le haut de la ville et à louer leur appartement d'ici à tous ces gens qui sont arrivés… tous ces Sud-Américains, ces Orientaux. Mais n'allez pas croire, je ne suis pas raciste ni rien du tout, mais le standing est descendu en flèche. C'est bien ce que disait M. Puig, que l'immeuble était en train de perdre de sa valeur. C'est pour ça qu'il cherchait à déménager dans un endroit plus… je ne sais pas comment expliquer ça… oui bon, vous voyez ce que je veux dire. Parfois, les locataires vivent à huit dans le même appartement. Vraiment, je ne sais pas comment ils se débrouillent. Comme les Chinois. Sans doute entassés les uns sur les autres, comme des sardines à l'…

Milo se raidit.

— Il y a des personnes d'origine chinoise dans l'immeuble ?

L'homme acquiesça en secouant vigoureusement la tête.

— Oui. Trois familles, que je sache. Peut-être plus, je vous l'ai déjà dit, expliqua-t-il en dirigeant son regard vers les boîtes aux lettres.

À mesure qu'il faisait glisser son doigt sur les plaques, il récitait :

— Au cinquième, appartement n° 6, au huitième, appartement n° 3, au douzième, appart…

— Au huitième, sursauta Rebeca dont le cœur s'était emballé. Au même étage que Lorenzo Puig.

— Est-ce que la famille chinoise du huitième a une fillette ? demanda Milo.

Le concierge leva les sourcils.

— Oui, en effet, comment le savez-vous ? La famille Liang. Le couple et leur fillette de six ans. Une merveille de gamine. Elle s'appelle Xiao Wen, ce qui signifie dans sa langue "petite culture", ce n'est pas délicieux, ça ? Mais en public, ils l'appellent Lola, je ne sais pas pourquoi. On dirait une poupée. Ils ont un restaurant pas très loin d'ici. Ils ne sont pas comme les autres Chinois de l'immeuble. Les Liang sont très aimables avec moi, mais ils n'ont pas de rapports avec les voisins. De fait, ils n'ont de rapports avec personne, même pas avec…

— La fillette possède un chiot de race beagle ? l'interrompit Milo.

— Mais ce sont de bons voisins, poursuivit le concierge, ils ne font jamais d'histoires. Ils descendent même leurs sacs d'ordures sur le trottoir, oui, c'est comme je vous le dis, et pourtant ça, c'est mon travail. Je pense que ça doit faire partie de leur culture. Un beagle ? Je ne sais pas quel genre de race c'est, mais oui, elle a un chiot qui n'arrête pas de faire des bêtises. Parfois je la vois en train de jouer avec lui dans le couloir, lorsque je monte récupérer les sacs-poubelles. Mais ils ne dérangent personne. Au fait, il y a plusieurs jours que je ne les ai pas vus.

— Vous avez vu sortir les Liang, ce matin ?

— Non, j'ai bien l'impression que non, mais avec tout ce remue-ménage, je n'ai pas arrêté une seule…

Milo ouvrit la porte de la loge, suivi par Rebeca.

Il appuya sur le bouton d'appel des ascenseurs.

— Ils ne vous parleront pas, dit le concierge dans leur dos. C'est une question de culture, je vous assure. Les Chinois ne parlent jamais à la police.

Dans l'ascenseur, Milo ressentit à nouveau cette étrange angoisse qui lui serrait l'estomac. Il n'aimait ni les cimes ni les abîmes.

— Tu penses que cette gamine peut être la propriétaire du premier chien empalé ? demanda Rebeca.

Malart resta muet, inspirant et expirant régulièrement pour tenter de se détendre. Elle poursuivit :

— On ne peut pas obliger une fillette de six ans à parler. Et si ses parents refusent de nous aider, on ne pourra rien y faire.

Les portes s'ouvrirent et Milo sortit en trombe dans le couloir.

Il était désert. Rebeca prit le temps de s'orienter. Puis elle tourna à gauche à la recherche du numéro 3. Elle s'arrêta devant la porte et y colla l'oreille. Elle eut l'impression d'entendre des bruits à l'intérieur. Elle pressa le bouton de la sonnette. Ils attendirent. Elle le pressa à nouveau. Milo l'imita et colla à son tour son oreille. Silence total. Il lui fit un signe et elle commença à tambouriner. Un instant plus tard, la porte s'entrouvrit d'à peine quelques centimètres. Le visage d'un homme possédant des traits orientaux apparut derrière la chaîne de sécurité.

— Monsieur Liang ?

L'Oriental acquiesça d'un mouvement de tête.

— Nous sommes de la police, dit Rebeca en lui montrant sa plaque. Nous aimerions nous entretenir avec vous quelques minutes. On peut entrer ?

— Nous pas appeler police.

— Nous sommes en train d'enquêter sur un assassinat qui a eu lieu à cet étage, dit-il en montrant le bout du couloir, la dernière porte. La victime était un de vos voisins, M. Lorenzo Puig. Nous voudrions vous poser juste deux ou trois questions.

— Moi rien voir, rien savoir, dit-il en commençant à refermer la porte, mais le pied de Rebeca l'en empêcha.

— Monsieur Liang, nous avons besoin de votre collaboration, vous comprenez ça ?

— Tout le monde grippe, malade. Rien savoir.

Rebeca commença à perdre patience.

— Nous pouvons parler ici ou à votre restaurant, que préférez-vous ?

L'homme demeura muet.

— Ou au commissariat. Choisissez vous-même.

Il eut l'air d'hésiter. Il tourna la tête vers l'intérieur et parla à quelqu'un en chinois. Une voix féminine lui répondit. Le ton de celle-ci était irrité, tendu. Il se retourna vers eux.

— Moi, rien savoir, rien voir, dit-il d'une voix monotone.

Milo s'interposa entre Rebeca et l'homme.

Sans détour, il appliqua les enseignements du manuel d'interrogatoire.

— Nous savons que votre fille Lola, Xiao Wen, possède un chien, un chiot de race beagle, le même genre que celui qu'on a retrouvé empalé dans le parc, en bas. Nous voulons voir le chien, c'est tout.

M. Liang demeura silencieux.

— Vous voulez bien nous le montrer ?

L'Oriental continua à se taire.

— Bien, vous ne pouvez pas, dit Milo et il décida d'improviser, de faire un coup d'éclat. Nous savons également que la petite était en train de jouer dans le couloir avec son chien lorsqu'elle est tombée nez à nez avec l'assassin de Lorenzo Puig. Monsieur Liang, il est important que nous puissions nous entretenir avec votre fille.

Le visage de l'homme restait impassible.

Milo respira profondément.

— Nous savons qu'elle a aperçu son visage et que celui-ci l'a menacée de faire du mal à son chien. C'est pour cela qu'il a emmené l'animal avec lui. Si vous pouviez nous fournir une description de l'individu, cela nous serait d'un grand secours pour l'arrêter.

— Grippe une semaine, Lola pas sortir, dit-il en prononçant les phrases rapidement, par courtes rafales.

Milo lui planta son regard dans les yeux. Il y lut de la peur. Et encore autre chose. De la méfiance. Parler à cet homme, c'était comme parler à un mur.

Rebeca allait dire quelque chose, mais il l'interrompit.

— D'accord, céda-t-il, nous ne vous dérangerons pas davantage. Mais si vous changez d'avis, vous pouvez nous appeler au commissariat.

Il chercha sans succès une carte de visite dans ses poches. Rebeca lui passa une des siennes. Il la lui tendit à travers l'ouverture.

— Voilà notre numéro. Vingt-quatre heures sur vingt-quatre.

L'Oriental la saisit d'un geste brusque et acquiesça à nouveau d'un violent mouvement de tête.

— Nous, rien voir, grippe une semaine.

Milo recula d'un pas.

— Bon rétablissement, dit-il.

Rebeca retira son pied à contrecœur et l'homme referma la porte.

— Tu as lâché trop vite, lui reprocha-t-elle.

Milo barra ses lèvres de son index tendu et fit un signe en direction de l'escalier. Au septième étage, Rebeca réitéra son reproche.

— Tu t'es montré trop mou. Moi, j'aurais insisté davantage.

Milo descendit les marches deux par deux, résistant à la tentation de se pencher au-dessus du trou qui tombait à pic jusqu'au rez-de-chaussée et l'attirait comme un aimant.

— Et tu n'en aurais absolument rien tiré, sous-inspectrice.

— Si, comme tu l'as dit, cette gamine a aperçu l'assassin, moi j'aurais utilisé une technique bien de chez nous pour faire parler ces gens. Sans leur déclaration, nous n'avons absolument rien de concret, et leur témoignage est primordial pour résoudre cette affaire !

— Peut-être pas.

Rebeca continua à protester, mais Milo ne lui répondit pas.

Dans la rue, il se dirigea vers l'angle. Les véhicules de la DPC avaient maintenant disparu, ainsi que l'ambulance et le ruban de balisage. Seules deux unités de la police de Catalogne étaient restées sur place.

La sous-inspectrice s'arrêta à côté de lui, tout essoufflée.

— Il nous faut parler à cette gamine.

Milo fit non de la tête.

— Réfléchis. Que pourrait bien nous dire une fillette de six ans à propos de la physionomie d'un homme qui l'a terrorisée ? fit-il en secouant à nouveau la tête. Tant que nous n'aurons pas obtenu, par une autre source, un portrait-robot de ce type ou que nous ne l'aurons pas arrêté, elle ne nous servira pas à grand-chose. De plus, ce n'est pas indispensable pour savoir ce qui s'est passé.

— Je suis tout ouïe !

Tout près d'eux, un homme bien habillé fouillait avec sa main dans une poubelle. Milo fit la grimace.

— À mon avis, dit-il, en refermant la porte du domicile de Lorenzo Puig, l'assassin est tombé sur la petite Lola en train de jouer avec son beagle dans le couloir. Il avait deux possibilités : ou il la faisait taire sur place, ou il la menaçait de représailles si elle en parlait à quelqu'un. Il a été obligé d'improviser et il a opté pour la seconde solution. Pourquoi ? Pas la moindre idée. Peut-être a-t-il du cœur et aime-t-il les enfants, je n'en sais rien. C'est pour cette raison qu'il a emporté le chiot, pour s'assurer que la gamine ne parlerait pas.

— Et pendant la nuit, dit Rebeca, il décide de se montrer plus dur et d'envoyer un message clair et sans équivoque à l'ensemble de la famille Liang. Samedi, avant le lever du jour, il plante le chien empalé dans le parc juste devant l'immeuble où elle habite. Un avertissement.

L'homme bien habillé tira un journal mouillé de la poubelle, le glissa sous son bras et traversa au passage piéton.

En secouant tout doucement la tête, Milo affirma :

— Il a pallié la faille.

— Pas vraiment.

— La famille chinoise ne parlera pas. Il le sait.

Rebeca fronça les sourcils.

— Et pourquoi continue-t-il à tuer des chiens, alors ?

Milo enfonça les mains dans ses poches.

Il regarda autour de lui, fit un signe vers le haut de la rue, en direction du marché. Vers un panneau rouge avec un M blanc à l'intérieur d'un losange.

— C'est la bouche de métro la plus proche ?

Elle acquiesça.

— Peut-être y a-t-il un autre moyen d'obtenir une image de ce type. S'il a pris le métro, les caméras ont pu l'enregistrer.

Tandis qu'il tirait le portable de sa poche, Rebeca objecta :

— Les chiens sont interdits dans les transports publics.

Milo appuya sur le nom du sergent Crespo.

— C'était un chiot, il a pu le prendre dans ses bras.

— Alors il a tout aussi bien pu choisir l'autobus.

— Fais pas chier, d'accord? se plaignit Milo en regardant par terre. Toni, encore du travail.

Il lui demanda de vérifier les caméras de la station Les Corts à partir du vendredi huit heures du soir, ainsi que celles des rames qui circulaient au même moment sur la ligne verte.

— On cherche un homme portant un chiot de race beagle dans les bras. Il est probablement costaud, habillé d'une grosse veste en daim marron foncé, très épaisse, avec un col en fourrure d'agneau et porte un parapluie et un bouquet de fleurs. Mais ne tiens pas trop compte de ces deux dernières précisions, la pièce maîtresse est le chien.

Il raccrocha et se dirigea vers Rebeca.

— Ne me parle surtout pas de chance.

— En tout cas une chose est sûre, dit-elle. La prétendue hospitalité orientale est un mythe. Encore une chinoiserie sans fondement!

Ils descendirent de l'autobus et marchèrent d'un pas rapide jusqu'à l'intersection des rues Pau Claris et Mallorca. Ils se postèrent à l'angle opposé au cabinet de Pons, Galver y Puig, près d'un arbre.

— Je me demande ce qu'on fait ici, dit Rebeca en s'enveloppant dans son anorak. Sena et Boada sont déjà en train de les interroger.

— Ce sont des avocats, ils ne diront pas tout ce qu'ils savent.

— Et tu penses que Cristina Sanz va le faire, elle?

— Elle est jeune, elle n'a peut-être pas encore perdu toute éthique, elle.

Rebeca fixa son regard sur le premier étage de l'immeuble. Après quelques minutes, elle conclut qu'ils étaient en train de perdre leur temps. Et tout ça à cause de la grande gueule de son équipier.

— Si tu n'avais pas dit à ces types ce que tu pensais d'eux, à présent c'est nous qui serions en train de les interroger, bien au chaud dans leur bureau vitré, au lieu de poireauter dans la rue en nous pelant de froid, à attendre que la jeune femme sorte déjeuner pendant sa pause.

— Personne ne t'oblige à rester ici, dit Milo d'une voix blanche.

— On pourrait l'appeler pour qu'elle descende plus tôt.

— Il lui faudrait se justifier et je ne veux pas l'importuner dans son travail.

Ils attendirent. Un chien, emprisonné dans un balcon de l'immeuble, se mit à aboyer en direction de la rue d'une façon pitoyable. Sur un banc, une adolescente tapait sur son portable d'un air concentré et un peu plus loin un jeune Noir récupérait des tuyaux et toutes sortes de choses en fer de l'intérieur d'un grand conteneur, tandis qu'un autre les rangeait dans un chariot de supermarché plein à ras bord. Sur le mur, une inscription attira leur attention : LES PUTES INSISTENT SUR LE FAIT QUE LES POLITICIENS NE SONT PAS LEURS FILS. Une demi-heure plus tard, ils aperçurent Cristina Sanz quitter le cabinet et prendre la rue Mallorca. Ils allèrent à sa rencontre. Ils l'abordèrent au milieu du pâté de maisons. La première surprise passée, la jeune femme accepta de s'entretenir avec eux. Elle proposa d'aller s'installer dans un endroit que ne fréquentaient pas les employés du cabinet.

— C'est à cause du menu, dit-elle, c'est toujours le même.

Ils prirent place à une table située dans le fond et le garçon leur apporta immédiatement une feuille plastifiée. Cristina choisit les plats en un clin d'œil et commanda. Rebeca et Milo dirent qu'ils prendraient juste un café au lait pour elle et une eau de Vichy bien fraîche pour lui, sans glace et sans citron.

Ils lui posèrent une question et la jeune femme répondit que les deux associés avaient réuni tous les employés du cabinet pour leur annoncer la mort de Lorenzo Puig, laissant tout le monde dans un état de consternation et de surprise incroyables. D'une voix tremblante, elle demanda s'il se passait quelque chose de particulier au cabinet, si elle devait s'inquiéter.

— Ça fait déjà deux personnes assassinées, dit-elle.

Rebeca tenta de la tranquilliser à ce sujet, mais n'y parvint pas vraiment. La jeune femme ne finit pas son premier plat et goûta à peine au second. Elle refusa le dessert et commanda un café noir.

— Avec tout ça, je perds l'appétit, dit-elle. Déjà que le salaire n'est pas mirobolant au cabinet, je ne suis pas sûre que ça vaille la peine de continuer. En plus, c'est un travail dur, désagréable parfois, mais quelqu'un doit bien le faire, n'est-ce pas ? ajouta-t-elle en se passant la main sur la tête. Je continue à envoyer mon curriculum à d'autres entreprises, mais les réponses tardent à venir. Je ne sais pas, je vais peut-être devoir partir à l'étranger, fit-elle en laissant échapper un soupir. Ce pays est une vraie merde. J'en ai ras le bol de toutes ces tragédies.

La tragédie, se dit Milo, était qu'une jeune femme aussi compétente que celle qui se trouvait devant lui dût envisager de partir à l'étranger pour trouver un travail digne de ce nom, tandis que la ministre de l'Emploi continuait à nier qu'il se produisait un phénomène d'émigration dans le pays, en prétendant que c'était une simple mobilité extérieure. Voilà quelle était la véritable tragédie, conclut-il pour lui-même, c'était que l'incompétence des gouvernants allait sacrifier toute une génération, en lui volant son avenir, tandis qu'eux-mêmes se contentaient de lâcher de petites phrases fausses pour calmer une population muselée.

— Fais tes valises et va-t'en, Cristina, dit-il. Et le plus vite sera le mieux. Dans un pays civilisé.

Les deux femmes le regardèrent avec un air étrange.

Rebeca tira son bloc-notes de la poche de son anorak. Elle se racla la gorge.

— Que pourrais-tu nous dire de Lorenzo Puig ?

Elle le décrivit comme un homme jovial, avec beaucoup de charisme, un charmeur de serpent. Qui n'hésitait pas à exhiber son sourire publicitaire pour convaincre n'importe qui ou pour détendre une situation conflictuelle avant qu'elle n'explose.

— Il était très efficace au cabinet, je vous assure. Il savait détendre l'atmosphère avec une simple petite note d'humour. Un homme très habile, un grand communicant. Et tout gay qu'il était, lorsqu'il se fâchait, personne ne pipait mot.

Elle demeura un instant pensive puis, au bout d'un moment, elle ajouta :

— Je ne peux pas imaginer que quelqu'un ait voulu lui faire du mal, c'était un homme inoffensif, toujours en train de se vanter devant tout le monde de sa chance au jeu.

— C'était un joueur ?

— Je dirais même un ludopathe. Au cabinet, il se murmurait qu'il dépensait des fortunes au casino et dans des parties clandestines. C'était le sujet de conversation favori au bureau. D'après ce qu'il disait, il avait beaucoup de chance. Sans aller plus loin, jeudi dernier, il s'est vanté de la veine qu'il avait eue pendant sa dernière partie de cartes le soir précédent, au domicile d'un particulier. Et je ne sais pas s'il exagérait, mais il a affirmé qu'il avait quitté la table avec plus de quarante mille euros en poche.

Rebeca poussa un sifflement d'admiration.

— C'est beaucoup d'argent, ça.

— C'est ce qu'il a dit, mais il était un peu crâneur aussi. Je ne voudrais pas lui manquer de respect, mais il ne fallait pas toujours croire ce qu'il disait. C'était sans cesse des fêtes avec des gens importants par-ci, et son carnet d'adresses par-là. Il avait besoin de se vanter, pour son estime de soi je suppose, dit-elle en haussant les épaules. Il faisait partie de cette catégorie de personnes.

Milo but bruyamment son eau minérale. Il avala le gaz qui remontait vers sa gorge et se pencha en avant.

— Hier, tu nous as dit que Carolina Estrada aimait la plage, pas la montagne.

Cristina acquiesça.

— Elle y allait souvent ?

— Parfois le samedi ou le dimanche matin. Elle allait à Maresme, toute seule. En tout cas, c'est ce qu'elle me disait. Elle aimait se perdre en se promenant sur le rivage.

— Comment s'y rendait-elle ? En train, en voiture ?

— En voiture, elle avait un utilitaire blanc d'occasion.

— Je peux te demander un service ?

La jeune femme hésita.

— Je ne sais pas, quelle sorte de service ?

— Consulter l'ordinateur du bureau de Carolina pour vérifier ses dernières activités, les pages web qu'elle a visitées, des choses comme ça ; n'importe quoi qui n'ait pas de rapport avec le travail. Ça pourrait nous être utile. Mais seulement si cela ne comporte aucun risque pour ton travail.

— Pas de problème, dit-elle. Je peux m'en occuper en fin d'après-midi, lorsque les chefs seront partis. Carolina était ma collègue et c'est la moindre des choses que je puisse faire pour elle.

Milo tâta à nouveau ses poches à la recherche d'une carte de visite.

— Je lui en donne une, inspecteur, dit Rebeca.

— Parfait.

Il l'intercepta, lui prit le stylo et nota son numéro de portable au verso.

— Et tant que tu y es, demande l'addition, dit-il en se levant. On t'invite, Cristina.

— Qui ça "on" ?

Il sortit dans la rue, le portable à la main.

Il appela le sergent Crespo. Lorsqu'il décrocha, il lui demanda de vérifier la liste des objets trouvés dans le sac de Carolina Estrada. Il attendit un instant.

— Je l'ai devant mes yeux. Que veux-tu que je cherche, inspecteur ?

— Des clés de voiture.

Le silence dura deux secondes.

— Négatif.

Ensuite, il lui demanda de chercher dans le fichier des cartes grises un véhicule au nom de la jeune universitaire.

— Tu m'appelles, dit-il, et il raccrocha.

15

L'inspecteur Sena ouvrit son bloc-notes et commença à expliquer le résultat de ses visites en compagnie de l'inspecteur Boada chez les mauvais payeurs récalcitrants de sa liste.

— Je procède dans l'ordre, dit-il. Josep et Alicia Monferrer, tous les deux sont au chômage, sans toucher la moindre prestation, trois enfants. Le mari a dit que c'était bien fait pour elle et que ça ne lui faisait ni chaud ni froid. Tous les deux ont un alibi. Vendredi midi, ils ont quitté la ville avec leurs enfants et sont restés tout le week-end chez les parents de la femme, à Sant Feliu de Llobregat. Ils s'y sont rendus en train, ils n'ont pas de voiture. Nous avons vérifié auprès des parents et ils ont confirmé leurs dires. Le suivant s'appelle Mohamad Begum, un Libanais de cinquante-quatre ans, et sa femme, Patricia. Pour eux, c'est plus ou moins la même chose. Tous les deux au chômage, un enfant, pas de rentrée d'argent. Ils subsistent grâce à l'aide de leurs parents, qui leur envoient de l'argent depuis Beyrouth, et reçoivent de la nourriture et des vêtements de plusieurs organisations humanitaires d'ici. D'après lui, il faudrait traduire en justice les gens qui harcèlent ceux que la situation économique a complètement noyés, comme eux, et les condamner pour cruauté. Le mari a déclaré qu'il ne pouvait pas se réjouir du malheur d'autrui mais, et je cite textuellement, "qui sème le vent récolte la tempête". Vendredi, à partir de sept heures du soir, ils n'ont pas bougé de chez eux jusqu'au lendemain. Personne ne peut le confirmer. Ils n'ont pas de voiture, ils ne peuvent pas se permettre ce luxe. Les troisièmes et derniers s'appellent Iván Barroso, au chômage, quarante-huit ans, et sa femme péruvienne, María, quarante-six ans. Ils ont refusé de répondre à nos questions. Ni lui ni elle n'ont voulu parler. Lui, a dit que si on l'accusait de quelque chose, on n'avait qu'à le convoquer au commissariat, mais qu'autrement il n'avait nullement l'intention de collaborer avec les chiens du système.

Il leva les yeux de son bloc.

— Bien sûr, les chiens, c'étaient nous, je vous le dis au cas où vous ne l'auriez pas compris. Il nous a appelés comme ça, puis il nous a refermé la porte au nez. Nous n'avons pas voulu provoquer un scandale. Il boite d'une jambe et sa femme est visiblement en pleine dépression. Ils ont assez de problèmes comme ça. Notre liste se finit là. Et les vôtres ?

L'entretien avait lieu dans la salle de réunion du commissariat central. En plus des inspecteurs Sena et Boada, étaient présents l'inspecteur-chef Singla, Milo et Rebeca. Cette dernière fit un résumé rapide de ses visites de la veille, tandis que Milo se contentait d'observer le tableau magnétique. À côté de la photo de Carolina Estrada, quelqu'un avait accroché celle de Lorenzo Puig, chacune avec les noms au-dessous en caractères d'imprimerie. Ses yeux firent des allers-retours entre les deux puis s'arrêtèrent sur la jeune femme. Ce visage continuait à le séduire sans qu'il sache trop pour quelle raison. Il étudia à nouveau ses traits. Il les trouvait de plus en plus familiers et cela le dérangeait.

Rebeca finit son récit et le silence retomba dans la salle.

— Certains n'ont pas d'alibi, précisa Boada.

— Mais on a vraiment du mal à les imaginer en train de commettre un crime de ce genre, dit Sena. Il faut un sacré sangfroid pour ça, et s'ils ont quelque chose en commun tous autant qu'ils sont, c'est que ce sont des individus durement frappés par la crise, blessés dans leur dignité, dévastés par une situation qu'ils ne s'attendaient pas à devoir affronter. Ils tiennent à peine debout, alors j'ai vraiment du mal à les imaginer en train d'étrangler quelqu'un.

— La soif de vengeance peut décupler les forces, dit Rebeca. Malart et moi sommes bien placés pour le savoir, souvenez-vous de l'affaire du Bourreau de Gaudí ! Alors voilà, à part ceux qui ont un alibi, on ne peut pour l'instant écarter aucun suspect.

L'inspecteur-chef se pinça le nez.

— Et ce matin, on a retrouvé une autre personne étranglée, dit-il. Un des patrons de la première victime. Vous avez réussi à tirer quelque chose des avocats au cabinet ?

Sena fit un signe à Boada et celui-ci se racla la gorge avant de répondre.

— D'après ses deux collègues, Lorenzo Puig était un homme à la trajectoire professionnelle et personnelle irréprochable. Il n'avait pas d'ennemis. Il entretenait des relations avec les gens les plus huppés de la ville, les noms les plus illustres de la capitale, et son âge et son charisme lui promettaient un avenir des plus brillants, y compris dans les hautes sphères du pouvoir. Apparemment, il avait déjà avancé quelques pions pour commencer une carrière politique, dit-il en jetant un coup d'œil sur son carnet. Ils savaient qu'il était gay. Et le cabinet ne lui a jamais fait envoyer un bouquet de fleurs. C'est tout.

Milo se redressa sur son siège.

— C'est tout ? Ils n'ont pas parlé de son goût pour le jeu ?

Boada et Sena nièrent à l'unisson.

Rebeca s'énerva.

— Je savais qu'on ne pouvait pas faire confiance à ces deux types, dit-elle. Vous auriez dû leur serrer un peu plus la vis, merde !

— Mais de quoi tu parles ?

— D'après ce qu'on sait, ce type soi-disant irréprochable était un joueur, genre ludopathe si vous voyez ce que je veux dire. Mercredi dernier il a quitté la table avec quarante mille euros en poche, après une partie de cartes clandestine, nous supposons qu'il s'agit de poker. Et le jeudi, il s'en est vanté au cabinet et…

— Et le vendredi il a été étranglé chez lui, termina Sena.

— Mais il n'y avait pas la moindre trace de lutte dans son appartement, dit Boada, ni le désordre habituel causé par quelqu'un qui cherche de l'argent.

— Ah… tu as vu ça de tes propres yeux, depuis le couloir ? ironisa Rebeca. Ce que je dis, c'est que quarante mille euros sont une bonne raison de tuer quelqu'un, quarante mille bonnes raisons, même.

Le silence s'empara à nouveau de la salle de réunion.

— Et une stagiaire du cabinet est assassinée, plus ou moins à la même heure et avec le même mode opératoire, dit Singla. Il y a là une façon de procéder commune qui ne peut en aucun cas être un hasard. Nous devons chercher si les victimes entretenaient des rapports en dehors du travail et il faut également enquêter sur ce bureau d'avocats, aller fouiner un peu dans tous les coins.

— Nous avons d'autres informations à propos de la stagiaire, dit Rebeca.

Elle les mit au courant de leur visite à Elisa Roca.

— Elle n'était pas aussi innocente que nous le pensions. Elle faisait la pute en fin de semaine. Elle gagnait beaucoup d'argent en cachette de sa famille. Elle leur donnait tout le salaire qu'elle touchait au cabinet, mais se gardait la part du lion. Et sa famille, pendant ce temps, vivait dans la misère. Une brave fille, cette Jaque, oui. Une très brave fille.

— Carolina, elle s'appelait Carolina, rectifia Milo contrarié. Il est hors de propos de tirer des conclusions d'ordre moral, Mercader. C'est elle la victime. Ne l'oublie pas.

— Je ne l'oublie pas, rétorqua-t-elle en se rebellant, mais tu ne vas pas me dire que c'est une coïncidence qu'une stagiaire entende dire le jeudi qu'un des associés a gagné une fortune au jeu et que le lendemain on le retrouve assassiné.

— Et pour quelle raison aurait-elle voulu cet argent ? Tu n'as pas dit qu'elle se faisait un paquet de fric tous les week-ends ?

— Elle était peut-être très cupide.

— Il y avait d'autres personnes au bureau, ce n'était pas la seule au courant.

Rebeca écarquilla les yeux.

— Mais tu es en train de la défendre, dit-elle. Qu'est-ce qui te prend avec cette fille, inspecteur ? Tu t'es laissé séduire ou quoi ?

Milo serra les lèvres. Il n'allait certainement pas tomber dans son piège et répliquer. La moindre réponse risquait d'entraîner de nouvelles questions et ainsi de suite. Il n'avait pas très envie d'entrer dans un jeu qui ne conduirait nulle part. Cependant, il dut admettre dans son for intérieur que lui aussi se posait la même question. Il se tourna vers Sena.

— Un résultat après le porte-à-porte de l'immeuble où habitait Lorenzo Puig ?

— Aucun voisin n'a croisé le type au bouquet de fleurs. Tout le monde voit tout le monde, mais personne ne voit personne. Ou il est invisible, ou il sait se faufiler comme un chat. Ah, et nous avons eu confirmation de la réservation qu'il avait faite au restaurant. Il a appelé à dix-huit heures trente-cinq, une table pour deux personnes.

Il se tourna vers Singla.

— Nous avons reçu le rapport de la scientifique sur la première victime ?

L'inspecteur-chef fit non de la tête, tout doucement.

Milo se leva d'un bond.

— Merde ! On ne peut pas travailler dans ces conditions !

Il se dirigea vers la porte à grandes enjambées.

— Inspecteur Malart, dit Singla.

Milo s'arrêta.

— Tu as rendez-vous à la Cité de la justice pour rendre compte au juge Losada des progrès de l'enquête. Il a déjà appelé deux fois pour réclamer un rapport. Je ne voudrais pas qu'il recommence.

— Des progrès ? Quels progrès ? fit-il en soutenant le regard de l'inspecteur-chef.

Il baissa les yeux.

— Message reçu.

Il sortit de la salle de réunion, referma la porte derrière lui et s'y appuya un instant. Il entendit la voix de Singla qui donnait les ordres pour la suite. Il soupira doucement, sans faire de bruit. Ensuite, il se dirigea vers sa table de travail, épaules tombantes.

Il se laissa choir comme un poids mort sur son fauteuil. Une multitude de pièces du puzzle tournait dans sa tête, flottant dans une danse chaotique, tandis qu'il se débattait entre les deux profils contradictoires de Carolina Estrada. Avec les éléments qu'il possédait, aucun d'eux n'était satisfaisant.

Le sergent Crespo se planta devant son bureau.

— C'est le bon moment ? Est-ce que je peux te parler de ce que j'ai trouvé ?

Il s'assit en tenant son dos bien droit.

— Vas-y, Toni. J'étais en train de tuer le temps, mais il ne veut pas se laisser faire, comme dit je ne sais plus qui.

Crespo fronça les sourcils, réfléchit un instant :

— Chandler, bien sûr, précisa-t-il en relâchant ses sourcils. Bon, je vais commencer par la fin. Au service des cartes grises, il n'y a aucun véhicule enregistré au nom de Carolina Estrada.

Il fit une pause. Le visage de Malart demeurait sans expression, hermétique.

— Je n'ai pas encore pu vérifier l'enregistrement des caméras du métro pour chercher le type avec le beagle dans ses bras.

Milo fit claquer sa langue.

— Je ne m'en sors pas, inspecteur. Mais j'ai réussi à localiser Mario Calatrava, c'est la dernière personne qu'a appelée la victime le vendredi, un peu avant midi, et je me suis entretenu avec lui, dit-il en se raclant la gorge. Tu savais que cette jeune universitaire faisait la ?…

— Je suis au courant, sergent. Continue.

— C'était un de ses clients, celui du vendredi soir. Trois heures, dîner au restaurant compris et… et le dessert. De dix heures du soir à une heure du matin. Elle l'a appelé pour annuler le rendez-vous. Elle lui a dit qu'elle avait la grippe. Elle a remis la rencontre au vendredi suivant, et elle lui a promis de se faire pardonner avec une de ses spécialités. C'est un des hauts dirigeants d'une multinationale et à présent il est au Brésil. Il ne savait pas qu'elle s'appelait Carolina Estrada, il la connaissait seulement sous le nom de Jaque. D'après sa façon de parler, il n'a pas remarqué qu'elle était malade au téléphone, elle était même plutôt enjouée. Mais c'était juste une impression. C'était la première fois qu'elle annulait un rendez-vous. Le type a été très déçu, il voulait passer un bon moment avant de prendre l'avion samedi à la première heure et…

— Je m'en occupe, dit Milo. Sujet suivant.

Le sergent Crespo passa à l'autre feuillet du dossier qu'il tenait dans ses mains. Il lui expliqua qu'il s'était rendu chez

Elisa Roca et qu'il avait copié sur un disque dur externe le contenu du compte utilisateur au nom de Jaque, qui se trouvait sur l'ordinateur.

— Il n'y a pas grand-chose d'intéressant. Des travaux universitaires, son curriculum, des visites sur son courrier personnel.

— Comment trouves-tu sa camarade d'appartement ?

Crespo devint tout rouge.

— Nous avons parlé d'informatique. Ce n'est vraiment pas une experte, mais... elle a l'esprit vif. Et elle est agréable. Elle voulait que je lui montre comment hacker et, bien sûr, j'ai refusé. Elle a beaucoup insisté. Bon, et plus que ça, tu t'en doutes. Elle est très belle.

— Oublie-la, sergent, ce n'est pas ton genre. C'est juste de la peau. Rien d'autre ?

Crespo passa au feuillet suivant.

— J'ai navigué sur le web, sur les réseaux sociaux. Elle avait juste un compte sur Twitter. Jacqueline. Mais elle n'était pas très active, dit-il en baissant les yeux pour lire : cent quatorze tweets, elle suit trois cent vingt-quatre personnes, ça va de plusieurs entrepreneurs à des poètes, en majorité des femmes. Cinq cent douze personnes la suivent, même genre de personnes, mais dans ce cas-ci la majorité sont des hommes. Vingt-quatre messages confidentiels, tous sans réponse de sa part. Et zéro favori. Sa photo de profil n'est pas un visage, mais une photo panoramique plutôt particulière : une plage paradisiaque aux eaux transparentes entourée d'une barrière de corail.

— Et qu'a-t-elle de si particulier ?

— Elle est infestée de requins.

Ils échangèrent un regard.

— Continue, dit Milo d'une voix neutre.

— Dans son profil, elle se décrit elle-même comme une "Étudiante, stagiaire, âme en peine. Il doit bien y avoir un monde meilleur. Je hais les larmes". Je te lis quelques-uns de ses tweets ?

— Fais-en plutôt un résumé.

Le sergent haussa les épaules, pensif.

— Les uns sont très émouvants, désespérés. D'autres sont optimistes, mais toujours un peu tristes. Dans certains, elle est cinglante et même cruelle, mais d'autres la montrent rêveuse, il n'y en a cependant pas beaucoup, dit-il en lui tendant plusieurs feuillets. Voilà ceux que j'ai considérés comme les plus significatifs.

Milo y jeta un coup d'œil.

— Beaucoup de gens affirment qu'elle était très réservée et pourtant cela ne l'empêchait pas de se livrer sur un réseau social, dit-il en reposant les feuillets sur le bureau, juste à côté de l'ordinateur. Je les lirai tout à l'heure.

— Je peux déjà t'apprendre qu'elle a mis plusieurs photos en ligne. Souvent des photos de plages, avec comme sujet principal la mer, et aussi de grandes villes, comme Montréal, Sydney et Johannesburg, dit-il en jetant un nouveau coup d'œil à son dossier pour prendre une liasse agrafée qu'il lui remit. C'est la liste des gens qui ont perdu un enfant à une date plus ou moins récente. Pour ce qui concerne les chiens empalés, je suis remonté trois mois en arrière. C'est suffisant ?

Milo acquiesça.

— Il faudrait que tu croises cette liste avec celle des mauvais payeurs agressifs. Ce n'est sans doute qu'un coup d'épée dans l'eau, mais on ne sait jamais. Peut-être que ça peut marcher.

Crespo fit non de la tête.

— C'est déjà fait, ça n'a rien donné.

Milo esquissa une moue de contrariété.

— De toute façon, il fallait le faire, dit-il en se redressant. Autre chose ?

Il fit oui de la tête.

— Vendredi matin, autour de neuf heures et demie, Carolina Estrada a déposé vingt-six mille cinq cents euros sur son compte courant, au Banco Sabadell. J'ai appelé la banque. Ils ont été un peu réticents, mais finalement j'ai réussi à leur faire dire que la jeune femme possédait un coffre. Un coffre qu'elle a fermé quelques minutes avant de faire son dépôt, dit-il en lui tendant un feuillet. Sans soute les gains de son travail sous le nom de Jaque !

Milo le saisit tout en se rasseyant très lentement. Il y jeta un coup d'œil rapide, puis leva les yeux vers le sergent.

— Et à dix heures et quart, ajouta Crespo, sa carte de crédit enregistre une dépense de mille six cents euros dans une agence de voyages.

Il avala sa salive.

— Tu as parlé avec cette agence ?

Il fit à nouveau oui.

— Un billet d'avion, aller simple, en classe touriste, pour le lendemain, le samedi. Destination Sydney.

Milo ne sut que penser.

— Carolina Estrada se préparait à fuir le pays, inspecteur.

Plusieurs secondes s'écoulèrent. Au bout d'un moment, comme se réveillant d'une transe, il se leva.

— Ou simplement émigrait-elle. Mobilité extérieure, sergent. À la recherche d'un monde meilleur.

— En plein milieu de l'année universitaire ?

Son ventre se contracta comme s'il venait d'y prendre un coup de poing. Il fit un pas, s'arrêta, hésita un instant.

Finalement, il dit :

— Si la sous-inspectrice Mercader te demande où je suis, dis-lui que tu ne m'as pas vu.

Il s'éloigna précipitamment en direction des ascenseurs.

"La tanière", comme on appelait l'ancien laboratoire de médecine légale et d'analyse des preuves, se trouvait au sous-sol n° 2 du commissariat. Lorsque le commandement général décida d'intégrer tous les effectifs de la division dans un seul service, en inaugurant un complexe de dernière génération sur la nationale N-150, entre Sabadell et Tarrasa, cela supposa la fermeture définitive des anciennes installations. Tout le matériel fut déménagé à la division générale, qui comprenait cinq bâtiments équipés des technologies les plus modernes, et le lieu fut abandonné. Cependant, Goyo Bonhora y avait gardé son bureau intact, où il avait l'habitude de se réfugier, d'après ce qu'il disait, "pour trouver un peu de calme et réfléchir en toute tranquillité".

Milo sortit de l'ascenseur et s'engagea dans un couloir faiblement éclairé, laissant derrière lui les salles fermées où se distribuaient jadis les différentes unités. Il se dirigea vers une lueur qu'on pouvait apercevoir dans le fond, tel un phare dans l'obscurité.

Il s'arrêta sur le seuil de la porte et toqua au chambranle.

— Je te dérange ?

Bonhora était en train d'examiner des photographies. Il leva les yeux.

— Depuis quand tu demandes la permission d'entrer ? dit-il. Tu n'as pas l'air en forme, Milo Malart. En ce moment, je ne te reconnais plus.

— Et toi, tu devrais être en train de réaliser l'autopsie de la nouvelle victime, répliqua Milo.

Il s'assit devant la table bourrée de dossiers et d'ustensiles.

— Tu es devenu fainéant ?

— L'avantage de l'âge, fit-il avec un large sourire et en retirant ses lunettes. À présent, je délègue à mes assistants. C'est super.

Milo se frotta les yeux d'un air fatigué.

— Je vois que tu es inquiet, dit Bonhora en appuyant son dos sur son confortable fauteuil ergonomique. Vas-y, accouche.

Taciturne, il refusa d'un haussement d'épaules laconique.

— Ce serait peine perdue.

— "Les salaires ne baissent pas, on freine leur augmentation", dit le médecin légiste, tandis que Milo le regardait d'un air perplexe. Nous avons commencé le match, n'est-ce pas ? Mais, d'après ce que j'entends, au lieu de citations, aujourd'hui ce sont des lieux communs. À ton tour.

Milo relâcha les muscles de son visage. Les matchs qu'évoquait Bonhora étaient déjà un classique entre eux. Ils en disputaient encore de temps en temps, pour se distraire, une brève joute verbale pour vérifier leurs réflexes spirituels. La rivalité était inoffensive, simple moyen d'évacuer le stress de leurs métiers respectifs. Malgré son humeur, Milo comprit les attentes du médecin légiste-chef.

Il esquissa un demi-sourire.

— "Les chômeurs utilisent leurs prestations pour s'acheter des écrans plasma."

Bonhora pencha la tête sur le côté.

— Pas mal comme lieu commun, mais le mien est mieux : "L'avortement a quelque chose à voir avec l'ETA, enfin, pas tant que ça."

— Tu ne peux rien y faire. Écoute ça : "Nous sommes la plus grande réussite économique du monde."

— Facile !... "Il est important qu'il y ait des bobos et des riches, ce sont eux qui dépensent et consomment le plus."

Milo se pencha en avant.

— "Nos électeurs préfèrent cesser de manger plutôt que de cesser de rembourser leur emprunt."

— "Tout est absolument faux, sauf quelque chose", cita Bonhora en se redressant sur son siège.

— "Les gens du Sud de l'Europe ont vécu au-dessus de leurs moyens."

— "Qu'ils aillent se faire foutre !" s'exclama-t-il avant de rebondir. "Il a commis un délit à titre personnel." Balle de match.

Milo se caressa le menton.

— En voilà une, pour clore définitivement, dit-il en respirant profondément : *"Sí, podemos."*

Le visage du médecin légiste-chef trahit sa surprise.

Il se figea, réfléchissant. Au bout d'un moment, il reprit une position confortable et ses traits se détendirent. Il fit oui de la tête, tout doucement, comme s'il acquiesçait malgré lui.

— Jeu, set et match, soupira-t-il. Même si j'ai du mal à le reconnaître, c'est toi qui gagnes.

— Vraiment ? dit-il en baissant la tête. Je n'en suis pas si sûr.

Bonhora attrapa un dossier.

— Tu as remarqué ? Toutes ces phrases, réunies, forment un paragraphe, qui possède un sens très pervers de la situation. Et même dépravé. Si ce n'étaient pas de vraies citations, je dirais qu'elles constituent un discours comique, avec une certaine déficience mentale, dit-il en faisant claquer sa langue. Bien, laissons tomber ce genre de frivolités et venons-en au fait, ajouta-t-il en réajustant ses lunettes et en ouvrant le dossier devant lui. Comme je sais que tu aimes aller droit au but, je vais t'épargner tous les détails.

Il disposa devant Milo une série de photographies du cadavre de Carolina Estrada prises sur la table d'autopsie. On pouvait y voir des clichés du corps entier de la victime, nu et propre, puis des gros plans de son visage, du cou et des bleus qui s'y trouvaient.

Sous le regard attentif du médecin légiste, Milo observa les images sans ciller. Son cou de cygne. Son visage enfin détendu. Ses os apparents, ses côtes surtout. Son pubis pointu. Ses mains soignées. La finesse de ses poignets.

La fragilité.

Son front était couvert de perles de sueur.

— C'est un cas classique d'asphyxie mécanique, dit Bonhora. Écrasement de la trachée, du larynx et du reste. On a fait preuve d'une force démesurée, on a failli lui couper le cou. Et on lui a fracturé l'os hyoïde. C'est quelque chose de tout à fait exceptionnel. La victime s'est pissée dessus, une incontinence très courante au cours d'une strangulation. Sa mort a été rapide, elle a souffert le minimum, dans ce cas. L'assassin n'a pas prolongé son agonie.

— Des traces d'ADN ?

— Aucune. J'ai gratté les ongles, les cheveux et j'ai analysé ses vêtements, le col du manteau, le chemisier et le chandail. Aucun dépôt de matière cellulaire. Trop d'exposition à la pluie, l'eau les a dégradés.

Il secoua la tête en même temps qu'il tapotait de son index une photo représentant un gros plan des marques sombres sur le cou de la victime.

— Un jour viendra où nous serons capables d'extraire des empreintes digitales sur la peau, mais pour l'instant, c'est…

— La science-fiction ne m'intéresse pas, coupa-t-il. Elle a opposé de la résistance ?

— Elle n'a pas eu le temps. L'assassin est arrivé par-derrière et…

— Il l'a attaquée par-derrière ?

— C'est à ça que je voulais en venir. Toi, tu mesures plus ou moins un mètre quatre-vingt-dix, n'est-ce pas ?

16

Bonhora retira ses lunettes, fit le tour de la table de travail et demanda à Milo de se lever. Ensuite, il monta péniblement sur le fauteuil où Milo avait été assis et il lui demanda de se placer de dos devant lui. Enfin, il lui passa les mains autour du cou.

— D'après les traces laissées par les doigts, ça s'est passé de cette façon.

— Attends, dit Milo sans bouger. Combien mesurait-elle ?

— Un mètre soixante-douze, d'après la fiche.

— Avec les talons qu'elle portait lorsqu'on l'a retrouvée à Collserola, ça devait faire un mètre quatre-vingts maximum. Et la hauteur standard d'une chaise est de quarante-cinq centimètres. Tu veux dire que l'assassin mesure plus de deux mètres vingt ?

En fonction des preuves, oui.

— Ou il est monté sur une chaise, comme toi, dit-il. Tu veux bien me lâcher, Bonhora ?

— C'est tentant, tu sais. Ta vie est entre mes mains. Le cou, malgré son importance, est une des parties les plus fragiles du corps humain. C'est la voie que prennent l'oxygène et le sang pour atteindre le cerveau, et celle des aliments et de la boisson pour atteindre le corps ; et cependant, malgré son importance, disons stratégique, il est éminemment fragile. Il suffit d'une simple manœuvre et on le rompt ; on enseigne ça dans les GEI*. Il s'agit d'appliquer le même concept que le *garrote*

* Grupo Especial de Intervención. (Groupe spécial d'intervention de la police de Catalogne.)

*vil**, un léger déplacement des vertèbres cervicales. Tu en veux une démonstration ?

— Un autre jour, Goyo. Tu me lâches ou c'est moi qui vais te faire lâcher ?

— Je pourrais également t'étrangler sans trop de problèmes.

— À condition que je ne fasse rien pour l'éviter. Une victime ne reste pas passive.

— Il l'a peut-être fait agenouiller.

— Elle se serait débattue. Devant un danger de mort, on ne reste pas immobile. On peut utiliser plusieurs moyens de défense… Comme celui-ci, dit-il en se libérant de la prise avec une relative facilité.

Bonhora le regarda d'un air fâché.

— Pourquoi ? Je ne serrais pas sérieusement, dit-il.

Il s'appuya sur une des épaules de Milo et descendit lourdement de la chaise.

— C'est dur de vieillir. On est vraiment mal conçus.

— C'est comme pour le cou. Une autre erreur de conception.

Bonhora se dirigea vers sa chaise.

— Et comme pour la denture, dit-il. Elle sert à mastiquer la nourriture, mais c'est aussi à cause de cela qu'elle se détériore. En tout cas, la victime avait une bouche en parfait état. Et ce n'est pas donné, ajouta-t-il en chaussant à nouveau ses lunettes. Tu veux connaître le contenu de son estomac ? Quel a été son dernier repas ?

Milo s'éventa de la main.

— Tu as trouvé quelque chose à propos des chiens ?

Bonhora fit oui avant de répondre.

— De manière générale, ils n'arrivent pas à se mettre d'accord sur les intentions du tueur de chiens : a-t-il voulu les asphyxier ou leur rompre le cou. Surtout pour le premier animal. Pour les autres, il n'y a pas de doutes : il a voulu leur rompre le cou et il l'a fait de façon rapide et propre, afin qu'ils ne souffrent pas. Leur mort a été pratiquement instantanée. Les bouts de bois utilisés pour embrocher les quatre chiens

* En Espagne, les condamnés à mort sont exécutés au *garrote vil*, ils sont garrotés.

sont des manches à balai cassés en deux ; il en a taillé une des extrémités à l'aide d'un couteau, et en avant. Aucun d'eux ne possède la moindre trace.

Il fit une pause, puis reprit :

— Ce type a déjà utilisé beaucoup de balais.

— Tu peux dire avec certitude quelle est l'heure du crime de Carolina Estrada ?

— C'est compliqué, très complexe. Après avoir analysé de nombreux taux et variables différents, entre sept heures et dix heures, dans la soirée de vendredi. Je ne peux être plus précis.

— Plus ou moins le même intervalle que pour la deuxième victime.

Bonhora acquiesça, pensif.

— Avec lui, ce sera encore plus compliqué. À cause de l'état de décomposition du corps.

Milo rassembla les photographies, y jeta un dernier coup d'œil. Il eut à nouveau un frisson en voyant son extrême minceur. Il respira profondément.

— Autre chose ? demanda-t-il dans un souffle.

— Dilatation anale.

Il froissa son visage.

— Quoi ?

— La victime pratiquait fréquemment la pénétration anale, c'est tout ce que je dis. Je te le dis au cas où ça pourrait te servir.

— Ces grands fils de pute !

— Tu parles de qui ?

Il se leva précipitamment et commença à faire des tours dans le bureau. Les clients, se dit-il, la spécialité de Jaque. Voilà comment elle se forgeait son avenir tandis que les dirigeants de ce pays faisaient comme s'il ne se passait rien et se gargarisaient avec leurs euphémismes cyniques, conclut-il rageusement. Il serra les poings, le père État est un maquereau et sa comédie est sinistre. Il s'arrêta brusquement. Avait-il réfléchi à voix haute ? Il se retourna rapidement.

Il observa la stupeur dans les yeux du médecin légiste-chef.

— Milo, entre nous, je crois que tu débloques vraiment. Que… que tu es en train de devenir complètement obsédé par cette fille.

Il rougit. Et à nouveau, sans trop savoir pourquoi, une colère intense, aveuglante, le saisit.

— Arrête de me casser les couilles.

— Je suis deux fois plus âgé que toi, gamin, dit Bonhora fâché. Alors tu vas me parler autrement. Et fais-moi le plaisir de te calmer.

Milo hésita à faire demi-tour et à disparaître ou à rester là, en continuant à faire ses gaffes et à se couvrir de ridicule.

Il s'assit brutalement.

— Écoute-moi, dit Bonhora, cette femme vivait sa sexualité sans complexes, sans inhibitions. Cela pourrait expliquer sa mort.

Une petite lueur s'alluma dans la tête de Milo.

— Elle aurait pu être en train de jouer à un petit jeu avec un client. Asphyxie érotique. Tu as trouvé des restes de fluides ?

— Non et pour les clients je ne suis pas au courant, dit le médecin légiste-chef. Ils n'en étaient peut-être qu'aux préliminaires, ajouta-t-il en fronçant les sourcils. Tout ça me semble très contradictoire, mais ça pourrait coller avec ce que je t'ai dit auparavant. Un des deux, ou l'assassin est très grand ou il était en hauteur.

— Une position sexuelle, par exemple ?

— À condition qu'ils soient tous les deux debout.

Milo battit des paupières.

— Tu n'as qu'à me dire comment, alors ! Debout, lui en hauteur, de dos… Franchement, je ne vois pas bien.

Bonhora haussa les épaules.

— Qu'est-ce que tu me demandes ? Moi, je te dis ce qu'indiquent les preuves, et les preuves ne se trompent jamais.

— Mais les personnes qui les interprètent, oui ; deux plus deux ne font pas toujours quatre, dit-il en colère.

Il tapa du poing sur le bureau.

— Non, ils n'étaient pas en train de baiser lorsque les choses ont dérapé. Et puis, dis-moi, d'où sors-tu que tu es deux fois plus âgé que moi ?

— Du fait que je suis deux fois plus expérimenté que toi. Pour commencer, moi, je ne m'énerve pas comme tu le fais. Je sais me contrôler.

Cela fit immédiatement retomber la tension.

Il rentra la tête dans les épaules et baissa les yeux. Il ne comprenait pas ce qui lui arrivait. Ses sautes d'humeur, ses accès de rage, son irritation permanente. Il savait juste deux choses : qu'il avait besoin d'air frais, de sortir immédiatement de ce bureau, et qu'il était un parfait imbécile.

Il se leva.

— Je dois partir.

— Une question d'abord, fit Bonhora pour le retenir encore un instant. Ce que tu as cité tout à l'heure, *"Sí, podemos"*, c'est parce que tu penses, au contraire, qu'on ne peut pas, et tu le crois vraiment ?

Milo acquiesça en silence, visage sévère.

— C'est triste, regretta le médecin légiste-chef. Et désespérant. Toi, tu es encore jeune.

— Je suis fatigué de me heurter sans arrêt au grand mensonge.

Il marcha jusqu'à la porte sans se retourner et dit :

— Nous souffrons d'une autre grave erreur de conception. Nous aurions dû naître avec des rétroviseurs. Pour voir ce qui va nous tomber dessus.

Il sortit de l'ascenseur et traversa le grand vestibule du rez-de-chaussée en regardant par terre. Alors qu'il gagnait la sortie, Rebeca vint à sa rencontre.

— Je savais que tu allais tenter de me fausser compagnie.

— Je ne suis pas d'humeur, sous-inspectrice.

Il tenta de l'esquiver, mais elle se planta devant lui.

— Crespo m'a fait part de ce qu'il a trouvé.

— Félicitations. Tu veux bien me laisser passer…

— Inspecteur, Carolina Estrada est mouillée d'une façon ou d'une autre dans l'assassinat de la deuxième victime. Elle avait un mobile, une occasion et des moyens. Elle savait que Lorenzo Puig avait gagné une grosse somme d'argent, et qu'un joueur comme lui garde cet argent à la maison, à portée de main, pour pouvoir le rejouer dans d'autres parties clandestines ou au casino. Et vu son travail nous savons qu'elle était capable de n'importe quoi pour de l'argent. Elle a échafaudé un plan et préparé sa fuite. C'est clair comme de l'eau de roche.

— Et pour les moyens ?

— Elle a pu confier un contrat à un camarade de l'université, ou à un de ses clients, ou même à un de ses mauvais payeurs. Une femme comme elle devait savoir comment manipuler un homme à sa guise, le contrôler sans problème. N'importe qui aurait pu lui obéir comme un petit chien. De fait, n'est-ce pas ce qu'ils faisaient tous ?

Milo eut un soupir d'exaspération.

— À un de ces cadres supérieurs bourrés de pognon, avec un salaire mirobolant ? À un jeune universitaire sans expérience ? À un de ces pauvres malheureux qui la haïssaient ? Ne dis pas de conneries !

Rebeca l'observa un instant en silence.

— Singla a demandé de vérifier tous ses contacts téléphoniques et Crespo est déjà en train de sélectionner les plus fréquents. Est-ce que l'inspecteur-chef dit des conneries aussi ?

— C'est une question ou une affirmation ?

Elle ferma les yeux, abasourdie.

— Inspecteur…

— Quoi encore, l'interrompit-il. Un des joueurs de cette partie clandestine a pu vouloir récupérer l'argent qu'il a perdu. Tu y as pensé ? Et ça, ça écarterait Carolina Estrada et son départ, et non pas sa fuite, a pu n'être qu'une coïncidence.

— C'est toi qui dis ça ? Je pensais que tu ne croyais pas aux coïncidences.

— Il y a toujours une exception.

Elle posa ses mains sur ses hanches.

— Alors d'après ta théorie, il s'agit de deux assassinats indépendants. Ils n'ont rien à voir l'un avec l'autre, dit-elle en écartant les bras. Mais tu t'entends parler ?

— Je n'ai pas dit que j'avais une théorie.

— Pourquoi as-tu tant de mal à admettre que cette fille était un peu louche ?

Milo lui lança un regard assassin.

— Parce que ça me fait chier, c'est tout.

— Tu as perdu la tête, mon vieux.

— Va te faire foutre, sous-inspectrice.

Il la laissa plantée là, atteignit la porte vitrée en deux enjambées et la poussa violemment. Il y avait un gros orage. Hors de lui, il s'en prit à la première personne qui passa à sa portée.

— Gendarme, qu'est-ce que vous foutez là à surveiller vos godasses ? On ne vous a donc rien appris à l'académie ?

Il remonta le col de son blouson et traversa la chaussée en courant au milieu des hurlements des klaxons. Il marcha sous les corniches en direction de l'arrêt d'autobus. Sur le passage piéton, il croisa un homme d'âge moyen qui parlait tout seul en gesticulant, et s'énervait contre les pavés. Ensuite, il continua à avancer en évitant les passants qui, comme lui, n'avaient pas de parapluie. Un peu plus loin, il se retourna à plusieurs reprises. À la troisième fois, il aperçut l'autobus qui approchait et il se mit à courir pour ne pas le rater. Il était bourré de passagers, chauffage à fond. L'air était irrespirable. L'humidité. Il s'accrocha à une barre et ferma les yeux, tentant de réguler sa respiration. Les cahots du véhicule projetaient de temps en temps une personne sur lui. Il se concentra sur la couleur bleue, sur les eaux transparentes, sur la mer d'huile. Ça ne marcha pas. À l'image suivante, le bleu était couronné d'une écume blanche, les vagues frappaient contre les rochers. L'oxygène était pur. Chargé d'énergie. Revitalisant. C'était vraiment autre chose. Il plongea dans une mer glacée. Il sourit. Le voyageur à côté de lui le regarda d'un air méfiant. Mais lui, flottant en apesanteur, ne s'en aperçut pas. Il commença à nager vigoureusement, en s'éloignant des gens. Du monde. Vers le large. De plus en plus loin.

Il les vit sortir de l'immeuble. Depuis l'angle opposé, il vit que le maigre portait une gabardine anglaise, un chapeau marron foncé et un parapluie également londonien ; le gros, en revanche, portait un pardessus bleu marine, il ne possédait rien d'autre pour se protéger de la pluie. Tous les deux avaient une mallette à la main. Le maigre ouvrit son élégant parapluie et fit un signe à l'autre, comme s'il lui proposait de l'accompagner, mais son associé refusa de la tête. Ils se dirent au revoir et chacun partit de son côté.

Il se décida rapidement. Le gros. Jordi Galver. Le G occupait la deuxième place sur le logo du cabinet.

Sans le perdre de vue, il marcha parallèlement à lui, sur le trottoir d'en face. À l'angle de la rue, il le vit pénétrer dans un parking. Il traversa et dévala la rampe à toute vitesse. Il s'arrêta au premier niveau. L'avocat avançait en consultant son téléphone portable, d'un air distrait. Un peu avant le mur du fond, il s'arrêta devant une BMW gris argenté, garée entre un autre véhicule et un pilier. Lentement, il rangea le portable dans la poche intérieure de sa veste, en tira un porte-clés et activa l'ouverture des portes avec la commande. Les phares de la voiture clignotèrent deux fois. Ensuite, il posa sa mallette par terre, retira son pardessus, ouvrit la portière arrière et le posa sur la banquette, puis il fit de même avec la mallette. Il claqua la portière et déboutonna sa veste. Ensuite, il se retourna les clés à la main.

Il tomba nez à nez avec Milo.

— Maître !

La première réaction de Galver fut de regarder à gauche et à droite, les yeux écarquillés. Avec inquiétude. Puis, lorsque son cerveau réalisa qu'il ne s'agissait pas d'un voleur, mais d'un policier, les traits de son visage se relâchèrent et il sourit.

— Que… que faites-vous ici ?

— Je voudrais vous poser deux ou trois questions, maître.

— Inspecteur, ce n'est ni le lieu ni le moment, dit-il d'une voix empruntée en ouvrant la portière du conducteur. Vous permettez, je suis attendu.

Milo referma immédiatement la porte.

— Non, je ne permets pas, répondit-il en faisant un pas vers lui. Je vous donne le choix : ou vous me répondez ici et maintenant, ou vous le faites demain, au commissariat.

Il observa son visage, l'homme soupesait les deux options.

— J'oubliais, dit-il. J'enverrai trois unités de la police vous chercher et ils se gareront sur le trottoir, juste devant votre prestigieux cabinet. Et on ne sait jamais, il est possible de voir arriver en même temps les caméras de BTV et de TV3. Je vous dis ça, juste pour que vous puissiez imaginer le tableau. Une nouvelle de ce genre intéresse toujours les médias.

— Vous… vous me menacez ?

L'avocat enfonça la main dans la poche de sa veste à la recherche de son téléphone.

Malart lui saisit le bras.

— Écoutez-moi, aujourd'hui j'ai eu une très mauvaise journée. Je ne vais pas vous le répéter. Choisissez : ou vous répondez maintenant ou demain ce sera un scandale.

Jordi Galver pâlit. Il évalua la situation.

— Nous n'avons rien à cacher, le cabinet a toujours collaboré avec la police. Nous sommes les premiers intéressés à éclaircir cette affaire.

Il le lâcha.

— Où a eu lieu cette partie clandestine ?

L'avocat retira sa main vide de la poche de sa veste. Il se frotta le bras.

— Écoutez, je… Je n'étais pas au courant des manigances de mon associé. M. Pons avait une relation plus étroite avec lui.

Milo descendit la fermeture éclair de son blouson.

Galver accéléra le débit de ses paroles.

— Je vous assure que je savais à peine ce que faisait Lorenzo de son temps libre. Non… j'ignorais sa passion pour le jeu. M. Pons pourra mieux vous informer que moi à ce sujet, je vous assure.

L'inspecteur Malart s'appuya d'une main contre le pilier.

— Je te le répète, maître, dit-il en se penchant au-dessus de lui. Aujourd'hui, je ne suis pas dans un bon jour et il dépend de toi qu'il devienne encore pire. Ce que tu me diras restera entre nous. Cette conversation n'a jamais existé.

Galver regarda à nouveau à droite et à gauche. Pas âme qui vive.

— Où a eu lieu la partie clandestine ?

L'avocat baissa les yeux.

— J'attends.

— Chez Elías Margarit, le célèbre industriel.

Milo cacha le choc qu'il ressentit en entendant ce nom.

— Il en organise fréquemment, ou seulement de façon occasionnelle ?

— Un mercredi par mois.

— Qui sont les participants ?

Galver fit non de la tête. À trois reprises.

— Qui sont les participants ? répéta Milo, le regard noir.

— Je ne sais pas, je le jure, dit-il en fixant un endroit indéterminé, par-dessus son épaule. Lorenzo était un peu fantaisiste, il parlait de gens importants qui avaient de l'influence. D'après ce que j'ai entendu, ça changeait tout le temps, ce n'étaient jamais les mêmes personnes.

Malart retira son bras du pilier. Très lentement. Il se redressa, tout en expulsant bruyamment de l'air. Elías Margarit. Il maudit sa malchance. Il fit claquer sa langue et entama un brusque demi-tour. Puis il s'éloigna à pas lents, fatigué.

— Vous êtes un malappris ! vociféra Galver.

Sans réagir, Milo enfonça ses mains dans ses poches et se dirigea vers la rampe. Son portable sonna. Numéro inconnu. Il répondit.

— Inspecteur ? Je suis Cristina Sanz. Je viens d'allumer l'ordinateur de Carolina. Elle a visité le site web de l'ambassade d'Australie. À deux reprises, la première vendredi en début d'après-midi et la seconde environ deux heures plus tard. C'est sa seule action qui n'ait aucun rapport avec notre travail au cabinet.

Milo la remercia et raccrocha. Pensif, il observa un instant la rampe du parking. Elle était très pentue.

Il prit son souffle et commença à la grimper.

Le métro le déposa à plusieurs pâtés de maisons de la villa, dans le quartier de Tres Torres, dans la partie haute de la ville. L'averse avait laissé place à une petite bruine et Milo avança sans réussir à s'abriter sous la moindre corniche, car les bâtiments de ces rues ne s'arrêtaient pas au niveau du trottoir, ils étaient tous séparés de ce dernier par de vastes parterres d'arbustes et de massifs plantés de végétaux. Il savait parfaitement où habitait Elías Margarit, ce n'était pas la première fois qu'il se rendait chez lui. Arrivé rue Rosari, il s'arrêta un instant. Une magnifique demeure moderniste s'élevait juste à l'angle. Deux niveaux et un troisième mansardé, jardin, petit bosquet. Les hauts murs de pierre qui l'entouraient avaient plus de valeur que tout l'immeuble de la rue Atlàntida. La villa possédait deux entrées : une grille somptueuse pour les personnes et une porte métallique moderne pour les véhicules. Il se dirigea vers la première et appuya sur le seul bouton du visiophone. Il leva la tête vers la caméra pointée sur lui. Un voyant rouge brillait, lumière fixe. Rouge inquiétude.

La grille s'ouvrit en émettant un cliquetis.

Il avança sur les petites dalles disposées sur le gazon soigné. Il vit plusieurs voitures garées sur sa gauche. Il gravit les quatre marches de marbre et patienta devant la grande porte à double battant.

On le fit attendre. Tout comme il l'avait prévu.

Au bout d'un moment, il entendit quelqu'un qui actionnait la poignée de l'autre côté.

Une femme ouvrit la porte. Elle souriait.

— Milo, mon chéri, quelle agréable surprise, dit Irene, son ex.

17

Il ne réagit pas. Perplexe, il demeura bouche bée, sans trouver quoi répondre.

— Mais entre donc, ne reste pas planté là comme un épouvantail, dit-elle d'une voix musicale, en tendant sa main vers l'intérieur.

Ses cheveux blonds étaient plus courts, coiffés différemment. Ses longues boucles étaient devenues toutes raides, avantageant ainsi son visage. Toujours la même bouche sensuelle, les mêmes yeux bleus, sa peau sans une ride. Le temps semblait ne pas l'avoir atteinte. Grande, silhouette bien tournée, aux formes harmonieuses, naturelles. Elle portait un débardeur blanc assorti à sa jupe plissée qui lui arrivait au-dessus des genoux, et des talons hauts qui exaltaient encore plus sa mince silhouette de danseuse étoile. Taille de guêpe, poignets délicats. Livide, cœur battant, il se demanda pour la énième fois comment cette femme avait pu se retrouver avec un homme tel que lui. Ils n'avaient rien en commun. Irene Margarit avait de la classe, de l'argent, et elle était magnifique. C'était peut-être pour cette raison qu'ils s'étaient séparés après douze ans de mariage.

Il fit deux pas en avant. La chaleur lui fit l'effet d'un coup de marteau.

Il se racla la gorge.

— Tu es revenue vivre chez ton père ?

— Imbécile, dit-elle en lâchant un petit rire, papa donne une fête, moi je joue le rôle de l'hôtesse. Mon Dieu, mais tu es tout trempé. Retire ton blouson, tu vas attraper une pneumonie.

Elle descendit sa fermeture éclair et lui dégagea les épaules en tirant sur les manches, jusqu'à parvenir à s'emparer du blouson.

— Et ton chandail, Vierge Marie, lui aussi est tout mouillé.

Elle le lui souleva jusque sur le haut de son torse, puis batailla pour le lui retirer par la tête.

— On peut savoir où tu es allé traîner ? lui demanda-t-elle en ébouriffant ses cheveux. Viens, suis-moi à l'office. Je vais mettre tout ça dans le sèche-linge. Ce sera prêt dans quelques minutes. Tu te laisses pousser la barbe, maintenant ? Ce n'est pas si mal, ça te donne un air intéressant.

Déconcerté, il la suivit sans prononcer le moindre mot. Ils traversèrent une cuisine spacieuse, où une légion de cuisiniers et de serveurs vêtus de noir s'affairaient de tous côtés, et s'engouffrèrent dans une pièce remplie d'appareils électroménagers. Irene introduisit les vêtements dans l'un d'eux, au grand dam de Milo, qui doutait fort qu'elle sût si un blouson en cuir pouvait aller dans un sèche-linge.

— Je te proposerais bien de retirer tes pantalons, dit-elle en gloussant. Mais ça pourrait être embarrassant si quelqu'un nous voyait, non ?

Conscient du ridicule de la situation, il croisa les bras et fit oui de la tête sans trop savoir ce qu'il faisait là ni comment il avait fini en tee-shirt devant son ex, au son d'une machine en train de tourner. Comme sa tête.

— Je suis venu voir ton père, je dois lui parler, dit-il en regrettant immédiatement le ton trop sec qu'il avait employé. Sauf si le moment est mal choisi, bien entendu.

Elle fit la moue, puis un signe en direction de son arme à la ceinture.

— Tu es en service ?

— Je viens de façon pacifique, Irene. Je ne cherche pas de problèmes.

— Je n'y crois pas. Toi et les problèmes, vous marchez toujours main dans la main.

— Comment vont les affaires ?

Elle croisa les bras, caressa en même temps son menton.

— Tu continues à avoir des préjugés contre nous ?

— Tu sors avec quelqu'un ?

Son ex leva les yeux au ciel.

— Je vois que tu es en service, dit-elle en se retournant pour arrêter le sèche-linge et lui rendre ses vêtements. Je vais chercher papa. Je vais lui dire que tu l'attends à la bibliothèque. Je suis sûre que tu te souviens du chemin.

Elle s'éloigna en faisant claquer ses talons, sa jupe se balançant à chaque mouvement de hanches. Il perçut la trace de son parfum. Toujours le même, celui qui l'avait fait succomber à son charme.

Transpirant, il passa son chandail encore humide, vérifia que son blouson de cuir n'avait pas souffert dans l'opération et sortit de cette pièce aussi vaste que sa terrasse. Dans la cuisine, il demanda à une femme aux traits orientaux et à la peau mate où se trouvait la bibliothèque. Il retint les indications dans sa tête. Une fois dans le hall, il entendit des voix en fond qui conversaient de façon animée. Il longea un court couloir dont les murs étaient couverts de précieuses lithographies et de tapisseries semblant sorties d'un musée.

Rien ne se passait comme il l'avait prévu.

Il entra dans la pièce bourrée de livres et alla directement s'asseoir dans un fauteuil à oreilles. Il se laissa choir en soupirant. Il ferma les yeux en se disant qu'il y avait toujours pire. Comme interroger un des quatre cents noms illustres qui gouvernaient la ville depuis leurs postes de pouvoir. L'élite. Expire, inspire, expire, se conseilla-t-il. Surtout ne pas perdre ses moyens. Il posa son regard sur l'ensemble de la pièce. Puis il observa le dos des livres. La plupart d'entre eux étaient reliés pleine peau, avec des enluminures dorées, rangés par couleur. Il trouva le spectacle ennuyeux et détourna son regard. À côté de lui, sur une petite table, il découvrit un journal. Il le déplia. À la une, encore le processus souverainiste. Il l'ouvrit au milieu et lut les grands titres. Un tableau de Monet avait été vendu presque quarante millions d'euros, à Londres. Il tourna la page. D'après un rapport de l'Unicef, quatre cent mille enfants vivaient au-dessous du seuil de pauvreté, en Catalogne. Il tourna encore quelques pages. Rien à propos de la mort de la jeune universitaire. Il chercha l'horoscope : "Ce sera une journée tout en émotions positives. Vous serez romantique, généreux, expansif, positif et gai. Mardi calme et sans problème."

Elías Margarit fit brusquement irruption.

— Je te concède cinq minutes, pas une de plus et juste parce que c'est ma fille qui me l'a demandé. Ôte-toi de là, tu es assis à ma place.

L'industriel avait vraiment pris un coup de vieux. Ça se voyait à de petits détails : son dos s'était légèrement voûté, son visage était devenu plus plein, il avait une allure moins dynamique. Tout cela additionné constituait un Elías Margarit vieillissant. Il observa sa petite taille, son crâne tout dégarni et ses tempes grisonnantes, son nez aquilin, ses yeux bleu métallique, froids, aiguisés comme un pic à glace. C'était le même individu arrogant de jadis, avec la même attitude aristocratique des gens qui se croient au-dessus de la mêlée, mais une partie de son irrésistible personnalité avait disparu en chemin et Milo ne put s'empêcher de se sentir satisfait de la chose. Cela signifiait que son pouvoir n'était pas illimité.

— Tu as l'air en forme, Elías.

— Quatre minutes et demie.

— Les parties de poker du mercredi, dit Milo. Je veux connaître les noms de ceux qui ont participé à la dernière.

Imperturbable, l'industriel le regarda avec indifférence.

— Nous sommes en train d'enquêter à propos de l'assassinat de Lorenzo Puig. Un des joueurs peut tout à fait être mêlé à ça, il n'a peut-être pas digéré de perdre autant d'argent et il a voulu lui régler son compte.

— Autant d'argent ? se moqua-t-il. Tu es toujours aussi nul, tu ne comprends rien.

— Je t'emmerde. Je veux les noms !

Elías sourit tout en secouant la tête.

— Et si je refuse de te les donner ?

— Je te rappelle que ces parties clandestines sont illégales.

— Le juge qui vient y participer de temps en temps sera ravi de l'apprendre, dit l'industriel en se frottant les mains. Voyons, comment dire ? Tout cela est très innocent, vois-tu. Nous nous retrouvons, à plusieurs amis, et nous faisons quelques parties, histoire de se détendre. Le gagnant repart content. Et celui à qui on a un peu grignoté le capital aussi, car il vient de passer une bonne soirée. Dans le fond, personne ne perd. Et toi, tu joues ?

— Moi, je suis toujours sérieux.

— Tu te compliques trop la vie.

— De quel genre de somme parle-t-on ?

— Menue monnaie, dix mille par tête. Six joueurs autour de la table.

— Et Lorenzo Puig a ramassé quarante mille.

— Quarante-quatre mille, exactement, dit-il en souriant à nouveau, mais juste du bout des lèvres. Ce que chacun de nous dépense en général pour un dîner, il n'y a pas de quoi en faire une maladie.

— Avec une somme pareille, plusieurs familles pourraient survivre.

— Et que veux-tu que ça me fasse, ils n'ont qu'à se débrouiller. La survie est vraiment surévaluée aujourd'hui. Je ne comprends pas pourquoi. Le plus digne serait de s'écarter pour laisser la place aux plus forts.

— Comme les entrepreneurs, les juges, les banquiers… peut-être les politiques également ?

Elías haussa les épaules.

— Autrement dit tous ceux qui participent à ces parties innocentes. Je veux leurs noms.

— Trois minutes.

Milo se gratta les poils du menton. Il le fixa dans les yeux.

— Non, il y a vraiment quelque chose qui ne tourne pas rond ici. En premier lieu, il y a ce Lorenzo Puig. Ce gars-là jouait en deuxième ou troisième division, par rapport à vous, qui jouez dans la ligue céleste. Et en second lieu, toi. D'après ce que je sais de toi, tu ne risques pas un seul centime sans avoir d'abord calculé combien ça va te rapporter. Et tu n'as jamais eu l'habitude de perdre.

— Pour gagner, il faut jouer. Et parier costaud.

Il s'approcha d'Elías, s'arrêta à cinquante centimètres de lui.

— Mais toi, tu n'es pas un joueur. Et pourtant tu pourrais l'être. Froid, cérébral, calculateur, tu sais trouver les points faibles de ton adversaire, le prendre à la gorge comme un loup blessé, dit-il en se penchant sur lui. Tu maîtrises l'art de la supercherie, de la manipulation. Mais toi, tu ne joues jamais, insista-t-il en approchant son visage du sien. Toi, tu achètes et tu revends des volontés. Et ta maison est un décor parfait pour ça, d'innocentes parties de poker. Les puissants viennent y boire un verre, s'y détendre, ils gagnent quelques parties, ils parlent… peut-être plus qu'il ne le faudrait ?

— Deux minutes, putain de fouille-merde.

Milo se redressa.

— Lorenzo Puig était ton commis. Tu l'envoyais à la tribune du Barça, par exemple, avec sa canne à pêche et son sourire de publicité. Qui pourrait décliner une invitation du tout-puissant Margarit ? C'est comme ça que tu organisais le recrutement des nouveaux joueurs. Je commence à me demander si Lorenzo, un expert en poker, ne s'est pas laissé aller par l'euphorie et n'a pas un peu trop gagné d'argent. Il a vraiment abîmé ton scénario, n'est-ce pas ? Il t'a foutu la soirée en l'air ?

— Des conneries tout ça. Tu es toujours aussi cinglé, toi. Une minute et demie.

— Mes couilles, je suis cinglé. En temps de crise, ce n'est pas le moment de perdre un tant soit peu. Toi, tu as deux jeux dans les mains et toutes tes cartes sont truquées. Cet imbécile de Lorenzo a déconné et tu l'as probablement très mal pris.

Elías se leva du fauteuil avec difficulté.

— Tu devrais rencontrer le nouveau fiancé d'Irene, ils forment un couple merveilleux, tu sais ! Il est ici, tu veux que je te le présente ?

— Un autre jour. Les noms, je veux les noms.

— Gerard, Oriol, Carmen, Josep Antoni, Alicia, Jordi… Il y en a tellement que je n'ai retenu que leur prénom, dit-il. Je deviens vieux, ma mémoire n'est plus ce qu'elle était. Dernière minute.

— Tu aurais dû prévenir Lorenzo de ne pas trop se réjouir lorsque la vie lui distribuait du bon jeu, dit-il en se dirigeant vers la porte. La vie garde souvent un as dans sa manche. Toi, ajouta-t-il en l'ouvrant. N'imagine surtout pas que je vais en rester là.

— Je crois pourtant que c'est exactement ce que tu vas faire. Si tu as besoin de moi, ne m'appelle surtout pas.

— Dis au revoir à Irene pour moi. Mon temps s'est écoulé.

— Dis-lui au revoir toi-même. Au fait, je t'ai parlé de son nouveau fiancé ?

On entendit la porte claquer dans toute la maison.

Il atteignit la sortie en deux enjambées. On n'entendait plus les voix des invités en fond. Il actionna la poignée et descendit les quatre marches d'un saut. Il continuait à bruiner. Il passa son blouson, remonta le col et marcha au milieu de la chaussée en direction de la station de métro.

À peine la porte de son appartement ouverte, le berger de Majorque se précipita sur lui en trombe. Il faillit vraiment le renverser. Le chien entre ses jambes, haletant et remuant vigoureusement la queue, Milo eut juste le temps de se diriger tant bien que mal vers le salon et de ranger son arme dans le tiroir avant de se servir un verre d'eau. Ils quittèrent l'appartement à toute vitesse et le chien courut directement jusqu'au premier arbre qu'il aperçut. Ensuite, un peu plus calme, il commença à gambader sur le paseo. Au loin, Milo aperçut un golden retriever courir à leur rencontre.

La femme au manteau trois quarts jaune venait dans sa direction, un immense sourire aux lèvres. Milo hésita à en faire autant ou à l'attendre là où il se trouvait. Ses pieds le conduisirent vers elle.

Ils se retrouvèrent à mi-chemin.

— Nous continuons à être des optimistes, Milo Malart. Nous n'avons toujours pas de parapluie alors qu'il pleut.

— Ah, bon, il pleut ? dit-il en tendant la paume de la main vers le ciel. Juste quelques gouttes, ma chère Leire.

— Tu te souviens de mon prénom.

Il haussa les épaules tout en regardant les chiens en train de jouer.

— C'était bien Leire… ou Laura ?

— Voilà tu viens de tout gâcher, fit-elle d'un ton jovial.

Elle remarqua immédiatement son visage tendu, ses épaules complètement crispées.

— Mauvaise journée, commissaire ?

Milo sentit le froid mordant et l'humidité s'infiltrer jusqu'aux os. Il la regarda d'un air méfiant et elle leva les bras en plaisantant. En voyant qu'il ne se détendait pas, elle lui expliqua qu'elle avait cherché son nom sur internet, et qu'elle avait découvert l'enregistrement d'une émission de télévision où on le voyait à propos de l'affaire du Bourreau de Gaudí. Milo demeura immobile, sans réagir. Alors Leire poursuivit en expliquant que c'était pour cela que son visage lui avait été dès le début si familier, qu'elle savait qu'elle l'avait déjà vu quelque part. Ensuite, elle lui raconta que c'était pour cette raison qu'hier elle n'était pas venue jusqu'au paseo Marítimo, mais qu'aujourd'hui elle avait réfléchi à nouveau et décidé de lui donner une deuxième chance, car c'est ce qu'elle faisait d'habitude avec les gens.

— Y en a eu du barouf autour de toi, inspecteur Malart.

— Une deuxième chance ? demanda-t-il d'un air revêche.

— Tu es policier.

— Et alors ?

Leire fit la grimace.

— Disons que les forces de police m'inspirent une certaine méfiance, dit-elle en ajoutant tout de suite après : Et ce n'est pas du tout personnel.

— Tu as peur que je t'attaque, que j'appelle mes collègues pour te plaquer au sol et t'arracher les yeux, peut-être ?

Sa voix était glaciale et elle s'empressa de se justifier.

— Après ce qui est arrivé à de nombreux citadins, tout le monde se méfie à présent. Ça fait déjà deux morts à cause de vos méthodes.

Elle évoquait deux affaires qui avaient fait grand bruit dans la ville. Un entrepreneur en état d'ébriété était mort après que huit agents l'avaient plaqué au sol dans une rue du quartier du Raval. Et quelques semaines plus tard, il était arrivé la même chose, place Molina, à un acteur à la santé mentale fragile.

— Je peux savoir ce que tu fais ?

— Ce que je faisais. J'étais conseillère municipale.

Milo fit machine arrière, ramenant ses mains dans ses poches.

— Tu ne vas pas me voler mon portefeuille, hein !

Le sourire de Leire s'effaça immédiatement. Avant qu'elle ne parvienne à répondre Milo reprit :

— Les politiques sont le cancer de la société. Vous vous êtes vendus au pouvoir financier. Et je t'assure que ce n'est pas une réflexion personnelle. De nombreux citadins pensent la même chose que moi.

Ils se fixèrent longuement dans les yeux, sans céder.

— On n'est pas tous pareils.

— Non, tu as raison, on n'est pas tous pareils.

Elle fit un pas vers lui. Puis, hors d'elle, lui planta l'index au niveau de la poitrine.

— Tu sais pourquoi j'ai quitté mon appartement de Ciutat Vella ? Parce que des inconnus y sont entrés et ont tout mis sens dessus dessous. Et tu sais pourquoi ils ont saccagé mon appartement ? Parce que, en tant que conseillère municipale, j'ai refusé de fermer les yeux devant des irrégularités que j'avais détectées dans un projet d'urbanisme. D'abord j'ai tenté d'en parler au maire. Mais après un tas de refus, je suis rentrée dans son bureau à l'improviste et je l'ai mis au courant de l'affaire. Et tu sais ce qu'il a dit ? Il m'a simplement demandé de classer le dossier sans suite, de laisser tomber. Mais je ne lui ai pas obéi. C'est après ça qu'on a saccagé mon appartement. Je ne me suis pas découragée pour autant. Et lorsqu'il m'a donné l'ordre d'arrêter de leur casser les pieds, j'ai remis ma démission. Je dois être la seule femme politique du pays à avoir démissionné. Puis j'ai commencé à recevoir d'étranges coups de fil chez moi, toujours à des heures indues, et on a encore saccagé mon appartement à deux autres reprises. Pour m'intimider et m'obliger à la fermer. Et finalement j'ai abandonné, dit-elle en enfonçant à chaque phrase son index dans le plexus solaire de Milo. Parce que j'ai eu peur. Et j'ai emménagé rue Sal, dans ton quartier. J'en ai ras le bol de me soumettre, alors évite de me parler du cancer de la société, tu entends ? Je n'ai de leçons d'éthique à recevoir de personne.

Milo saisit son poignet et l'arrêta en l'air.

— Tu vas me faire un trou dans la poitrine, dit-il d'une voix à présent détendue. Et j'ai assez de cicatrices comme ça.

Elle arqua les sourcils.

— Oui, moi aussi je pourrais te raconter quelques-unes de mes petites batailles. Moi aussi je sais ce que signifie affronter les chefs et finir par se rendre à cause des magouilles politiciennes. Tu as porté plainte contre ces agressions ?

— Bien entendu. Ils peuvent me faire peur tant qu'ils voudront, mais pas me faire oublier mes droits.

Elle dégagea son poignet. Lui prit la main dans le même mouvement, puis tenta de le regarder dans les yeux, mais il les baissa. Quelques secondes plus tard, c'est lui qui chercha sa main libre. Il la serra chaudement.

— Nous sommes deux drôles de spécimens, chacun dans son genre.

— Deux culs entre deux chaises, conclut Leire.

— L'un d'eux n'est pas mal du tout, l'autre plutôt décrépit.

Leurs regards se croisèrent un instant et ils éclatèrent de rire.

— Ça faisait longtemps que je n'avais pas reçu une petite flatterie, dit-elle.

— Comment sais-tu que je parlais du tien ?

Ils appelèrent les chiens et se dirigèrent tous les quatre vers la rue Sal. Leire refusa de se faire raccompagner, mais Milo insista.

— C'est une initiative strictement policière, dit-il et en voyant qu'elle ne le croyait pas, il ajouta : Un membre des forces de l'ordre ne te mentirait jamais.

— Tu n'avais pas dit que j'étais une politicarde ?

Tandis qu'ils longeaient les rues désertes une pluie fine se mit à tomber. Sous un porche, plusieurs hommes et femmes installaient des cartons pour passer la nuit, en se retranchant derrière des caddies et de gros paquets de toutes sortes. Plus loin, ils remarquèrent un graffiti : "Policiers, assassins, hors de notre quartier." Ils continuèrent à marcher sans faire de commentaire. Milo se retourna à trois reprises, détail qui ne passa pas inaperçu pour Leire. Elle lui dit qu'elle l'avait vu faire la même chose à plusieurs reprises et lui demanda s'il s'était encore mis dans un autre guêpier. Il se contenta de hausser les épaules. Lorsqu'il se retourna pour la quatrième fois, elle l'imita. Elle n'aperçut personne derrière eux, mais il lui expliqua :

— Ce n'est pas parce qu'on ne voit pas la menace qu'elle n'existe pas.

Elle s'arrêta.

— Tu crois qu'ils peuvent s'en prendre encore à l'appartement dans lequel je viens d'emménager ?

— Trouver ta nouvelle adresse est un jeu d'enfant, il suffit de te suivre. Tu fréquentes toujours les mêmes endroits ?

Leire acquiesça.

— Tu me fais peur.

Milo observa les cernes sous ses yeux, les sillons creusant sa peau, les ravages de la fatigue. Cette femme n'avait certainement pas un sommeil réparateur et cela durait depuis plusieurs semaines.

— Ces types cherchent juste à t'obliger à la fermer. S'ils avaient voulu te faire du mal, ce serait déjà fait.

— La police m'a dit la même chose.

— Mais ça n'empêche pas que j'y aille pour jeter un coup d'œil. On ne sait jamais.

Ils continuèrent à marcher. Au bout d'un moment, elle lui expliqua qu'elle était en train de concevoir une nouvelle plateforme politique, avec d'autres personnes désireuses de changer enfin les choses.

— Une espèce de parlement citoyen, pour rendre le pouvoir aux petites gens et mettre le holà à un État qui a confisqué notre démocratie. Il faut régénérer le système.

— Belle prose, dit Milo. Utopique mais belle prose tout de même.

— Tu penses qu'on ne réussira jamais, hein ?

— Nous sommes un pays de grenouilles. Les gens ont beau savoir que les puissants sont des scorpions, ils les laissent grimper sur leur dos. Et le problème est surtout que ces scorpions-là savent nager.

— On peut ouvrir les yeux aux gens.

Milo demeura silencieux.

— Ils en ont ras le bol de tous ces incompétents corrompus. La situation est sur le point d'exploser. Ceux qui ont beaucoup d'argent en veulent encore plus et ceux qui n'en ont pas beaucoup le partagent. Ceux qui n'ont rien…

— Se précipitent sous les rames du métro.

Un peu avant d'arriver à la place du marché, elle lui fit remarquer un autre graffiti : “Qui sème la misère récolte la colère.”

— Tiens, qu'est-ce que je te disais ?... Les gens ne supportent plus ce système qui a cessé d'être politique pour devenir une industrie de la corruption, quelque chose un peu comme une mafia. C'est la société civile qui aide les personnes désemparées, pas l'État. L'État aide seulement les banquiers. Ils se vautrent à tel point dans leur inefficacité, l'injustice est si importante que...

— Leire, la coupa-t-il, ce n'est pas la peine... Tu prêches un convaincu.

Ils prirent la rue Sal. Elle lui montra une banderole rouge qui pendait à la façade d'une boutique.

— C'est une librairie, dit-elle, spécialisée dans le roman noir.

— *Negra y Criminal*, je la connais. J'y vais parfois le samedi, pour acheter des romans à Montse et Paco. Ils sont devenus une véritable institution.

Leire prit ses clés et fourragea dans la serrure.

— Tu lis ce genre de chose, toi ? Après avoir passé la journée à enquêter sur des meurtres, tu as encore envie de lire des romans policiers ?

— Les assassins les lisent aussi et je dois systématiquement être à jour.

Ils laissèrent passer les chiens devant eux et pénétrèrent dans l'étroit couloir d'entrée.

— En plus certains auteurs sont très amusants.

Ils gravirent tous les quatre le petit escalier jusqu'au premier étage. Elle ouvrit la porte. Milo lui dit d'attendre, de retenir les chiens et il entra pour jeter un coup d'œil. L'appartement était tout petit, accueillant, très bien chauffé. Une salle de bains, une cuisine américaine, un salon et une chambre. Le tout récemment repeint. Il fut saisi par le désordre qui y régnait. Il y avait des livres partout, des vêtements, toute sorte d'objets, des chaussures, les tiroirs étaient ouverts. Tout était sens dessus dessous.

— Eh bien, j'ai du mal à savoir si des gens sont venus ou pas, dit-il.

Depuis le palier, Leire répliqua quelque chose qu'il ne comprit pas très bien.

Une fois qu'il eut vérifié qu'il n'y avait pas de problèmes, elle entra dans l'appartement, précédée par le golden retriever et le berger de Majorque. La première chose qu'elle fit fut de retirer son trois-quarts jaune mouillé et de le jeter sur le canapé. Puis elle fit la même chose avec ses bottes qu'elle abandonna au milieu du salon.

Dans un porte-parapluie, près de la porte, il y avait trois parapluies. Malart les pointa du doigt comme s'ils étaient une preuve du crime.

— Qu'est-ce que c'est ? dit-il.

— C'est pour les visiteurs… Vous avez mangé, toi et ton chien ?

Milo chercha rapidement un prétexte, n'en trouva pas. La seule chose qu'il eut l'idée de répondre, c'est que le lendemain il allait avoir une journée compliquée et que le mieux serait de remettre le dîner à un autre jour.

— Mais il faut bien se nourrir, non ? dit Leire en caressant les deux chiens.

Sans attendre la réponse, elle se dirigea vers la minuscule cuisine.

— Je te préviens, mon savoir-faire culinaire est plutôt modeste. Une salade et un peu de poisson à la plancha avec des asperges sauvages, ça te va ?

Il eut soudain l'eau à la bouche.

Pendant le dîner, elle lui demanda ce qu'il mangeait d'habitude et Milo lui décrivit en quoi consistait son menu d'hiver.

— Tu manges n'importe quoi. Avec ta carrure, tu devrais te nourrir davantage et mieux que ça, dit-elle en rougissant jusqu'aux oreilles.

Tandis qu'il dévorait le contenu de son assiette, Leire lui donna plus de détails à propos de son projet politique et des raisons pour lesquelles elle avait pris cette décision. D'après elle, les gouvernants du pays étaient exclusivement au service de leurs intérêts, alors que le suicide, bien avant les accidents de la circulation, était la première cause de mortalité en Catalogne. Cela ne pouvait pas continuer ainsi. Le mensonge était trop scandaleux et se défiler ou se taire ne pouvait plus être une réponse à la situation. Avant que tout cela n'explose, il leur fallait inventer une solution alternative et la seule issue était de rendre son pouvoir à la société civile. Elle affirma que l'État était devenu l'ennemi du citoyen et que, s'ils ne le faisaient pas eux-mêmes, personne ne viendrait à leur secours. "Nous sommes seuls." Milo se contenta d'acquiescer de façon mécanique, sans trop prêter attention à ses propos. À peine le dîner fini, il apporta les assiettes dans la cuisine puis s'empressa de s'en aller. Leire descendit avec lui et Mon Vieux pour leur ouvrir la porte de l'immeuble. Pendant que le berger de Majorque sortait dans la rue, elle se mit sur la pointe des pieds et l'embrassa sur les lèvres.

— Je vais te dire… Je ne suis pas dupe, Milo, dit-elle. Je sais que je ne suis pas aussi canon que les femmes avec qui tu sors d'habitude et que la barre est trop haute pour moi. Alors, ne t'inquiète pas, on n'est plus des enfants.

Puis elle le poussa doucement, mais fermement, à l'extérieur.

— On se reverra sur le paseo, ajouta-t-elle en refermant la porte.

Milo et l'animal restèrent là à se regarder en chiens de faïence.

— Mon Vieux, tu as compris quelque chose, toi ?

18

Dans son cauchemar, la danseuse de ballet évoluait toute nue, sa peau était comme de la cellophane enveloppant ses os, sur un sol couvert de cartons. Mais au lieu de chaussons de danse, à bout plat et rubans roses, elle portait des talons aiguilles. Autour d'elle, une dizaine de personnes en costume applaudissaient ses évolutions. À chaque mouvement, les jambes squelettiques de la jeune fille sans visage pliaient à la limite de la cassure. Elle tomba à genoux. Un des hommes en costume courut se placer derrière elle, les pantalons roulés sur les chevilles, encouragé par les autres. Pénétrer son corps était comme se frotter à la fissure d'une roche et l'homme hurla. Sans cesser ses va-et-vient, il s'accrocha à son cou de cygne. Le squelette commença à se démonter, les os tombèrent comme un château de cartes, avec un bruit sourd. Accroché à sa gorge, l'homme serra plus fort. Il serra jusqu'à la rompre. Malgré ça, elle continuait à crier, la tête branlante. Vas-y ! Vas-y ! Vas-y ! L'homme se retourna violemment.

Un coup de langue le réveilla. Couché sur le canapé du salon, il aperçut le berger de Majorque s'agiter de façon inquiète, sans cesser de le regarder. Dehors, il faisait encore noir. Il pleuvait.

— Ce n'est rien, Mon Vieux, dit Milo. Ce n'est rien.

Il posa les pieds par terre.

Complètement engourdi, il mit plusieurs minutes à réussir à effacer ces images de son esprit. Puis il finit de s'habiller et sortit de l'appartement, suivi de son chien.

Le froid de la nuit le saisit déjà, avant de rentrer dans l'eau. Il nagea furieusement vers le large, un peu plus loin que d'habitude.

Ensuite, il fit la planche, immobile dans les va-et-vient de la mer, l'air froid lui balayant le visage. Au bout d'un moment, il retourna vers le bord, tout en aidant le berger de Majorque à avancer dans l'eau glacée et ils l'atteignirent tout essoufflés.

Après la douche, le front appuyé contre la vitre, il regarda le jour se lever. La journée allait être grise à nouveau. Sans aucun doute, janvier était le mois le plus triste de tous. Le portable se mit à sonner. C'était Rebeca. Elle lui annonça qu'on avait retrouvé un autre chien empalé ; cette fois-ci, dans un parc à l'angle de l'avenue de Roma et de la rue Urgel.

— À nouveau dans un endroit ouvert. Et comme d'habitude, devant l'aire de jeux des enfants. Un terrier andalou d'un an et demi. Ça fait cinq. Qu'est-ce qui lui prend à ce sauvage ?

— On a retrouvé des traces de pas ?

— Oui, deux, ils sont juste en train de les mouler. Et au carrefour, il y a une caméra de surveillance de la circulation. Crespo est déjà parti au commissariat central pour analyser les images. Même si tu penses qu'elle n'existe pas, j'espère que cette fois on aura de la chance et qu'on va trouver des images de ce pauvre mec.

— Ma présence au parc n'est pas indispensable.

— Nous avons rendez-vous avec le juge Losada, en milieu de matinée.

Milo observa le ciel rempli de nuages. La lumière sépia qui l'entourait. Irréelle. La vie semblait comme suspendue, comme le temps. Mais il savait que c'était juste une illusion.

Il inspira profondément.

— Sous-inspectrice, peut-être qu'hier j'ai un peu passé les bornes et…

— Ne va surtout pas t'excuser, s'il te plaît, dit-elle, c'est un signe de faiblesse et tu me fais déjà suffisamment horreur. C'est toi qui m'as appris ça. Encore une chose, inspecteur, ne sois pas en retard.

Il raccrocha.

Le berger de Majorque appuya son dos sur ses jambes.

— Mon Vieux, ça va être une terrible journée, dit-il en lui caressant la tête. Je n'ai pas de boule de cristal, mais quelque chose me dit qu'aujourd'hui ça ne va pas être très calme.

Le chien lui lécha la main. Il donnait l'impression de sourire.

Il hésita à prendre le bus ou le métro, mais il opta immédiatement pour le premier. Il serait aussi bourré, les bousculades et la puanteur seraient les mêmes, mais au moins il souffrirait moins de voyager en surface. Et par la même occasion il éviterait le possible arrêt pour cause d'"incident technique". La tragédie quotidienne.

Il fit tout le trajet renfermé sur lui-même.

En descendant du bus, il entendit sonner le portable dans sa poche. Anna Bassa.

— Commissaire-chef, dit-il en prenant une rue.

— Il faut que tu arrêtes cette folie par tous les moyens, inspecteur Malart. Ça fait déjà cinq chiens empalés. Par tous les moyens. Priorité absolue, c'est clair ? Si c'est nécessaire, je te relève de toutes les autres affaires.

— Ce ne sera pas nécessaire, commissaire-chef. J'ai plusieurs suspects en ligne de mire. Je vais bientôt pouvoir te dire quelque chose de concret.

— Tu es au parc ?

— En chemin.

Anna Bassa fit une pause.

— J'attends des résultats concrets, dit-elle.

— Tu en auras, dit-il en s'arrêtant. Je te donne ma parole.

Il raccrocha. Il observa l'immeuble de la rue Alcolea. D'après ce qu'elle avait dit elle-même, Isabel Estrada devait encore être chez elle. Il appuya sur le bouton de l'interphone.

— Livraison, dit-il.

Il pénétra dans la petite entrée et gravit les marches jusqu'au quatrième étage. Il pressa le bouton de la sonnette de la deuxième porte, attendit quelques secondes. Personne. Il appuya encore. À nouveau, aucune réaction. Il approcha son oreille de la porte. Il entendit la télévision. Emilio, l'homme qui ne faisait que regarder la télé était là. Il insista. Il entendit une porte s'ouvrir, derrière lui. Une vieille femme passa la tête.

— Ils ne vous ouvriront pas, dit-elle.

Il lui montra sa plaque. La vieille femme le regarda avec méfiance.

— Isabel est sortie faire les courses. Et Emilio ne sait pas.

— Je ne comprends pas.

La vieille ouvrit un peu plus grande sa porte.

— Je veux dire qu'avec toutes ces serrures de sécurité, le pauvre Emilio ne sait pas ouvrir la porte. Je pense qu'il n'a même pas compris que la sonnette vient de sonner, dit-elle en le toisant. Vous êtes vraiment de la police ?

Milo tendit le bras pour lui montrer sa plaque de plus près.

— Je fais partie du Groupe spécial d'homicides, madame.

La femme alluma la lumière de l'entrée. Elle l'observa attentivement, ses yeux allant et venant de la plaque à son visage.

— Nous vivons une époque où l'on ne peut faire confiance à personne et avec votre dégaine…

Elle ne finit pas sa phrase. Elle ouvrit la porte complètement. Milo fronça le nez à cause de l'odeur de renfermé qui se dégagea de l'appartement.

— Vous venez pour l'affaire de Lina, bien sûr.

— Je peux vous poser deux ou trois questions ?

Elle fit doucement oui de la tête, en rajustant sa blouse au niveau du col.

— Cette famille n'a vraiment pas de chance. Vous voyez ce qui est arrivé à Emilio, il y a dix ans, et maintenant à Lina. Impossible de lutter contre les malheurs. Il faut se résigner, il n'y a rien d'autre à faire, dit-elle en faisant un signe de croix. Personne ne sait ce qui l'attend. La volonté de Dieu, vous voyez ce que je veux dire.

— Vous étiez chez vous vendredi dernier, vers huit heures du soir ?

— Je ne sors que le matin, et encore, lorsqu'il ne pleut pas. Je descends faire les courses et je rentre tout de suite après. J'habite seule, je suis veuve et sans enfants, et il n'y a pas d'ascenseur. Mes jambes ne peuvent supporter qu'une seule sortie par jour. C'est que j'ai quatre-vingt-deux ans, jeune homme.

— Vous avez entendu quelque chose de bizarre.

La vieille femme fit la grimace.

— Non, juste la télé, à fond. J'étais en train de regarder un feuilleton, un de ces films mexicains, avec des gens très méchants. Ça ne me plaît pas du tout, mais je veux toujours savoir comment ça finit. Et le son de leur télé, fit-elle en indiquant l'appartement des voisins du bout du menton, était au maximum, c'était un jeu. Moi, les jeux, ça ne me dit rien du tout, et en plus ça m'endort.

— Vous savez si un autre voisin a entendu quelque chose ?

— On n'est pas très nombreux, deux portes par palier et seulement quatre étages. Certains appartements sont vides. Il n'y a pratiquement que des vieux dans l'immeuble.

— Et vous, vous n'avez donc entendu que la télé des Estrada.

— Oui, j'ai été obligée de monter le son de la mienne. Les cloisons ne sont pas très épaisses.

Milo imagina la vieille femme. Toute seule, le téléviseur pour unique compagnie, et le malheur derrière la cloison, réveillant son instinct cancanier. Écoutant les voisins, les surveillant.

— Vous savez s'ils se disputaient ?

— Je ne suis pas une commère… pour qui vous me prenez ?

— Mais je suis sûr que de temps en temps, sans que vous cherchiez à écouter vraiment, des bribes de conversations doivent parvenir jusqu'à vos oreilles, n'est-ce pas ?

— Disons que je ne suis pas sourde, si c'est ce que vous voulez savoir. Et avec deux jeunes à la maison, on est bien obligé d'entendre certaines choses parfois.

— Je comprends tout à fait.

— Ce sont de braves enfants, n'allez pas vous imaginer des choses. Eloy est un garçon très calme, obéissant. Il travaille dans un atelier, ici, dans le quartier, rue Tenor Masini. Et Lina était la plus âgée des deux, elle voulait vivre sa vie, alors que chez elle on ne respire que le malheur, je vous l'ai déjà dit. Ce qui est arrivé à Emilio est vraiment très triste, il n'est plus que l'ombre de lui-même. Mais, c'est la vie.

— Alors, ils se disputaient.

La vieille femme arrangea à nouveau le col de sa blouse.

— Pour des bêtises, oui, sans arrêt. Et je ne veux pas faire la vaisselle, et c'est le tour d'Eloy de mettre le couvert, et j'en ai ras le bol de travailler pour rien… Moi, à sa place, je serais partie de chez moi depuis longtemps.

— Pourquoi dites-vous ça ?

— Elle était jeune, belle, intelligente, elle avait tout l'avenir devant elle. Le malheur appelle le malheur. Vous voyez bien ce qui s'est passé… dit-elle en prenant un air triomphant.

Ils entendirent la porte de la rue s'ouvrir.

— Je vous jure que je ne comprends pas ce qu'elle attendait pour s'en aller, avec un tel spectacle chez elle. Ce n'est pas bon pour les jeunes de découvrir trop tôt l'autre facette de la vie. Ça ne fait que les enfoncer. Vous ne croyez pas ? Ça leur pompe toute leur énergie.

Quelqu'un montait l'escalier, à pas lents et en traînant les pieds.

— Et vendredi après-midi, est-ce que vous avez vu Carolina sortir de l'appartement ?

— Je ne l'ai vue ni entrer ni sortir.

— Vous n'avez pas regardé par le judas ?

— Pour quoi faire ? Tiens, voilà Isabel. Chargée comme une mule, comme d'habitude.

La vieille femme sortit sur le palier pour la saluer. Tout essoufflée, Isabel se prépara à gravir, à bout de forces, la dernière volée de marches.

La voisine le poussa vers elle.

— Ne soyez pas impoli. Allez l'aider avec ses sacs !

Milo s'exécuta et les deux femmes échangèrent un bonjour au moment où Isabel introduisait la clé dans la serrure. Un instant plus tard, elles prenaient congé et Milo se retrouva dans le salon des Estrada, en train de regarder Emilio, yeux fixés sur le téléviseur.

— Vous êtes très aimable, dit Isabel en refermant la porte.

La chambre de Carolina était parfaitement rangée, chaque chose à sa place. Le lit était fait, les vêtements suspendus dans l'armoire, les dossiers empilés sur le bord de son petit bureau, les stylos réunis à l'intérieur d'un pot. Aucune photo visible. Il jeta un coup d'œil sur le dos des quelques livres qui se trouvaient sur une étagère. C'étaient tous des ouvrages de droit, pas un seul roman. Peu d'objets personnels, un ours en peluche sur l'oreiller, un panier rempli de flacons de vernis à ongles, une mappemonde avec les cinq continents accrochée au mur avec des punaises, en face du lit. Il regarda sous le sommier. Une valise de taille moyenne, avec des roulettes et une poignée télescopique pour la tirer, couleur rouge géranium.

— Elle l'a achetée en promotion, au marché, dit Isabel depuis le seuil de la porte. Je lui ai dit que c'était de l'argent gaspillé, qu'elle n'avait pas besoin d'une valise, mais ma Lina était vraiment têtue et elle n'a rien voulu entendre.

Milo se releva.

— Elle n'avait pas d'album photo ?

— Vous voyez ? Encore une des manies de ma Lina. Elle avait horreur de se faire prendre en photo. Et je me demande bien pourquoi. Elle était très photogénique, vous savez ! Mais rien à faire, elle refusait de se faire prendre en photo, et elle a réussi son coup, à part quelques-unes, lorsqu'elle était petite, avant dix ans.

Milo ouvrit l'étroite armoire à deux portes. À gauche, des robes, des vestes, des pantalons, très peu de chaque chose ; et par terre, plusieurs paires de chaussures de ville et de sport. Du côté droit, trois étagères où s'amoncelaient, de façon méthodique et parfaitement pliés, chandails, débardeurs et autres effets du même genre. De la lingerie, des mouchoirs, des chaussettes, des bas, des gants. Également très peu de chaque chose. Il referma le meuble.

— Votre fille ne dépensait pas beaucoup d'argent pour s'habiller.

— Ce n'était pas vraiment le moment, voyez-vous, dit-elle d'une voix faible.

Milo prit place à son bureau.

— Et elle n'avait pas d'ordinateur, non plus ?

Dans son dos, Isabel fit non de la tête.

— Elle disait qu'elle s'arrangeait avec ceux qui se trouvent à la bibliothèque de l'université. Et lorsqu'elle a trouvé son travail, avec celui du cabinet.

Il consulta les dossiers. Ils contenaient des notes de différentes disciplines universitaires. Écriture serrée, ronde, minuscule. Très peu de ratures. Il ouvrit les tiroirs et vérifia leur contenu. Il ne trouva rien concernant l'ambassade d'Australie. Il n'y avait pas de relevés de banque non plus, ni rien qui puisse ressembler de près ou de loin à un visa. Ni le billet d'avion.

Il se leva et indiqua la porte.
— Vous voulez bien qu'on retourne au salon ?
Ils prirent place sur le canapé fatigué. L'homme qui se trouvait devant le téléviseur ne changea pas de position. Ses yeux restèrent fixés sur l'écran. Milo réprima un frisson. Un courant d'air glacé frappait sa nuque. Il remonta le col de son blouson.
Il se racla la gorge et se frotta les mains.
Il avala la salive.
— Vous saviez que votre fille préparait un voyage ?
Le visage de la mère se transforma sous l'effet de la surprise.
— Un voyage ? Quel genre de voyage ?
La température du salon descendit de plusieurs degrés.
— D'après ce que nous savons, elle avait l'intention de quitter le pays pendant une longue période. Elle ne vous en avait pas parlé ?
La femme secoua la tête de droite à gauche.
— Ce n'est pas possible, Lina nous l'aurait dit. Un voyage ? Où ça, un voyage ? Que voulez-vous dire, une longue période ?
Milo haussa les épaules.
— Nous ne savons pas si elle avait l'intention de revenir, dit-il. Mais ce que nous avons pu vérifier, c'est qu'elle avait décidé de partir aux antipodes.
Isabel le regarda avec stupeur.
— Où est-ce que ça se trouve, ça ?
— À l'autre bout du monde. À l'endroit le plus éloigné d'ici.
Elle battit des paupières d'un air perplexe, tendit le bras et serra la main de son mari. Elle se tourna vers lui.
— Tu entends ça, Emilio ? Cet homme dit que Lina avait décidé de partir et de nous abandonner. Tu te rends compte ?
L'homme resta de marbre, sans réagir.
Milo brûlait de lui poser une question. Il hésita. Mais la curiosité eut raison de lui.
— Il ne bouge jamais, même pour aller aux toilettes ?
— Il porte des couches, répondit-elle sèchement.
Elle lui lança un regard dégoûté, hocha la tête et ajouta :
— Mais ce genre de voyage doit coûter très cher et Lina nous donnait tout son salaire. Nous… je… avec quoi allait-elle le

payer ? Aller si loin, ça doit coûter une fortune. Non, c'est une erreur, ce n'est pas possible.

Milo remarqua le subtil changement dans sa façon de nommer sa fille. À partir du moment où elle avait entendu que sa fille avait projeté de partir de chez elle, probablement pour ne jamais y retourner, le "ma" Lina, affectueux et familial du début, avait laissé place à un Lina, tout court, sans possessif. Il plaignit cette pauvre jeune fille. Personne ne méritait un tel brusque retournement de loyauté. Et surtout de la part de sa mère.

Il se racla la gorge.

— Vous savez si elle avait un autre travail ?

La femme écarquilla les yeux.

— Et quand ? Elle n'aurait pas eu le temps ! Elle n'arrêtait pas : les études, son emploi au cabinet, elle était toujours en train de courir d'un côté, de l'autre. Lina était une bonne fille, elle nous donnait tout son salaire.

— Il lui restait les week-ends, non ?

— Mais de quel genre de travail voulez-vous parler ? Vous faites fausse route, je vous assure !

Elle se leva hors d'elle, fit quelques pas. Soudain elle s'arrêta et lui fit face.

— Qu'est-ce que vous essayez d'insinuer ?

Milo se redressa. D'une voix monocorde, il lui expliqua qu'il s'agissait juste de questions de routine, comme dans n'importe quelle enquête.

— Balivernes ! hurla-t-elle. Cette histoire de voyage, qu'elle voulait s'en aller, c'est un mensonge ! Une de vos inventions à la noix !

— Calmez-vous, madame. Vous avez quelquefois fouillé dans son sac ?

— Mais pour qui me prenez-vous. Je vous laisse rentrer chez moi, fouiller sa chambre, et c'est comme ça que vous me remerciez ? Sortez immédiatement d'ici !

Milo se dirigea vers la porte, tout penaud. Il était clair que, sur les courtes distances, il était vraiment nul. Il retira la chaînette de sécurité, déplaça le loquet et ouvrit la porte.

Elle la referma avec un vacarme à en faire trembler les cloisons.

Persuadé que la voisine était en train d'espionner derrière son judas, il lui fit un petit salut de la main. Et, tandis que Mme Estrada continuait à se soulager en hurlant à l'intérieur de son appartement, il se dirigea vers l'escalier et commença à descendre. Il maudit le fait de ne pas savoir s'y prendre dans ce genre de situation. Sa spécialité était de rester toujours en arrière-plan. C'est en atteignant le deuxième palier qu'il comprit qu'il ne pouvait pas se passer de la sous-inspectrice Mercader. Il pressa le pas. Et à peine dans la rue, inspira une grande bouffée d'air frais.

Il descendit de l'autobus et marcha rapidement en direction de la Cité de la justice, le grand complexe de huit bâtiments où étaient réunis la plupart des services juridiques de la ville. Il aperçut Rebeca en haut de l'escalier de l'entrée. Elle avait l'air furieux.

Il saisit son téléphone, appela le sergent et alla à la rencontre de la sous-inspectrice.

Il la salua d'un geste en même temps qu'il portait son index verticalement au niveau de ses lèvres.

— Toni, j'ai encore des devoirs pour toi. Cherche dans les archives les délinquants et les assassins qui ont le même *modus operandi* que celui utilisé pour Carolina Estrada et Lorenzo Puig.

— C'est exactement ce que je suis en train de faire, inspecteur. Hier, le chef Singla m'a déjà demandé la même chose.

Milo arqua les sourcils.

— J'ai aussi fini d'analyser les enregistrements du métro.

Il écarta le téléphone de son oreille pour que la sous-inspectrice puisse également entendre.

— Ni les caméras de la station de Les Corts, ni celles des rames qui circulaient à cette heure-là sur la ligne verte, n'ont enregistré d'individu avec un beagle dans ses bras. Et je n'ai repéré personne correspondant à la description que tu m'as faite.

— Il est donc parti à pied.

— Ou alors il a pris l'autobus, intervint Rebeca.

— Il peut aussi habiter tout près, dit Crespo.

— Ou loin, mais il refuse de dépenser de l'argent pour s'acheter un carnet de tickets. Ce n'est pas du tout bon marché, depuis la dernière augmentation.

— Ou alors il est suffisamment intelligent pour penser aux caméras du métro, proposa-t-elle.

Milo demeura silencieux pendant plusieurs secondes.

— Non, je dirais plutôt qu'il improvise au fur et à mesure, ajouta-t-il à voix basse. Mes tripes me disent que ce n'est pas une question d'intelligence.

Rebeca leva les yeux au ciel tout en faisant une grimace.

— Tu as pu tirer quelque chose des caméras qui se trouvent à l'angle de la rue Urgel et de l'avenue de Roma, près de l'endroit où on a trouvé le chien embroché, ce matin ?

— Les images sont très floues, sous-inspectrice. On voit un type sous un parapluie traverser le passage piéton en direction du parc, portant quelque chose sur son épaule, qui ressemble à un sac noir. Puis il disparaît soudain de l'angle des caméras.

— Il était habillé comment ?

— Des vêtements foncés, mais tout est extrêmement confus, je vous l'ai déjà dit. On ne voit son visage à aucun moment.

— Et son gabarit ?

— Costaud, mais je ne peux pas être formel.

— Tu as pu voir ses chaussures ? dit Milo.

— Toi et ta manie des chaussures ! s'exclama Rebeca excédée.

— Des chaussures noires, ou des bottines, dit le sergent. On ne voit pratiquement rien, se plaignit-il avant d'observer un court silence. Je corrige un détail. Sous le parapluie, on distinguait le bas d'un manteau trois quarts, un poil plus clair que les pantalons.

— Ça pourrait être une grosse veste marron foncé ?

— Ça pourrait, oui.

Rebeca et Milo échangèrent un regard.

— Le type au bouquet de fleurs ? dit Rebeca.

— Qui sait, murmura-t-il. Sergent, j'ai encore besoin d'autre chose, il s'agit également de caméras. Vérifie celles qui se trouvent à l'angle des rues Rosari et Nena Casas, je voudrais savoir qui s'est rendu à la villa moderniste mercredi dernier, entre neuf heures et dix heures du soir. Vérifie les plaques minéralogiques des voitures qui sont entrées chez Elías Margarit. Ça ne va pas être facile, je ne sais même pas s'il y a des caméras dans le secteur.

— Dans le quartier de Tres Torres ? Il y a en tout cas des tas de caméras privées, ça c'est sûr. Je vais voir ce que je peux faire, ce n'est pas si difficile de hacker un terminal.

— C'est bien pour ça que je n'ai pas d'ordinateur à la maison.

— Tu ne navigues pas ?

— Je me contente de nager.

Ils raccrochèrent.

— Ton ex-beau-père ? demanda Rebeca. Tu crois qu'il est mouillé dans l'affaire ?

— Cet homme est mouillé dans toutes les affaires. Et c'est encore mon beau-père, Mercader. Irene et moi sommes juste séparés, dit-il en pointant son doigt sur un des bâtiments du complexe. On y va ? Je ne voudrais pas faire attendre le juge.

Milo commença à marcher.

Rebeca lui emboîta le pas les bras au ciel, conjurant les éléments.

— Tu as un de ces culots ! fit-elle. Je n'ai pas oublié que tu es arrivé en retard. Ton truc de l'appel téléphonique n'a pas marché, si tu veux savoir.

— Rien ne t'échappe, sous-inspectrice. Je suis sûr que tu ne vas pas me croire : ce matin, j'ai vraiment regretté que tu ne sois pas avec moi.

19

Les bureaux des différents juges d'instruction étaient distribués à gauche et à droite du vaste couloir. Vers le milieu, Milo dit à Rebeca qu'il voulait d'abord aller saluer une personne.

— Juste une minute.

Ils pénétrèrent dans une pièce qui faisait office d'antichambre.

Assise à un bureau, la secrétaire de la juge Cabot avait la tête penchée sur un épais dossier. Avant qu'elle n'ait eu le temps de lever les yeux, Milo s'approcha d'elle sans faire de bruit.

— Désolé pour le retard, mais la juge m'attend.

— Inspecteur Malart! s'exclama-t-elle en écarquillant les yeux.

Elle se leva d'un bond, fit le tour de son bureau en arrangeant son chignon et l'embrassa.

— Voilà longtemps qu'on ne vous voit pas par ici!

Gêné devant cette démonstration de joie spontanée, et sans trop savoir que faire, Milo lui donna plusieurs petites tapes sur l'épaule.

— Je ne voulais pas troubler la paix de votre sanctuaire.

Elle s'écarta, l'attrapa par les épaules et adopta un air sévère.

— Mon Dieu, ne dites pas de choses pareilles! Depuis ce que vous avez fait pour nous, vous serez toujours reçu comme un roi.

Milo sourit. Autour de la cinquantaine, de petite taille et visage aux traits aigus comme un professeur du XIXe siècle, Alba Conte ne s'était pas toujours montrée aussi aimable envers lui. Plusieurs mois en arrière, chaque fois qu'il se présentait pour rendre visite à la juge sans avoir pris préalablement un rendez-vous ou qu'il était en retard, la femme le réprimandait durement, défendant à cor et à cri, comme un cerbère invincible, la porte du bureau de Susana Cabot et son agenda toujours copieusement rempli. Mais après le bouclage de l'affaire du Bourreau de Gaudí, toutes les aspérités de leur relation furent limées et, depuis, il n'était pas retourné dans son domaine.

Elle le lâcha et lui indiqua la montagne de dossiers sur son bureau.

— Comme vous le voyez, nous sommes fidèles au poste, toujours saturés de travail, dit-elle, puis elle ajouta à voix basse : Le remplaçant de la juge n'est pas aussi efficace.

Milo lui adressa un large sourire. Pour Mme Conte, aucun remplaçant de la juge ne lui arriverait jamais à la cheville. Elle avait une véritable dévotion envers elle, une fidélité sans faille.

— J'ai rendez-vous avec le juge Losada, et je ne voulais pas passer par ici sans venir vous saluer. Vous avez l'air rayonnante.

La femme arrangea une nouvelle fois son chignon.

— Ne soyez pas si flatteur, inspecteur. Vous savez bien que vos trucs ne fonctionnent pas avec moi. Vous connaissez la grande nouvelle ?

Il fit non de la tête.

— La juge Cabot revient dans trois semaines ! Cette attente de plusieurs mois n'en finit plus.

Milo fit la grimace.

— Vous n'étiez pas au courant, interpréta la secrétaire.

— Ça fait longtemps que je n'ai pas discuté avec elle. Chaque fois que je me dis que je vais l'appeler, j'ai une urgence et puis j'oublie de le faire. Je vous promets de lui téléphoner un de ces jours, dit-il tandis que Rebeca le regardait d'un air étonné. Mais c'est une très bonne nouvelle, ça signifie que son rétablissement a le vent en poupe. Bien, je ne vous dérange pas davantage, nous sommes déjà très en retard.

— En parlant de retard, dit Alba Conte qui se dirigea vers son bureau pour ouvrir le dernier tiroir, d'où elle tira un paquet entouré d'un ruban. C'est pour vous, une petite attention, de la part de tout le service. Je l'avais mise de côté pour vous la remettre le jour où vous passeriez par ici.

Intimidé, Milo saisit le paquet.

— Ne soyez pas timide, inspecteur.

C'était une montre fantaisie, avec un bracelet bleu en plastique et le visage d'Homer Simpson sur le cadran.

— Je ne sais que dire.

— Eh bien ne dites rien et sauvez-vous, vous n'avez désormais plus d'excuse pour faire attendre qui que ce soit, dit-elle avec un petit sourire narquois en pointant son doigt sur la montre. Le bureau du juge Losada se trouve à droite en sortant d'ici, puis tout droit dans le couloir, c'est la sixième porte.

Elle l'embrassa à nouveau et ils prirent congé.

Ils longèrent le vaste couloir.

— Je ne comprends pas comment il est possible que tu aies des amis, dit Rebeca. Je te jure, pour moi, c'est un mystère.

Milo jeta le papier cadeau dans une corbeille à papier et rangea la montre dans son blouson sans faire de commentaires. Quelques portes plus loin, ils pénétrèrent dans une antichambre identique à celle qu'ils venaient de quitter. Sauf que le bureau du secrétaire n'était pas couvert de dossiers.

L'homme leva les yeux vers eux.

— Inspecteur Malart et sous-inspectrice Mercader, dit Rebeca. Nous avons rendez-vous avec le juge Losada.

Le secrétaire décrocha le téléphone. Il engagea une brève conversation. Après avoir acquiescé à plusieurs reprises, il replaça soigneusement le combiné sur son support. Il leur indiqua les chaises.

— Asseyez-vous, je vous en prie, le juge va vous recevoir dans quelques minutes.

Ils prirent place sur un siège.

Après un quart d'heure d'attente, Milo commença à rouspéter à voix basse.

— Ce juge est un rancunier. Susana Cabot m'avait prévenu. Il va nous faire perdre toute la matinée. Et tout ça pour cinq misérables minutes de retard.

Rebeca le regarda à nouveau avec étonnement.

Elle eut envie de lui poser une question, cependant elle dit :

— C'est dur de supporter ses propres travers, hein !

La sous-inspectrice Mercader fit un compte rendu complet au juge Losada de tout ce qu'ils avaient trouvé, ainsi que des progrès qu'ils avaient faits. Ensuite, elle se redressa sur son siège et, regardant Milo du coin de l'œil, expliqua :

— À propos de l'assassinat de Carolina Estrada, nous ne voyons pas encore très bien quel est le mobile pour lequel elle a été assassinée. Nous avons pu vérifier qu'elle était sortie du cabinet à sept heures du soir, qu'elle était passée ensuite chez elle pour changer de sac, et qu'elle était à nouveau sortie vers huit heures, d'après les déclarations de sa mère. Et à partir de ce moment-là, on perd complètement sa piste. Elle aurait dû arriver sur les lieux de son autre travail vers neuf heures, comme nous l'a dit sa camarade de… d'appartement. Il n'y a aucun témoin pendant cet intervalle d'une heure.

Le juge se vautra dans son confortable fauteuil inclinable. Après quelques secondes de réflexion, il se pencha en avant et posa ses bras sur le bureau, joignant le bout de ses doigts.

— Vu les activités que pratiquait cette jeune femme, et la double vie qu'elle menait en cachette de ses parents, elle aurait pu être capable de n'importe quoi, y compris de faire chanter un de ses clients, ce qui constituerait un mobile de premier choix, vous n'allez pas dire le contraire.

Le siège de Milo semblait être soudain devenu tout brûlant.

— Monsieur le juge, objecta-t-il, elle ne recevait que des habitués et aucun d'eux ne l'a laissée tomber. Ça n'a aucun sens. Par ailleurs, l'une comme l'autre utilisaient sa clientèle pour faire la publicité de leurs services et ainsi faire grossir leur portefeuille, dit-il en secouant la tête. Nous avons écarté ce mobile.

Rebeca se racla la gorge.

— Mais ce dont nous sommes raisonnablement sûrs, c'est que Carolina Estrada est liée d'une façon ou d'une autre à la mort de la deuxième victime. Comme vous le diriez vous-même, elle aurait pu avoir un mobile, les moyens et une opportunité.

Elle lui expliqua son hypothèse.

— L'argent a pu réveiller sa convoitise et aussi lui permettre de payer un complice pour accomplir la sale besogne.

Milo fit non de la tête.

— Tu te trompes sur toute la ligne.

— Vous pensez à sa colocataire ? demanda le juge.

— Voyons, si je compte bien, dit Milo, ces deux jeunes femmes gagnent chacune environ soixante-dix mille euros net par an, peut-être même quatre-vingt mille, plus ou moins votre salaire et une partie du mien. Pourquoi se seraient-elles compliqué la vie pour quarante mille euros à partager en deux ? Quarante-quatre mille, pour être précis. C'est absurde.

— Oui, mais je te rappelle que Carolina Estrada avait entrepris cette activité il y a à peine cinq ou six mois, répliqua Rebeca. Ses économies s'élevaient à un peu plus de vingt-cinq mille euros. Elle a pu envisager de les doubler ou de les tripler d'un seul coup.

Milo se tortilla à nouveau sur son siège.

— Carolina avait un rêve, fuir à Sydney. Se débarrasser de sa famille, de ce pays en ruine. Se construire un avenir très loin d'ici, aux antipodes. Et elle avait trouvé un moyen d'y parvenir.

Il fit une pause, pensa à la jeune femme, à sa hâte de partir, de fuir l'atmosphère de chez elle, l'étroitesse d'esprit, la mauvaise humeur, la misère, l'odeur nauséabonde, les disputes avec sa mère. Il était persuadé qu'elle regrettait de devoir abandonner son frère, mais elle avait déjà appris à contrôler ses émotions, à garder la tête froide et à être mentalement solide.

— À sa place, j'aurais fait la même chose.

— Mais tout ça a un prix, dit Rebeca. Et pour y parvenir, elle a accepté la proposition de sa camarade. Un travail dégradant. Que pouvait-elle faire d'autre pour accélérer les choses ? Inspecteur, à sa place, toi aussi tu serais capable de tuer pour réaliser ton rêve ?

Milo inspira profondément. Il se mordit les lèvres.

La sous-inspectrice Mercader se tourna vers le juge.

— Voyez-vous, tout à l'heure, vous n'étiez pas si loin que ça. En fait, l'inspecteur-chef Singla a donné l'ordre de mener une enquête sur tous les contacts de la jeune universitaire.

Le juge Losada les observa l'un après l'autre.

— Je suis ravi de l'apprendre, dit-il en ajustant ses lunettes aux branches couleur citrouille. Donc, je peux en conclure que vous êtes convaincus que la mort de cette jeune femme et celle de Lorenzo Puig sont liées, n'est-ce pas ?

— Non, dit Milo.

— Oui, répondit Rebeca.

Le juge se redressa en levant les mains en l'air.

— Je vous serais très reconnaissant de vous mettre d'accord une fois pour toutes.

— Nous suivons des pistes parallèles, dit Rebeca, en attendant d'écarter celle qui se révélera erronée. L'une est basée sur des intuitions. Et l'autre est étayée par des preuves.

— Je vois, dit-il en faisant un signe vers Milo. Et vous, vous êtes celui qui imagine, je me trompe ?

— Monsieur le juge, je me contente d'additionner des indices. Si Carolina a eu un complice, pourquoi celui-ci a-t-il tué Lorenzo Puig puisqu'il voulait juste lui voler son argent ? Je vous rappelle qu'il n'y avait pas de traces de lutte. Indice n° 1. Indice n° 2 : pour quelle raison l'a-t-il tuée elle également. Pour garder tout l'argent ? Il se trouve que les morts des deux victimes se sont plus ou moins produites à la même heure, et même si ce n'est pas encore confirmé, pour l'instant il semblerait que la jeune femme soit morte avant l'avocat, alors que le complice n'avait pas encore récupéré le butin. Indice n° 3 : peut-être a-t-elle voulu empêcher le vol ? A-t-elle eu soudain des remords ? Non, il y a pas mal d'éléments qui ne cadrent pas. “Un indice est un indice, deux indices font deux indices, trois indices constituent une preuve.”

— Balivernes, dit Rebeca.

— Je suis d'accord avec la sous-inspectrice.

Milo se racla la gorge.

— Ce n'est pas moi qui le dis. C'est une citation de Socrate.

Le silence s'abattit sur le bureau.

— Un simple détail suffit à faire tomber ta prétendue preuve, dit Rebeca. Le complice n'était pas un professionnel. C'est elle qui a organisé le vol, mais le type était un amateur. Il s'est laissé aller. Tu l'as dit toi-même, l'ordre des morts n'a pas été confirmé. Il a assassiné la jeune femme pour la faire taire et au passage il a gardé tout le fric. “Il faut camoufler les crimes derrière d'autres crimes.” C'est une citation de Sénèque. Fin de l'histoire.

Milo la regarda dans les yeux.

— Ou alors, ils ont tué l'avocat pour le faire taire. Voilà le vrai mobile. Et Carolina Estrada n'a rien à voir dans tout ça.

Le juge applaudit de façon affectée.

— Je m'amuse beaucoup avec vous, mais cette discussion commence à devenir quelque peu byzantine. D'après ce que j'entends, tout cela se borne à déterminer si l'assaillant était un professionnel ou pas, dit-il, puis il s'adressa à Milo : D'après vous, si l'objectif était de tuer l'avocat, l'argent serait resté chez lui. Vous l'avez trouvé ?

Milo battit des paupières, déconcerté.

— Nous n'avons pas fouillé l'appartement, dit Rebeca. Tout était parfaitement rangé et nous avons supposé que…

Elle se leva.

— Vous permettez que je passe un coup de fil rapide ?

Le juge acquiesça. Tandis qu'elle s'éloignait de quelques mètres avec son portable pour étudier la question avec l'inspecteur Sena, le juge s'adossa confortablement à son fauteuil et posa une question à Milo.

— Vu que la victime était un homosexuel et la position dans laquelle nous avons retrouvé son corps, est-ce que vous avez tenu compte du fait qu'il pouvait également s'agir d'un crime passionnel ?

— Monsieur le juge, les élites ne se laissent pas guider par la passion, mais plutôt par leur intérêt. Je parie que Lorenzo Puig n'avait des rapports qu'avec des personnes de la haute société. L'argent appelle l'argent, dit-il en penchant la tête sur le côté. Vous êtes expert en paris, monsieur le juge ?

La sous-inspectrice Mercader vint se rasseoir sur sa chaise.

— Non, personne n'a perquisitionné l'appartement.

Sans cesser de fixer Milo, le juge arqua les sourcils.

— Eh bien moi, je commencerais par là, dit-il. Ça ne coûte rien de vérifier si l'argent se trouve toujours au domicile de la victime. Après avoir répondu à cette question, nous pourrons dire s'il s'agissait d'un vol d'amateur ou d'un assassinat.

Milo et Rebeca se redressèrent.

— Avant de conclure la réunion, dit le juge, il nous faut régler un petit détail. J'ai entendu parler d'une chose qui me chiffonne. C'est une question délicate, mais je suis sûr que vous allez aisément comprendre le problème. Nous traversons une période plutôt trouble, avec de temps à autre de gros titres très pernicieux dans les magazines, dénonçant de supposées accointances entre politiques et financiers.

Il se leva, fit le tour du bureau et vint se placer entre eux deux.

— Il est inutile d'attiser davantage les braises, aussi je vous le dirai sans détour : interdit de toucher aux personnes qui participent à ces innocentes parties de poker. Sous aucun prétexte, s'il n'existe pas de preuve formelle contre eux, et il n'en existe et n'en existera pas. Ai-je été suffisamment clair ?

Il posa une main sur les épaules de chacun et les guida vers la porte.

— Pour qui est-ce inutile ? demanda Milo d'une voix monocorde.

— Inspecteur, je peux être aussi cordial que ma chère collègue Cabot, et même davantage, mais je suis absolument implacable avec les gens qui me désobéissent.

Milo s'arrêta.

— Vous me menacez ?

— Prenez-le comme vous voudrez. Moi, je n'écarterais pas si vite l'éventualité d'un crime passionnel. Et à présent, si vous voulez bien m'excuser…

Il ouvrit la porte et ils sortirent. Milo se retourna.

— Vous dites ça par expérience, bien sûr.

— À quoi faites-vous allusion ?

— À rien de particulier, j'étais juste en train de faire jouer mon imagination.

Lorsqu'ils quittèrent le bâtiment, la pluie avait violemment repris. Rebeca se rendit immédiatement à l'arrêt de taxis. Avant que Milo n'ait le temps de protester, elle ouvrit la porte du véhicule en tête de la file.

— Pas de problème, c'est moi qui paie.

Elle demanda au chauffeur de les conduire à l'angle de la Travessera de les Corts et de la rue Numancia. Puis elle tourna la tête vers la vitre.

— Un vrai temps de chien, hein ? dit le chauffeur.

— Ce qui m'emmerde, c'est que tu mélanges tes affaires personnelles et les affaires professionnelles. Tu t'opposes à moi, non pas parce que tu n'es pas d'accord avec ce que je pense, mais parce que tu ne supportes pas d'être d'accord avec quelqu'un.

— Je n'ai rien entendu, dit Rebeca sans le regarder. Je ne vais même pas me déranger pour répondre à tes conneries.

— Avec ce froid, on n'a même pas envie de sortir de la maison, commenta le chauffeur de taxi. Et cette pluie qui n'arrête pas… nom d'un chien.

— On pourrait au moins sauver les apparences, dit Milo. Nous avons une affaire à résoudre.

— Nous avons ? Je pensais que tu enquêtais tout seul.

Ils circulèrent un instant en silence, pendant que le chauffeur les observait sans arrêt dans le rétroviseur. La circulation était dense.

— Mais toute cette eau… c'est bon pour les cultures, dit-il.

— Je ne t'imaginais pas en train de lire Sénèque. Tu es plutôt genre Stan Lee, toi.

La sous-inspectrice le fixa méchamment dans les yeux.

— Si le complice de cette jeune femme n'a pas fouillé l'appartement, c'est parce qu'il a réussi à faire dire à Lorenzo Puig où se trouvait l'argent.

— Et vas-y… enfonce le clou !

Ils détournèrent le regard vers leurs vitres respectives.

— Vous avez lu cette histoire à propos des patrons d'une boîte ? dit le chauffeur. Ils ont détourné trente millions d'euros. On finit par leur faire avouer le vol. Et que fait la justice ? Elle les laisse libres à condition qu'ils rendent leur butin. Ça coûte pas bien cher de voler quand on est de la haute. Vous avez vu ça ? Ces types sont intouchables. Y a de quoi envoyer tous ces juges se faire foutre.

Milo revint à la charge.

— Et en plus tu es une lèche-cul. Et vas-y… avec ta brosse à reluire : "Comme vous le diriez vous-même", "Voyez-vous, tout à l'heure, vous n'étiez pas si loin que ça", fit-il en imitant sa voix de fausset. Tu es en train de tomber bien bas, sous-inspectrice.

— Et ton antenne parabolique alors ? Tu n'arrives plus à communiquer avec les assassins ? Tu devrais aller la faire réparer, inspecteur. Au fait, c'est qui ce Stan Lee ? Sérieusement, elle ne fonctionne plus.

En arrivant au lieu indiqué, le taxi freina d'un coup sec. Pendant qu'elle payait la course, Milo se dépêcha de descendre.

Elle le rattrapa au moment où il allait entrer dans le hall de l'immeuble.

— Tout ça n'est qu'une lamentable perte de temps.

— Ce gars était un assassin, pas un voleur, dit Milo. L'argent se trouve toujours dans l'appartement. Nous n'avons tout simplement pas eu l'idée de le chercher. Personne n'y a pensé.

Rebeca leva les bras, exaspérée.

— Maintenant, c'est clair, on ne pense pas la même chose. Montons vérifier.

Le concierge leur ouvrit la porte. En guise de salut, il porta sa main à sa tempe de manière affectée.

— Encore vous ?

Lorsqu'il aperçut les visages renfrognés de l'un et de l'autre il sortit.

— Bon, je vais déjeuner, il se fait tard, dit-il en prenant congé avec un nouveau salut militaire.

Milo et Rebeca pénétrèrent dans le hall.

Le téléphone portable de Milo se mit à sonner. Un numéro inconnu. Il s'arrêta.

— Oui.

Elle continua à avancer vers le fond à droite, où elle tourna pour se diriger vers l'ascenseur.

— Vous êtes le frère de Hugo Malart ?

Son cœur se serra brusquement.

— Qu'est-ce qu'il se passe ? demanda Milo.

— Je vous appelle depuis l'hôpital psychiatrique. Votre frère s'est échappé de l'infirmerie, où nous l'avions admis après qu'il s'était mutilé.

— Il est blessé ?

— Juste des coupures aux bras, importantes mais superficielles.

Il le remercia pour son appel et raccrocha.

— Tu viens ou quoi ? dit Rebeca en passant la tête.

Milo s'approcha.

— Je dois te laisser, raisons personnelles.

— Pas de problème, je peux me débrouiller toute seule.

— Il vaudrait mieux te faire accompagner par Sena et Boada, non ?

Elle soupira, contrariée.

— Bon, d'accord, vas-y toute seule. Et souviens-toi : ne cherche pas, trouve.

— Putain, on dirait que c'est la première fois que je mène une perquisition.

Milo fit demi-tour. Il s'arrêta, l'appela en criant.

— Quoi encore ? dit-elle en passant à nouveau la tête.

— Tout à l'heure, je risque d'avoir besoin d'une voiture. Tu me prêtes la tienne ou je me débrouille tout seul ?

— C'est pour quelque chose d'important ?

— Tu me la prêtes oui ou non ?

Elle s'aperçut qu'il était tendu, nerveux. Sur le point de craquer.

— Débrouille-toi, dit Rebeca, et elle disparut.

Le taxi le laissa à l'angle des rues Aragon et Enrique Granados, devant le bâtiment des impôts. Il n'eut pas besoin de chercher bien longtemps. Hugo se trouvait dans le parc, il était assis sur son banc habituel, tout seul, se balançant d'avant en arrière, sous la pluie.

Il s'appuya un instant contre le palmier. Ensuite il alla jusqu'à lui.

Il s'assit à ses côtés. Ils demeurèrent deux minutes silencieux.

— J'aime bien ton chien, dit Hugo, la voix pâteuse. Tu n'es pas venu avec ton chien ? demanda-t-il, puis il se tut un instant. J'aime bien ton chien.

— Ne me fais pas ça, Hugo.

Son portable sonna à nouveau. Rebeca. Il le laissa sonner plusieurs fois. Puis il décida de répondre à son appel.

— Oui.

— Tu avais raison, l'argent était dans l'appartement. Je l'ai retrouvé.

Elle avait malgré tout dit cela d'un ton fier.

— Dans le meuble framboise, ce n'était pas difficile. Dans une boîte imitant des dos de CD, au milieu d'une rangée de vrais CD. J'ai la boîte devant moi. Et elle contient autre chose, tu ne devineras jamais quoi.

Elle attendit un commentaire de sa part, mais il ne dit rien.

— D'accord, des clés USB. Plus d'une dizaine de…

Silence.

— Mercader ?

Il entendit un bruit sourd à l'autre bout de la ligne.

Il identifia immédiatement ce que c'était. Un portable qui tombait par terre.

— Rebeca !

Il entendit un autre genre de bruits. Des râles, des grognements, un nouveau coup, lourd cette fois. Et tout de suite après, la communication fut coupée.

— Putain de merde ! s'exclama-t-il en même temps qu'il cherchait à toute vitesse le numéro de Singla.

L'inspecteur-chef décrocha à la deuxième sonnerie. Il lui expliqua rapidement la situation. Il raccrocha. Trois patrouilles fonçaient déjà au secours de Rebeca, ainsi qu'une unité des urgences médicales.

À côté de lui, très loin de tout ça, comme dans un autre monde, une voix résonna soudain.

— J'aime bien ton chien. Pourquoi est-ce que je ne vois pas ton chien ?

20

Dans un premier temps, il pensa à appeler des agents pour qu'ils s'occupent eux-mêmes de ramener son frère chez lui. Mais il craignit que les uniformes n'indisposent Hugo et compliquent davantage les choses. S'arrangeant pour paraître calme, il le fit se lever du banc, lui passa le bras autour du cou et le guida jusqu'au passage piéton.

— On rentre à la maison, Hugo. Sara va te soigner.

— Sara, oui.

Ils descendirent par la rue Enrique Granados à une lenteur désespérante. Hugo, le pas mal assuré, en boitant ; Milo maintenant le téléphone à l'oreille, regardant par terre en même temps que Sena lui donnait des nouvelles.

— Elle est inconsciente, mais elle respire. Le service des urgences médicales l'a conduite à l'Hospital del Mar. Un type a tenté de l'étrangler.

L'inspecteur Sena mit une main sur le téléphone. Sa voix était soudain amortie. Il parlait avec quelqu'un.

— Merde, Sena, hurla Milo.

— C'était Boada, putain, il faut toujours lui répéter les mêmes choses. Je m'en suis débarrassé en lui demandant d'aller vérifier avec d'autres agents si un voisin de l'immeuble n'aurait pas vu l'agresseur.

Il serra son portable presque au point de l'écraser dans sa main, les articulations devenant toutes blanches.

— Je n'en ai rien à foutre de Boada. Explique-moi ce qui s'est passé.

— D'après les premières constatations, elle a été attaquée

par-derrière. Elle se trouvait juste, de dos, devant le comptoir de la cuisine. La porte était restée ouverte.

— Elle ne l'a pas vu venir.

— Non, tu connais Mercader. Elle est capable de repousser n'importe quelle attaque. L'individu a fait irruption dans l'appartement, il a franchi en deux enjambées la distance qui le séparait d'elle et il l'a agressée. D'après les secouristes, elle a vraiment failli y passer. On suppose qu'il a entendu du bruit dans le couloir, une porte claquer ou des voix, il a pris peur, il l'a lâchée et a immédiatement disparu.

Milo fit arrêter Hugo devant un feu rouge.

— En emportant la boîte imitant des dos de CD, je suppose. Tu as retrouvé des empreintes ?

— Des traces de pas, pointure 45. On attend les conclusions des gars de la scientifique pour en être sûrs, mais on dirait bien qu'elles sont identiques à celles qu'on a retrouvées hier dans l'appartement. C'est le même individu, Malart.

Ils traversèrent la rue. La pluie frappait le téléphone.

— Ce que je ne comprends pas, c'est pourquoi il a attendu jusqu'à aujourd'hui pour venir chercher l'argent, expliqua l'inspecteur Sena.

— Qu'est-ce que tu dis ?

— Je dis que s'il a attaqué l'avocat vendredi, pourquoi il a mis cinq jours pour récupérer le fric ? C'est déjà bizarre qu'il ne l'ait pas piqué après l'avoir étranglé, mais ça l'est encore plus d'avoir attendu tout ce temps.

Milo demeura silencieux. Il n'y avait qu'une seule explication : il attendait un ordre. Et la seule personne qui pouvait le lui donner était morte : Carolina Estrada. Il s'arrêta au milieu de la place et ferma les yeux : il s'était trompé sur toute la ligne.

— Le cadavre n'a été découvert qu'hier mardi, insista Sena. Il a donc eu la voie libre tout le week-end, pas de concierge, pas d'agents. Il avait juste à forcer la porte. Mais non, l'individu a attendu jusqu'à aujourd'hui mercredi, alors que le concierge est là et juste le moment où la police se trouve dans l'appartement.

— Le concierge était allé déjeuner, dit Milo.

Il imagina la scène. L'individu devait attendre dehors qu'il aille manger. Il les aperçoit dans l'entrée, il voit aussi le concierge leur faire un salut militaire et prendre congé de la même façon. Deux policiers. L'un d'eux sort au bout de quelques minutes. L'autre reste seul. La femme. Il lui fallait agir avant qu'elle ne trouve l'argent. C'était sa dernière chance.

— Merde.

— Je veux voir ton chien, dit Hugo. J'aime ton chien.

Ils finirent de traverser la place Universidad.

— Malart, je dois te laisser, dit Sena. Les gars de la DPC sont là.

Il raccrocha.

Sans lâcher son frère, il fit un autre numéro. Il expliqua à Sara ce qui s'était passé. Qu'il lui faudrait s'occuper de Hugo pendant quelques jours. Il termina en lui disant qu'il était avec son mari, juste devant chez elle.

— Tu peux venir le chercher ?

Il rangea le portable, leva la tête, observa le balcon du quatrième étage, appartement n° 3. Le foyer de sa famille, où il avait vécu ses premières années. Et où il était retourné ensuite pour être témoin avec Hugo de la déchéance de son père. Hugo était resté six ans seul avec lui. Coups de ceinturon, une impression de menace permanente. C'est Hugo qui avait tiré le mauvais numéro. Il était en dette envers lui. Cet appartement n'avait jamais été un vrai foyer.

— J'aime beaucoup ton chien.

Il se planta en face de son frère, le saisit par les épaules.

— Hugo, si jamais tu frappes encore une fois Sara, je te fais enfermer dans un hôpital psychiatrique. Tu as bien compris ?

Son frère le regarda d'un air absent.

— Dernier avertissement. Tu entends ? Je parle sérieusement, insista Milo.

Une étincelle de crainte traversa le regard de Hugo.

Il secoua la tête.

— Non, pas l'hôpital psychiatrique. On n'en sort jamais.

— Pas d'alcool. Et tu prends régulièrement tes médicaments. Ré-gu-liè-re-ment.

Hugo acquiesça mollement du menton.

— Promets-le-moi, dit-il la voix pâteuse.

— Seulement si tu me jures de ne plus frapper Sara.

— Je le jure. Maintenant c'est ton tour. Jure-le-moi.

Milo fit oui de la tête.
— Donne-moi ta parole.
La porte d'entrée de l'immeuble s'ouvrit et Sara apparut, toute pâle, rachitique. Ils discutèrent un instant. Hugo se laissa guider docilement par sa femme.
Avant de passer la porte, il se tourna vers lui.
— Je veux ta parole.
— Je te donne ma parole.
Sara et Milo échangèrent un regard.
Il vit son inquiétude. La peur.
— Tout ira bien, dit Milo. On reste en contact.
La porte se referma.
Il leva la main pour arrêter un taxi. Il lui demanda de le conduire à l'Hospital del Mar.
— À fond la caisse !
Il tira le portable de sa poche et appela le sergent Crespo.

Il traversa le rez-de-chaussée de l'hôpital au pas de course en direction du comptoir de réception. Mais il aperçut l'inspecteur-chef Singla, alors il ralentit d'un seul coup et s'approcha de lui.
— Mercader va bien, elle a repris conscience, elle est encore aux urgences. Ils vont la transférer dans une chambre.
Milo laissa échapper un soupir de soulagement.
— Il faut qu'on parle tous les deux, ajouta Singla.
— Plus tard, chef, si vous voulez bien. D'abord, il faut que je reprenne un peu mes esprits.
Il se laissa choir sur un siège, respira profondément, ensuite il se pencha en avant, posa ses coudes sur ses jambes, se tortillant les mains. Incapable de se calmer, il se releva.
— Je ne supporte pas les hôpitaux, dit-il.
Singla pointa son doigt sur le distributeur automatique de boissons contre le mur.
— Viens, je t'offre un café.
L'attente leur parut interminable.
Une heure plus tard, les inspecteurs Sena et Boada se présentèrent. Le premier les informa que les gars de la scientifique avaient confirmé que les traces de pas appartenaient au même

individu. Ensuite, c'est Boada qui intervint : personne dans l'immeuble n'avait vu l'agresseur.

— Putain de mec, c'est un fantôme ou quoi ? dit Milo. Et merde, pourquoi nous fait-on attendre aussi longtemps ?

Ils le regardèrent tous les trois sans piper mot.

Puis, au bout d'un moment, Singla lui demanda comment s'était passée la réunion avec le juge. Il lui en fit un résumé.

— Je suis d'accord avec lui, dit Singla, il faut marcher sur des œufs avec ce genre d'individus. Tant que nous n'aurons rien trouvé de consistant contre eux, fous-leur la paix, Malart. C'est déjà assez compliqué comme ça.

— Toi aussi tu te laisses avoir par le milieu social de ces joueurs de poker ?

— C'est un ordre du juge et moi j'obéis aux ordres.

— Qu'ils aillent se faire voir. Je ne peux pas saquer l'élitisme.

Singla se planta devant Milo.

— Ça suffit, inspecteur Malart. Moi aussi je t'en donne l'ordre.

Une infirmière habillée en vert s'approcha du groupe pour les prévenir que la patiente se trouvait à présent dans sa chambre. Elle leur en indiqua le numéro et tous les quatre se dirigèrent vers l'escalier.

Milo attendit devant la porte. Dix minutes plus tard, l'inspecteur-chef sortit dans le couloir.

— Elle est solide comme un roc, elle récupère à toute vitesse, tu vas voir ? On lui a interdit de parler pendant quarante-huit heures, elle a le larynx mal en point. Tu ne vas pas la voir ?

Milo soutint son regard en silence.

Singla lui passa la main autour du cou et l'emmena jusqu'au bout du couloir. En chemin, ils croisèrent plusieurs patients vêtus de ridicules tuniques blanches ouvertes dans le dos, certains avec un peignoir par-dessus, traînant des goutte-à-goutte accrochés à une perche à roulette où étaient suspendues les poches de médicaments.

Ils s'arrêtèrent devant une immense baie vitrée donnant sur la mer.

— Malart, toi et moi avons déjà eu quelques désaccords

par le passé, dit-il en se caressant franchement le menton. Et ça pourrait être pour moi une bonne occasion de me venger. Mais je n'en ferai rien. Ç'aurait pu arriver à n'importe qui. Tu ne dois pas te sentir coupable.

Milo observa un instant les vagues grises et agitées par la tempête, la façon dont elles balayaient la rive jusqu'au milieu de la plage. Et le ciel couvert, noir, menaçant. Il lui semblait incroyable qu'il ait un jour été dégagé, propre, clair. Et le pire de tout, il commençait à douter qu'il redevienne un jour comme avant, transparent, bleu.

— Je l'ai laissée toute seule. Je suis parti. Je l'ai laissée toute seule.

— Oui, mais toute seule, Mercader vaut facilement deux hommes.

Milo esquissa un sourire.

— Pour le coup, tu as raison, chef.

— J'ai toujours raison, inspecteur. Même si tu en doutes.

— Si on arrêtait la brosse à reluire, chef ? dit Milo en faisant un signe en direction du couloir. Je crois que mon équipière m'attend.

Ils se présentèrent devant la chambre alors que Sena et Boada, ce dernier rouge comme une tomate, sortaient dans le couloir.

Milo se faufila dans la pièce avant que la porte ne se referme.

— Tu es déjà en train de le provoquer, celui-là ? dit-il. Tu ne serais pas en chaleur, *chica dura* ?

Rebeca déplia son majeur.

Le dos incliné sur son lit médicalisé, genoux pliés, elle était aussi pâle que sa tunique. Elle avait les yeux enfoncés, les lèvres violettes, et une grosse bosse sur le front. Un goutte-à-goutte était planté dans une des veines du dos de sa main gauche. Un iPad était posé sur son giron. Mais ce qu'on remarquait le plus était la minerve autour de son cou.

— Jolie tablette.

Elle se mit à taper de la main droite, puis elle lui montra l'écran : "C'est Boada. Et toi, tu ne m'as rien apporté ?"

— Autrement dit, le calotin est en train de te draguer. Il est rapide, ce gros cul-bénit.

Rebeca pointa son doigt sur la deuxième phrase. Elle arqua les sourcils.

— Les boutiques étaient déjà fermées. Tu le trouves bien, ce type ? Je sais bien qu'il est jeune, blond, qu'il est toujours bien rasé, mais…

Elle pointa à nouveau du doigt la même phrase.

— D'accord, je n'y ai pas pensé, satisfaite ?

Elle eut du mal à sourire.

— Comme ça tu es bien plus belle. Maintenant, c'est vraiment agréable de discuter avec toi.

Elle tapa sur le clavier de l'iPad : "Espèce de con !"

— Je retire ce que je viens de dire. Tu as pu voir ton agresseur ?

Elle fit aller et venir son index plusieurs fois de droite à gauche.

— Un détail ? La taille, une odeur, sa voix…

Elle refit le même geste. Ensuite, elle tapa : "Je ne l'ai pas vu venir. Tout a été très rapide. Il est très costaud, il m'a soulevée du sol. Puis tout est devenu noir."

Milo serra les poings.

— Tu avais raison.

Il se dirigea vers l'autre lit vide à côté du sien tout en lui faisant part de ses conclusions. Il s'assit.

— Comme tu l'as dit, Carolina Estrada est impliquée dans tout ça, il ne peut pas en être autrement. Elle a utilisé un complice pour faire le sale travail et quelque chose s'est mal passé. En bon chien obéissant, le type a attendu la fin de la semaine et le lundi pour qu'elle lui indique ce qu'il devait faire. Mais il n'a pas su qu'elle était morte. Lorsqu'il l'a appris, il est revenu à l'appartement de l'avocat pour récupérer le fric. Hier mardi. Il s'est aperçu qu'il y avait plein de policiers et il a décidé d'attendre jusqu'au lendemain, jusqu'à aujourd'hui mercredi, que la place soit vide et que le concierge soit parti déjeuner.

Rebeca le regarda d'un air incrédule. Un instant plus tard sa main voleta au-dessus du clavier numérique.

Milo lut : "Et pourquoi n'a-t-il pas pris l'argent le vendredi ?"

Il haussa les épaules.

— Je n'en sais rien. Certaines pièces s'emboîtent encore mal, mais c'est la seule explication qui me vient à l'esprit.

Elle recommença à utiliser le clavier. Puis elle tourna l'écran vers lui : "Et comment l'a-t-il su ? La mort de Jaque n'a pas été rendue publique, ni à la télé ni par la presse, que je sache."

Milo la regarda fixement.

— C'est nous qui le lui avons appris. Ou Boada et Sena. L'assassin de l'avocat est un de ces mauvais payeurs que nous avons interrogés, dit-il en secouant la tête. Ça ne peut être que ça.

Elle leva la main comme pour poser une question.

— C'est à ce moment-là qu'il a réalisé que tout l'argent allait lui revenir. Quarante-quatre mille euros. Pas besoin de partager.

Elle l'interrogea à nouveau avec les yeux, cette fois-ci. De façon insistante.

— Oui, je sais ce que ça signifie, bien sûr que je le sais, dit-il.

Il se leva, marcha de long en large dans l'espace vide entre les deux lits.

— L'individu qui t'a attaquée est celui qui a étranglé Lorenzo Puig et c'est probablement aussi lui qui tue les chiens. Mais ce n'est pas l'assassin de Carolina Estra… de Jaque, dit-il en se pinçant le nez. Et ce qui m'énerve le plus, c'est qu'Elías Margarit n'a rien à voir avec cette affaire. Tout cela l'innocente définitivement.

Rebeca esquissa un geste que la douleur réprima.

— Nous avons suffisamment discuté, *chica dura*. À présent, tu dois te reposer.

Elle dirigea la paume de sa main verticalement vers lui, lui demandant d'attendre un instant. Puis elle tapa : "Pour ton beau-père, je suis d'accord ; mais pas pour le reste. Les deux crimes sont liés."

Milo eut une moue d'impuissance.

— Si tu as une autre idée, je suis ouvert à tes suggestions.

Il la vit serrer ses lèvres violettes. La fatigue.

— Je te laisse, je reviendrai demain. Des fleurs ou des bonbons ?

Rebeca tapa un long moment : "Je ne me souviens pas si j'ai eu le temps de te le dire. J'ai vu l'argent dans la boîte aux faux CD, mais aussi plusieurs clés USB, numérotées et étiquetées, on aurait dit des briquets. Et un mini-dictaphone numérique. Je l'ai déjà dit aux autres."

— Oui, tu me l'as déjà dit. Bon, je te laisse.

“Que vas-tu faire maintenant ?”

Il haussa les épaules.

— Crespo m'a envoyé sur le portable les photos des quatre types à qui nous avons rendu visite, toi et moi, et Sena et Boada. Le cinquième a un alibi. Je vais aller chez les Liang pour essayer de les montrer à leur fille et qu'elle identifie le type qui a pris son beagle.

“Ils ne t'ouvriront pas.”

— Non.

“Une citation à comparaître ?”

— À une gamine de six ans ?

“Alors quoi ?”

Il haussa à nouveau les épaules.

— Je trouverai bien un moyen.

“Fous pas tout en l'air comme d'habitude.”

Milo se frotta les yeux.

— Je ne sais pas ce qu'il s'est passé avec cette fille, admit-il en se dirigeant vers la porte. Bon, je m'en vais.

Il s'arrêta un instant, se tourna vers elle en laissant sa main sur la poignée.

— Dis-moi, même si on est fâchés, je peux t'embrasser ? Comme un collègue bien sûr.

Elle fit semblant de réfléchir puis, au bout d'un moment, leva le pouce.

Il s'approcha du lit et posa ses lèvres sur son front, sur la bosse. Il sentit le sang qui palpitait, la chaleur. Doucement, se dit-il, car il pourrait passer des heures collé à cette peau. Il avait beau la trouver pénible, irritante, chiante, sa chaleur lui manquait. La texture de sa chaleur. Pas seulement sur la peau. Il sentit qu'elle lui prenait la main et qu'elle la pressait. Ils demeurèrent plusieurs minutes dans cette position, lui collé à elle, elle appuyée contre lui.

Il soupira.

— Ne refais jamais ça. Même pour rire.

Rebeca tapa : “La façon dont s'habille Tiffany t'excite ?”

Milo pencha la tête en arrière. Puis il se passa la main sur le visage. Enfin, il fit une grimace et sortit.

21

Il pénétra dans le hall de l'immeuble et se dirigea vers la loge du concierge. Il demanda à ce dernier si les Liang étaient chez eux. L'homme pinça les lèvres et secoua la tête. Il ne les avait pas vus passer.

Il sortit dans la rue.

Il scruta les alentours à la recherche d'un lieu où se poster, un endroit confortable. Il n'y avait pas de banc. Il choisit un arbre, s'en approcha, et appuya son dos contre le tronc. La pluie avait cessé. Pour recommencer de plus belle dans un moment, se dit-il. Le froid était intense et les gens marchaient penchés en avant, à pas rapides, pour rentrer au plus vite chez eux.

Il entendit son portable sonner. Goyo Bonhora.

— Oui.

— Comment va ta collègue, Milo ?

— Elle va s'en sortir, c'est une fille solide.

— Bonne nouvelle, je suis ravi.

— Autre chose ?

— J'ai fini l'autopsie de la deuxième victime, tu as cinq minutes ?

— Deux. Fais-moi un résumé.

— Mêmes conclusions que pour la première victime. Elle a été attaquée par-derrière avec une force démesurée, écrasement de la trachée, hyoïde fracturé. On dirait que c'est sa marque de fabrique. Il s'est également pissé dessus. La seule différence c'est que l'assassin a prolongé son agonie. Lorenzo Puig a avalé de l'eau avant de mourir asphyxié. Le corps ne présente pas de blessures de défense et il n'y a aucune trace d'ADN.

— Heure de la mort ?

— Je te l'ai déjà dit, c'est très compliqué à déterminer avec précision. Entre vingt heures et vingt et une heures vendredi. C'est le maximum que je puisse faire. La réalité ne ressemble pas aux séries télé.

Milo demeura silencieux sans détourner les yeux de l'entrée.

— De toute façon, ils ne serviraient à rien, ajouta Bonhora.

— Mais de quoi tu parles ?

— De ce que tu as dit hier, à propos de notre erreur de conception. Même si on avait des rétroviseurs, pour voir ce qui va nous tomber dessus, ils ne serviraient à rien. Tu oublies qu'il y a toujours un angle mort, ce ne sont pas des objets infaillibles.

Il demeura muet.

— La seule solution, dit le médecin légiste-chef, ce serait d'avoir des yeux derrière la tête. Mais ça c'est de la science-fiction, et je sais que tu détestes ça.

Milo entendit la ligne couper.

Il observa le portable, vit qu'il restait encore une vingtaine de minutes. Il appela le sergent Crespo, lui demanda s'il y avait du nouveau.

— J'ai les noms de personnes qui ont assisté à la partie de poker, mercredi dernier. Tu ne vas pas aimer ça.

— Aucune importance. Je suis vacciné, allez vas-y.

Crespo commença à lire les noms. À mesure qu'il les disait, Milo pâlissait. Connaissant Elías Margarit, il imaginait que ceux-ci faisaient partie du monde politique et financier, mais il n'avait pas imaginé ça. À part l'avocat, son beau-père et un joueur du Barça, les autres trois personnes, y compris une femme, étaient des personnalités de tout premier plan. Il voyait leur tête tous les jours dans les médias.

— Merde, dit-il.

Le sergent patienta, se dispensant de tout commentaire.

— Toni, je ne vais pas te demander comment tu les as obtenus, mais un conseil : cache cette liste au fin fond d'une armoire.

— Pas de problème, inspecteur, je connais l'endroit idéal.

— Et n'en parle surtout à personne.

Immédiatement après, il lui rappela qu'il devait rechercher des affaires similaires dans les archives, avec le même *modus operandi* que pour les deux dernières victimes.

— Tu peux ajouter un nouveau détail… primordial : il leur brise l'os hyoïde.

— J'en prends note, dit-il. Je suis tombé sur quelqu'un qui colle parfaitement, un assassin en série il y a de nombreuses années, un Allemand. Je vais vérifier si ça colle avec le détail que tu viens juste de me donner. Je te tiens au courant. Tu veux que je t'en parle tout de suite ?

— Plus tard, sergent. Pour l'instant, je n'ai pas le temps.

— C'est toi qui vois. Juste une chose, avant de raccrocher : les traces de pas retrouvées ce matin dans le parc, près du dernier chien empalé, sont identiques à celles de l'appartement de Lorenzo Puig. C'est le même homme, inspecteur. Márquez vient juste de nous le confirmer.

— On reste en contact.

Il raccrocha.

Sans perdre de vue l'entrée de l'immeuble, il fit glisser son doigt sur la surface du portable et passa plusieurs écrans. Lorsqu'il arriva à l'icône de la galerie de photos, il inspira profondément et cliqua dessus. Quatre portraits, de quatre hommes. L'un d'eux était l'assassin de l'avocat et des chiens. Il se repassa leur visage accompagné de leur nom. Il en connaissait déjà deux. Arnau Milans et Domingo Soler, les deux chômeurs, les deux types accablés par leur échec, dévastés par la crise. La troisième et la quatrième photo correspondaient à Iván Barroso et à Mohamad Begum, les deux mauvais payeurs visités par Sena et Boada. D'après leur témoignage, pareillement chômeurs, aussi en proie à une dépression nerveuse, également dépassés par la situation. Tous les quatre avaient plus de quarante ans, pas loin de la cinquantaine, et chacun avec des enfants. L'autre dénominateur commun était que tous les quatre étaient désespérés, ils avaient touché le fond. Le système les avait abandonnés, eux et leur famille. Il n'y avait qu'une note discordante : Iván Barroso était seul à avoir refusé de répondre aux questions. Il observa sa photo, tirée de sa carte d'identité. Elle avait été prise plusieurs années auparavant. Ses yeux brillaient et un léger sourire éclairait ses lèvres. Pour le reste, le visage était tout à fait normal et ordinaire, barbe, joues rebondies, cheveux clairsemés. Il fit glisser son doigt pour revenir à l'écran d'accueil.

Il regarda l'horloge. Il allait être bientôt huit heures et les Liang ne s'étaient toujours pas montrés.

En jurant tout bas, il abandonna son poste de surveillance et pénétra dans l'entrée. Il fit le tour de la loge, ouvrit la porte et montra les quatre photos au concierge. Celui-ci fit non de la tête.

— J'ai à peine aperçu son visage, ça pourrait être n'importe lequel d'entre eux.

Il prit l'ascenseur jusqu'au huitième étage.

Une fois là-haut, il se dirigea vers le bout du couloir, dernière porte. On y avait apposé de nouveaux scellés. Il l'observa sans bouger. Il sentit un frisson lui parcourir le dos. Il n'était pas sûr que sa méthode fonctionne. En réalité, il n'était sûr de rien.

Il déchira les scellés et poussa la porte.

Quelqu'un avait éteint les lumières. Il tâtonna dans le noir. Actionna l'interrupteur et se força à faire un pas en avant. Mais ses muscles ne répondirent pas, comme si son autre moi avait refusé de se mettre dans la peau de l'assassin et l'avait saboté, en le paralysant.

Il ferma les yeux.

Il s'empêcha de penser et ainsi, l'esprit vide, se dit qu'il était à présent devenu un de ces quatre hommes. Il s'imagina dans leurs chaussures. “Je n'ai pas le choix. Ma situation est pitoyable. Je fais ça pour survivre. Pour mes enfants. Pour manger. Je remonte mon écharpe à hauteur de mon nez, je brandis le bouquet de façon à ce que les fleurs me cachent le visage et j'appuie sur la sonnette.”

— Des fleurs pour M. Puig, de la part du cabinet.

“L'avocat vient m'ouvrir la porte, j'entends une musique très rythmée. Il porte un peignoir. Il sourit, dents blanches et brillantes. Il n'a pas l'air très costaud ni combatif. Je dois lui faire peur pour qu'il me dise où se trouve l'argent. Il ne va pas résister longtemps. En plus, moi je suis au désespoir, et pas lui. Je le pousse violemment.”

Cette fois, ses pieds lui avaient obéi et il avait pénétré dans l'appartement.

"Je referme la porte derrière moi. C'est un appartement luxueux, bourgeois. Le chauffage est très fort, c'est du gaspillage et ça me met hors de moi. Son visage grimaçant de peur me pousse à agir rapidement. Tandis qu'il recule effrayé, je pose mon bouquet de fleurs et mon parapluie sur le comptoir de la cuisine et je tends mes mains gantées vers lui. Mon cœur bat à cent à l'heure. Elle m'a demandé juste de lui faire peur, sans aller trop loin. De ne pas lui faire de mal. Il agite ses mains en l'air, crie. Je dois faire taire ses hurlements pour que les voisins ne l'entendent pas. Je l'attrape par le col du peignoir et je me dirige vers la chaîne hifi."

Milo se dirigea vers le meuble couleur framboise, comme un automate. Le voyant de la fonction *Repeat* était allumé. Il appuya sur *Play* et l'on entendit la voix de George Thorogood. Il monta le son.

Wanna tell you a story
About the house-man blues
I come home one Friday
Had to tell the landlady I'da lost my job

"En se débattant, son peignoir s'est ouvert et il a le torse nu. Il est sans défense et il le sait. Je le traîne dans la salle de bains. Je m'aperçois qu'il était en train de remplir la baignoire. Le nuage de vapeur est dense. Je l'attrape par les bras, je l'oblige à se tourner, à se mettre à genoux. Je lui plonge la tête dans l'eau. Je compte jusqu'à dix."

The landlady said you got the rent money yet?
I said no, can't find no job
Therefore I ain't got no money to pay the rent
She said I don't believe you're tryin' to find no job
Said I seen you today you was standin' on a corner
Leaning up against a post

I said but I'm tired, I've been walkin' all day
She said that don't confront me

"Je lui ressors la tête et la plonge plusieurs fois dans l'eau. L'avocat balbutie, il a le souffle court. Il est prêt à me dire où se trouve l'argent. Je ne l'écoute pas."

— Un instant. Pourquoi ne l'écoutes-tu pas ? Tu es venu ici pour l'argent. Tu en as besoin, c'est pour ça que tu as pris tous ces risques. Tu n'es pas un voleur, tu n'es pas un assassin.

So I go in my room, pack up my things and go
I slip on out the back door and down the streets I go

Il actionna l'interrupteur, observa la baignoire, les faïences noires. Il ne parvenait pas à comprendre la situation. Il se sentit inquiet.

So I stop in the local bar you know people
I go to the bar, I ring my coat, I call the bartender
Said look man, come down here, he got down there
So what you want?

"Aveuglé par la rage, je grimpe sur son dos et je lui serre la gorge. De toutes mes forces. Mon corps entier tremble sous l'effort. Une minute, deux minutes, trois minutes."

One bourbon, one scotch, one beer
Well I ain't seen my baby since I don't know when
I've been drinking bourbon, whiskey, scotch and gin
Gonna get high man I'm gonna get loose
Need me a triple shot of that juice
Gonna get drunk don't you have no fear
I want one bourbon, one scotch and one beer
One bourbon, one scotch, one beer

"Il ne respire plus. Je le lâche et la tête de l'avocat retombe mollement dans l'eau chaude. Je ferme le robinet. J'ai le souffle court. Je redescends mon écharpe et j'essuie d'un revers de manche la sueur qui perle sur mon front. Il fait une chaleur de mille diables dans cet appartement. Ce n'est pas comme chez moi. Je m'aperçois que j'ai mouillé ma grosse veste en daim et je jure. D'un côté du miroir, enclenché dans son support, je remarque un séchoir à cheveux. Je le décroche et je reste un moment à essayer de la faire sécher."

One bourbon, one scotch, one beer
No I ain't seen my baby since the night before last
Gotta get a drink man I'm gonna get gassed
Gonna get high man I ain't had enough
Need me a triple shot of that stuff
Gonna get drunk, won't you listen right here
I want one bourbon, one shot and one beer
One bourbon, one scotch, one beer

"C'est inutile, je n'y arrive pas. Je pose le séchoir sur le lavabo. J'observe le corps inerte. Je ne ressens rien. Je retourne au salon. Je dois partir d'ici. J'arrête la musique, je récupère le bouquet de fleurs, le parapluie noir et je quitte l'appartement."

Milo appuya sur pause. Le souffle court, il se laissa choir sur le canapé blanc. Il posa la tête sur le haut du dossier et ferma les yeux.

— Pourquoi n'as-tu pas cherché l'argent un peu partout ?

Il se repassa la scène dans la tête. La victime a voulu lui dire où se trouvait l'argent. Pour l'avocat, sa vie avait plus de valeur que ces quarante-quatre mille euros. Pour lui, c'était juste de la menue monnaie. En revanche, pour l'assassin, ça représentait une vraie fortune, le laissez-passer pour sortir de la pauvreté. Même la moitié. Ou le tiers. Quelle que soit la somme convenue avec la jeune universitaire, celle-ci lui aurait été suffisante pour refaire sa vie. Et celle de sa famille. Alors pourquoi ? Ça n'avait aucun sens.

Il rouvrit les yeux.

— Et pourquoi cela aurait-il dû avoir un sens ?

Il se redressa.

— Rien de ce qui se passe n'a de sens.

Il observa la petite lueur jaune de la chaîne hifi. Elle clignotait. L'esprit d'un homme qui se sentait anéanti, honteux à cause de son échec, qui avait peut-être même pensé que son suicide pouvait être une porte de sortie, n'avait aucune raison de penser de façon rationnelle.

Il se leva et appuya à nouveau sur pause.

Now by this time I'm plenty high
You know when your mouth a-getting dry you're plenty high
Looked down the bar I say to my bartender
I said "Look man, come down here", he got down there

Il retourna à la salle de bains, s'assit à califourchon sur un corps invisible et plaça ses mains autour d'un cou inexistant.

So what you want this time?
I said look man, a-what time is it?
He said the clock on the wall say three o'clock
Last call for alcohol, so what you need?

— Lorsque tu es entré ici, tu étais un homme anéanti, un bon à rien. À présent, l'avocat à tes pieds, tu n'es plus le même. Tu es quelqu'un d'autre. Tu as du pouvoir. Cet homme qui est à ta merci représente ce que tu hais le plus : le système. Il possède énormément d'argent et il le dépense au jeu, par pur caprice. Sa vie est réglée, alors que la tienne est suspendue à un fil, car tu es incapable de rapporter un seul putain d'euro à la maison. *Sa vie*. Et tu serres. De toutes tes forces. *So what you want?* Sa vie. La lui prendre. Voilà pourquoi tu ne penses pas à autre chose. *So what you need?* Te sentir bien. Pour une fois. Tu ne te souviens plus comment ça fait. Et tu lui prends la sienne. Sans remords, sans le moindre haut-le-cœur, sans te sentir coupable. Et enfin, sans honte.

One bourbon, one scotch, one beer
No I ain't seen my baby since a nigh' and a week
Gotta get drunk man till I can't even speak
Gonna get high man listen to me

Il se redressa.

La tête lui tournait et il trébucha. Il dut se retenir au mur. Il aperçut son visage dans le miroir, ses yeux injectés de sang. Livide. Plusieurs secondes plus tard, il retourna dans le salon couvert de sueur.

One drink ain't enough Jack you better make it three
I wanna get drunk I'm gonna make it real clear
I want one bourbon, one scotch, one beer
One bourbon, one scotch, one beer

Il retira son blouson et son pull, éteignit la musique. Il se rassit sur le canapé. Il avait la gorge extrêmement sèche. Il inspira puis expira jusqu'à reprendre son souffle.

Ensuite, il prit son portable.

— Je sais que tu n'as pas le droit de parler, alors contente-toi d'écouter. Ce type a aimé ce qu'il a ressenti, une décharge d'adrénaline momentanée, mais très puissante et addictive, un plaisir d'origine chimique. Il a aimé tuer. Il n'a pas pu s'en empêcher. Et il en a oublié la raison qui l'avait conduit dans cet appartement. La sensation a été plus forte que son besoin d'argent. Cet homme a eu une révélation. Il ne l'a pas fait par accident. Il n'est pas allé trop loin sans le vouloir. Il a joui de ce qu'il faisait. À présent, il possède une expérience du pouvoir. Il est différent, dit-il en respirant un grand coup. Tu as eu de la chance, sous-inspectrice, vraiment beaucoup de chance.

Rebeca avala de la salive à l'autre bout de la ligne.

22

Il ressentit une soif accablante. Il se dirigea vers le frigo. Il y avait toutes sortes de boissons, pas grand-chose à manger, pratiquement que des conserves. Il prit une petite bouteille d'eau d'une marque islandaise et la vida d'un trait. Le liquide coula dans sa gorge sans étancher sa soif pressante. Il avait besoin d'autre chose, de quelque chose qui ait du corps, de la saveur. Une boisson forte. Peut-être du scotch, avec beaucoup de glace. Ou un bourbon, sec. Il secoua la tête. Ce n'était vraiment pas le moment. Quoiqu'une bière lui ferait un bien fou. Il y en avait de plusieurs marques.

Il referma le frigo.

Il s'assit sur un tabouret et s'accouda près de la bouteille de champagne à moitié vide et de la coupe posée là par l'avocat juste avant d'aller ouvrir la porte. Les bras sur le comptoir, il prit son visage entre ses mains. Jusqu'à présent, il n'avait réussi à visualiser que les pas de l'assassin, à imaginer ce qui s'était passé. La lutte, l'action de plonger et de sortir la tête de l'eau, les éclaboussures, la strangulation. Mais il n'avait pas atteint l'objectif principal. Il commença à se demander si son pouvoir de perception faisait désormais partie du passé.

Il se redressa.

Les éclaboussures.

Il avait essayé de faire sécher sa grosse veste en daim. Pendant un moment. Calmement. Il venait de tuer un homme et il s'inquiétait de quelques gouttes d'eau sur ses vêtements. Était-ce de l'inconscience ?

— Mais tu n'es pas inconscient, tu es angoissé, tu te sens coupable de la ruine de ta famille. C'est bien pour ça que tu es venu.

Il fixa son regard sur le comptoir blanc.

Ce n'était pas par inconscience. L'assassin était dans une sorte de transe, en proie à une étrange sérénité. L'expérience l'avait étourdi. Et ça lui est complètement sorti de la tête. Il a oublié l'argent. Groggy, il a arrêté la musique, il a récupéré les fleurs, le parapluie et il est parti.

Il retira ses bras du comptoir, comme s'il venait de se brûler.

Le bouquet de fleurs. Il l'avait posé après être entré dans l'appartement.

Pourquoi l'a-t-il repris ?

Un engrenage émit soudain un petit déclic dans son esprit. C'était un mauvais payeur, il n'avait pas un sou, il n'avait pas de quoi acheter un bouquet et il en avait besoin pour passer pour un livreur au cas où le concierge lui demanderait ce qu'il faisait là. Il n'y avait qu'une seule réponse possible. Carolina lui a donné un billet, par exemple de cinquante euros, et lui a demandé d'acheter des fleurs et de récupérer ensuite le bouquet. Pour quoi faire ? Non, ç'a été une réaction machinale. Comme il ne savait plus où il en était, il a fait la chose la plus naturelle qui soit, il a repris ce qui lui appartenait, sans réfléchir, et il s'est sauvé.

Il descendit du tabouret.

Il remit son pull, son blouson, et laissa l'appartement dans le même état qu'il l'avait trouvé. Il se dirigea vers la porte.

Le complice, dans l'état où il était, avait récupéré le bouquet comme un robot, s'était accroché le parapluie noir à l'avant-bras et, sans penser à autre chose, était sorti dans le couloir en refermant la porte sans bruit.

— À visage découvert.

Oui, il a oublié de se remonter l'écharpe jusqu'aux yeux et, en se retournant, il a soudain aperçu une fillette chinoise qui jouait dans le couloir avec un jeune beagle et qui était en train de l'observer.

“Je me baisse devant elle, je caresse la tête du chien et lui, joueur, flaire mon gant. Elle est magnifique, une petite poupée. Moi, je ne fais pas de mal à un enfant, je ne suis pas un monstre. Il faut les protéger, ils ne sont coupables de rien. Je sais comment arranger ça. À présent j'ai du pouvoir, je ne suis plus un bon à rien. J'attrape le chien de ma main libre et je le mets sous mon bras. J'approche mon visage de celui de la fillette. Ne dis rien à maman. Tu ne m'as jamais vu. Si tu en parles, je ferai quelque chose de très méchant à tes parents. Quelque chose d'horrible. Et pour être sûr que tu vas m'obéir, j'emmène ton chien. Obéis-moi et je te le rendrai un de ces jours.”

Accroupi dans le couloir, Milo visualisa la gamine : les yeux écarquillés faisant doucement oui de la tête, terrorisée. “Brave petite.” Il visualisa l'assassin se dirigeant vers l'ascenseur avec le chiot sous le bras et le bouquet de fleurs dans l'autre main, parapluie suspendu à son poignet. Il le suivit un instant, puis continua jusqu'à l'appartement des Liang. Il colla son oreille à la porte. Le téléviseur était allumé. Il sonna. À l'intérieur, le silence se fit. Il sonna à nouveau. Et à nouveau.

— Police.

Il tambourina violemment.

Au bout de quelques secondes M. Liang passa la moitié de son visage, se protégeant avec la chaînette de sécurité. Milo s'empressa de saisir son portable avec une stupéfiante impression de déjà-vu.

— Monsieur Liang, j'ai juste besoin que votre fille jette un coup d'œil à ces photos. C'est urgent. Elle n'a rien à dire, juste à regarder.

— Elle, pas être à la maison.

— Mais putain, arrêtez de me casser les couilles, à la fin !

— Vous avoir mandat ?

Milo fit sèchement non de la tête.

— Mais il est d'une importance capitale qu'elle…

L'Oriental lui claqua la porte au nez.

Il leva à nouveau le poing, l'immobilisa en l'air. C'était inutile. Il lui faudrait trouver une autre façon de faire, et demander un mandat de comparution n'en était pas une. Il s'éloigna en direction de l'escalier. L'idée d'amener une enfant faire une déclaration au commissariat central était odieuse. Inenvisageable même dans le but d'arrêter un assassin. Il descendit les marches quatre à quatre. Terrifier davantage la gamine ne faisait pas du tout partie de sa stratégie. Elle avait suffisamment souffert comme ça.

Il arriva au rez-de-chaussée tout essoufflé.

— Alors, lui demanda le concierge, vous avez eu de la chance ?

Il traversa l'entrée sans lever la tête et sortit dans la rue.

Il ne pleuvait pas. Contrairement à vendredi dernier à la même heure. Il se dit que cette averse avait dû représenter l'eau du baptême, pour l'assassin.

Ses pieds le conduisirent jusqu'à l'angle de la rue. Il s'arrêta, regarda autour de lui en se demandant où l'assassin était allé ensuite. À son lieu de rendez-vous avec la jeune universitaire ?

— Stupide !... Ce type planait complètement, et il n'avait même pas récupéré l'argent. Il avait soudain oublié l'existence de la jeune femme.

Il remonta la fermeture éclair, puis le col de son blouson. Il faisait très froid. *One bourbon, one scotch, one beer*. Cet air lui trottait encore dans la tête. Qu'a-t-il fait alors ? Il est rentré chez lui. Mais pas en métro. Il a observé le carrefour. Côtés nord, sud, est, ouest. Il aurait pu prendre n'importe quelle direction. Non, pas vers la montagne. Ça donne dans les quartiers hauts de la ville. Il lui restait trois possibilités. Il haussa les épaules. L'adresse des quatre suspects était notée sur la liste.

Il commença à marcher et traversa le passage piéton au rouge.

Il décida de rentrer chez lui à pied. C'était loin et il était épuisé, mais prendre un transport en commun en sous-sol le dégoûtait, à cause de la puanteur, de l'homme à l'accordéon, du manque d'oxygène ; en surface c'était pareil, à cause des coups de coude, de l'entassement, des visages fermés. Un peu d'exercice lui ferait le plus grand bien, l'air frais allait le réveiller. Au carrefour suivant, il pensa appeler Singla pour lui demander d'ordonner la surveillance de ces quatre hommes. Il soupesa le pour et le contre. Cela risquait de prendre du temps, il faudrait plusieurs équipes qui fassent les trois-huit pour chaque suspect, mais ça pourrait donner des résultats. Peut-être une équipe découvrirait-elle un changement dans les habitudes de l'un d'entre eux. Avec quarante-quatre mille euros en poche, de nombreuses possibilités s'offrent à vous. Et par ailleurs, ce serait bon de les avoir toujours à disposition. Il fit une grimace mi-ironique et mi-résignée. Le chef Singla allait hurler. Il l'appela sans ralentir sa marche, lui résuma ses conclusions. Puis, il lui suggéra son idée de les faire surveiller.

Comme il s'y attendait, il reçut une volée de hurlements.

Il écarta le téléphone de son oreille et continua à marcher.

En arrivant rue Balmes, une manifestation lui coupa la route. Il se mit sur la pointe des pieds. La foule compacte descendait de la Diagonal en direction de la place Cataluña. À nouveau, des hommes, des femmes, des enfants et des gens âgés défilant en silence, couverts jusqu'aux sourcils, avec une rare dignité. Les manifestants brandissaient toujours les mêmes pancartes contre les restrictions, réclamant du pain, un toit et du travail pour tout le monde. Comme d'habitude, ils étaient surveillés par un grand nombre de fourgons de la BRIMO, postés à chaque angle de rue. Les policiers étaient armés comme en temps de guerre, ils portaient des gilets pare-balles et des casques dernier modèle. C'était une image obscène pour répondre à la rumeur sourde de ces citoyens sans défense et tout à fait pacifiques.

Sans hésiter une seconde, il se mêla à la marée humaine.

Il ralentit son pas, le cala sur celui des manifestants et enfonça ses poings dans le fond de ses poches, il ne faudrait pas que les membres aguerris des brigades mobiles les considèrent comme une provocation. À ses côtés, une femme tenant une gamine par la main lui adressa un sourire fatigué. Milo la salua d'un signe de tête, il tendit le cou et sourit à la fillette. Elle portait un anorak bleu ciel, une écharpe rouge et un gros bonnet de laine d'une couleur criarde ; des mèches de cheveux blonds comme les blés dépassaient par-dessous. Elle avait un petit visage rond, la peau très blanche et il put lire de la peur au fond de ses yeux clairs. Elle lui rendit un sourire triste. *Ç'a été un ange pour moi.* Il sentit comme un poids sur son estomac. *Mlle Estrada a été très gentille envers moi.* Quelque chose se tendit à hauteur de son front, entre ses tempes. *Elle m'a promis que si elle entendait parler d'un travail, elle me le dirait.* Il s'arrêta. *Je vais me tirer de ce mauvais pas et récupérer Merche et*

Rosina. Le torrent humain se sépara en deux pour l'éviter, puis se resserra à nouveau. Il tira son portable, chercha les photos, en choisit précisément une. Il observa ce visage, son expression quelque peu naïve. Le seul des quatre qui avait semblé être touché par la mort de l'universitaire. Sa femme l'avait chassé de la maison. Merche. "Je ne fais pas de mal aux enfants." Pourquoi ? "Parce que j'en ai un." Une. Cet homme avait une fille. Rosina ? Il supposa qu'elle devait plus ou moins avoir l'âge de Xaio… de Lola. Un frisson lui parcourut la colonne vertébrale. Il demeura immobile. Comme un rocher au milieu d'une profonde rivière aux eaux calmes.

23

— Je n'ai pas eu d'autre choix que de le mettre dehors, j'en avais assez de lui, d'entendre ses justifications, toujours à pleurnicher à cause de son manque de chance. Il n'arrêtait pas de se plaindre, c'était un faible. Un lâche, dit Merche.

Ses yeux n'étaient que ressentiment, mépris très éloigné de l'affection qu'elle avait un jour pu porter à son mari. Elle se malaxa les mains.

— Comme dit mon père, un homme qui n'est pas capable de se comporter comme un homme et de faire prospérer sa famille n'est pas un homme. Vous voyez ce que je veux dire, n'est-ce pas ?

Milo demeura de marbre.

— Et vous voulez savoir ce que j'ai été obligée de faire pour payer les dettes ? J'ai dû demander de l'argent à ma famille, comme si mes parents, les pauvres, n'en avaient pas déjà eu assez de devoir nous recueillir Rosina et moi. Avec tout ce qui est en train de se passer en plus. Vous les avez bien vus. Ils sont tous les deux à la retraite. Et à leur âge… Mais j'ai laissé mon orgueil de côté et je l'ai fait, pour ma fille, ce n'est pas comme lui qui s'est effondré sur le fauteuil et qui a commencé à se plaindre de ses malheurs, comme si quelqu'un en avait quelque chose à faire de ce qui lui est arrivé.

Ils étaient dans un petit salon, assis sur des chaises vétustes et mal en point, très près l'un de l'autre. L'appartement sentait la friture. Milo avait interrompu le dîner de la famille et avait lourdement insisté pour que le père de Merche acceptât de le laisser s'entretenir avec sa fille. "C'est pour une enquête de police", avait prétexté Milo. Mais les mots magiques avaient été : "Il s'agit de votre gendre, Domingo Soler."

— Je voudrais savoir ce qui est arrivé à votre mari, madame ?

La femme eut une moue de contrariété. Elle battit rapidement des cils et dit :

— Rien, une agression dans le magasin où il travaillait. Un de ces Cash Converters, le seul commerce qui fonctionne bien, en ce moment. Les gens viennent là pour vendre des choses et ils repartent avec une misère en liquide. Vous devez connaître ça, y en a qui ouvrent partout ces temps-ci, ça pousse comme des champignons. Le magasin dans lequel il travaillait se trouve à deux pas d'ici, rue Floridablanca. Je vous explique : il s'est fait agresser avec un revolver et il a craqué.

Milo savait ce que signifiait ce genre de travail. Un emploi précaire, de nombreuses heures de travail, une énorme angoisse, un tout petit salaire. Des cris de désespoir et des menaces tous les jours, et sans arrêt. Ne voir que des gens qui se sont fait expulser, des gens sans rien pour nourrir leurs enfants, proposant leur manteau pour vingt euros en dépannage et ressortant du magasin en baissant la tête, en se disant que demain sera un autre jour. Il avait entendu dire que quelqu'un avait même vendu sa prothèse orthopédique et une femme le landau de son bébé, et qu'ils étaient repartis, le premier à cloche-pied et la seconde avec le nouveau-né dans les bras. Les petites tragédies quotidiennes.

— Il s'est laissé tomber dans le fauteuil et y a plus eu moyen de le faire se relever.

— Vous ne vous êtes pas dit qu'il pouvait souffrir d'un stress post-traumatique ?

La femme prit un air stupéfait.

— Qu'est-ce que c'est que ce truc ? fit-elle.

— C'est une réaction normale après que quelqu'un a pointé le canon d'une arme sur vous en vous menaçant de tirer. À cause de la tension que cela provoque, de la pression insoutenable. Ça nous arrive même à nous, et pourtant on y est habitués, alors imaginez à un civil pour qui c'est la première fois !

Merche croisa les bras et se mit sur la défensive.

— Mais ce n'était pas la première fois, dit-elle d'un ton fier. Il avait déjà subi trois agressions, l'une d'elles avec une machette. Si ç'avait été un homme, avec une vraie paire de couilles, comme mon père, il se serait pas effondré de cette façon. Mon père est parti de son village pour venir travailler ici, au port. Ça, c'est quelque chose de dur. Mais mon père les avait bien accrochées, pas comme ce minable… ce pleurnichard complètement taré.

— Et vous l'avez chassé de chez vous, dit Milo d'une voix lasse.

— Oui, je l'ai viré, pourquoi ?

— Et vous l'avez séparé de sa fille. Elle s'appelle Rosina, n'est-ce pas ?

Elle acquiesça en tendant le menton.

— Je ne voulais pas qu'il… qu'il fasse du mal à la petite.

— Quel âge a-t-elle ?

— Sept ans. Écoutez, moi je travaille huit heures par jour à soigner un vieil homme pour cinq cents euros par mois, sans assurance et sans contrat. Et Domingo, lui, il restait là, dans le fauteuil, sans bouger. La gamine a commencé à avoir peur de lui, elle ne voulait pas rester seule avec son père. Et lorsqu'elle allait aux toilettes, elle s'enfermait au verrou, elle n'avait jamais réagi comme ça. Vous comprenez ? J'ai rien fait de mal, moi, j'ai juste voulu protéger ma Rosina.

— Dans quelle école va-t-elle ?

— À la Mare de Déu del Roser, c'est tout près, à l'angle des rues Consejo de Ciento et Villarroel. Je regrette rien, allez savoir de quoi Domingo aurait été capable avec ce je-ne-sais-quoi traumatique…

— Syndrome de stress post-traumatique.

Elle fit oui de la tête pour assumer sa décision.

— Écoutez, Domingo est un peu fêlé, il n'est pas très intelligent. Au début, lorsque je l'ai rencontré, je n'y ai pas accordé trop d'importance. L'amour est aveugle, hein ? Et pourtant mon père m'avait bien prévenue. Mais ensuite, après cette agression, je ne sais pas… Il y avait quelque chose dans son attitude qui vous donnait la chair de poule. Il vous fixait comme ça, un bon moment, comme s'il avait des choses qui lui passaient par la tête, mais sans vous voir, vous comprenez ce que je veux dire ? Comme si… comme s'il vous regardait à l'intérieur, ou à travers, je sais pas comment dire. Et il avait un air très bizarre, expliqua-t-elle en frissonnant, un air de fou. Et maintenant, qu'est-ce qu'il a fait le pauvre malheureux ? Rien de bon, j'en suis sûre.

Milo se leva.

— C'est ce que nous sommes en train de chercher.

Il la remercia de l'avoir reçu et tendit la main vers la poignée de la porte.

La femme ajouta encore une chose.

— Une femme l'a appelé la semaine dernière, de l'agence pour l'emploi. Je crois que c'était mercredi… ou jeudi, je sais plus très bien.

Milo s'immobilisa et se raidit.

— Je lui ai dit qu'il habitait plus ici et elle m'a demandé son numéro de téléphone pour pouvoir le joindre, dit-elle en soupirant. Domingo, un portable ? Il saurait même pas s'en servir… dit-elle en secouant la tête. Je lui ai dit qu'il n'avait pas de portable. Je lui ai donné son adresse, celle du trou à rats où il habite en ce moment, le magasin de la rue Mercaders.

— Vous vous souvenez du nom de cette femme ?

Merche leva les yeux en direction de l'ampoule, au plafond.

— Luisa quelque chose, je me souviens plus. Gómez, Sánchez, Rodríguez. C'est ça, Luisa Rodríguez, oui ? dit-elle en le regardant à nouveau. Voilà, oui. Luisa Rodríguez, répéta-t-elle en haussant les épaules. On allait proposer un travail à ce minable, le moins que je pouvais faire était de lui donner son adresse, non ? C'est toujours moi qui dois tout faire. Je suppose qu'il avait dû donner le téléphone d'ici à l'agence pour l'emploi, au cas où il y aurait du travail pour lui.

Milo demeura immobile, le regard fixé sur la femme en face de lui.

— Madame, je ne voudrais pas vous effrayer, mais Domingo va venir ici, pour vous récupérer, vous et votre fille. Il veut vous récupérer, c'est le seul espoir qui le maintient en vie. En ce moment, il a quarante-quatre mille euros à sa disposition. Allez, soyez rassurée, il ne vous fera pas de mal. Vous êtes ce qu'il aime le plus au monde.

Merche laissa retomber ses épaules et resta comme ça, bras ballants, bien longtemps après que Milo avait quitté l'appartement et était sorti dans la rue.

Il courut jusqu'au métro Gran Vía et prit la ligne rouge. Il ne pouvait pas donner l'alerte, pas encore. Pour l'instant, il n'avait que des soupçons et il lui fallait les vérifier. Il descendit à Urquinaona, changea et prit la ligne jaune. Il ne se basait que sur une série de pressentiments et il ne savait que trop la réaction que cela pouvait déchaîner au commissariat central. Il descendit au premier arrêt et traversa la Vía Layetana en courant.

Il tambourina sur le rideau de fer du magasin.

Le raffut qu'il produisit dans l'étroite et sombre rue Mercaders fut considérable, mais personne ne se pencha au balcon ni ne lui ouvrit. Il regarda à gauche et à droite. Il tambourina à nouveau, cette fois, sur la petite porte située sur un côté du rideau de fer et toujours rien. Il se dirigea vers le bistrot du coin, l'endroit où allaient les gens du marché. Et Domingo Soler, aussi. Il entra d'un pas décidé, jeta un coup d'œil autour de lui et marcha vers le comptoir.

Il montra la photo du mari de Merche au garçon.

— Vous savez où je peux le trouver ? Il est venu ici ?

L'homme le regarda de haut. Il n'ouvrit pas la bouche. Milo soupira, tira sa plaque de sa poche et la fit claquer sur le comptoir.

— Je suis fatigué, je ne vais pas répéter ma question.

Le garçon, pâle comme un linge, regarda à nouveau la photo, cette fois plus attentivement et fit énergiquement oui de la tête.

— Il vient souvent ici, dit-il. Il s'assoit à la table, là, dans l'angle. Parfois on lui apporte un café au lait bien chaud, sur le compte de la maison, bien entendu. C'est un brave homme. Je ne l'ai pas vu, aujourd'hui. Vous voulez que je demande à mes collègues, à mon chef ?

— Que pouvez-vous me dire sur lui ?

Le garçon pinça les lèvres comme s'il allait se mettre à siffler. Ensuite, il se gratta la joue en même temps qu'il arquait les sourcils.

— Il habite ici, tout près, dans une espèce de trou. Il est un peu dérangé, vous voyez ce que je veux dire. Mais c'est un brave type. Il travaillait dans un de ces magasins où l'on apporte toutes sortes de choses, des trucs dont on ne se sert plus, et où on vous donne trois francs six sous en échange. Il m'a raconté qu'il s'était fait braquer par deux types cagoulés. L'un d'eux lui a mis son revolver entre les deux yeux et lui a dit de lui envoyer tout le fric, pendant que l'autre hurlait aux gens de s'allonger par terre, dit-il en haussant les épaules. Après ce coup-là, il a laissé tomber le boulot, il m'a dit qu'il n'en pouvait plus. Qu'il rentrait tous les soirs chez lui comme une loque tellement il était à bout de nerfs.

— Continuez.

— Il n'y a pas grand-chose d'autre à raconter.

— Continuez quand même.

Le garçon de café haussa à nouveau les épaules.

— Il est revenu au magasin pour se faire payer ce qu'on lui devait, dit-il en esquissant un étrange sourire. Et en fait son chef avait engagé des vigiles, un sur le pas de la porte et un autre à l'intérieur. À cause de la dernière agression. Moi, j'appelle ça ne pas avoir de chance. Et puis, voilà que sa femme le met dehors, dit-il en hochant la tête. Ce type a marché dans de la merde du pied droit, ou il a croisé un chat noir, peut-être qu'il est passé sous une échelle. Et vous savez pourquoi je dis ça ? Parce qu'avant de trouver son refuge, dans le magasin, tout près d'ici, il a divagué toute une semaine dans la rue, dormant dans les caissons des distributeurs de billets, dans un foyer, et il s'est fait encore agresser dans les deux endroits, par d'autres clochards. J'ai raison ou pas ? Ce type a une sacrée poisse, je vous assure !

Milo inséra la plaque dans son ceinturon.

— La chance, ça n'existe pas, dit-il.

— Je ne voudrais pas vous contrarier, mais je vous assure que ça existe, chef. Peut-être pas la bonne chance, mais la mauvaise, il n'y a aucun doute. Je pourrais vous décrire des centaines de cas, des milliers. J'en vois tous les jours. Comme celui de ce pauvre type. Comme je vous ai dit. La merde du pied droit, le chat et l'échelle. Tout ça en même temps.

Il se tut un instant.

— Je vous sers quelque chose à boire ?

24

Il s'arrêta devant l'entrée de la rue Atlàntida. Il se retourna, observa des deux côtés et entra dans l'étroit couloir. Il gravit péniblement les quatre étages jusqu'à son appartement.

Il entendit le chien griffer la porte.

Lorsqu'il ouvrit, le berger de Majorque se jeta sur lui. Sans cesser de remuer la queue, il posa d'un bond ses pattes antérieures sur la poitrine de son nouveau maître et lui lécha le visage.

— Mon Vieux, ne sois pas si affectueux, dit Milo.

Il souriait jusqu'aux oreilles en lui donnant de petites tapes sur le dos.

— Descends, tu vas me faire tomber, et je suis vraiment crevé, ce soir.

Le chien lui obéit, mais le suivit jusqu'au salon en faisant des bonds autour de lui. Milo tira son arme de son étui et la rangea dans le tiroir. Il palpa son blouson. Il sentit un objet, le cadeau d'Alba Conte, la secrétaire du tribunal. Il prit la montre, l'observa un instant et la rangea dans un autre tiroir, à côté d'une dizaine d'autres montres du même genre.

— Mon Vieux, je ne sais pas ce qu'ont tous ces gens à vouloir que je sois ponctuel, ça n'arrivera jamais.

Le berger de Majorque se dressa à nouveau sur ses pattes postérieures.

Milo lui prit la tête dans ses deux mains. Il posa son front sur le sien. Le caressa doucement.

— Comment s'est passée la journée, mon ami ? Tu as fait des choses intéressantes ?

Le chien le lécha à nouveau.

— La mienne a été dégueulasse, très dégueulasse. Heureusement qu'elle est finie.

Il le lâcha.

Le berger de Majorque se dirigea vers l'entrée, il revint vers lui et alla à nouveau à la porte.

— Je viens, je viens.

Ils dévalèrent l'escalier à toute vitesse. Le chien partit comme une fusée vers le premier arbre qu'il trouva. Ensuite, il courut de tous les côtés en poursuivant des ombres.

— Mon Vieux, je crois que nous méritons un super-dîner, ce soir.

Ils prirent la direction de la Casa Leo. Il commanda de la *butifarra* avec des haricots blancs, deux assiettes, l'une d'elles accompagnée de pain à la tomate. Puis il feuilleta le journal. Le processus souverainiste se trouvait toujours à la une. Il passa les nouvelles et chercha l'horoscope du jour. "Félicitations, vous avez atteint vos objectifs. Comme vous pouvez le constater, vos rêves sont en train de devenir réalité." Il referma immédiatement le quotidien.

— Saloperie, s'indigna-t-il.

Ils patientèrent sur le pas de la porte.

La nuit était fraîche, silencieuse. Il n'y avait pas âme qui vive dans les rues. Milo savoura cet instant de paix. Absorbé dans ses pensées, il croisa les bras et leva les yeux vers les étoiles. Il n'aperçut qu'une couche de nuages sombres. Il entendait la respiration de Mon Vieux, à côté de lui.

Ils dévorèrent leur dîner en moins de temps qu'il ne faut pour le dire. Tout de suite après, ils se dirigèrent vers le paseo Juan de Borbón ; le chien avec un petit trot élégant ; Milo en traînant les pieds. Ils traversèrent et atteignirent la vaste esplanade. Ils descendirent jusqu'au quai des voiliers et des yachts de luxe. Il choisit un banc et, soupirant profondément, s'assit par terre, le dos appuyé contre le siège. Il allongea ses jambes et observa les évolutions de Mon Vieux.

Dans le fond, il aperçut le monument de Christophe Colomb au bout des Ramblas pointant son doigt vers la mer, mais pas vers l'Amérique, plutôt vers les îles Baléares. Ce n'était pas une erreur ; l'intention ne lui avait jamais échappé, il avait toujours compris le message. Pour lui, c'était clair comme de l'eau de roche. Les maçons faisaient la même chose. Comme il avait pu le constater lors d'une précédente enquête, au lieu de cacher leurs symboles, ils les exposaient au public, à la vue de tous. Cependant, seuls les initiés pouvaient comprendre, les profanes ne savaient voir que la surface des choses. Cet index impératif indiquait tout simplement l'unique sortie possible : la mer. Ou alors, en fonction de l'état d'esprit de chacun, il commandait la marche à suivre : plonger la tête la première dans les eaux de la Méditerranée. Tous les citoyens. Sans exception. À commencer par le maire de service.

Le berger de Majorque revint tout essoufflé. Il s'allongea à côté de lui. Au bout d'un moment, il appuya sa tête sur une de ses cuisses. Milo le caressa sans s'en apercevoir, de manière machinale. Sa respiration le détendait. Le silence, ce lieu désert, son calme. Malgré le froid, tout l'invitait à fermer les yeux et à s'endormir.

Le chien leva brusquement la tête, oreilles dressées.

Un homme venait de s'asseoir sur le banc.

— Je ne comprends pas comment vous pouvez avaler pareille saloperie, dit-il.

Milo siffla pour calmer Mon Vieux. Du coin de l'œil, il remarqua que les chaussures de l'homme étaient en cuir, les semelles en caoutchouc, confortables, pour effectuer de longues marches. Idéales pour des filatures.

— C'est nourrissant. Et puis c'est un bon combustible.

L'homme croisa les jambes.

— Je vais aller droit au but. Nous avons bien récupéré l'ordinateur de Lorenzo Puig, mais il nous manque les copies qu'il a faites. Nous voulons les clés USB.

— Formidable, dit-il en montrant les voiliers. Moi, je veux un bateau comme ça.

— Je crois que vous ne m'avez pas bien compris.

— Si on écrivait la lettre au père Noël ensemble, qu'en pensez-vous ?

— Arrêtez de plaisanter. C'est une affaire très sérieuse.

— Lorenzo Puig travaillait pour vous ?

Le pied de l'homme commença à s'agiter avec un tic nerveux. Il ne répondit pas.

— Double jeu, je vois. Lorenzo Puig travaillait pour vous.

— Nous voulons ces clés USB, et c'est vous qui allez vous charger de les récupérer. Ensuite vous nous les remettrez.

— Nouvelle erreur. En ce qui me concerne, je n'ai jamais accepté les commandes.

— Vous n'avez pas le choix.

— Troisième erreur. Tu ne fais que des bourdes, mon gars. Bien sûr que j'ai le choix.

Il fit un mouvement du menton en direction de la mer.

— La mer.

— Mais de quoi parlez-vous ?

— Christophe Colomb, son doigt, le message. Dans quelle université est-ce qu'on t'a recruté, toi, en sciences économiques ?

Il tourna la tête très lentement dans sa direction. Il était jeune, athlétique, cheveux courts, traits ordinaires, habillé confortablement. Il appuya un bras sur le siège et se souleva pour s'asseoir sur le banc. Le berger de Majorque s'allongea à ses pieds.

— C'était un sacré fils de pute, cet avocat, dit-il. Se mettre à enregistrer des conversations privées… C'est lui qui en a eu l'idée ou c'est une petite commande de votre part ?

— Lorsque vous aurez arrêté l'individu qui l'a étranglé, vous trouverez les clés USB et vous nous les remettrez. Elles ne doivent figurer sur aucun rapport ; entendu ?

— Putain, mais tu as toujours faux, toi ! dit-il en le regardant. Ce ne serait pas toi qui rédiges les horoscopes dans le journal, par hasard ?

L'homme décroisa les jambes. Passant tout le poids de l'une sur l'autre, il les recroisa.

— Tout doit rester dans la plus stricte confidentialité. Si vous n'obéissez pas à nos instructions, nous pouvons vous faire suspendre pour un temps indéterminé. Un simple coup de fil suffira.

— Eh, gamin, arrête ton char ! fit-il en secouant la tête. Vous, les agents secrets, vous regardez trop de films. Tu es bien un agent secret, hein ?

L'homme demeura muet.

— Ce que je demande, c'est si tu es un agent secret de Catalogne, ou de Madrid. Avec tous ces drapeaux, je me mélange un peu les pinceaux.

— Nous savons tout sur vous, votre famille et vos amies, inspecteur Milo Malart. La mort de votre père dans un hôpital psychiatrique de Gérone, les troubles schizophréniques de votre frère, vos visites le dimanche chez la juge Susana Cabot, votre dossier disciplinaire, l'état de votre compte en banque...

Il l'interrompit.

— Ma vie est un livre ouvert, dit Milo en faisant la moue. Et alors ? Je ne crois pas que tout ça va vous servir à grand-chose.

— Nous possédons un éventail d'informations bien plus large que vous ne le pensez.

Milo commença à s'énerver.

— On ne vous a jamais dit que c'était mal élevé de se mêler de la vie privée d'autrui ?

— Vous n'avez aucun intérêt à vous mettre dans notre ligne de mire.

Milo se tapa sur la cuisse à plusieurs reprises.

— Ne voilà-t-il pas qu'à présent tu essaies de m'intimider ? Tu es vraiment gonflé, mon garçon. C'est la deuxième fois qu'on me menace, aujourd'hui et je commence à en avoir ras le bol, tu sais ?

Il se leva, immédiatement le berger de Majorque l'imita.

— Je crève de sommeil. Va te faire foutre, morveux.

L'homme lui coupa la route avec une surprenante agilité. Il durcit son regard. Pointa son index sur lui, le pouce levé, les autres doigts repliés.

— Obéissez à nos instructions et vous allez vous éviter de nombreux problèmes, croyez-moi. Nous sommes partout.

Tous les muscles du visage de Milo se tendirent.

— Primo, tu ranges ton semblant de pistolet, si tu ne veux pas que je te casse tous les doigts un par un, espèce de mauviette.

Il appuya son index tendu sur sa poitrine.

— Secundo, si tu ne veux pas te retrouver un jour tout seul et à poil, ne fais jamais confiance à ton pays, quel qu'il soit. Il est dirigé par des hommes et des femmes qui seront toujours fidèles à leur parti, pas à toi.

Il appuya à nouveau.

— Et tertio, ne recommence jamais à me menacer. La loi est la loi, mais, moi, je suis moi.

Il appuya une dernière fois.

— Tu n'as qu'à dire ça à tes supérieurs, de ma part. C'est clair ? Et écoute bien ce que je vais te dire... si tu as l'intention de continuer à m'espionner, fais-le. Mais vas-y mollo, d'accord ? Va pas trop loin !

L'homme soutint son regard.

Au bout d'un moment, il dit :

— Vous allez récupérer ces clés USB et vous me les remettrez en personne, sans passer par la voie officielle. Sinon vous allez finir détective privé d'hôtel en Thaïlande, en train d'enquêter sur les touristes sexuels.

— Dans le doute, je préfère de loin faire beaucoup de bruit. Tu as compris ? Et puis écoute-moi bien, ce n'est pas la première fois qu'on me croit fini, alors...

— Je ne l'oublierai pas, dit l'homme en mâchant ses mots.

— Je n'en ai absolument rien à foutre, gamin.

Il fit demi-tour et s'éloigna.

Le chien dut forcer le trot pour rester à sa hauteur.

Il n'était pas encore huit heures du matin et Milo était déjà à son poste de surveillance, en face de l'immeuble de quinze étages. Entre un cauchemar et le suivant il n'avait réussi à dormir que deux heures, couché sur le canapé du salon. Avant le lever du jour, s'avouant vaincu, il était descendu jusqu'à la plage, avait nagé pendant cinquante minutes dans une eau glaciale, poussé le chien comme il le faisait d'habitude pour l'aider à rejoindre le bord plus vite et était retourné à l'appartement pour prendre une douche et un déjeuner léger. Dans le 59, la même chose que d'habitude. Les bousculades, les coups de coude, les mines désagréables. En descendant, il observa le ciel et en conclut qu'il pouvait se déchirer à tout moment et décharger une pluie torrentielle.

Il regarda le flot de gens qui circulait le long de la Travessera de les Corts.

Des enfants lambinant sur le chemin de l'école, des mères pressées, des vieux qui avaient toute la journée devant eux, des jeunes de mauvaise humeur, regard rivé par terre, des cadres téléphone vissé à l'oreille, attaché-case dans l'autre main et journal sous le bras.

Quelqu'un sortit de l'immeuble.

Fausse alerte.

Il ignorait quelle école fréquentait Xoia… Lola, mais il pensait qu'elle ne devait pas être bien loin, dans le quartier. Il consulta l'heure sur son portable. Huit heures vingt. Il fit passer son poids d'une jambe sur l'autre.

D'autres personnes sortaient de l'immeuble. Aucune d'elles n'avait de traits orientaux. Il jura en silence. Il ne pouvait pas retourner sonner à la porte, M. Liang avait clairement expliqué qu'on ne lui ouvrirait plus. Il ne pouvait faire que ça, attendre de les voir, puis croiser les doigts pour que ça marche. Son seul plan était d'improviser. Et, si c'était possible, de contrôler ses nerfs pour ne pas effrayer la petite Xiao… Lola.

Soudain, une femme chinoise fit son apparition au bas de l'immeuble. Menue, habillée simplement, visage fermé. Elle tenait une gamine de six ans par la main, visage identique à celui d'une poupée de porcelaine, manteau rouge, chaussettes blanches et chaussures vernies. Elles s'éloignèrent vers le carrefour et prirent la rue Numancia vers le bas.

Milo les suivit.

Il se plaça à leur hauteur, les aborda avec sa plaque à la main.

— Madame Liang ?

Elle ne répondit pas.

— Je suis de la police, j'ai besoin que vous m'écoutiez une minute.

La femme ne s'arrêta pas non plus.

— Il est très important que votre fille regarde quelques photographies.

— Pas pouvoir, pressée aller à l'école. Être en retard.

Changeant de côté, Milo vint se placer à côté de la gamine.

Il tira le portable de sa poche, chercha la galerie de photos en question.

— Votre fille n'a pas besoin de parler, juste de regarder les photos.

La mère comprit ce qu'il voulait et fit passer sa fille de l'autre côté. Elle pressa le pas, traînant la petite, le cartable bleu rebondissant sur son dos.

Milo changea à nouveau de place.

— Xoia… Lola est la seule personne qui puisse confirmer l'identité de l'assassin. Ensuite elle pourra reprendre sa vie normale.

La mère la changea de main pour la deuxième fois.

— Jamais vie normale. Lui a tué son chien.

— Mais il ne l'a pas tuée, elle.

La femme menue s'arrêta soudain, déboîtant presque le bras de la gamine. Elle lui lança un regard de haine. Puis redémarra.

Milo réprima un juron. Il revint à nouveau à sa hauteur.

— Écoutez, si votre fille l'identifie, cet homme va se retrouver derrière les barreaux, ce soir. Ce soir même, dit-il en soupirant. Il ne pourra pas vous faire de mal. Il lui suffit juste de regarder ces maudites photos.

Portable à bout de bras, il se remit à hauteur de la fillette. Immédiatement, la mère la changea de main.

Milo eut assez de ce petit jeu.

Il fit deux grands pas et se planta devant elle.

— Madame Liang, dit-il en l'arrêtant des deux mains, d'un geste autoritaire, le regard sévère. Je commence à me dire que votre attitude s'apparente à une obstruction au bon fonctionnement de la justice. Je ne voudrais surtout pas être brutal, et encore moins devant une gamine, mais si vous continuez à refuser que Xaoi… Lola regarde les photos, je n'aurai d'autre choix que de la suivre à l'école, dans sa classe, dans la cour, au réfectoire, où il faudra, jusqu'à ce qu'elle regarde ces putains de photos. Et ne vous fatiguez pas à appeler la police. Parce que la police, c'est moi.

Il respira profondément, très irrité, les ailes de son nez s'ouvrant et se refermant à toute vitesse.

— Et croyez-moi, je suis en train de battre des records de politesse avec vous et avec Xaio… Lola.

— Xiao Wen, elle s'appeler Xiao Wen.

— Oui, c'est ça. Et je pense recommencer tous les jours, toutes les semaines, tous les mois. Sauf chez vous, votre fille va voir mon putain de visage en permanence. Vous avez compris ? Elle va le connaître par cœur.

— Vous pas dire gros mots. Moche ça.

La femme sembla réfléchir. Elle observa sa fille du coin de l'œil. Elle hésita.

Autour d'elle, les gens défilaient sans s'occuper d'eux. Il aurait pu être en train de les voler, de les agresser ou de les séquestrer. Allergie urbaine à s'occuper des problèmes des autres, conclut-elle pour elle-même.

Il respira profondément.

— Bien, dernière tentative avant de continuer avec cette situation absurde. Vous permettez que je montre quatre photos à Xiao Wen ?

— Juste regarder ?

— Juste regarder.

Mme Liang se pencha sur sa fille. Elle lui parla à toute vitesse en chinois, la voix très aiguë. La gamine se contenta d'écouter sa mère, son petit visage demeurant très sérieux. Ensuite, sa mère se plaça derrière elle, elle posa ses mains sur ses épaules et fixa son regard sur Milo.

— Toi montrer photos Lola.

Milo indiqua ses mains.

— Sans toucher votre fille, s'il vous plaît. Je ne veux pas de piège.

Mme Liang pinça les lèvres et retira ses mains très lentement des épaules de sa fille.

— Merci, dit Milo.

Il remarqua que la gamine l'observait en contre-plongée, la tête penchée en arrière. Il s'accroupit devant elle et la regarda dans les yeux.

Il se racla la gorge.

— Xiao Wen, je vais te montrer quatre portraits. La seule chose que tu auras à faire sera de les regarder, d'accord ?

La gamine acquiesça timidement.

Milo lui montra le premier. Aucune réaction. Il fit glisser son doigt et le deuxième visage apparut. Rien. Un adolescent lui cogna l'épaule et il faillit perdre l'équilibre. Il fit à nouveau glisser son doigt. La gamine n'eut aucune réaction avec le troisième visage. Il retint sa respiration, lui montra la quatrième photographie. Domingo Soler. La gamine s'accrocha à la jambe de sa mère, deux grosses larmes glissèrent le long de ses joues et elle enfonça son visage dans ses jupes, tout en même temps.

Mme Liang la serra contre son corps.

— Toi être content ? lança-t-elle.

Milo tendit sa main vers la tête de la fillette. Mais il se retint à mi-chemin.

— Je suis désolé, Xiao Wen.

Il se redressa.

Il leur tourna le dos tout en appuyant sur un numéro. Il attendit patiemment que la communication soit établie. Ensuite, son calme disparut comme par enchantement.

25

Le dispositif policier se déploya comme l'exigeait le protocole. Les véhicules de la police de Catalogne coupèrent l'étroite rue Mercaders, deux se postèrent à l'angle du fond, et deux autres au début, sur l'avenue Francesc Cambó, puis dans la rue de derrière, empêchant ainsi toute tentative de fuite. L'immeuble se retrouva complètement cerné. Vu la proximité du marché de Santa Caterina, de nombreuses personnes circulaient dans le quartier à cette heure-là de la matinée et une immense troupe de badauds s'agglutina derrière les barrières et les rubans de balisage pour voir ce qui se passait. Les agents de la police municipale durent se donner à fond pour empêcher que les curieux ne forcent le périmètre de sécurité.

La curiosité s'intensifia lorsqu'apparurent soudain deux fourgons des GEI le long de l'avenue, ainsi qu'à l'angle du bas, et qu'une dizaine d'hommes habillés de noir, leurs armes d'assaut à la main, des pistolets-mitrailleurs HK MP5 avec système de vision nocturne et laser, en descendirent pour prendre position à chaque extrémité de la rue. Au signal de l'inspecteur-chef Singla, deux files de six hommes du Groupe spécial d'intervention avancèrent à l'unisson en direction du magasin, venant des deux côtés de la rue, collés au mur attenant à l'immeuble. Tandis que les autres s'arrêtaient et se postaient en réserve de secours, les deux files du GEI confluèrent simultanément devant le rideau de fer et se positionnèrent en attente.

Immédiatement après, les inspecteurs Malart, Sena et Boada, avec leur pistolet HK canon en l'air, les imitèrent et se situèrent à leur suite côté nord. Tous les trois avaient retiré leur vêtement chaud et portaient leur plaque suspendue à leur cou, rebondissant sur un vieux gilet pare-balles tout défraîchi, contrastant avec ceux des hommes du GEI, de rutilants BSST "UX_3", avec niveau de protection IIIA, sur lesquels ils avaient enfilé des gilets porte-équipement Blackhawk dernier cri. Milo ne put éviter de jeter un rapide coup d'œil sur les chaussures des membres de l'unité opérationnelle, des boots tactiques Oakley Assault.

Un nouvel ordre de Singla dans les talkies et le GEI le plus proche du rideau de fer hurla à pleins poumons :

— Police ! Domingo Soler, sortez les mains en l'air ! L'immeuble est cerné !

Les inspecteurs du GEHME attendirent le cœur battant. Boada transpirait à seaux.

— Putain, mais calme-toi, lui dit Sena entre ses dents. Tu vas finir par nous tirer dessus.

Il n'y eut pas le moindre mouvement dans le magasin.

Au bout d'un moment, un des hommes du GEI s'accroupit devant la petite porte située sur un côté du rideau de fer, deux de ses collègues le couvrant avec leur pistolet-mitrailleur. Après les deux secondes nécessaires pour forcer la serrure, le policier donna un grand coup de pied dans la porte pour l'ouvrir, et ils pénétrèrent tous les trois en hurlant dans le magasin. Peu après, ils soulevèrent le rideau depuis l'intérieur, pour permettre au reste de la troupe de s'engouffrer dans les lieux.

Les hommes du GEHME échangèrent un regard tendu.

— Sécurisé ! hurla un des hommes en noir.

Milo baissa son arme, la rangea dans son étui, et fut le premier des trois à pénétrer dans le magasin. Les GEI avaient allumé les lumières et ouvert les volets qui donnaient sur la rue de derrière. Il s'arrêta après quelques pas. Inspecta l'ensemble du local du regard. Sena était derrière lui, suivi de Boada, qui secouait son cou dans tous les sens par petits coups secs et électriques, comme un chardonneret.

— Tu veux bien ranger ton putain de pistolet ! se fâcha Sena.

Boada obéit sur l'instant, maladroitement, en bousculant Milo.

— Désolé, désolé, inspecteur Malart.

Milo ne réagit pas. Il observait avec une angoisse croissante le magasin nauséabond.

Le sol était couvert d'eau qui mouillait et pourrissait les cartons empilés sur un côté. Il y avait des toiles d'araignée partout, des excréments de rats, des restes d'animaux morts. L'odeur était repoussante. D'autres cartons remplissaient une vitrine, la plupart crevés ; les articles qu'ils contenaient étaient à moitié mâchouillés et trempaient dans des flaques verdâtres. Taches d'humidité, peinture écaillée, plafond ébréché.

Les GEI défilèrent à l'intérieur en silence, la tête baissée.

Milo avança jusqu'au fond. Dans un coin, il aperçut l'endroit où s'était installé Domingo Soler. Un châlit composé de planches posées sur des briques et recouvert de deux couvertures râpées et sales, sur lesquelles on pouvait voir la boîte représentant de faux CD, ouverte et vide. Le matelas dépassait à une extrémité, crevé et repoussant. Il y avait également une étagère sur laquelle était posée une plaque électrique. À côté, une carafe à moitié pleine d'eau et une bouteille d'huile de tournesol vide. À l'autre extrémité, une louche, plusieurs couverts et une casserole cabossée, le tout en hauteur, sur des planches de bois moisi, ainsi que deux paquets de riz entamés, un paquet de sel et quelques sachets de soupe, attachés avec une ficelle et suspendus à des pitons scellés dans le mur, hors de portée des rongeurs. Il regarda autour et ne vit pas de radiateur, ni de poêle, ni rien de semblable. Un transistor était suspendu à un autre clou, antenne déployée. Près du lit, sur le sol couvert de flaques, une paire de grosses chaussures noires. Et sur un portemanteau, également accroché à un piton, un manteau gris tout troué, un vieux parapluie noir. Un machin ressemblant à un réfrigérateur, de la taille d'un placard, rouillé et à moitié ouvert, reposait sur une pile de journaux. Avec un mouchoir, il ouvrit la porte. Ce fut un peu difficile à cause des gonds tout rouillés. Une odeur de pourri le prit à la gorge et le fit reculer d'un pas. Il se boucha le nez avec son mouchoir et s'approcha. À l'intérieur, il y avait une brique de lait, un rat mort et un bouquet de fleurs, dont les feuilles étaient fanées et toutes noires.

— Putain, comment ce type pouvait-il vivre dans une merde pareille ? dit Sena.

Milo pinça les lèvres. Il regarda autour de lui.

— Qu'est-ce que tu cherches ?

Il s'éloigna de quelques mètres. Derrière des cartons, il découvrit les brosses, les manches, deux balais entiers, le sac de plastique noir.

Et sur des cartons encore, du sang séché. Beaucoup de sang séché.

Il tourna les talons et quitta rapidement ce trou.

— Il a agressé la sous-inspectrice Mercader, a récupéré le magot et est retourné au magasin, dit l'inspecteur-chef Singla. Puis il a dû rassembler quelques affaires et se sauver.

Milo était appuyé contre un mur, les yeux fermés.

— Quelques affaires ? dit-il en les rouvrant. Domingo Soler n'avait rien du tout. Non, il n'est pas revenu pour ça. Il est peut-être un peu demeuré, mais avec quarante-quatre mille euros en poche, la première chose qu'il a faite, c'est aller s'acheter une paire de chaussures confortables et bien chaudes. Il a peut-être hésité à se débarrasser des vieilles dans une poubelle et il est revenu ici pour laisser ses grosses godasses, qui peut savoir ce qu'il se passe dans la tête de ce type ? Mais je suis sûr d'une chose : avec tout ce fric, même le mec le plus taré du monde aurait préféré s'installer dans une pension minable plutôt que dans ce trou infect.

— Nous avons déjà prévenu tous les hôtels et les pensions de la ville. Ils ont sa photo.

— Des nouvelles de la surveillance de la maison de ses beaux-parents ?

— Négatif. Pour l'instant, il n'a pas montré le bout de son nez.

— Et tu sais si le sergent Crespo a trouvé une certaine Luisa Rodríguez à l'agence pour l'emploi ?

Singla fit à nouveau non de la tête.

— Il n'y a aucune employée de ce nom.

Milo acquiesça pour lui-même.

— Chef, n'oublie pas les centres d'hébergement, dit-il en commençant à s'éloigner. Envoie-leur également l'avis de recherche et sa photo.

— Tu crois qu'avec tout cet argent, il va choisir d'habiter dans un endroit comme ça ?

Il haussa les épaules tout en se dirigeant vers l'avenue.

Il retira la plaque qui se trouvait toujours autour de son cou et la fixa à son ceinturon, puis il ôta son gilet pare-balles. Il alla vers une des voitures, le jeta à l'intérieur du coffre et récupéra son blouson. Pendant qu'il l'enfilait, il entendit la voix d'Anna Bassa dans son dos.

— Inspecteur Malart.

Sans se retourner, il repéra sa colère contenue.

— Je ne t'ai pas menti, commissaire-chef. Tu as ton homme.

Il se tourna vers elle en même temps qu'il remontait sa fermeture éclair.

— Mais tu ne t'es pas rendu au parc où l'on a trouvé le dernier chien.

— Tu as ton homme, répéta-t-il, le tueur de chiens.

La commissaire Bassa fronça les sourcils.

— Tu m'as dit que tu étais en route pour le parc.

Milo remonta le col de son blouson.

— J'ai arrêté cette folie, comme tu me l'as demandé.

— L'ordre parlait de priorité absolue.

— Je t'ai donné ma parole que j'obtiendrais des résultats, et tu les as.

— Tu m'as désobéi. Tu as désobéi à une commissaire-chef.

Milo fit la moue. Il se gratta la tête.

— La presse sera contente, ainsi que les membres des associations de défense des animaux et les…

— Tu m'as menti.

Il sentit la colère lui monter à la gorge, gagner son cerveau, aveugler ses yeux. Il inspira et expira à deux reprises.

— Et merde avec ça ! explosa-t-il. Comme a dit le président du gouvernement, tout est faux sauf une chose. Et maintenant, commissaire-chef, si tu n'y vois pas d'inconvénient, je me taille. Je dois arrêter un assassin d'êtres humains.

Il attendit quelques secondes. Elle fit un signe de tête sur le côté.

— À vos ordres, dit Milo, et il partit.

Il expliqua à Rebeca que le commissariat avait déjà diffusé l'avis de recherche, obtenu un mandat d'arrêt, et distribué la photo de l'assassin à toutes les patrouilles et dans tous les commissariats, dans les aéroports, ainsi que dans les établissements hôteliers et les centres d'hébergement.

— Ils sont en train de passer la ville au peigne fin, ils ne vont pas tarder à l'arrêter. Qu'il ait décidé de la quitter ou d'y rester, il est foutu.

Rebeca leva le pouce.

Couchée dans sa chambre d'hôpital, elle avait meilleure mine. Ses joues avaient récupéré un joli teint, elle avait l'air plus reposée, et seule la bosse du front, plus sombre, révélait qu'elle avait été victime d'une agression. Elle avait toujours sa minerve autour du cou et, au grand dam de Milo, continuait à suivre le conseil des médecins : elle ne parlait pas.

Elle saisit la tablette sur son giron et écrivit :

"Tu ne m'as rien apporté."

Milo soupira.

La chambre était pleine de vases de fleurs, de boîtes de bonbons et de magazines. Il ne se sentit pas du tout coupable.

— Le livreur a dû prendre du retard.

On entendit un éclat de rire.

Le lit d'à côté était occupé par une adolescente obèse, jambe plâtrée jusqu'à la hanche. En voyant la tête qu'avait faite Milo, elle mit sa main devant sa bouche.

Il se planta devant elle, lui montra l'iPod sur sa table de nuit et lui demanda s'il lui appartenait. La jeune fille acquiesça. Milo lui fit signe de se mettre les écouteurs dans les oreilles.

— Si ça ne te dérange pas, dit-il, c'est une conversation privée.

La jeune fille obéit sans rouspéter.

Milo attendit qu'elle fasse fonctionner son appareil et qu'elle monte le volume. Alors, il tira le rideau qui séparait les deux lits et retourna auprès de la sous-inspectrice.

"Tu as vraiment mauvais caractère", lut-il sur la tablette.

— La journée a été difficile.

Il la vit taper à nouveau.

"Comment as-tu compris que c'était Domingo Soler ?"

— Xiao Wen m'a confirmé son identité.

Rebeca arqua les sourcils, en guise de question muette.

— J'ai le feeling avec les gamins.

Elle nota deux mots très courts : "Ah, ah." Après lui avoir montré l'écran, elle écrivit : "Hier soir, tu m'as appelée de chez l'avocat." Ce n'était pas une question et Milo ne répondit pas. "Ton antenne parabolique s'est enfin remise à fonctionner?" Il continua à demeurer muet.

Elle tapa à nouveau.

"Elle a fonctionné?"

— Je n'ai pas entendu sa voix. Le son était coupé. Mais j'ai réussi à déduire ce qui s'était passé. Plutôt par logique que par intuition. C'est tout.

Rebeca indiqua à nouveau la dernière phrase.

— Bon, oui. Mais être seul m'a beaucoup aidé.

Elle écarquilla les yeux, comme des soucoupes. Puis elle serra le poing dans sa direction et le brandit en l'air.

— Tu n'as pas compris. Tu ne me déranges pas du tout, mais parfois j'ai besoin de rester seul. Et ce n'est pas du tout agréable, je t'assure.

"Tu l'as vu?"

Il acquiesça très doucement.

"Tu craignais d'avoir perdu ton pouvoir de perception, n'est-ce pas?"

— Nous faisons une bonne équipe, dit-il. Toi, tu choisis d'aller là où te mènent les preuves, moi je prends un chemin plus tortueux. Toi, tu as une analyse cérébrale, moi je suis plus intuitif… quand ça marche.

"Autrement dit, c'est ni avec moi ni sans moi."

Taciturne, il esquissa un vague sourire.

"Qu'est-ce que tu as? Je te trouve bizarre."

— C'est à cause de ce type, Domingo Soler. Je n'arrive pas à me l'ôter de la tête.

Il lui raconta la conversation avec son épouse, avec le garçon de café, et il lui décrivit le magasin, les conditions dans lesquelles il vivait.

— Ce n'est pas étonnant qu'il ait l'esprit perturbé. Au lieu de le mettre en prison, il faudrait l'envoyer dans un hôpital psychiatrique.

Les joues de Rebeca devinrent rouges d'indignation.
Elle tapa rageusement :
"Ce vaurien m'a agressée, c'est un miracle si je ne suis pas morte ! Il a étranglé l'avocat et empalé cinq chiens ! Si ça ne tenait qu'à moi, il irait pourrir en prison le reste de sa putain de vie !"
Milo secoua la tête.
— Cette saloperie de crise n'est pas étrangère à tout ça, tu ne crois pas ? Elle pousse les gens à faire des folies, à perdre la raison… à se jeter sous le métro. Les incompétents qui nous gouvernent ne sont pas exempts de responsabilité, eux aussi. Mais ils s'arrangent pour ne jamais se faire éclabousser par le sang des tragédies.
Elle eut une moue de désaccord et tendit son pouce vers le bas.
— Bon, je ne vais pas me disputer avec toi.
"Parce que tu sais que tu te trompes !"
— Mes couilles, je me trompe. On a pointé une arme entre les deux yeux de ce type. Et il a craqué. À partir de là, un abîme s'est ouvert sous ses pieds. N'importe quel individu se sent enragé après avoir souffert une agression, quelle qu'elle soit. Avoir survécu ne leur suffit plus. Et tu sais pourquoi ? Parce que cette rage l'empêche de mener une vie normale. Parce qu'il la conserve au fond de lui, et que ce cancer finit par l'avaler tout cru. Tu le sais aussi bien que moi. Une aide, et c'est encore mieux si elle vient de la famille, est indispensable pour réussir à se reconstruire. Et qu'est-ce qu'il a reçu, lui, ce pauvre mec ? Le mépris de tous les siens, parce qu'il n'était plus capable de rapporter de l'argent à la maison. Sa famille l'a foutu dehors, il a été séparé de sa fille, il a été traité comme un pestiféré. Mon cul, oui, je me trompe !
L'adolescente de l'autre lit entrouvrit légèrement le rideau.
— Qu'est-ce que tu veux, toi ? Qu'est-ce que tu regardes ! dit Milo hors de lui.
Elle le referma immédiatement.
Rebeca leva la main, la posa, puis la leva à nouveau, plusieurs fois. Ensuite, elle lui fit signe de s'approcher. Enfin elle tapa sur le lit.

Milo regarda la porte, puis il l'observa elle, en train d'insister, sa main continuant à frapper légèrement le drap. Il hésita. Il expulsa bruyamment l'air de sa poitrine.

La sous-inspectrice arqua les sourcils. Et cette fois ce n'était pas une question, mais une demande.

Il s'assit à ses côtés.

Rebeca le prit par la taille. Elle le serra contre elle. Tout de suite après, elle le balança doucement, d'avant en arrière, en sifflant imperceptiblement. Elle le sentit frémir. Alors elle monta sa main jusqu'à son visage et caressa sa peau râpeuse ; il ne s'était pas rasé. C'est alors que, du bout des doigts, elle sentit qu'il transpirait.

Milo se redressa brusquement, lui tourna le dos.

Il entendit qu'elle tapait quelque chose.

Il s'essuya les yeux avec la manche de son blouson sans cesser de regarder vers la sortie.

Elle lui donna de petits coups avec la tablette.

"Ne t'en fais pas. S'il te plaît."

Il se dirigea vers la porte. Un pas, deux pas.

— Milo.

Il s'arrêta. Les oreilles griffées par cette voix cassée.

Il baissa la tête.

— Je ne sais pas ce que j'ai ces derniers temps, murmura-t-il.

"La fatigue. Tu es épuisé."

— C'est possible. Ton chien m'empêche de dormir. Il n'arrête pas d'aboyer.

Ses doigts tapèrent encore sur le clavier.

"Il a conquis ton cœur de pierre ?"

Milo fit une grimace.

— Même pas en rêve, ma chère.

Cette fois, elle mit presque une minute à taper son texte.

"Nous ne nous trompions pas tant que ça. Son enfant n'était pas mort, mais il avait tout de même subi quelque chose de semblable à une perte lorsqu'on l'a séparé de sa fille. Pour le premier chien, je peux comprendre… Mais pour les quatre suivants… Tu as compris pourquoi il faisait ça ?"

Il haussa les épaules.

— Je crois que nous n'en saurons jamais rien.

“Il doit bien y avoir une raison.”

— On ne sait pas toujours pourquoi nous faisons ce que nous faisons, dit-il en soupirant. Tu te souviens ? C’est la question à un million d’euros. D’abord nous le faisons, et ensuite nous cherchons une explication pour savoir pourquoi nous l’avons fait. Et il n’y a pas toujours une raison, ajouta-t-il en pointant son doigt sur sa tête. Je crois que notre esprit aussi possède un angle mort.

26

Il ne savait pas très bien ce qu'il faisait là, appuyé contre le coffre d'une voiture garée en épi à l'angle opposé de la rue, bras croisés sous une légère bruine. L'église était très belle avec son haut clocher pointu, des palmiers flanquant l'entrée. Après avoir écouté les mots de sa collègue, l'histoire des chiens et la perte de l'enfant, il eut un pressentiment et ses pieds le conduisirent à l'arrêt d'autobus. Le trajet, dans le 59, fut un nouveau cauchemar. À part les bousculades et les coups de coude de rigueur, il dut en plus supporter la conversation animée de plusieurs femmes collées à ses aisselles, se plaignant sans arrêt de la nouvelle augmentation de l'électricité, du scandale que "toutes ces expulsions" signifiaient. Elles disaient qu'elles n'étaient pas du tout étonnées que, poussée par l'horreur de se retrouver toute seule dans la rue avec ses gamins, cette pauvre femme ait étouffé ses deux jeunes enfants avec un oreiller et qu'elle ait ensuite tenté de se suicider sans y parvenir. "Oui, tu peux dire tout ce que tu voudras, mais ces enfants étaient innocents et ne méritaient pas de mourir. Et si elle-même était désespérée, elle aurait dû se jeter du balcon et laisser ses enfants en paix." "Pour que l'État s'occupe d'eux ? Ne sois pas bête. Ç'aurait été pire pour ces petits anges, que Dieu les prenne en son royaume." La discussion dura tout le temps du voyage. Accablé, il descendit deux arrêts plus tôt que prévu et poursuivit à pied jusqu'à l'angle des rues Consejo de Ciento et Villarroel, où se trouvait l'école de Rosina.

Un panneau bleu avec des lettres blanches stylisées annonçait le nom de l'établissement : MARE DE DÉU DEL ROSER ; et en dessous, en lettres plus petites : ÉDUCATION PRIMAIRE ET SECONDAIRE OBLIGATOIRE. Des grilles séparaient la rue de la cour. À cette heure-là, cette dernière était vide. Il regarda l'heure sur l'écran de son portable. Douze heures quarante-huit. Il se dit que le torrent de gamins n'allait pas tarder à se déverser ; les uns restant dans la cour pour attendre le service de cantine ; les autres sortant dans la rue pour aller déjeuner chez eux en donnant la main à leurs parents ou à leurs grands-parents.

Profitant du fait qu'il avait tiré le téléphone de sa poche, il appuya sur un numéro.

— Du nouveau dans la recherche de Domingo Soler ?

— Négatif.

Puis Singla lui expliqua que l'individu n'avait donné aucun signe de vie hier soir, dans les établissements hôteliers de la ville, ni dans les centres d'hébergement.

— Apparemment, dormir dans un bon lit et prendre une douche chaude n'est pas une priorité pour ce type.

Milo pensa à l'aphorisme des sociétés maçonniques : "Ce que tu fais te fait." Si Domingo Soler vivait depuis des mois comme un pauvre, ce n'était à présent qu'un pauvre avec quarante-quatre mille euros dans son portefeuille. Il continuait à avoir ses habitudes de clochard et il avait probablement passé la nuit tout seul dans un coin.

— Ou il est très malin et il nous a évités, ou il a une chance de cocu, ajouta l'inspecteur-chef. Personne ne l'a vu nulle part.

— Parce que, toi, tu repères les clochards qui se baladent dans la rue, peut-être ?

Il n'attendit pas la réponse.

— Personne ne voit ces gens-là, personne ne les remarque. C'est bien ça le problème. Presque personne ne les considère comme des individus.

Singla se tut à l'autre bout de la ligne. Puis il dit en soupirant :

— En tout cas, ce matin, il n'a pas empalé de chien. On a enrayé ses projets.

Un groupe d'hommes et de femmes commença à s'approcher de la porte de l'école et des grilles.

— Où es-tu ? demanda Singla.

Milo le lui dit.

— Encore un de tes fameux pressentiments ? Je hais tes pressentiments. Tu as besoin de renfort ?

— Ce ne sera pas nécessaire. J'ai bien peur d'être en train de perdre mon temps, cette fois.

— On ne peut pas gagner à tous les coups.

Ils raccrochèrent.

Le groupe des parents et des grands-parents grandissait à vue d'œil. Rosina restait manger à la cantine, avait dit sa mère. Elle ne sortirait donc pas de l'école. Il détourna son regard de la porte d'entrée et observa les grilles de la cour. Il écarta les femmes et se concentra uniquement sur les hommes. Pour se rafraîchir la mémoire, il chercha le portrait de l'individu sur son portable. Visage grassouillet, barbe, yeux petits et ronds, légèrement bridés. Il se rappela qu'il était de taille moyenne, forte constitution, costaud, environ quarante ans… sa difficulté à établir un contact visuel.

Un homme avec une grosse veste de daim marron foncé, très épaisse, avec un col en fourrure d'agneau s'accrocha à la grille d'une main, l'autre tenant un parapluie ouvert. Milo se raidit et observa ses larges épaules. Plus loin, à sa droite, un autre homme fit son apparition avec le même genre de vêtement chaud, marron plus clair. Mais ce dernier vint se poster parmi le groupe qui attendait devant la porte. Ils étaient tous les deux plus ou moins de même taille et la forme vague de leur grosse veste ne lui permit pas d'estimer leur constitution. Celui qui tenait la grille tourna son visage un instant vers lui. Pas de barbe. Celui qui était devant la porte se tourna vers d'autres parents. Il était barbu.

La pluie commença à tomber violemment.

Tous les adultes présents ouvrirent leur parapluie.

Puis on entendit les cris joyeux, stridents, lancés par des centaines de gorges enfantines, se réjouissant de la fin des cours de la matinée, les uns s'égaillant dans la cour, les autres sortant par la porte, les deux troupeaux en égale débandade. Et comme par magie des dizaines et des dizaines de pères, de mères, de grands-pères, de grands-mères supplémentaires, chacun muni d'un parapluie ouvert pour abriter les enfants, affluèrent sur le trottoir.

Milo se précipita en direction de la porte.

Une multitude de garçons et de filles couraient dans tous les sens, excités par la pluie et un sentiment de liberté, tandis que leurs camarades s'agglutinaient dans la haie de parents, communiquant entre eux à pleins poumons et bloquant le passage qui se retrouva vite aussi bondé qu'un tunnel de métro, à cause des parapluies ouverts.

La pluie redoubla de violence.

Évitant hommes et femmes, cannes et sacs, gamins et gamines, sans cesser de sautiller et de changer plusieurs fois de direction, avec des mouvements brusques, il atteignit enfin la porte. Il posa sa main sur l'épaule en daim marron clair. L'homme se retourna avec un large sourire. Il était barbu, mais ses yeux n'étaient ni petits ni bridés. Il le lâcha et tourna de quatre-vingt-dix degrés. Son avancée en direction des grilles de la cour était du même ordre que pénétrer dans un grand magasin le premier jour des soldes. Malgré la foule chaotique, immobilisée sur le trottoir de façon incompréhensible, il réussit à atteindre les grilles. L'autre type avait disparu.

Il descendit sur la chaussée, provoquant un concert de coups de klaxon et de sonnette et courut jusqu'à l'angle de la rue. Il s'arrêta au milieu de la circulation, les vélos l'esquivant à peine à quelques millimètres, les conducteurs des voitures arrêtées pressant sur le klaxon de façon continue. Il regarda vers le haut de la rue Villarroel, ensuite vers le bas. Frustré, il observa ensuite la rue Consejo de Ciento dans les deux sens. Pas l'ombre de l'homme à la grosse veste en daim marron foncé, très épaisse, avec un col en fourrure d'agneau, et sans barbe.

— Putain de merde !!!

Il se serra pour laisser passer voitures et bicyclettes sans prêter attention aux protestations et aux insultes qui lui tombaient dessus. À nouveau sur le trottoir, il se demanda s'il l'avait vraiment vu ou si ç'avait juste été une impression. Le type s'était-il rasé la barbe ?

Il ferma les yeux et tenta de retenir l'image de l'homme à présent qu'elle était encore toute fraîche dans son esprit.

Il avait l'air différent, quelque chose dans son allure générale avait changé. Il n'était plus aussi voûté qu'auparavant et il avait la tête haute. *Et si c'était lui ?* Il chercha un détail supplémentaire, une autre singularité. Il n'avait pas du tout l'air d'un clochard. Ni au niveau des vêtements ni de son langage corporel.

Il tira son portable de sa poche et rouvrit les yeux.

Il aperçut alors l'épais rideau de pluie qui s'abattait sur lui. Il alla s'abriter sous le store d'un kiosque. Et lorsque le chef Singla répondit, il lui résuma ce qui venait de se passer.

— Il faudrait que les patrouilles ratissent le secteur.

— Tu es sûr que c'était lui ?

Milo attendit plusieurs secondes avant de répondre.

— Ça ne coûte rien d'essayer, chef.

— Et qu'est-ce qu'il faisait là ?

— Il regardait sa fille en cachette.

Il raccrocha.

Un nouveau détail lui vint brusquement à l'esprit. L'homme sans barbe avait un parapluie. Un grand parapluie gris, tout neuf. Il le tenait de la main gauche, et il l'avait ouvert bien avant qu'il se mette à pleuvoir très fort, alors qu'il tombait juste une fine bruine. Pour ne pas mouiller sa grosse veste en daim.

— C'était lui, bordel de merde !

Il donna un coup de poing à la frange du store.

Il poussa l'assiette devant lui sur le comptoir. Il n'avait mangé que la moitié de sa *butifarra* et un tiers des haricots blancs, sans même toucher à son pain à la tomate. Le garçon repéra son attitude et lui demanda s'il voulait un dessert. Il fit non de la tête. Un café ? Il acquiesça. Noir et serré. Puis il fixa son regard sur les bouteilles de l'étagère en face de lui. Elles étaient rangées par genre d'alcool. Les cognacs, les whiskies, les bourbons, les gins, les vodkas, les rhums… Plusieurs marques de chaque boisson, les étiquettes tournées vers les clients. Séduisantes. Il écarta l'idée, il n'avait pas l'intention de donner à son corps ce qu'il lui réclamait. Le garçon s'approcha à nouveau de lui, il lui retira son assiette et posa le café sur le comptoir, non sans avoir au préalable habilement évité la vitrine réfrigérante où se trouvaient les tapas. Il lui demanda l'addition, vida sa tasse d'une gorgée et posa un billet sur le comptoir. Il sortit sans vérifier si c'était suffisant pour payer la note.

La pluie continuait à tomber intensément.

Il remonta le col de son blouson, enfonça les mains dans ses poches et se pencha en avant en commençant à progresser sous les corniches en direction contraire au commissariat central. La dernière chose qu'il avait envie de voir en ce moment était le visage de bigot de Boada. Il n'était pas sûr de pouvoir se retenir de lui casser la gueule. Il n'en était pas absolument sûr, mais cette grenouille de bénitier avait toutes les chances de tirer le bon numéro. Par ailleurs, l'opération de recherche et d'arrestation étant en cours, sa présence au commissariat n'était pas indispensable. Il consulta l'heure sur un parcmètre et s'aperçut qu'il était encore tôt. Au lieu d'appeler la jeune femme et de lui demander s'il pouvait passer chez elle, il décida de s'y rendre directement, sans prévenir. Il ne pensait pas la trouver en train de travailler de si bonne heure. Il tourna dans la rue Muntaner, puis il prit la rue de Valencia.

— L'autre jour, tu m'as dit que tout marchait bien pour Jaque, ses projets. De quels projets voulais-tu parler ?

Elle le regarda en ravalant un bâillement.

Elle venait juste de rentrer d'un repas de famille et s'apprêtait à faire la sieste lorsque Milo s'était mis à sonner de manière insistante. Elle portait un jean et était pieds nus, ses cheveux blonds ramassés en queue de cheval, légèrement maquillée, un sweat-shirt rose à col rond sur un débardeur blanc. Elle avait l'allure d'une étudiante ordinaire comme celles qui peuplent les bibliothèques, rien à voir avec la Tiffany déguisée en escort-girl la fois précédente. Elle était assise de travers sur le canapé du salon, une de ses jambes pliée sous ses fesses, son bras reposant sur l'accoudoir, le visage tout endormi. Il faisait très chaud dans l'appartement et il avait retiré son blouson et remonté les manches de son pull à col roulé. Il avait pris place dans un fauteuil en face d'elle et sentait les gouttes de sueur glisser dans son dos.

— De tout, de rien en particulier.

— Elisa, nous sommes au courant pour son voyage à Sydney.

La jeune femme eut une expression d'étonnement à peine perceptible.

— Elle m'avait fait promettre de n'en parler à personne. Et moi, je tiens toujours mes promesses, dit-elle en se redressant sur le canapé et en posant les deux pieds par terre. Dis donc, moi, j'ai besoin de m'envoyer un gorgeon, ajouta-t-elle en se dirigeant vers le comptoir situé à une extrémité de la pièce. Je sais, pas toi, mais, moi, je suis tombée dans une embuscade, comme d'habitude chez les parents, et si je n'avale pas un truc costaud pour faire descendre la bouffe, je vais tomber raide, poursuivit-elle en se préparant un gin tonic. Ma mère a décidé que j'étais trop maigre et elle me gave comme une oie. Le problème, c'est qu'elle cuisine super-bien et que je n'ai pas le courage de refuser ses petits plats, tu comprends ? Vraiment, tu ne veux rien prendre ?

Milo mit plusieurs secondes avant de répondre. *One bourbon, one scotch, one beer.* Il fit non de la tête.

— Même pas un verre d'eau ? Un café ?

— Un café, c'est bien. Noir.

— Voilà, qui est parlé.

Elle chercha une capsule dans une boîte rectangulaire et l'inséra dans la machine à café, puis elle mit une tasse sous le versoir. Ensuite, elle appuya sur le bouton.

— Sûr que tu ne veux pas une lichette de quelque chose dedans ? Cognac, scotch, rhum…

— Sûr.

Elle revint vers lui avec les boissons sur un plateau. Elle le posa sur la table basse, déboutonna son jean et saisit son verre. Ensuite, elle se laissa choir sur le canapé et prit la même position qu'auparavant.

Milo se pencha en avant pour attraper sa tasse.

— Parle-moi de Sydney.

— Il y a plusieurs mois qu'elle a eu cette lubie. Elle a commencé à dire qu'elle voulait se tirer, qu'elle ne supportait plus d'être ici, et patati et patata. Elle répétait toujours la même chose. Elle avait choisi plusieurs points de chute et finalement elle a opté pour celui qui se trouve le plus loin, à l'autre bout du monde.

Elle but un long trait dans son verre.

— En septembre, ou peut-être en octobre, je me souviens plus, elle a commencé à faire des démarches avec l'ambassade australienne sur internet, sa demande de visa et tout le tintouin. Apparemment, c'est pas facile du tout. En tout cas elle a fini par obtenir ce qu'elle voulait. Quand elle avait quelque chose dans la tronche, elle ne lâchait jamais prise. Et elle s'est acharnée jusqu'au jour où on lui a donné une date précise. Elle était têtue comme une mule. Je crois qu'elle a été obligée de s'inscrire à un cours d'anglais à Sydney pour obtenir son visa. Une fois là-bas, elle avait l'intention de s'inscrire en droit et de renouveler sa carte de séjour, dit-elle en penchant la tête sur le côté. Elle était persuadée de trouver du travail lorsqu'elle n'aurait plus de fric, tu vois ce que je veux dire.

Milo posa sa tasse sur la table basse.

— Et tu sais à quelle date elle devait partir ?

Elle fit la moue.

— À la fin de l'année universitaire, bien sûr. Pour rien au monde, elle n'aurait envisagé d'arrêter ses études. C'était primordial pour elle, je te l'ai déjà dit. Elle pensait continuer ici jusqu'en juin, dit-elle en faisant un grand geste pour montrer le salon autour d'elle, rassembler l'argent nécessaire pour vivre à son aise, cinquante mille à peu près, et ensuite mettre les voiles au bout du monde en prétextant à ses parents qu'elle partait en vacances.

Elle secoua la tête.

— Je te jure qu'elle était devenue moitié cinglée avec ce voyage. Ici, avec de l'argent qui rentre régulièrement, on vit mieux que n'importe où au monde, si tu vois ce que je veux dire.

— Tu as une idée des raisons qui l'ont conduite à cette obsession ?

Elisa observa le fond de son verre. Elle le tourna. Les glaçons tintèrent contre la paroi.

— Je t'avoue que je ne comprends pas.

— Elle voulait peut-être fuir quelque chose ? Ou quelqu'un ?
— Non, elle s'entendait bien avec tout le monde…
— Elle t'a parlé de sa vie en famille ?
Elle vida son verre et se leva pour s'en servir un autre.
— Sa mère était une chieuse, elle était toujours derrière elle, à l'engueuler pour n'importe quoi. Et son père, lui… tranquille, en train de regarder la télé toute la journée.
Elle se versa une généreuse quantité de gin.
— En revanche son frère était super. Elle l'aimait beaucoup et Eloy l'idolâtrait, dit-elle en revenant vers le canapé et en tournant le contenu de son verre avec son doigt. Je ne sais pas… Ce n'était pas facile pour Jaque de vivre dans sa famille, mais est-ce que ça l'a jamais été ? Hein ?
— Et au cabinet, comment ça se passait ?
Elle s'assit tout en soupirant.
— On la payait au lance-pierre, c'est tout ce que je sais. Mais je ne l'ai jamais entendue dire du mal de ses patrons en tant que personnes, ni de ses collègues. C'était juste un boulot, rien de plus. Elle allait là-bas, faisait son taf et se tirait.
— Et à l'université ?
Elle descendit la fermeture éclair et étira la taille de son jean.
— Je suis ballonnée, putain de merde. Je ne mange plus un plat de ma mère de toute ma vie, dit-elle en avalant une gorgée, puis en faisant la grimace. J'ai eu la main lourde. À l'université, tu dis ? Toujours pareil. Son prof était grassouillet, super-mielleux, les étudiants lui tournaient autour comme des mouches, les nanas étaient mortes de jalousie… Je t'ai dit, peut-être l'une d'elles lui en voulait plus que les autres, mais elle avait de bons rapports avec tout le monde.
— Avec ses clients aussi ?
Elle écarquilla ses grands yeux ambrés, incrédule.
— Ils étaient complètement accros à elle ! Ils sortaient d'ici comme des zombies, on aurait dit qu'ils venaient de voir la Vierge Marie et son chœur d'anges, dit-elle en avalant à nouveau une longue gorgée. Baiser est le seul remède possible pour un homme qui se sent impuissant, si tu vois ce que je veux dire, ajouta-t-elle en ricanant. Et tu peux me croire, Jaque les satisfaisait vraiment, elle les satisfaisait même énormément.

C'est pour ça qu'ils étaient là à faire la queue, en train de saliver devant sa porte comme de petits chiens en chaleur.

Le regard de Milo devint plus dur.

— Et tu crois que ça lui plaisait à elle ?

Elisa fit un geste dédaigneux dans les airs.

— Ne commence pas à faire comme ta collègue, toi. C'est un jeu, c'est tout, c'est juste de la peau. Tu n'aimes pas baiser, toi ?

— Vraiment, tu es sûre que Jaque adorait écarter les cuisses devant ces types ?

— Bien sûr, personne ne la menaçait avec un revolver ! dit-elle en traînant les mots. Et elle savait y faire, je t'assure. Sa spécialité les rendait complètement dingues. Alors là, oui.

Elle vit la mine qu'il faisait. Elle battit des paupières un instant et ses yeux devinrent tout brillants.

— Pourquoi ça vous met dans cet état, tous les mecs ?

Milo se leva irrité et se planta devant elle.

— Tu viens juste de dire que Jaque pensait pouvoir gagner cinquante mille euros, oui ou non ?

Elle acquiesça en se jetant en arrière.

— Que pour rien au monde elle n'aurait interrompu ses études, c'est bien ça ?

Elisa fit oui de la tête.

— Elle avait déjà économisé plus de la moitié de la somme, il lui suffisait de continuer jusqu'à l'été, cinq mois de plus. Et qu'est-ce qu'elle a fait ? demanda-t-il en pointant son index sur le visage de la fille. Elle a organisé un vol pour obtenir le reste du magot. Ça ne te dit rien ce changement de stratégie, non ?

Elisa replia ses jambes contre sa poitrine en les enserrant entre ses bras.

— Qu'est-ce que ça devrait me dire ? De quel vol tu parles ?

— Ça devrait te dire qu'elle n'en pouvait plus, qu'elle n'a pas supporté ça. Cette spécialité que tu trouves si formidable était en train de la dévorer, de la tuer à petit feu. C'est juste de la peau ? De la merde, oui !

Il se laissa tomber sur le canapé, la tête en arrière.

— Je… je ne comprends pas, dit-elle d'une voix étouffée.

Milo ferma les yeux.

— Elle s'est bousillée. Carolina s'est bousillée.

27

Elisa continua à parler. Une partie de Milo entendait les sons qu'elle produisait, déchiffrait les mots, mais une autre partie s'était abstraite, s'était dédoublée, comme s'il avait pu observer le salon depuis l'extérieur. Il ne parvenait pas à trouver une explication à l'irritation qui émanait de ses propres yeux, à la raison pour laquelle il avait les poings serrés, une raison qui puisse justifier le poids qu'il ressentait soudain dans sa poitrine, qui lui écrasait les poumons comme du plomb.

Une main lui secoua l'épaule.

— Ça va ?

— Non, non, continue, dit-il en soulevant les paupières.

— Je te disais que si tu t'attelles à avoir de la chance, la vie te donne toujours une deuxième occasion de réussir. J'ai entendu ça dans un film et c'est vrai. C'est peut-être pour ça que Jaque a avancé ses projets et a fait ses valises. Elle a tout simplement eu une occasion.

— Je préfère qu'on oublie la chance, dit-il.

Puis d'une voix monocorde il lui expliqua, sans entrer dans les détails, l'histoire du vol de l'avocat et comment tout cela s'était fini.

— Tu la connaissais bien ?

— Que veux-tu que je te dise. Tu crois qu'on peut parfaitement connaître quelqu'un ? Par exemple, ma mère, sans aller plus loin… aujourd'hui, elle m'a raconté qu'elle voit un autre type en cachette de mon père. Et elle a cinquante-huit piges, tu y crois, toi ? Toute ma vie, j'ai pensé que c'était un couple plus ou moins heureux et voilà ce qu'elle me sort tout d'un coup !

— Ça prend parfois sur le tard, tu sais.

— Dis-moi, tu ne serais pas un peu pâle, non, lui dit-elle en lui saisissant le bras. C'est vrai, tu ne veux vraiment rien boire ? Je ne sais pas, moi, un petit coup de quelque chose…

— Non, jamais d'alcool, répondit-il en se frottant les yeux. Mais je donnerais n'importe quoi pour dormir quelques heures.

Elle se leva, lui montra la chambre de Jaque du bout du menton.

— Il y a un lit libre, si tu veux, dit-elle en s'approchant pour la troisième fois du comptoir. Moi, je vais me servir un autre petit coup.

— C'est sérieux ? Ça ne t'ennuie pas ? Je peux me coucher ici, sur le canapé, j'ai l'habitude.

— Ne sois pas bête, tu seras mieux dans un lit.

— C'est sûr que ça ne te dérange pas ?

Elisa haussa les épaules tout en se versant une quantité plus modeste de gin dans le verre en y ajoutant du tonic à ras bord.

— Dès que j'aurai fini mon verre, je vais faire la même chose que toi. Rien de mieux qu'une bonne petite sieste pour faire descendre le repas et reprendre des forces. Le maestro joue ce soir. Petite jupe écossaise, chaussettes longues et talons hauts.

— Alors je te prends au mot, dit-il en se dirigeant vers la chambre d'un pas lourd. Je suis vanné.

— Trop d'émotions ?

— Oui, trop d'émotions.

Il alluma la lumière et entra dans la chambre. Il s'assit sur un coin du grand lit, observa les miroirs à la tête du lit et au plafond.

Il entendit Elisa par la porte ouverte.

— Tu es sûr de toi pour cette histoire de vol ?

— Il n'y a pas d'autre explication, dit-il en s'approchant de l'armoire. Il ouvrit une des portes latérales, tira le tiroir du bas. Il sortit les dossiers qui s'y trouvaient et vérifia leur contenu. C'est la seule qui vaille.

— Je ne suis pas sûre que ça m'étonne vraiment.

— Que veux-tu dire ?

Silence.

— Je t'ai demandé ce que tu voulais dire ?

— Que Jaque, comme tout le monde, avait une part d'ombre. Rien de pervers, ne va pas t'imaginer des choses. Sauf que… rien, laisse tomber, ça n'a pas d'importance.

— Non, s'il te plaît, continue, fit Milo.

Il constata qu'il n'y avait rien concernant ses démarches à l'ambassade, rien à propos de son voyage. Ensuite, il fouilla le tiroir de ses sous-vêtements, il trouva la photo d'Eloy, la prit et la glissa dans la poche de son jean.

— Tout a de l'importance.

— Tu flaires ses culottes ? demanda Elisa en se plantant sur le seuil de la porte.

Sans se retourner, Milo referma délicatement le tiroir, puis l'armoire.

— Tu m'as coincé, dit-il.

Sans plus attendre, il dénoua ses lacets, retira ses chaussures, et s'allongea sur le lit. Il se propulsa avec ses hanches jusqu'à l'oreiller du centre.

— Que disais-tu à propos de Carolina ?

Elle l'observa un instant en silence.

— Elle faisait beaucoup d'effet aux hommes, dit-elle, puis elle avala une gorgée. Mais elle ne supportait pas que quelqu'un ou quelque chose se mette en travers de sa route, dit-elle en croisant les bras. Elle était capable de tout pour atteindre ses objectifs. De n'importe quoi.

— Comme par exemple ?

Elle but une autre gorgée.

— Lorsqu'elle est arrivée ici, elle était déjà confirmée. Elle n'a pas du tout essayé sa spécialité ici, si tu vois ce que je veux dire.

Milo pinça les lèvres.

— Ça ne signifie pas grand-chose, ça.

— Ce n'était pas une ingénue. Malgré son air malingre et vulnérable, elle était forte comme un roc… faut pas croire.

— J'ai une tête de naïf ?

Elisa leva les yeux au ciel.

— Est-ce que je t'ai dit que je suis un peu psychologue ?

Milo fit semblant d'avaler de la salive.

— Tu m'épates.

— Non, sérieusement. Je peux tout à fait voir que tu apprécies Jaque, que tu as de la sympathie pour elle ou du respect, appelle ça comme tu voudras, dit-elle alors qu'il demeurait silencieux. Et c'est un bon point pour toi, ajouta-t-elle en faisant le tour du lit, en vidant son verre et en le posant sur la table de nuit. J'aime les hommes qui nous respectent. Tu me fais un peu de place ?

Elle baissa son jean et le retira complètement, puis elle en fit autant avec son sweat-shirt rose. Ensuite elle défit son chouchou et sa chevelure blonde retomba en cascade sur ses épaules. Enfin, elle se tourna vers Milo qui n'avait pas bougé d'un millimètre.

Elle mit ses mains sur ses hanches.

— Tu vois un inconvénient à ce que je m'allonge à côté de toi ? Juste pour dormir, je te promets, dit-elle et, sans attendre sa réponse, elle se coucha tout près de lui. Elle posa une main sur sa poitrine, croisa une jambe sur les siennes et se blottit contre son corps. Moi aussi j'ai besoin de me reposer, si tu vois ce que je veux dire. Tu veux bien éteindre la lumière ?

Milo tendit le bras et actionna l'interrupteur.

La légère lueur qui venait du salon se refléta dans les miroirs, éclairant la chambre de rais obliques et ténus. Milo aperçut vaguement son image au plafond, tentant de découvrir si Carolina avait été toujours comme un roc ou si quelque chose l'avait fait durcir tout le long de ses vingt ans de vie.

Elisa commença à se frotter contre lui.

— Tu es en train de penser à Jaque, hein ?

— Tu te trompes, psychologue de pacotille.

Elle lui donna un petit coup dans le foie. Quelques secondes plus tard, elle lui murmura à l'oreille qu'elle connaissait une méthode infaillible pour l'effacer de son esprit.

— C'est ma spécialité. Tu veux la connaître ? ronronna-t-elle.

En guise de réponse, Milo émit un ronflement.

À la nuit tombée, il récupéra ses chaussures et sortit de la chambre sur la pointe des pieds. Il se chaussa dans le salon, saisit son blouson, longea le couloir et sortit de l'appartement en refermant la porte en silence. Dans la rue, il poussa un grand soupir en constatant que la pluie avait cessé. Il pressa le pas en direction de la Barceloneta sans même penser à prendre un transport en commun.

À la hauteur de la cathédrale, son portable se mit à sonner. Sara. Hugo avait recommencé à faire des siennes. Oui, elle allait bien, juste un peu amochée. Maintenant, son frère dormait comme un bébé. Il lui demanda si ça pouvait attendre le lendemain ou si elle préférait qu'il vienne tout de suite pour s'occuper de lui.

— Et qu'est-ce que tu vas faire ?

— Je vais mettre fin à cette situation, Sara. C'est mieux pour toi, pour lui, pour tout le monde. Il est temps de le faire enfermer, il n'y a pas d'autre solution.

— Mais un hôpital privé, c'est très cher.

— T'inquiète pas, c'est un Malart, c'est à moi de m'occuper de ça.

Sara réfléchit quelques secondes, puis elle lui dit que ça pouvait attendre le lendemain, que ce n'était pas pressé.

— Ou après-demain, ajouta-t-elle dans un murmure.

— Sara, c'est pour ta sécurité, tu comprends ?

Ils décidèrent qu'il l'appellerait le lendemain pour lui dire à quelle heure il passerait le prendre.

Nous prendre, dit Sara.

Elle insista pour les accompagner, et Milo ne parvint pas à la faire changer d'avis. Ils raccrochèrent. Il chercha le contact de Susana Cabot et appuya sur la touche. Après quelques sonneries, la juge décrocha. Il lui dit qu'il avait besoin d'une voiture sans autre explication.

— Hugo ?

— Tu me la prêtes ou pas ?

Elle lui dit qu'elle se trouvait au deuxième sous-sol de l'immeuble, qu'elle laisserait les clés au concierge. Avant de raccrocher, elle lui dit qu'il n'était pas urgent qu'il la rapporte et lui souhaita bon voyage.

Il regarda l'heure. Il allait bientôt être neuf heures du soir. Il douta que le docteur Doria se trouvât encore à l'hôpital. Mais il ne risquait rien à essayer. Il appuya sur le contact qu'il s'était juré de ne plus appeler de toute sa vie. Sans ralentir le rythme de ses pas, il entendit le psychiatre répondre de sa voix posée, quelque peu aiguë. Il se rappela parfaitement son visage, comme s'ils s'étaient vus la veille pour prendre des nouvelles de l'évolution de l'état de son père. Un bouc, des lunettes super-chères, chauve, le regard intelligent. Après les politesses de rigueur, il lui résuma la situation, les rechutes, de plus en plus rapprochées, et les crises de violence. Non, Hugo n'avait pas arrêté l'alcool. Il le pria de l'excuser de se montrer aussi tranchant et le docteur lui dit de ne pas s'en faire, qu'il était habitué. Oui, demain il pourrait le recevoir pour juger s'il y avait lieu d'hospitaliser Hugo. Il n'aurait qu'à donner son nom à la réception. À n'importe quelle heure de la journée, car il ne s'absenterait pas de l'hôpital psychiatrique. Milo le remercia et raccrocha.

Il traversa la place du marché en regardant fixement par terre.

Il entra dans le couloir, gravit les marches trois par trois et ouvrit la porte rapidement. À peine aperçut-il le berger de Majorque, la façon dont il se levait sur les deux pattes arrière pour lui lécher le visage qu'il reprit son souffle. Et retrouva le sourire. Il ne se sentit plus oppressé. Il ne perdit pas de temps à entrer dans l'appartement et ils descendirent à toute vitesse, Milo disputant le passage à son chien pour arriver le premier en bas. Il attendit qu'il ait fini de faire ses besoins contre un arbre puis, jouant à voir qui attrapait l'autre en premier, ils prirent la direction de la Casa Leo. Il demanda la même chose que d'habitude tandis que le chien attendait dans la rue, le regard fixé sur lui. En attendant d'être servi, il attrapa le journal, passa la une traitant du processus souverainiste, qui occupait la moitié de la page, et feuilleta les nouvelles. Une femme avait tenté de vendre son rein à un Libanais pour une somme de quarante mille euros. Deux filles avaient poignardé une jeune femme pour lui voler son portable. Plusieurs femmes de la ville ne pouvaient pas allaiter leur enfant car elles étaient dénutries à cause de leur état de pauvreté. Il lut son horoscope : "Le moment est venu d'affronter votre situation économique avec habileté et courage, en évitant les écueils majeurs."

— Mais quel connard !

— Qui ça ? demanda un homme accoudé au comptoir en face d'une bouteille de piquette. Le porte-parole du gouvernement ?

— Tous, chef, c'est tous des connards.

Il emporta les assiettes dans la rue et ils les vidèrent en moins de temps qu'il ne faut pour le dire. Puis il les rapporta sur le comptoir, demanda à la patronne de lui ajouter les deux repas sur son ardoise et, avant qu'elle ait eu le temps de réaliser qu'il serait peut-être temps de la solder, il était déjà sorti du local et avait disparu.

Ils s'enfoncèrent dans une ruelle déserte, en direction de nulle part. La nuit était glaciale, comme toutes celles de ces dernières semaines, et il apprécia que le froid lui griffe la peau du visage. Pendant un instant, accompagné de son berger de Majorque, il se sentit ridiculement euphorique, comme un enfant qui sort en récréation après avoir fait trois contrôles à la suite, sans se demander s'il a réussi ou pas.

Il aperçut un ballon crevé par terre, le récupéra, le nettoya contre son jean et le montra au chien, qui fixa immédiatement son regard sur lui, en dressant les oreilles. Après qu'il l'eut lancé le plus loin possible, Mon Vieux partit comme une flèche derrière lui. Il le prit et revint le déposer à ses pieds, d'un petit trot victorieux. Il ouvrait fièrement sa gueule, langue pendante, l'incitant à répéter son action. Si le bonheur existait, se dit Milo, il devait vraiment beaucoup ressembler à ça. Un instant simple, facile, sans parole, juste l'instinct, le jeu. Aucune pensée.

Il fit semblant de le lui lancer à nouveau de toutes ses forces, entraîné en avant par l'élan, mais il le laissa tomber derrière lui. Le chien démarra, s'arrêta, l'aperçut tout de suite et le prit dans sa gueule en le mordant de façon acharnée, sans le lâcher, comme pour refuser que Milo le saisisse à nouveau pour lui refaire sa blague.

— Ça va, Mon Vieux, tu as gagné, dit-il en prenant le ballon coincé entre ses dents puis en le levant en l'air. Voyons si tu attrapes celui-là. Attention, un deux et… trois.

Il le lança de toutes ses forces. Crevé, le ballon décrivit un grand arc de cercle et retomba comme un poids mort.

Les griffes du chien résonnèrent dans la rue déserte.

C'est alors que trois choses inattendues eurent lieu simultanément : Mon Vieux freina d'un coup sec, il se mit à aboyer comme un possédé, et Milo sentit des serres lui emprisonner le cou avec une force incroyable.

— Tu n'aurais pas dû me suivre, dit une voix dans son dos, très près de ses oreilles, tu as tout foutu en l'air.

28

De façon absurde, il ne faisait que se répéter la même idée. “Mon Vieux est en train d’aboyer, Mon Vieux est en train d’aboyer.” C’était la première fois qu’il l’entendait, et ses aboiements ne ressemblaient pas à ce qu’il avait imaginé, joyeux, frais. Au contraire, ils étaient rauques, graves, aphones.

De plus en plus lointains.

Il comprit que l’éloignement était dû à sa perte de conscience progressive, au fait que l’oxygène était peu à peu en train de cesser d’atteindre son cerveau. L’homme lui serrait la gorge, à hauteur de la pomme d’Adam, avec la puissance d’une paire de tenailles mécaniques. Sa première réaction fut de porter ses mains sur ces griffes. Il tenta de les desserrer, de tordre les doigts de son agresseur. Sans succès. Ils étaient aussi raides que des barres de fer. Il ne restait plus que quelques secondes avant que l’os hyoïde se fracture, avant que le type lui écrase la trachée ou qu’il lui déplace les vertèbres cervicales, comme un garrot de peine capitale. Une image fugace passa derrière ses yeux : Bonhora penché sur son cadavre, en train de réaliser une autopsie.

Goyo Bonhora.

Dans sa tanière, il avait réussi à échapper facilement à sa prise.

Il tenta de se rappeler la manœuvre défensive, dans ces cas-là. Mais penser dans des moments pareils n’était pas chose facile. Une espèce de pénombre brouillait tout.

La voix furieuse du type dans son dos le réveilla.

— Je n’ai pas pu parler à Rosina à cause de toi. Et moi, je ne t’ai rien fait, dit-il en pressant encore plus fort. Qu’est-ce que je t’ai fait ?

Milo lui envoya un coup de coude dans la poitrine. Mais ses vêtements d'hiver étaient si épais que l'homme ne sentit rien du tout. C'était comme s'il avait frappé dans un sac de sable. Tout de suite après, il lança son poing comme un marteau au niveau de son entrejambe. Sans résultat, non plus. Le bas de son manteau amortit à nouveau le coup. Il ne voyait pas ce que le type portait sur lui, mais ça lui faisait une sorte d'armure. Presque sans air, il réfléchit à une dernière possibilité pour se libérer de la prise mortelle, au seul endroit vulnérable de son agresseur. Il portait ses grosses chaussures jaunes, de bûcheron canadien, très dures. Très lourdes. Il leva la jambe et lui écrasa le pied de toutes ses forces, en même que le berger de Majorque, d'un saut rageur, lui plantait les dents dans un de ses poignets. Les deux actions simultanées firent lâcher une des serres à l'agresseur. Milo profita de ce moment pour pivoter sur ses talons, vers la gauche, attraper le bras de son agresseur du même côté et lui envoyer un terrible direct du droit sur la mâchoire, suivi d'un coup de tête en plein visage.

Domingo Soler s'écroula comme une marionnette.

Le chien continuait à grogner sans lui lâcher le poignet.

Milo inspira profondément, une, deux fois, et lui caressa le museau tandis qu'il se frottait le cou de sa main libre.

— Tu peux le lâcher, Mon Vieux, dit-il d'une voix éraillée.

Le berger de Majorque obéit immédiatement.

Reprenant sa respiration, Milo s'accroupit et retourna le corps inconscient. Il s'assit alors à califourchon sur les cuisses de Soler, porta les mains à sa ceinture et le menotta, en réalisant à cet instant-là qu'il aurait pu se servir de son HK. En secouant la tête, il lui palpa le dos et les flancs à la recherche d'une arme. Il sentit des choses dans ses poches extérieures. Les clés USB. Et un dictaphone. Il récupéra les clés USB. Il y en avait plus d'une douzaine, toutes étiquetées et numérotées, ressemblant à des briquets jetables. Il les observa un instant, puis il les glissa dans la poche intérieure de son blouson. Il tourna le corps sur le côté et palpa sa poitrine. Il sentit encore quelque chose. Il enfonça sa main sous la grosse veste et sentit une liasse de billets. Il la retira comme s'il venait de se brûler. Il remit le corps sur le ventre, puis il se laissa rouler sur les pavés jusqu'à s'immobiliser sur le dos, fixant le ciel tout noir.

Nerveux, le berger de Majorque se précipita pour lui lécher le visage.

— Calme-toi, Mon Vieux, je vais tout à fait bien.

Il lui caressa le dos et le chien se coucha à ses côtés, en posant la tête sur son ventre. Ils demeurèrent quelques secondes ainsi en réglant leur respiration l'un sur l'autre. Dans le noir, il crut apercevoir des points blancs parcourir le ciel, des rouges, des jaunes, comme des étincelles, ou plutôt des feux d'artifice.

— Si ça ce n'est pas une poussée d'adrénaline ! s'exclama-t-il en se raclant la gorge. Je ne l'ai pas vu venir. Ah, putain d'angle mort !

Il tira son portable de sa poche. La langue collée au palais, il parla au sergent de garde au standard du commissariat central, il lui expliqua ce qui venait de se passer et lui donna l'adresse en lui demandant d'envoyer une unité du SEM* pour le prisonnier. Non, lui, il allait tout à fait bien. Il avait soif, c'est tout, mais il allait bien. Le sergent ne comprit pas la plaisanterie. Il raccrocha.

Il demeura couché par terre.

Les explosions du ciel étaient en train de disparaître, remplacées par une couche de nuages sales et marronnasses. Il s'accouda sur son avant-bras et caressa doucement le museau du berger de Majorque.

— Mon Vieux, mon camarade, tu es vraiment mon vieux. J'ai une dette envers toi.

Le chien leva la tête. Il avait l'air de sourire.

Avant de s'allonger à nouveau, il jeta un coup d'œil à Domingo Soler. Il respirait régulièrement, inerte comme un roc. Il observa sa grosse veste en daim marron foncé, très épaisse, avec un col en fourrure d'agneau, et ses chaussures neuves, lustrées, imperméables et fourrées à l'intérieur. Ce n'étaient pas des chaussures de marque, et elles n'offraient aucune protection contre les coups.

— Jolies godasses, dit-il.

* Service des urgences médicales.

Un raffut considérable se fit dans la ruelle précédemment déserte et silencieuse. Trois unités de la police de Catalogne étaient arrivées, l'ambulance du SEM, tous avec leurs gyrophares allumés sans raison et deux véhicules banalisés, sans lumières particulières. Les gens se penchaient aux balcons pour filmer la scène avec leur portable, au cas où cela aurait pu leur rapporter un peu d'argent de vendre les images à une chaîne généraliste. La vedette était sans nul doute Domingo Soler. Son nez avait cessé de saigner, mais son visage tuméfié et gonflé pourrait servir d'argument pour augmenter les prix. Deux médecins s'occupaient de lui. Quelqu'un lui avait retiré les menottes, qu'on avait rendues à Milo, et les avait remplacées par des brides en plastique. Encadré par quatre policiers, il avait la tête baissée, et demeurait dans un parfait mutisme.

— Il t'a reconnu devant l'école de sa fille et, furieux contre toi parce que tu avais fait capoter ses projets, il t'a suivi toute la journée, en attendant le moment propice pour te sauter dessus.

Milo avala une nouvelle gorgée de sa boisson isotonique. Il entendit le berger de Majorque haleter près de ses jambes.

— Tu es un crack en déductions, inspecteur-chef.

— Nous avons trouvé son parapluie suspendu à un rebord de fenêtre tout près d'ici. Et tu connais la meilleure ?

Milo attendit que Singla continue.

— C'est que tandis que tu avais perdu sa piste, lui, non seulement il n'avait pas perdu la tienne, mais il t'a suivi sans que tu t'en aperçoives, ajouta-t-il en faisant la grimace. Malart, tu commences à être un peu rouillé.

La commissaire-chef les observait en silence, bras croisés, passant de l'un à l'autre avec une mine indéchiffrable.

Milo finit sa canette.

— Ce qui m'a trompé, c'est le fait qu'il se soit rasé pour que sa fille le trouve en bonne forme.

— Excuses de mauvais joueur, dit Singla en souriant.

— Tu as touché à ce qu'il portait sur lui ? demanda-t-elle.

Milo tendit la canette vide à un agent, il lui en demanda une autre et une petite bouteille d'eau pour son chien.

— Je me suis contenté de le tâter pour vérifier qu'il n'avait pas une arme.

— Donc, tu n'as touché à rien de ce qu'il portait sur lui, insista Anna Bassa.

— Je lui ai tout touché, même les couilles, dit-il. Il n'était pas armé. L'argent est toujours dans ses poches. La totalité de l'argent.

— Je ne te parle pas de l'argent.

— Alors de quoi me parles-tu, commissaire-chef ?

Anna Bassa serra les lèvres. Elle était convaincue que Milo savait exactement à quoi elle faisait allusion, mais elle ne pouvait pas se montrer directe et encore moins demander qu'on le fouille devant tout le monde. Il venait d'échapper à une agression, d'arrêter un assassin présumé qui avait en plus agressé un autre membre du GEHME et qui venait de recevoir les félicitations de ses hommes ici présents. Si elle l'humiliait en public, elle allait perdre le respect de tout le commissariat central. Elle était pieds et poings liés et l'inspecteur Malart le savait. Il comptait sur ça, elle en était sûre. Son habileté à se faire passer pour un héros mis en doute par la psychologie de la hiérarchie l'irrita jusqu'à en avoir la nausée.

Elle le fusilla du regard.

— Je te demande si tu n'as rien trouvé d'autre.

— Il y avait autre chose à trouver ?

Un agent lui remit une nouvelle canette de boisson isotonique et une petite bouteille d'eau et lui donna plusieurs tapes amicales sur l'épaule avant de s'éloigner.

Milo dévissa le bouchon de la bouteille d'eau, s'accroupit devant le berger de Majorque et lui donna à boire. Ensuite, il se releva, tira sur l'anneau de la canette et vida la moitié de la boisson isotonique d'un trait.

— Je suis déshydraté, fit-il. Je pourrais en avaler une bonne douzaine à la suite.

— C'est à cause de l'adrénaline, dit Singla. Tu n'as pas eu une vision étrange ? La déshydratation, plus l'adrénaline à fond, ça peut provoquer des hallucinations.

Milo secoua très lentement la tête de droite à gauche.

— Les mêmes que d'habitude. Tu sais bien, des morts en train de danser.

Anna Bassa serra les poings, réprima un commentaire et dit à la place :

— Quelqu'un lui a lu ses droits ? Je ne voudrais pas qu'une erreur de procédure nous fasse rater son arrestation.

— Avec moi, il était inconscient, dit Milo.

— Je vais m'en charger, proposa Singla.

Avant de se diriger vers l'ambulance, il fixa ses yeux sur Milo et lui tendit la main.

— Je te dis la même chose qu'à la sous-inspectrice Mercader : tu as eu de la chance de ne pas y passer. Ce psychopathe a pris goût à étrangler les gens. Bon travail, Malart.

Milo lui serra la main.

— Moi non plus, je ne l'ai pas vu venir. Et la chance s'appelle Mon Vieux, dit-il en donnant une tape sur le dos de son chien, puis il leva les yeux vers Singla. Mais ce n'est pas un psychopathe, chef. C'est juste un pauvre diable.

Singla fit claquer sa langue. Il se tourna vers Anna Bassa.

— Tu n'as pas à te plaindre, commissaire. À nouveau l'affaire a été bouclée en quarante-huit heures. On a de la veine.

Bassa se planta devant Singla. Le visage impassible.

— Qui doit procéder à l'interrogatoire ?

— L'inspecteur Malart, bien sûr. Pourquoi cette question ?

Ils entendirent tous deux la déglutition bruyante de Milo qui vidait sa canette.

La commissaire-chef fit demi-tour et s'éloigna.

Singla se gratta la nuque.

— Elle pose des questions bizarres ou c'est juste une impression ? demanda-t-il.

— Les inquiétudes de la fonction… ne va pas chercher plus loin. Tu as vu, elle n'a même pas félicité mon chien. Et c'est lui qui a réalisé cette arrestation, lui seul.

L'inspecteur-chef éclata de rire.

— Pourquoi ris-tu ? demanda Milo.

— C'est toi qui me fais rire. D'habitude, tu es toujours très sérieux et réfléchi, et tout d'un coup tu deviens loquace après ton agression.

Milo s'accroupit devant le chien. Il caressa ses poils tout noirs.

— Ça doit être à cause de l'overdose d'adrénaline. Je ne pense pas qu'avoir survécu m'ait rendu plus sociable, dit-il et sans se retourner il ajouta : Tu peux nous déposer au commissariat central avec ta voiture, ou il va encore falloir qu'on y aille à pied ?

— Le clébard vient avec nous ?

29

La salle d'interrogatoire n° 1 était toute petite, isolée, dépouillée, sans téléphone ni accessoires. Domingo Soler était assis sur une chaise pas très confortable, sans accoudoir et un dossier à quatre-vingt-dix degrés, située au milieu de la pièce. En face, une autre chaise tout aussi malcommode, vide pour l'instant et, sur le côté, une table occupée par le sergent chargé de transcrire la déclaration sur un ordinateur portable. Sur le mur de droite, un miroir unidirectionnel derrière lequel se trouvaient la commissaire Bassa, l'inspecteur-chef Singla et le juge Losada, ce dernier le visage tout endormi, tous les trois un verre en plastique rempli de café bien serré à la main. Deux agents flanquaient le suspect de chaque côté.

Après l'avoir fiché, pris ses empreintes et suivi le reste de la procédure, on lui proposa d'appeler son avocat, ou de lui en commettre un d'office, choses que Domingo Soler refusa d'un haussement d'épaules. Ensuite, on le mit devant une liste de tout ce qui lui appartenait, en lui demandant de signer s'il était d'accord, chose qu'il fit sans même y jeter un coup d'œil. En guise de signature, il inscrivit son nom avec une écriture enfantine. De grandes lettres hésitantes, avec un point à la fin.

La seule preuve d'inquiétude qu'il montra fut lorsqu'on l'obligea à retirer sa grosse veste en daim. Déstabilisé et balbutiant des choses incohérentes, il n'accepta de le faire que lorsqu'on lui assura que personne n'allait la lui prendre, et il les regarda l'accrocher sur un portemanteau restant sous bonne garde derrière les grilles du magasin de preuves. À partir de là, il se retrancha derrière un état de léthargie, se montrant docile et calme pendant les autres procédures réglementaires avant qu'on le conduise en salle d'interrogatoire. À présent, il attendait, le regard perdu sur un point indéterminé du mur.

Milo observait son visage dans le miroir des vestiaires. Il descendit le col roulé de son pull pour vérifier s'il avait des marques de strangulation. Ensuite, il s'aspergea pour la troisième fois le visage avec de l'eau fraîche. Rien n'y faisait. Il n'avait brusquement plus de forces. Un petit somme, se dit-il, si j'avais seulement pu me reposer une vingtaine de minutes. Il s'essuya avec une serviette en papier, la jeta dans la corbeille et se tourna vers le berger de Majorque.

— Ça ne sera pas long, Mon Vieux.

Dans le bureau, il croisa Rebeca. Il la regarda d'un air étonné, avec sa minerve. Avant qu'il n'ait eu le temps de lui demander ce qu'elle faisait là, au lieu d'être à l'hôpital où on lui avait prescrit quarante-huit heures de repos sans parler, elle mit son index sur ses lèvres.

— Trente-six, c'est plus que suffisant, dit-elle dans un murmure aphone. Ça va, toi ?

— En pleine forme, *chica dura*.

Elle pointa le doigt sur le chien et retroussa le nez.

— Il pue. Tu ne sais pas qu'il faut laver les chiens avec de l'eau et du savon ?

— Lui aussi est content de te voir. Dis-moi, lui demanda-t-il en se dirigeant vers la salle d'interrogatoire, puisque tu es là, tu veux bien me le garder ? Je ne sais pas à qui le confier.

Rebeca lui mit la main sur l'épaule pour l'arrêter.

— Tu oublies ton dossier.

Milo fit demi-tour, prit un dossier sur son bureau et repartit d'une humeur massacrante.

— Tu es sûr que ça va ?

— Ça ne pourrait pas aller mieux.

Il longea le couloir, s'arrêta devant la porte de la pièce. Il tourna la poignée, prit une profonde inspiration et entra. Il alla directement à la chaise vide. Domingo Soler ne leva pas la tête. Il retira son blouson, le suspendit au dossier et pointa son doigt sur le prévenu. Il demanda à un des agents si on lui avait proposé à boire et celui-ci acquiesça d'un geste.

Il secoua la main devant le visage de son agresseur.

— Vous êtes sûr de ne pas vouloir boire ?

L'homme battit des paupières, regarda sur les côtés.

— Ma veste… Où est ma veste ? Je ne veux pas qu'on l'abîme, elle est très fragile. C'est une veste de luxe. On me l'a donnée aux œuvres de charité. Elle me va très bien, comme à un prince.

Milo observa le bout de sparadrap sur son nez, le visage gonflé, les marques violettes sous ses yeux. Et son seul signe d'inquiétude : ses sourcils se rejoignant sur la glabelle.

— Ne vous inquiétez pas, vous êtes entre de bonnes mains, dit-il, puis il s'adressa aux deux agents : Vous pouvez disposer.

Il s'assit, croisa les jambes.

Il posa le dossier sur la table qui se trouvait à sa gauche.

— Sergent, nous allons commencer.

Ensuite, il récita le protocole. Lorsqu'il eut fini, il passa tout son poids d'une jambe sur l'autre et se pencha en avant. Il allait lui demander des nouvelles de sa famille, mais il s'arrêta à temps. Non seulement cela ne le pousserait pas à répondre à ses questions, mais raffermirait au contraire ses défenses. Tandis que le sergent attendait, les doigts en position sur le clavier, il réfléchit à un sujet qui pourrait les rapprocher, afin qu'il se sente plus en confiance.

— J'aime beaucoup vos chaussures, dit-il. Combien vous les avez payées ?

— Je les ai achetées en solde, pas cher. Elles sont très confortables et très chaudes. Il y avait plusieurs modèles, mais j'ai choisi celles-là. Elles sont plus propres que vos grosses chaussures jaunes, dit-il sans le regarder.

— Vous avez raison, je suis une horreur avec les chaussures. Je n'ai jamais su comment les nettoyer.

— L'image qu'on donne de soi est importante. On peut vous renvoyer si vous ne donnez pas une bonne image, dit-il en baissant la voix et en se penchant vers lui. Si j'étais vous, je me raserais. L'image, c'est primordial pour obtenir un travail, insista-t-il en se caressant la joue. Que pensez-vous de mon rasage ? C'est un barbier qui me l'a fait, après que j'ai acheté les chaussures, précisa-t-il en se redressant. Si vous voulez éviter d'être renvoyé, faites comme moi. Je peux vous donner l'adresse. C'est un barbier très compétent.

Milo observa ses expressions, ses traits. Rien sur son visage ne trahissait le moindre signe de crainte ou de malaise.

C'était le moment d'entamer la confrontation.

— Monsieur Soler, nous savons que vous avez étranglé Lorenzo Puig chez lui. Nous avons les preuves que c'est vous le coupable.

Il fit une pause, étudia sa réaction. Rien.

— L'empreinte trouvée sur la porte d'entrée de l'appartement correspond à votre oreille. Nous avons aussi comparé la semelle des chaussures que vous avez abandonnées au magasin avec les traces de pas retrouvées chez Lorenzo Puig et elles coïncident parfaitement. Un témoin vous a identifié sur les lieux, à l'heure du crime. Vous aviez sur vous l'argent que vous avez récupéré à l'appartement de la victime, moins la modeste quantité dépensée pour vos menus frais.

— Les chaussures étaient en solde, je vous l'ai déjà dit. Et le barbier pas cher du tout. Je croyais que c'était plus cher, mais pas du tout. Ah, et le parapluie.

Aucun signe de nervosité, aucune résistance. Sa passivité montrait qu'il était coupable. C'est ce qu'indiquait le manuel. Mais ça, Milo le savait déjà, il en avait toutes les preuves.

— Pourquoi avez-vous tué Lorenzo Puig ?

Domingo Soler regarda par-dessus l'épaule de Milo.

— Vous ne pouvez pas savoir ce que c'est ! Tu marches dans la rue, tu proposes des briquets, des mouchoirs en papier, et les gens te voient même pas, tout le monde te repousse. Et ceux qui t'achètent quelque chose, ils te l'achètent parce qu'ils ont pitié de toi. Certains ne prennent même pas ce qu'ils ont acheté. Et moi, je ne fais pas la manche. Vous ne pouvez pas savoir ce que c'est. Non, vous ne pouvez pas savoir.

— Dans la boîte en forme de faux CD que vous avez prise, hier, à l'appartement de la victime, il y avait d'autres objets en plus de l'argent, dit Milo.

Il croisa les doigts. Il avait besoin que ce soit consigné dans le rapport. Et aussi qu'aucune des personnes qui se trouvaient derrière le miroir ne relève l'association d'idées.

— Qu'est-ce que vous en avez fait ?

Le prévenu ouvrit la bouche comme un poisson.

Milo retint sa respiration.

Il remarqua qu'il arquait légèrement les sourcils. Qu'il comprenait. Il expira.

— Vous voulez parler des briquets ? Je les ai vendus dans la rue, cinquante centimes.

— Tous ?

L'homme acquiesça.

— Et le dictaphone ?

— Ce truc bizarre ? Personne n'en a voulu. Je l'ai jeté.

Il respira profondément.

— Où avez-vous passé la nuit, hier, mercredi ?

Il se dandina sur sa chaise.

— Par-ci, par-là… dit-il, puis il ajouta après une pause : Loin des gens.

Milo reprit la confrontation directe.

— Monsieur Soler, pourquoi avez-vous étranglé Lorenzo Puig ?

La règle sociale selon laquelle mentir est moralement incorrect était la grande alliée de l'interrogateur. Elle provoquait chez l'interrogé un conflit intérieur qui se transformait en anxiété. Et la seule façon de faire passer cette dernière était d'admettre les faits, de partager les raisons.

Domingo Soler demeura impassible.

— C'est ce que tout le monde fait, non ? J'entends ça partout, tous les jours. Dans les bars, dans les boutiques, partout. C'est ce que les gens disent. On nous étrangle. Et c'est vrai, j'en sais quelque chose.

Pas de changement sur son visage, aucune augmentation de l'anxiété. C'était comme parler à un mur. Ou à un mort. Le manuel d'Inbau, Reid et Buckley peut servir à faire avouer un assassin. Et celui d'Ekman à détecter lorsqu'un suspect ment. Mais aucun des deux ne permettait de soutirer quelque chose à un pauvre type comme Domingo Soler.

Il tenta de le faire à nouveau.

— Vous vous êtes rendu chez lui pour lui voler de l'argent.

— L'argent, oui, dit-il. L'argent est la réponse. J'ai cherché toute sorte d'emplois, mais on m'a chaque fois refoulé. Et je ne comprends vraiment pas pourquoi. Je suis quelqu'un de responsable, de très responsable et qui a des capacités. Je sais faire beaucoup de choses, vous savez ?

— Mais vendredi vous n'avez pas pris l'argent.

Domingo Soler tourna son regard par terre.

— Je ne comprends pas pourquoi on me refoule. Maintenant, ils n'engagent que des jeunes.

— Et au lieu de réaliser un vol, vous avez commis un crime.

Il secoua la tête tout doucement.

— Dès que j'aurai trouvé un travail, que je servirai à quelque chose, tous mes problèmes seront réglés.

Il fixa les doigts du sergent qui virevoltaient sur le clavier.

— Ce n'est qu'une question de temps.

Une extrême fatigue s'empara de Milo. La température de la pièce, la voix monocorde du détenu, le contrecoup après les derniers événements. Il tendit son bras et saisit le dossier. Il tourna quelques pages, fit semblant de lire attentivement. Au bout d'un moment, il le reposa sur la table et fit à nouveau face à Domingo Soler. Il essaya un autre registre.

— Carolina Estrada connaissait ta situation désespérée. Elle a trouvé où tu habitais et t'a proposé de réaliser le vol. Tu as accepté.

— Et je ne me suis pas trompé, ce coup-là. Je suis peut-être un peu lent, mais pas idiot. Elle n'a pas fait ça pour moi, non, elle a fait ça pour elle. Trente mille euros, c'était sa part. La mienne, c'était quatorze mille. J'ai trouvé ça correct. C'était suffisant pour acheter une licence de taxi, moitié-moitié, avec quelqu'un. Ou avec plusieurs autres personnes. Je vous l'ai déjà dit : l'argent est la réponse. J'ai obéi à toutes ses instructions.

— Pas toutes. Tu as repris le bouquet.

Il battit des cils, confus.

— Il m'appartenait, c'est moi qui l'ai payé. Je voulais l'offrir à Merche.

— Mais comme tu as oublié de prendre l'argent, tu as dû attendre pour le récupérer et les fleurs se sont fanées. Tu n'es pas quelqu'un de si responsable que ça.

Ce changement d'attitude entraîna un léger tremblement d'irritation sur les lèvres du détenu. Oubliant le manuel, Milo décida de continuer dans cette direction, de le titiller sur son point faible. Là où ça faisait le plus mal.

— Ça ne m'étonne pas que ta femme t'ait foutu dehors, tu es un incapable. Le travail ne pouvait pas être plus simple : faire peur à l'avocat, lui faire avouer où il cachait son fric et le lui voler. Cinq minutes, dix tout au plus, et l'affaire était dans le sac.

Il poussa sa chaise en arrière, provoquant un grincement insupportable avec les pieds, et il se leva.

— En revanche, tu as mis cinq jours à trouver l'argent, ensuite. C'est un peu long, non ? Tu es un chômeur, Domingo. Tu seras un éternel chômeur.

Soler tourna lentement son cou vers Milo, fixa son regard sur ses chaussures, épousseta son pantalon.

— J'ai réussi à récupérer tout l'argent. Tout. Et je n'avais plus besoin d'associé pour acheter la licence. J'allais pouvoir me rendre chez mes beaux-parents, au volant de mon propre taxi et les épater. J'allais enfin pouvoir gagner leur respect, reprendre Merche et Rosina, et… et la vie allait désormais me sourire, le cauchemar allait finir, dit-il en serrant les poings. Mais il a fallu que tu viennes mettre ton nez dans mes affaires et que tu me suives. Qu'est-ce que je t'ai fait, hein ? Dis-moi ce que je t'ai fait ?

Milo retourna sa chaise et s'assit à califourchon.

— On sait que tu n'as pas tué Carolina Estrada.

De l'autre côté du miroir, Singla demanda à Rebeca qu'est-ce que l'inspecteur Malart était en train de faire, merde, il était devenu fou ou quoi ?

— Il improvise, il fait juste le contraire de ce qu'il faut faire, murmura-t-elle.

— Tu ne savais pas qu'elle était morte. C'est pour ça que tu es resté dans ta tanière pendant tous ces jours : tu attendais ses instructions.

Domingo se détendit immédiatement. Il baissa les épaules et laissa retomber ses bras de chaque côté.

— Je… je ne… Mlle Estrada méritait pas de mourir. J'ai… j'ai été vraiment désolé. Je l'ai fait, oui. L'argent était tout pour moi, pour le taxi, pour que Merche et Rosina, et moi… tous les trois ensemble, à nouveau. Loin d'ici. Dans le Sud. Là-bas, la vie est moins chère. Et j'ai horreur du froid. Je hais Barcelone. Et avec le reste de l'argent, on aurait pu déménager. Une nouvelle vie.

Milo renversa la tête en arrière.

— Tu as dit que tu l'as fait ? Alors, pourquoi tu as attendu jusqu'au mercredi pour aller chercher l'argent ?

— À cause des chiens. Il fallait que je fasse tourner la chance. Grâce aux sacrifices.

Sa voix résonna très clairement, avec un calme effrayant.

— Comme pour les dieux. Il fallait que ce soient des âmes innocentes, et moi, j'ai jamais fait de mal à un enfant. Je ne suis pas un monstre. Les chiens, c'était ce que j'avais le plus facilement sous la main. Et après le premier, ç'avait bien fonctionné.

À présent, c'est Milo qui battit des paupières, étourdi. Il ne s'attendait pas à ça. Il était évident que cet homme avait des problèmes psychiatriques, que la situation l'avait complètement dépassé, que les expériences qu'il avait vécues l'avaient catapulté dans un puits tout noir, sans espoir, mais il n'imaginait pas jusqu'à quel point la paranoïa avait envahi son cerveau. Parlait-il vraiment de superstition ? De sacrifices païens, comme dans l'Antiquité ? Soudain, il comprit que la logique malsaine de Domingo Soler n'était pas très éloignée de ce qu'il voyait tous les jours dans les journaux télévisés.

— Aujourd'hui, je n'ai pas voulu sacrifier une âme blanche, dit-il tristement. Et la chance m'a tourné le dos. Tu es apparu.

Milo se racla la gorge.

— Tu mens, ce n'est pas toi qui as tué Carolina Estrada.

— Je les aime. Merche et Rosina sont tout pour moi et je les aime. Elles ont peur de moi, mais je les aime plus que ma propre vie.

— Et qu'est-ce que tu as fait avec son corps ?

— J'ai tout fait pour elles.

— Pourquoi tu l'as jeté dans la mer ?

— À présent, elles se détourneront de moi pour toujours.

— Comment tu l'as tuée ?

Domingo Soler leva la tête. Il avait le regard ailleurs. Il se pencha en grimaçant de douleur, tout en tendant les bras et en réunissant ses coudes. Il lui montra ses mains.

Et pour la première fois leurs regards se croisèrent.

Ils étaient noirs comme la poudre d'un tromblon.

30

Milo sortit de la pièce en colère. Il enfila son blouson. Il entra en trombe dans la pièce contiguë. Les quatre visages se tournèrent vers lui, tandis que le berger de Majorque venait le rejoindre.

— J'espère que personne n'a cru à ce qu'il a dit en dernier. Ce type est tellement perturbé qu'il serait prêt à reconnaître l'assassinat du marquis et de la marquise d'Urquijo.

— Eh bien moi, j'ai parfaitement entendu qu'il admettait avoir tué la jeune universitaire, dit le juge Losada.

— Ce type est complètement demeuré, vous ne l'avez pas remarqué ?

— Inspecteur Malart, intervint la commissaire-chef, un aveu est un aveu.

— Et comment a-t-il fait pour apporter le corps à Collserola ? Il n'a pas de véhicule. Rien ne colle, fit-il en écartant les bras en même temps qu'il énumérait les arguments. Puis il dit : Commissaire, Domingo Soler n'a pas étranglé Carolina Estrada. Si vous refermez le dossier, le vrai assassin va demeurer en liberté. C'est ce que vous cherchez ?

Le juge se racla la gorge.

— Inspecteur, les rapports du médecin légiste indiquent que le *modus operandi* des deux victimes est identique. Et le prévenu a déclaré qu'avec la totalité de l'argent en sa possession, il pensait pouvoir réaliser son projet de changer de vie. Nous avons le mobile, nous avons le mode opératoire et nous avons…

— Nous n'avons rien du tout, dit Milo. Monsieur le juge, avec tout le respect que je vous dois, ce ne sont que les mots d'un homme complètement perturbé.

Il y eut un silence tendu.

— Qu'en penses-tu, inspecteur Singla ? demanda Bassa.

— Moi, je suis du côté de mes hommes, commissaire. Le raisonnement de l'inspecteur Malart me convainc, et ce ne serait pas la première fois qu'il démontrerait que son intuition était la bonne.

Anna Bassa fronça les sourcils.

— Demain matin, à la première heure, nous avions prévu d'organiser une conférence de presse au commissariat central, pour annoncer la nouvelle de l'arrestation du tueur de chiens et de l'assassin des deux victimes.

— Eh bien, il n'y a qu'à ne pas inclure le crime de Carolina Estrada à cette déclaration, commissaire, dit Milo. Le changement est minime. On ne peut pas annoncer une nouvelle aux médias sans être absolument certains de son exactitude, vous ne croyez pas ? Notre crédibilité est en jeu.

La commissaire ne fuit pas son regard. Au bout d'un moment, elle accepta.

— Bien, nous ferons ce que tu proposes, inspecteur.

Milo laissa échapper un soupir de soulagement.

— À présent, si vous voulez bien m'excuser j'ai eu une très longue journée… je ne tiens plus debout, dit-il en se dirigeant vers la porte.

— Inspecteur Malart, encore une chose. Les clés USB ?

Milo lâcha la poignée. Il s'approcha à nouveau du groupe.

— D'après son témoignage, dit-il, il les a vendues dans la rue en pensant que c'étaient des briquets.

— Et les soi-disant acheteurs n'ont rien dit, ils ne se sont pas plaints ?

— De quoi, d'avoir acheté une clé USB pour quelques centimes ?

Il y eut un nouveau silence.

C'est la commissaire-chef qui le rompit.

— Si je comprends bien, tu crois une partie de ses déclarations, mais pas l'autre.

Malart perçut sa colère contenue, sans se troubler.

— Dit de cette façon, on pourrait croire que je fais ça par pur caprice, alors que la seule chose qui m'anime est le sens commun. Le reste consiste à voir des fantômes là où il n'y en a pas.

Anna Bassa prit un air sombre.

— Tu as été très habile en t'arrangeant pour que ce soit consigné dans la retranscription, dit-elle. Tu improvisais aussi à ce moment-là ?

— Chef, je reconnais que je n'ai pas été très fin. Je me suis laissé aller, c'est tout. Je suis désolé, ce sont des choses qui arrivent parfois.

— Des choses qui arrivent.

— Je peux rentrer chez moi ? Je n'en peux plus.

Elle acquiesça doucement.

Milo quitta la pièce suivi de son chien. Rebeca lui emboîta le pas. Elle lui proposa de les emmener à la Barceloneta dans sa voiture. Il accepta tout en appuyant sur le bouton de l'ascenseur.

Lorsqu'ils pénétrèrent dans la cabine, il pointa son doigt sur sa minerve.

— Ça te va bien, c'est assorti à la couleur de tes yeux.

Ils circulèrent à vitesse moyenne le long des rues désertes, en direction de la mer. Rebeca conduisait calmement, descendant par la rue Balmes comme si c'était un toboggan et sous une pluie battante. Le berger de Majorque somnolait sur la banquette arrière.

— Ces pauvres chiots, dit-elle, empalés dans les parcs comme de petites figurines totémiques. Je suis sidérée. Et tout ça à cause des délires de cet abruti de merde. Des sacrifices pour avoir de la chance, c'est incroyable ! Des offrandes pour sortir de la crise, comme dans le temps.

Milo demeura muet, il avait d'autres choses en tête. Il entendit la voix de sa collègue demandant d'une voix rauque s'il n'avait pas l'impression de retourner au Moyen Âge avec cette histoire, la superstition et l'ignorance se déversant à vau-l'eau, et la folie fanatique en guise de raisonnement.

— Tu crois que c'est le signe de la fin d'une ère ? Tout ça me rend complètement malade.

Milo regarda dans la rue, les niches des distributeurs de billets remplies de gens à la recherche d'un abri pour la nuit.

— C'est le désespoir, dit-il, il faut le ressentir pour vraiment comprendre ce que c'est. Dans un tel moment de précarité, où tu manques même de nourriture, à quoi tu t'attendais ? À des violons et des tutus ? Non, à de la sauvagerie, à de la barbarie. Le bateau coule, tout est bon pour s'en sortir.

Il regarda une nouvelle fois dans le rétroviseur.

Rebeca s'aperçut que c'était la quatrième fois qu'il le faisait.

— Tu crois qu'on nous suit ou c'est juste une de tes paranoïas ?

— Ne pas voir la menace approcher ne signifie pas qu'elle n'est pas là. Il n'y a pas si longtemps, j'ai dit ça à une amie, ajouta-t-il en tournant son cou avec difficulté puis en la regardant fixement. Tu vois de quoi je veux parler. Nous avons expérimenté tous les deux la chose.

Ils traversèrent la Gran Vía et débouchèrent sur la place Cataluña.

— Une amie ?

— À l'hôpital, lorsque tu as décrit à tout le monde le contenu de la boîte des faux CD, Boada était là lui aussi ?

— Oui, pourquoi ? dit-elle à voix basse en prenant la direction de la mer.

— Méfie-toi de ce type. Il est sous influence.

— Écoute, ce n'est pas parce que j'ai un peu plaisanté avec lui que tu dois devenir jaloux. Demain, je lui rends sa tablette et on n'en parle plus.

— Fais ce que je te dis et tais-toi. On t'a dit de ne pas parler.

En arrivant aux abords de la Barceloneta, il lui demanda de s'arrêter, il préférait faire le reste du chemin à pied et prit congé.

— Essaie de te reposer, tu as besoin de dormir, au moins une vingtaine de minutes, ironisa Rebeca dans un murmure.

Milo fit une grimace et referma doucement la portière. Il attendit qu'elle s'éloigne. Ensuite, sans cesser de regarder dans son dos, il se dirigea vers la rue Sal.

Assise sur le canapé, les jambes repliées sur sa poitrine, Leire l'observa à moitié endormie, sans bien comprendre. Elle portait un sweat-shirt gris, un pantalon bleu de pyjama et des chaussettes Hello Kitty. Les clés USB étaient étalées sur la table basse. Ses yeux ensommeillés allaient de celles-ci à Milo.

— Tu sais ce qu'il y a là-dedans ?

— De la saloperie, c'est sûr.

— Et pourquoi me les donnes-tu ?

Il l'avait réveillée, lui avait expliqué ce que c'était, vaguement raconté comment il les avait obtenues, puis il les avait tirées de la poche de son blouson pour les poser sur la table. À présent, il commençait à regretter d'avoir sonné à sa porte. Peut-être que les lui remettre n'avait pas été une bonne idée.

— Ce sont des munitions pour toi et les tiens, ces nouveaux politiciens avec qui tu m'as dit que vous étiez en train de concevoir le Parlement citoyen. Si vous déclarez la guerre aux sempiternels politiciens, ça peut vous être utile.

— Et que veux-tu que j'en fasse ?

— Tu peux mettre le feu à la ville, au pays, à l'État. Ce que tu préfères. Je parie qu'il y a toute la poudre qu'il faut là-dedans. Maintenant, la question est de savoir si toi et tes amis vous avez les couilles d'allumer la mèche.

Elle posa les pieds par terre.

— Un instant, Milo, un instant. Hier, je ne t'ai pas vu sur le paseo, et ce soir non plus, et tu te pointes maintenant, en pleine nuit avec ton chien, chez moi, tu me fous une trouille pas possible, et puis tu viens me parler de guerre, d'incendies, de poudre, de mèches, comme ça, sans prévenir. Donne-moi au moins une minute pour remettre de l'ordre dans mes idées, d'accord ? J'ai cru que tu ne voulais plus me voir, puis voilà que tu frappes à la porte, je me dis que tu viens pour baiser, qu'est-ce que je suis conne, et au lieu de ça… tu me balances toutes ces clés USB sur la table et tu me dis que voyons si on a les couilles pour je ne sais plus quoi. On se calme, tu veux bien ?

Milo soupira avec impatience.

— L'autre soir, tu m'as dit qu'il fallait changer les choses, que le silence n'était pas une réponse à ce qui se passait, et qu'il fallait rendre le pouvoir à la société civile, ce n'est pas vrai ?

Leire se redressa. Elle était tendue.

— C'est vrai, et avant que tu ne me le demandes, oui, je continue à penser la même chose. Dans un pays civilisé, aucune des personnes qui nous gouvernent ne resterait en place. On les aurait virées depuis longtemps avec perte et fracas, on les aurait rayées de la carte ou on les aurait mises en prison. En revanche, ici, elles continuent à se foutre de nous, sans être inquiétées. Quoi qu'elles fassent, c'est égal. Et pourquoi ça ? Parce qu'elles sont protégées. Et ça ne peut pas continuer ainsi. C'est pour ça qu'il faut changer les choses et chercher une autre façon de régler cette escroquerie qu'elles s'acharnent à appeler la crise et, de cette façon, reprendre enfin confiance. Et la seule façon de le faire est…

Milo tendit les bras vers elle, paumes en avant.

— C'est bon, arrête ta campagne électorale, s'il te plaît, dit-il alors que son cerveau était sur le point d'exploser, avec tous ces sermons. Je connais tout ça à propos des politiciens, des voyous et des corrompus. Je sais qu'en face il y a des gens comme toi et d'autres aussi, ceux de toujours. J'ai tout simplement pris parti pour vous. Pas parce que je pense que vous allez faire mieux que les autres, mais parce que vous êtes le seul espoir pour les gens. Je sais que vous êtes pleins de bonnes intentions, mais ne me casse pas les couilles avec tes meetings. Ce que je cherche, moi, c'est des actes. Et je les veux rapidement. Au fond de moi, je pense que les choses ne vont pas changer, elles ne peuvent pas changer. Oui, c'est comme je te le dis, pas la peine de faire cette tête. *No podemos*, on ne peut pas, un point c'est tout. Et si, au point où nous en sommes, il faut que je commence à t'expliquer comment marche le monde, il vaut mieux arrêter tout de suite, dit-il avant de se taire un instant pour reprendre sa respiration. Mais je peux aussi me tromper. Et si je te donne ces clés, c'est pour équilibrer la balance, rien de plus. C'est un jeu dégueulasse, c'est de la politique, tu ne le savais pas ? Je ne crois pas non plus que vous allez réussir à en tirer grand-chose. Ces gens sont intouchables. Mais je préfère vous les donner à vous que les envoyer à un journal. Les journalistes aussi sont sous influence, et en plus ils publient des horoscopes, ce qui ne plaide pas vraiment en faveur de leur rigueur et de leur fiabilité. Si tu les veux, c'est parfait. Et sinon, c'est pareil. Mais ne me chauffe pas les oreilles, d'accord ?

Leire observa sa respiration agitée, ses yeux tout rouges.

— Je crois que tu commences à ne plus me plaire, dit-elle.
— C'est comme ça que se finit le monde pour moi.
Il fit demi-tour, appela le berger de Majorque et ouvrit la porte.
— Pas avec un baiser. Avec une porte qui claque.

31

Il ne réussit à dormir que trois heures. Ensuite, comme d'habitude, il descendit à la plage avant le lever du jour. Il entra dans la mer glacée et fit de violentes brasses, mais moins longtemps que les fois précédentes. Le manque de sommeil se fit sentir. Épuisé, il aida le chien à regagner le bord et ils retournèrent à l'appartement, lui, en traînant les pieds. Une douche, un petit-déjeuner frugal et il ressortit en quête d'un taxi. La loge de la concierge de l'immeuble de Susana Cabot était fermée, mais le concierge habitait dans un appartement du rez-de-chaussée et il le réveilla en sonnant à plusieurs reprises. Il conduisit jusqu'à la place Universidad à bord de la Mercedes classe M toute neuve. Il s'arrêta devant l'immeuble, appela Sara et lui dit qu'il était en bas. Il l'aida à faire asseoir Hugo sur la banquette arrière puis elle fit le tour de la voiture et prit place aux côtés de son mari.

Il démarra en direction de l'autoroute du Nord.

— Je lui ai donné une double dose de sédatif, pour qu'il ne soit pas nerveux pendant le voyage, c'est pour ça qu'il a l'air aussi calme.

Milo observa Sara dans le rétroviseur. Elle avait l'œil droit au beurre noir et une marque sur la joue, semblable à celle de la boucle d'un ceinturon. Les ravages de la douleur et de la fatigue pouvaient se lire sur chaque cellule de la peau de son visage. Hugo posa la tête sur son épaule et elle le prit par le cou, en le berçant tendrement.

Milo regarda à nouveau en face de lui et se concentra sur le plaisir de conduire, un sentiment qu'il n'éprouvait plus depuis bien longtemps.

Ils sortirent de la ville par la Meridiana et prirent la direction de Gérone, filant sur une autoroute pratiquement vide. On entendait à peine le ronronnement du moteur. Milo lui demanda si elle voulait qu'il allume le chauffage.

— C'est parfait comme ça, dit-elle.

Il écrasa l'accélérateur jusqu'à ce que l'aiguille marque cent quarante, vingt kilomètres à l'heure de plus que la limite autorisée, une vitesse qui d'après ce qu'on disait ne déclenchait pas les radars. Ils circulèrent en silence jusqu'au moment où il entendit Sara dire que l'idée de Marc n'avait peut-être pas été si mauvaise. Milo serra le volant. Le compteur kilométrique marqua cent quatre-vingts. Marc, le fils de Sara et de Hugo, s'était tiré une balle dans la tête. C'était un adolescent d'à peine quinze ans. Avec le HK, l'arme de service de Milo. Quelque chose que ce dernier ne se pardonnerait jamais, même s'il devait vivre pendant dix siècles.

— Sara, il te faut tenir bon.

— Pour quoi faire ? dit-elle d'une voix calme, comme si elle ressentait une étrange paix intérieure. Marc est mort, Hugo est en train de développer une schizophrénie, moi je n'ai pas de travail… Je n'ai rien, ni personne.

Deux cents kilomètres à l'heure.

— Je suis là, moi. Je ne compte pas ?

Elle esquissa un sourire triste.

— Je dis juste que ce serait bon de se reposer.

Ils roulaient à vive allure sur la file de gauche.

À mesure qu'ils approchaient de l'hôpital psychiatrique, le ciel devenait plus bleu, comme si les gros nuages avaient décidé de leur ouvrir un grand chemin de lumière. Histoire d'entretenir la conversation, Milo lui expliqua qu'il avait un chien, un berger de Majorque, noir comme le jais.

— Tu devrais le voir, il est plus intelligent et sensible que beaucoup de gens.

Puis il lui parla de l'importance que l'animal avait prise pour lui, de la compagnie qu'il lui faisait, de son affection. De sa fidélité.

Cent quarante kilomètres à l'heure.

— Je ne te reconnais plus, dit Sara. Tu as beaucoup changé.

Alors il lui raconta la manie qu'avait prise Mon Vieux de plonger dans l'eau en même temps que lui.

Sara fut étonnée.

— Un berger ? Mais les bergers n'aiment pas l'eau.

— Eh bien le mien, il l'aime. Même s'il ne sait pas très bien nager, ça c'est vrai.

— Milo, les bergers gardent les troupeaux, dit Sara. On les a élevés dans ce but. Ils portent ça dans leurs gènes. L'eau les terrorise, et la mer encore plus.

— Alors pourquoi le fait-il ? Je ne l'oblige pas.

— S'il est aussi fidèle que tu le dis, cela peut sans doute avoir raison de sa peur et le pousser à se jeter à l'eau pour te protéger. Par instinct. Tu es son maître.

Deux cent vingt kilomètres à l'heure.

Sous la pression, les ongles de Milo étaient devenus tout blancs, presque transparents.

Contrairement aux hôpitaux psychiatriques traditionnels, le centre Narcís Casas, situé dans les faubourgs de Gérone, n'était pas le classique établissement lugubre et inquiétant. De conception moderne, entouré de jardins impeccables à l'intérieur de l'enceinte, il était composé de trois bâtiments de deux niveaux chacun, disposés en quinconce. Des cloisons en verre, une lumière naturelle, de vastes espaces ; tout dans ce lieu s'efforçait de rompre avec les stéréotypes du passé. Les aires de promenade étaient dotées de sentiers dallés qui serpentaient entre les arbres et permettaient de circuler dans des fauteuils roulants. Il y avait également des bancs irrégulièrement disposés au soleil ou à l'ombre. Les patients, éparpillés un peu partout sur le gazon, portaient des tenues safran pastel et se protégeaient du froid avec des peignoirs matelassés de la même couleur, chacun restant absorbé dans son monde. Les uns regardaient le ciel, tandis que les autres marchaient le regard fixé au sol, complètement voûtés. Personne ne parlait. À part les infirmiers, vêtus de blanc, qui, sans perdre de vue les résidents, fumaient des cigarettes et discutaient entre eux.

Milo se gara devant la porte d'entrée et se rendit au comptoir d'accueil. Il donna son nom et demanda à parler au docteur Doria. Au bout de quelques minutes, deux infirmiers se présentèrent qui aidèrent ensuite Hugo à descendre de la voiture. Ils le firent asseoir sur un fauteuil roulant et le poussèrent vers le fond tandis qu'ils demandaient à Milo et à Sara d'aller s'installer dans la salle d'attente du rez-de-chaussée, en face du bureau du docteur.

Milo se dirigea vers la voiture, suivi de Sara qui ne voulait pas rester toute seule un seul instant. Ils la garèrent au parking et pénétrèrent à nouveau dans le bâtiment. Milo réprima un frisson. Les souvenirs lui revinrent en mémoire. Sara le prit par la main et ils gagnèrent ensemble la salle d'attente. Ils s'assirent sans prononcer le moindre mot, sans se lâcher. De la salle, on pouvait voir le jardin. Tandis que le docteur examinait Hugo, ils laissèrent divaguer leur regard en direction du large couloir, serrés l'un contre l'autre, respirant presque à l'unisson.

C'est dans cet hôpital qu'il avait vu pour la dernière fois son père, plusieurs mois après qu'il y fut admis. Dans une chambre, assis sur un fauteuil roulant, près de la fenêtre, regardant sans rien voir. Visage bouffi n'émettant pas le moindre signe de vie. Rien dans ses yeux, rien dans ses traits. Lèvres entrouvertes laissant échapper un filet de salive. Tête penchée, reposant sur son épaule, tandis que ses jambes pliées formaient un angle fermé au niveau de ses genoux collés l'un à l'autre. Un pied nu appuyé de guingois sur un étrier, l'autre reposant sur le cou-de-pied du premier. Bras ballants sur les cuisses, mains ouvertes et amorphes. Pas la moindre trace de son père d'antan, de l'homme robuste qu'on craignait et qui savait imposer le respect d'un seul regard. Déconnecté, immobile. *Son avenir*. Il ne réussit à rien lui dire. Mais son père oui. Soudain, il se tourna vers lui et, la voix cassée, lui lança : "Sors-moi d'ici, mauviette." Ensuite, il écarta les lèvres et esquissa un sourire grotesque. Un filet de salive gonfla aux commissures et alla atterrir sur son pyjama safran pastel. Dix jours plus tard, on l'appelait sur son portable pour lui annoncer qu'il s'était égorgé avec un morceau de verre.

Un frisson secoua tout son corps.

Sara lui serra fermement la main.

— Pour commencer, je vais vous dire que ses coupures aux bras et aux jambes ne revêtent pas la moindre gravité, expliqua le docteur Doria. Se couper libère des endorphines qui soulagent leur souffrance intérieure et les relaxe, ajouta-t-il en croisant ses mains puis en baissant les yeux sur un dossier ouvert. Après cette consultation préliminaire, j'ai bien peur de ne pas avoir de très bonnes nouvelles à vous annoncer. Le patient…

— Mon frère.

Le docteur se racla la gorge. Puis il leur expliqua que Hugo présentait les symptômes d'une désorganisation neuropsychologique et d'une grave altération de son fonctionnement psychique, ce qui se traduisait par une détérioration cognitive et une absence de lien entre le processus de formation des idées et l'expression de ses émotions. Sa profonde dépression avait par ailleurs accentué les délires et les hallucinations, entraînant une faiblesse associative, un écrasement affectif et un profond isolement social.

— Ce qui signifie, en langage courant ?

— Qu'il constitue un danger pour lui-même et pour son entourage, dit-il. C'est un cas très semblable à celui du précédent patient Malart.

— Mon père.

Le docteur Doria se racla à nouveau la gorge.

— Pour les personnes souffrant de schizophrénie, la dépression est une difficulté sévère. Elles ont tendance à la contracter avant ou après avoir souffert un épisode psychotique. Dans le premier cas, en agissant sous l'influence de délires, ils peuvent entendre des voix qui leur ordonnent de se supprimer ; et dans le second cas, le suicide a lieu lorsque le patient pense avec clarté, alors qu'il est parfaitement conscient de son état et de ses conséquences et qu'il réalise la personne qu'il a fini par devenir.

Sara et Milo échangèrent un regard. Assise devant la table de travail du docteur, dans un vaste bureau éclairé par la lumière du jour, elle chercha sa main. Milo la prit dans la sienne.

— Les symptômes caractéristiques qu'il présente, comme les troubles du langage et de l'attention, sont liés au lobe frontal, tandis que les hallucinations et les délires sont associés à un dysfonctionnement du lobe temporal ou des structures qui forment le système limbique, comme les amygdales et l'hippocampe.

— Je peux vous poser une question? demanda Milo.

Le docteur acquiesça.

— Qu'arriverait-il à mon frère si l'on procédait à une ablation d'une partie de son lobe frontal?

Sara le regarda avec inquiétude. Le docteur était complètement déconcerté.

— Ce sont des méthodes préhistoriques, dit-il.

— Je sais, je sais, mais répondez-moi, je vous en prie.

— Eh bien il perdrait l'usage de la parole et de plusieurs facultés cognitives, telles que la personnalité. Il cesserait d'être lui-même.

— Il garderait ses fonctions organiques?

— Oui, bien sûr, avec des pertes de lucidité sporadiques.

— Et il aurait encore de la force dans ses bras et dans ses jambes?

— Bien entendu. Mais je ne comprends pas pourquoi ces…

— Il pourrait se montrer agressif?

— Éventuellement, oui.

— Bien, revenons à Hugo. Il y a des solutions pour lui?

Le docteur l'observa, de plus en plus perplexe.

— Nous sommes au commencement d'un long processus, dit-il. La consommation excessive et continue d'alcool de votre frère n'a fait qu'accélérer sa maladie latente.

— Et le gène aussi… putain de gène, pesta Milo.

— La génétique ne fait pas tout, monsieur Malart. D'après les dernières recherches, les substances toxiques ont une influence non négligeable sur la schizophrénie. Tout comme le stress, les traumatismes de l'enfance… dit-il en faisant tourner ses mains. Et avec la crise que nous traversons actuellement, les choses se sont aggravées. L'éventualité de contracter une maladie mentale est de 14,4 % chez les femmes et de 6,9 % chez les hommes, ce qui représente en moyenne 10,7 % de la population, ajouta-t-il en souriant. D'après l'OMS, une personne sur quatre va souffrir de problèmes psychologiques au cours de sa vie et 3 % des adultes souffrent d'un dérèglement mental grave. C'est le prix de cette vie de fous.

— Et ces statistiques vous font plaisir ?

Le docteur Doria se racla la gorge pour la troisième fois.

— Pour en revenir à votre frère, nous préconisons de l'hospitaliser immédiatement, aussi bien pour sa sécurité que pour celle de son entourage. Nous lui administrerons des psychotropes, que nous combinerons à des séances individuelles de psychothérapie, qui lui permettront d'acquérir des techniques d'adaptation et de prise en charge des problèmes, afin de le doter de stratégies d'affrontement.

— Il guérira ? voulut savoir Sara.

— Je ne vous cache pas que, dans son cas, les pronostics ne sont pas aisés, cependant nous sommes optimistes. Nous pensons que sa qualité de vie peut s'améliorer de façon significative, oui. Ce qui ne signifie pas qu'il y aura guérison totale. Lorsqu'il reprendra la vie ordinaire, il restera dépendant de vous. C'est la raison pour laquelle il me semble important que vous en sachiez un maximum à propos des problèmes associés à cette maladie afin de réussir la meilleure réadaptation sociale possible et éviter toute récidive. Mais pour l'instant, il est trop tôt pour penser à ce genre de chose, nous verrons bien comment il évolue.

— Des récidives ? dit Sara dans un filet de voix.

— Oui, des rechutes, c'est fréquent. Mais comme je vous l'ai dit, laissons pour l'instant cela de côté. Nous aurons le temps d'en reparler lors d'une prochaine visite. Mon conseil est de le garder quelque temps avec nous, si bien entendu vous en êtes d'accord, ajouta-t-il, puis il s'adressa à Milo : Est-ce que nous effectuons les prélèvements sur votre compte en banque, comme la dernière fois ?

Milo hocha la tête affirmativement.

— Bien, alors le problème est résolu, dit-il en se tournant vers Sara. Madame Malart, auriez-vous l'amabilité de nous laisser seuls un moment ? Je voudrais m'entretenir d'une affaire privée avec votre beau-frère. Ça ne prendra que cinq minutes, si cela ne vous dérange pas. Si vous voulez, vous pouvez en profiter pour dire au revoir à votre mari, une infirmière va vous accompagner jusqu'à sa chambre.

Sara lâcha la main de Milo et sortit du bureau.

Le docteur referma le dossier. Il s'adossa confortablement dans son fauteuil.

— Parlons de vous, monsieur Malart. Nous avions décidé de nous voir régulièrement pour surveiller une éventuelle apparition des symptômes, après ce qui est arrivé à votre père.

L'inspecteur Malart soutint son regard en silence.

— Avez-vous observé quelque chose d'anormal dans votre vie quotidienne ?

Milo tourna son regard vers les jardins. Il observa l'ondulation de tous les tons de verts, le bleu dégagé du ciel, les ombres des collines dans le lointain.

— Monsieur Malart, je vous l'ai déjà dit. En tant que fils d'un patient qui a souffert de schizophrénie, vous possédez une certaine vulnérabilité face à cette maladie. Et si l'on tient compte du stress particulier auquel votre profession vous soumet, votre éventualité de la développer augmente, dit-il. Je vous repose la question : avez-vous observé quelque chose d'anormal dans votre vie quotidienne ? C'est important d'intervenir à temps. Crucial, dirais-je même.

— Comme par exemple ?

— Avez-vous entendu des voix ou eu des hallucinations auditives ?

Il fit non de la tête.

— Avez-vous quelquefois ressenti un négativisme extrême ?

Il fit à nouveau non.

— Vous êtes-vous volontairement isolé, vous êtes-vous graduellement enfermé dans votre propre monde ?

— Pas du tout.

— Avez-vous éprouvé des difficultés dans vos relations personnelles ou des problèmes d'adaptation ?

— Non.

— Un repli affectif ?

— Non.

— De soudaines crises de colère, suivies d'une brusque absence d'énergie et d'un resserrement de l'activité ?

— Non, non et non !

— Des pertes de moral, de la désorganisation. Avez-vous renoncé à votre hygiène personnelle ?

— Non, non.

— Faibles réponses émotionnelles, délires ?

— Non.

— Complexe de persécution ?

Milo lui adressa un large sourire. Il ne répondit pas.

— Vous parvenez à bien contrôler votre paranoïa ?

Il se leva brusquement.

— Ce n'est pas moi le patient, ici ! L'interrogatoire est terminé, docteur !

Le psychiatre l'imita.

— Comme vous voudrez, appelez-moi si vous avez un problème. Vous voulez bien que nous allions rendre visite à votre frère, à présent ?

Ils parcoururent le large couloir d'un pas rapide. Le soleil qui traversait les vitres se réfléchissait sur le dallage en formant une myriade de reflets aveuglants. Montrant le sol, Milo expliqua qu'il pensait avoir des hallucinations, à présent.

— J'apprécie votre sens de l'humour, dit le psychiatre.

Il s'arrêta devant une porte peinte en gris. À hauteur des yeux, un guichet permettait de voir à l'intérieur. Le docteur ne prit pas le temps d'y jeter un coup d'œil. En entrant, Sara se tourna, les yeux noyés de larmes.

— Fils de pute, tu m'avais promis !... dit Hugo depuis son lit sur lequel il était maintenu par de grosses courroies de cuir. Dis-le-lui, Sara. On ne ressort plus de cet endroit. Lorsqu'on y entre, on n'en ressort plus, répéta-t-il en se tournant vers son frère. Tu m'avais donné ta parole, espèce de fils de pute ! Tu m'avais donné ta parole ! Pourquoi tu veux me punir, moi aussi ?

32

La circulation en direction de Barcelone était plus dense qu'à l'aller. C'était Sara qui conduisait, Milo n'en avait pas eu le courage. Replié sur lui-même, dans un mutisme hermétique, il appuyait son front contre l'encadrement de la vitre, empoignant la ceinture de sécurité à deux mains, yeux écarquillés.

— Tu veux qu'on s'arrête pour casser la croûte ? demanda Sara.

Il fit mollement non de la tête.

— Essaie de t'assoupir un instant, ça va te faire du bien.

Il ne répondit pas.

Il avait besoin d'oublier, de penser à autre chose. Au travail, par exemple. Il désactiva le présent et, grâce aux nouveaux éléments qu'il possédait, tenta de réaliser ce qui avait toujours fonctionné pour lui. Observer les éléments du puzzle de l'intérieur, tout simplement changer d'angle de vision, se comporter comme s'il était une de ces pièces à assembler. *Comme s'il était Carolina.* Et cette fois, au lieu d'éviter les lignes droites, faire juste le contraire. Il fixa son regard sur la route, la ligne blanche latérale. *Elle a fait ses valises.* Ronronnement du moteur en guise de mantra dans son cerveau. *Elle était dure comme une pierre.* Un bruit relaxant, le prédisposant à la concentration. *Fils de pute.* Une ligne droite, parfaitement délimitée. *L'instinct.* Une ligne infinie. *Éventuellement agressif.* Une ligne qui le menait vers une direction unique. *Les papiers pour Sydney, son billet.* Vers la seule destination possible. *Une porte munie d'une chaîne et d'un loquet.* Toutes les pièces ne s'assemblaient pas correctement, mais il espérait résoudre le problème pendant le trajet.

Il cessa de se tenir à la ceinture de sécurité.

Il se redressa.

— Qu'y a-t-il ? demanda Sara.

— Tout va se régler, tu verras.

Il tira le portable de sa poche pour appeler Rebeca.

— Où es-tu passé, inspecteur ? Tu as raté la conférence de presse et la commissaire-chef est furieuse, entendit-il.

— J'ai besoin que tu demandes un mandat de perquisition, dit-il en tirant la photo d'Eloy de la poche de son jean, puis en observant son visage. Dis au juge Losada que c'est pour la rue Alcolea, je ne me souviens plus du numéro, au quatrième étage, l'appartement n° 2, celui des Estrada.

— Et quelle raison je lui donne ? C'est un vrai casse-couilles et...

— Improvise, coupa-t-il, fais preuve d'imagination. Mais obtiens ce putain de mandat. Il est quatre heures vingt, ajouta-t-il en consultant sa montre, on se retrouve là-bas à huit heures, d'accord ?

— Au cas où ça t'intéresserait, j'ai bien récupéré, je suis en pleine forme, je te remercie. J'ai repris mon service. Avec une minerve et plutôt sans voix, mais opérationnelle... comme toujours.

— Et préviens Sena et Boada, nous allons avoir besoin d'eux. Mais qu'ils ne viennent qu'à huit heures et demie. Compris ?

— Tu veux dire qu'on va arrêter quelqu'un ?

Il observa le visage de la photographie.

— Oui, dit-il, puis il raccrocha.

Il chercha un autre numéro dans la liste des contacts.

— Sergent Crespo, tu peux m'accorder un instant ?

— Les deux rapports de la police scientifique viennent juste d'arriver. Tu veux que je t'en fasse un résumé ?

— Juste de celui qui concerne Carolina Estrada.

Il écouta jusqu'à la fin avec une certaine impatience.

— Cinq jours pour une connerie pareille ? Ça n'apporte absolument rien de nouveau.

— Inspecteur, ce n'est pas la série *Les Experts*. Tu voulais me demander quelque chose ?

Milo l'interrogea sur sa recherche dans les archives de cas possédant un *modus operandi* similaire à celui utilisé avec les deux victimes.

— Tu m'as parlé d'un cas qui collait parfaitement.

— Oui, j'ai mis ça dans le coin, dit-il en farfouillant dans un tas de dossiers. Je t'en fais un résumé ?

— Non, pour une fois, tu me le lis *in extenso*.

Il tourna dans l'étroite rue Tenor Masini et chercha l'atelier de mécanique du regard des deux côtés de la voie. Les adieux avec Sara sur la place de l'Université avaient été étranges ; ils s'étaient embrassés sur la joue, s'étaient serrés dans les bras l'un de l'autre, puis elle avait lancé un glacial "à bientôt". Ensuite elle avait rapidement tourné les talons pour disparaître dans l'entrée. Milo était resté quelques secondes immobile, regardant la porte se refermer. Tout de suite après, il s'était installé au volant de la Mercedes et avait conduit jusqu'au quartier de Sants.

Il aperçut l'atelier. Le rideau était levé et il ralentit pour introduire une bonne moitié de l'avant de la voiture sur le bateau. Il descendit, vérifia qu'il ne barrait pas trop le trottoir et pénétra dans l'atelier. Un véhicule se trouvait sur le pont élévateur et un mécanicien travaillait au-dessous. Il lui demanda où se trouvait Eloy Estrada. L'ouvrier lui indiqua le fond de l'atelier, sans même prendre la peine de se retourner.

Vêtu d'un bleu de travail couvert de graisse, le jeune homme était penché sur le capot ouvert d'un taxi. Un chiffon tout taché de noir dépassant de sa poche arrière.

— Eloy Estrada ?

Il se redressa.

— Inspecteur Malart, dit-il en lui montrant sa plaque. Je peux te poser quelques questions ?

Le garçon tira le chiffon et s'en frotta les mains. Il jeta un rapide coup d'œil à la plaque, puis il l'observa avec méfiance.

— Je suis mineur, dit-il, ma mère ne devrait pas être présente pour me dire si je dois répondre ou non à vos questions ?

— Même si c'est à propos d'un carburateur, gros malin ?

— Ah bon, c'est une question technique.

Son visage se détendit immédiatement.

— Bien entendu, qu'est-ce que tu croyais. On est dans un atelier de mécanique, non ?

La ressemblance avec sa sœur était effarante, sauf les marques d'acné sur ses joues, caractéristiques chez un adolescent de quinze ans. Traits fins, expression innocente, tourmentée.

— Que puis-je faire pour vous ? demanda-t-il en rangeant son chiffon.

Il lui expliqua ce qui était arrivé à sa voiture au parking du commissariat central, il lui précisa la marque et le modèle, et ajouta que depuis vingt ans il ne lui était rien arrivé de pareil.

— Elle m'a lâché d'un coup.

— C'est normal. Vingt ans, c'est beaucoup.

Milo secoua la tête comme pour lui donner raison.

— J'ai appelé l'atelier du concessionnaire et on m'a expliqué que c'était le carburateur, le papillon des gaz. Ces escrocs me demandent trois mille euros pour un carburateur neuf, sans compter la main-d'œuvre.

— Les réparations chez les concessionnaires sont hors de prix.

— Une fortune, oui ! J'aurais voulu savoir si tu pourrais m'en trouver un d'occasion et m'arranger le coup. Et bien sûr combien ça me coûterait.

— En trouver un d'occasion, c'est facile, mais il faut que je demande le prix à mon patron. Pour l'instant, il n'est pas là, il faudra que vous passiez un autre jour.

Milo eut une moue de contrariété.

— Tu n'as même pas une vague idée du prix que pourrait me coûter ce machin-là ?

Eloy écarta les bras en même temps qu'il haussait les épaules.

— Peut-être deux cents, trois cents euros ? suggéra Milo.

Le jeune éternua.

— À tes souhaits.

— C'est ce putain de temps. J'en ai ras le bol de cette pluie.

Milo secoua la tête.

— Oui, ce n'est pas très bon de se balader sous la pluie, en plein bois.

Eloy pâlit.

— Qu'est-ce que vous dites ?

— Ta sœur n'a jamais eu l'intention de t'abandonner. Quoi qu'en dise ta mère, Carolina n'a jamais pensé à ça.

— Lina n'en avait rien à foutre de moi, dit-il en fronçant les sourcils. Cette pute n'en avait rien à foutre de nous. Elle ne s'intéressait qu'à elle.

— C'est faux.

— Comment vous le savez ? dit-il rageusement.

— Premièrement grâce à ça, dit-il en tirant la photo de sa poche. Je l'ai retrouvée parmi les affaires qu'elle comptait emporter avec elle. Tu sais qu'elle allait partir en voyage, n'est-ce pas ?

Le garçon acquiesça en boudant.

— Eh bien, c'est la seule photo de famille que j'ai trouvée dans ses bagages.

— Elle avait horreur des photos.

— Sauf de la tienne, dit-il en observant un infime changement dans l'expression de son visage, un premier semblant de tristesse. Et deuxièmement parce qu'elle habitait encore avec vous.

Eloy arqua les sourcils.

— Ta sœur avait de l'argent, ce n'est pas le moment de savoir comment elle l'avait obtenu, mais au lieu de partir pour partager un appartement avec une amie, elle est restée chez vos parents. Tu crois que ça colle avec le profil d'une personne qui ne s'intéresse qu'à elle ? Eh bien, pas du tout. Et tu sais pourquoi elle restait chez vos parents ? À cause de toi, espèce d'idiot. Parce qu'elle ne voulait pas te laisser tout seul avec eux.

— C'est pour ça qu'elle partait en voyage… et à l'autre bout du monde.

— Et comment peux-tu savoir si, une fois installée à l'étranger, elle n'allait pas t'appeler pour te proposer de la rejoindre ?

Eloy le fixa, un doute envahissant soudain son regard.

— Ce n'est pas la peine de t'entêter, Eloy, elle t'aimait beaucoup. Elle n'arrêtait pas de parler de toi à ses amis. Et si tu la traites à nouveau de pute, je te casse la gueule. T'as compris, mon garçon ?

Eloy acquiesça, intimidé par la fureur de son regard.

— Bien, et que dirais-tu d'aller nous asseoir un instant et de discuter ensemble, rien que toi et moi ? Il n'y a pas un bureau, ici, ou quelque chose du genre ?

Alors qu'ils étaient assis l'un en face de l'autre dans un réduit bourré de classeurs, situé dans un grenier, Milo lui demanda comment il l'avait trouvée vendredi dernier, à l'heure du déjeuner, si elle avait l'air bizarre, s'il avait remarqué quelque chose d'étrange dans son comportement ou d'inhabituel.

— Oui, elle était très câline. Elle n'arrêtait pas de m'embrasser. Et elle m'a dit plusieurs fois qu'elle m'aimait. Elle avait l'air très heureuse.

— Et dans celui de ton père ?

— Mon vieux ? dit-il en faisant non de la tête. Lui, il fait que regarder la télé, c'est un meuble. Il ne bouge jamais de son fauteuil.

— Mais, il n'y a pas si longtemps, il s'est échappé de la maison, n'est-ce pas ? Je dis ça à cause de la chaîne de sécurité et du loquet ; ils sont tout neufs ! Vous les avez changés récemment ?

Eloy se détendit davantage.

— Oui, ça s'est passé avant Noël. J'ai claqué la porte, en oubliant de fermer à clé, et le vieux en a profité pour se carapater. Il s'est perdu dans les rues, une personne du quartier a vu son visage terrifié et a appelé les policiers municipaux. Ce sont eux qui nous l'ont ramené à la maison. C'est pour ça qu'on a installé la chaîne de sécurité et le loquet, il ne sait pas comment ça marche.

— À présent, parle-moi de la voiture de Lina.

Le jeune garçon sourit, fier de lui.

— C'est moi qui la lui ai offerte. Une Corsa blanche, au moins de cinquième main. Une vieille épave qui se trouvait ici, dans l'atelier. J'ai demandé au patron si je pouvais la récupérer et il m'a dit que si j'arrivais à la remettre en état tout seul, elle était à moi, il me la donnait. J'ai cherché des pièces dans les casses, je l'ai réparée de partout et elle a redémarré. Ça m'a presque rien coûté, dit-il plein d'orgueil. Je la lui ai offerte un été, pour son anniversaire. Lina aimait beaucoup aller à la plage, se promener sur le sable. Elle disait : s'évader. Elle la garait dans la rue pour ne pas dépenser son argent. Ça lui avait vraiment fait plaisir.

— Un sacré cadeau, oui. Tu as mis les papiers à son nom ?

Le garçon fit lentement non de la tête.

— Donc, elle conduisait sans papiers, sans payer la carte grise. Ça ne t'a vraiment rien coûté, en effet.

— On n'est pas riches, monsieur.

— Et où rangeait-elle ses clés ?

Eloy grimaça, et rougit.

— Elles n'étaient pas dans son sac, dit Milo. C'était l'endroit le plus probable pour une fille, tu ne crois pas ?

Le gamin éternua à nouveau.

— À tes souhaits.

Il l'observa fixement. Repéra sa nervosité.

— Tu n'as rien à me dire ?

Il tourna la tête d'un côté et de l'autre. D'un coup sec.

Milo se leva.

— Ta mère rentre à la maison plus ou moins à huit heures et demie, n'est-ce pas ? Et toi environ vers neuf heures.

— Oui, pourquoi ?

— Pour rien.

Il baissa la tête pour ne pas se cogner au plafond et descendit l'escalier avec précaution. Eloy le suivit d'un pas agile et rapide.

Il l'accompagna jusqu'à la Mercedes.

— Waouh ! la bagnole ! Ça paye bien, la police !

— Tu n'as pas idée, celle-là je la prends juste pour sortir en ville.

Il ouvrit la portière. S'immobilisa. Se retourna.

— Tu as pensé que toi aussi on est en train de t'exploiter ?

Eloy écarquilla les yeux.

— Fais travailler tes neurones, dit Milo, il faut que tu comprennes ça.

Il prit place au volant. Avant de refermer la portière, il ajouta :

— Lina t'aimait. Je te le répète pour que ce soit bien clair dans ta tête. Pour que tu n'en doutes plus. Au cas où tu te déciderais enfin à bien réfléchir. On se revoit bientôt.

Il claqua la portière, actionna le démarreur et fit marche arrière.

En atteignant l'angle de la rue, il s'arrêta, appela le sergent Crespo.

— Toni, j'ai besoin que tu vérifies quelque chose à la police municipale. Tu as déjà parlé avec le service de la circulation ?

Tout en écoutant la réponse, il tambourina sur le tableau de bord. Au bout de quelques secondes, il ralentit le mouvement de ses doigts, la main en l'air.

33

Pendant quelques minutes, il observa l'immeuble de la rue Alcolea puis il appuya sur la sonnette du quatrième étage, première porte. La voisine des Estrada lui ouvrit. Il monta les quatre étages lentement. En atteignant le palier, il aperçut la vieille femme qui passait la tête par l'entrebâillement de la porte. Il lui dit qu'il venait s'entretenir avec Isabel Estrada, qu'il savait très bien qu'elle n'était pas encore rentrée. Il déclina son invitation à l'attendre chez elle, il la remercia, et lui indiqua qu'il l'attendrait dehors.

— Comme vous voudrez, jeune homme, dit-elle en refermant doucement.

Milo paria que la femme était restée derrière, oreille collée à la porte. Il s'assit sur la dernière marche.

Dix minutes plus tard, il entendit les sonnettes des interphones résonner dans tout l'escalier. Puis, le cliquetis de la porte de l'entrée qu'on libérait. Les pas de quelqu'un gravissant les marches.

— Un gars qui distribue ses publicités, dit Rebeca en s'asseyant à ses côtés, ça marche toujours, soupira-t-elle. Tu peux me dire ce que nous faisons là ?

Milo mit un doigt devant ses lèvres.

— Chut… Tu entends quelque chose ?

— La télé des Estrada, un tout petit peu. Pourquoi ?

— Tu pourrais identifier l'émission ?

— Euh… non, fit-elle en tendant l'oreille. La publicité, un débat ?

— Vendredi dernier, plus ou moins à cette heure-ci, la voisine a entendu le son de la télé à travers la porte de chez elle. À fond. Un jeu télévisé. Et pourquoi ça ? Parce que la porte des Estrada était ouverte. Grande ouverte.

— Et alors ?

— Jusqu'à présent, nous nous sommes demandé où avait bien pu aller Carolina après avoir changé de sac et être sortie de chez elle. À présent nous le savons.

— Nous le savons ?

— Elle n'est pas allée très loin. De fait, elle est arrivée où nous sommes assis en ce moment. Cette marche a été la dernière étape de son long voyage.

Rebeca se leva brusquement.

— D'après moi, dit Milo sur un ton las, Carolina est arrivée à sept heures et demie, après être sortie du bureau, où à la première heure elle avait arrêté les dates du visa pour la période de ses études. Deux heures plus tard, elle est allée sur le site web de l'ambassade d'Australie, pour vérifier que tout était bien en ordre. Enfin, elle a imprimé le visa qu'elle a ensuite rangé dans son sac. Dans la matinée, au lieu d'aller en cours, elle s'est rendue au Banco Sabadell pour retirer tout l'argent qui se trouvait dans son coffre. Elle a mis les vingt-six mille cinq cents euros sur son compte et a rangé le reçu du virement dans son sac. Elle s'est alors rendue dans une agence de voyages, a acheté un billet d'avion pour Sydney avec sa carte de paiement, un aller simple, en classe touriste, pour le lendemain, le samedi matin, qu'elle a rangé à nouveau dans son sac. Puis elle est rentrée chez elle. Sa mère était absente. C'est peut-être à ce moment-là qu'elle en a profité pour faire sa valise, ou peut-être l'a-t-elle faite dans l'après-midi, je ne sais pas. De toute façon, elle n'avait pas l'intention de prendre grand-chose, et la plupart de ses affaires se trouvaient à l'appartement d'Elisa.

Il se frotta les yeux. Respira profondément. Rebeca attendit la suite.

— En plus, elle allait obtenir trente mille euros du vol de l'avocat, elle s'achèterait ce dont elle aurait besoin à Sydney. Elle allait entreprendre une nouvelle vie, et il est fort probable qu'elle ait eu l'intention de n'emporter presque rien qui pût lui rappeler la misère qu'elle avait vécue jusqu'alors. Elle a appelé le client avec qui elle avait rendez-vous ce soir-là et l'a annulé en s'inventant une excuse quelconque. Imagine-la ! Elle est joyeuse, euphorique. À l'heure du déjeuner, elle sert le repas à son père et à son frère. Puis elle débarrasse la table, elle dit au revoir à Eloy, sans qu'il s'aperçoive que c'est un vrai au revoir, et se rend au bureau. Elle se montre comme d'habitude, réservée, efficace. Mais elle est impatiente, elle ne peut pas éviter de jeter constamment un coup d'œil à sa montre. Lorenzo Puig quitte le cabinet à six heures, comme d'habitude le vendredi, et elle croise les doigts. Enfin, il est sept heures et Carolina quitte les bureaux à son tour.

— D'accord, jusqu'à présent tout cela est corroboré par les témoignages et les preuves, dit Rebeca. Elle arrive chez elle à sept heures et demie. Elle finit de boucler sa valise, ou elle entreprend de la faire à ce moment-là, et puis quoi ? Quel était son plan ensuite ? Rejoindre Domingo Soler, n'est-ce pas ?

Milo acquiesça tout doucement.

— Elle n'avait pas l'intention de retourner chez elle après avoir rencontré son complice. Elle a vérifié que tous les documents du voyage se trouvaient bien dans son sac noir avec la boucle, celui que nous avons retrouvé près de son corps à Collserola, et elle a pris sa valise. Si tu avais décidé de fuguer, est-ce que tu aurais passé ta dernière nuit à Barcelone chez ta famille, toi ? Le lendemain matin, on t'entendrait partir avec tes bagages, et les disputes éclateraient.

— Non, j'éviterais le drame. Je préférerais passer la dernière nuit à l'appartement de mon amie, dans ma chambre attitrée.

— Et tu quitterais ta maison le vendredi à cette heure-ci à peu près. C'est alors que se pose une nouvelle question. Comment avais-tu prévu de te rendre à ton rendez-vous avec Domingo Soler ? Avec ta valise et ton sac ?

— Il me semble que je serais d'abord passée en taxi les déposer chez Elisa.

— Et devoir lui donner des explications sur ce rendez-vous ? Pour ensuite prendre un autre taxi, et t'y rendre. Puis en arrêter un troisième pour retourner à l'appartement ? Carolina possédait une voiture, un vieux tacot. C'était un cadeau d'Eloy. Quelle serait la solution la plus simple ?

Rebeca ne réfléchit même pas une seconde.

— Ranger la valise dans le coffre, me rendre à mon rendez-vous en voiture, puis, après avoir récupéré l'argent, à l'appartement d'Elisa.

Milo fixa la sous-inspectrice dans les yeux.

— Ce qui signifie que les clés de la voiture auraient dû être dans son sac.

— Et elles n'y étaient pas.

— Non.

— L'assassin les a prises pour emmener le corps à Collserola.

— Pas nécessairement.

Ils entendirent le bruit de la porte d'entrée qui se refermait. Puis des pas gravissant lourdement les marches, une respiration poussive. Au bout d'un moment le visage d'Isabel Estrada apparut au virage. Ses yeux dénoncèrent une certaine frayeur, puis de l'appréhension. Enfin, de la provocation.

— Qu'est-ce que vous faites ici ?

La température du salon était très basse, un grand frisson secoua le corps de Milo. Mais il n'était pas dû au froid de la pièce. La scène se répétait : Emilio Estrada dans son fauteuil devant la télé, immobile, les yeux vides ; sa femme Isabel, une main sur la sienne, à son tour posée sur l'accoudoir usé. Elle laissait transparaître sa colère en leur lançant un regard de haine, menton pointé en avant.

— Vous avez donc décidé de ne pas nous laisser en paix ?

— Nous n'allons pas vous déranger longtemps, dit Rebeca, si vous voulez bien répondre à quelques questions.

— Je vous ai déjà dit tout ce que je savais, répondit-elle sur un ton de mépris.

— Pas tout, non, dit Malart.

Isabel serra les dents, furieuse.

Milo l'observa un instant. Il tenta de l'imaginer encore jeune, lorsqu'elle n'avait pas la peau flétrie ni d'immenses cernes sous les yeux, lorsque ses cheveux n'étaient pas gris et gras et qu'elle n'avait pas encore cessé de prendre soin d'elle. Une jeune femme bourrée de rêves, peut-être même charmante, avec la vie devant soi. Mais les choses avaient mal tourné et le destin l'avait rendue plus dure, la transformant en femme aigrie, sans idéal, et peut-être pire encore.

— Madame Estrada, dit-il, nous avons épluché les comptes de votre fille. Ses rentrées d'argent étaient très faibles, à peine quelques euros et…

— Quelques euros ? Ce n'est pas possible.

— Qu'est-ce qui n'est pas possible, madame Estrada ?

La femme rougit.

— Lina m'avait dit qu'elle avait économisé pas mal d'argent.

— Comment aurait-elle pu ? Puisqu'elle vous remettait toute sa paye ? Avec quel travail ? Vous nous avez vous-même dit qu'elle n'avait pas le moindre temps libre, lui dit-il en la regardant sévèrement. Madame, nous allons arrêter là tous ces mensonges. Vous avez appris qu'elle possédait une petite fortune en fouillant dans le fond de son sac. Et cela n'a pu se passer que vendredi dernier plus ou moins à cette heure-ci, après sa mort, lorsque vous avez pris son sac et trouvé le reçu de son virement, le visa, le billet d'avion, sa carte de crédit et que vous avez caché tout ça quelque part dans cet appartement, sauf dans la chambre de Carolina.

— Mensonges, cracha-t-elle.

— Sous-inspectrice, préviens les inspecteurs Sena et Boada qu'ils peuvent monter pour procéder à la perquisition.

Isabel se leva rouge de colère.

— Vous n'avez pas le droit… sans mandat !

Rebeca lui planta le document dans la poitrine.

— Voilà votre mandat, dit-elle de sa voix éraillée.

Immédiatement après, elle les appela depuis son portable, tout en appuyant sur le bouton de l'interphone qui se trouvait près de la porte pour leur ouvrir la porte de la rue. Trente secondes plus tard, les deux inspecteurs entraient dans l'appartement et commençaient à le fouiller sans dire un mot.

Isabel Estrada demeurait debout au milieu du salon, visage distordu, yeux exorbités.

— Vous avez commis de nombreuses erreurs, madame. J'imagine que c'est à cause de l'improvisation. Les gants de votre fille, par exemple.

— Eh bien quoi, ses gants ?

— Une jeune femme qui prend soin à ce point de ses mains ne serait jamais sortie de chez elle, par une nuit aussi froide, sans les porter. Vous avez été trahie par votre acharnement à tout vouloir récupérer. Et puis il y a l'histoire des clés de la voiture…

C'est à ce moment qu'Eloy entra dans l'appartement. Voyant que la perquisition était en cours, il s'immobilisa, jeta un regard désespéré en direction de sa mère.

— Maman ? murmura-t-il.

Sena ouvrit un tiroir du buffet et en retira un sac en plastique blanc avec la marque d'un supermarché. Il vérifia le contenu. Un passeport, le visa, une carte de crédit, un billet d'avion, un justificatif de virement bancaire.

— Inspecteur, les voilà ! s'écria-t-il.

— Je… je n'ai pas tué ma Lina, dit la femme. Comment pouvez-vous imaginer que j'aie pu faire une chose pareille ? C'est… c'est dégoûtant.

Le regard de Milo la transperça.

— Donc, il ne reste plus que deux possibilités : ou votre fils Eloy, ou votre mari. Mais votre mari ne compte pas, n'est-ce pas ? Lui, il regarde la télé du matin au soir. Le lauréat est donc votre fils Eloy.

Le silence se fit.

La mère demeura muette.

Le visage du fils devint tout pâle.

— Maman ! gémit-il.

— Je t'avais prévenu, Eloy, dit Milo. Souviens-toi… tout à l'heure…

Les yeux du garçon implorèrent l'inspecteur, cherchant son aide.

— Tu as quelque chose à me dire, à présent ?

Eloy acquiesça, livide comme un cadavre.

— C'est lui, dit-il en indiquant l'homme qui regardait la télévision. C'est mon vieux. C'est lui qui a étranglé Lina.

Isabel se lança comme une furie sur Eloy. Rebeca l'en empêcha. L'immobilisa en lui bloquant les bras.

La mère se débattit comme un fauve blessé.

— Tais-toi, mauvais fils ! Comment peux-tu oser accuser ton propre père ?

34

On les conduisit au commissariat central pour y être interrogés. À peine arrivé, Milo renonça à s'occuper de l'un ou l'autre des deux interrogatoires. Le chef Singla remarqua qu'il était démoralisé, épuisé, et il n'insista pas. Tandis que le sergent Crespo téléphonait pour demander la présence de deux avocats commis d'office, Singla proposa à la sous-inspectrice de s'occuper d'Eloy, qui avait l'air de se montrer très coopératif, et à l'inspecteur Sena de prendre en charge la partie la plus coriace, à savoir la muette et provocatrice Isabel Estrada. Rebeca demanda, comme ça, sans en avoir l'air, si c'était un problème d'inverser. Singla et Sena se regardèrent, haussèrent les épaules et acceptèrent sa proposition.

— J'aime bien les défis, expliqua-t-elle.

En attendant la visite des agents de la scientifique, Emilio Estrada fut conduit dans une des cellules et confié à la garde de l'inspecteur Boada. Lorsque les avocats se présentèrent, Eloy et Sena occupèrent la salle d'interrogatoire n° 2 avec l'un d'eux, et Isabel et Rebeca la salle n° 1 avec l'autre. En compagnie du juge Losada, de la commissaire Bassa et d'un Milo complètement mutique, Singla occupa la salle du milieu, avec vue sur les deux miroirs unidirectionnels.

Eloy fut on ne peut plus bavard, se libérant de l'angoisse qui n'avait cessé de le tenailler pendant toute la dernière semaine. Sena eut juste à lui poser une première question afin que le garçon, comme si une main invisible avait ouvert une vanne au fond de sa gorge, lâchât tout ce qui s'était passé, expliquant son implication dans les faits jusqu'au moindre détail. Sena eut par moments l'impression que le garçon se sentait même heureux d'avouer tout cela.

D'après sa déposition, il était arrivé à la maison familiale un peu avant neuf heures du soir et avait trouvé sa mère très nerveuse au milieu du salon, le corps de sa sœur allongé par terre, à ses pieds. Troublée, elle lui avait raconté qu'elle était arrivée une demi-heure plus tôt et avait trouvé Lina allongée sur les marches, dans une flaque d'urine, sa valise et son sac tout près d'elle. Elle ne respirait plus. La porte de l'appartement était grande ouverte et le jeu télévisé résonnait à tue-tête. En état de choc, elle avait pénétré dans l'appartement et avait aperçu le fauteuil vide. Son mari n'était plus là. La première chose qu'elle avait faite avait été de saisir la télécommande pour baisser le son de l'appareil. Elle avait immédiatement compris ce qui s'était passé. Mais elle ne pouvait pas admettre qu'Emilio soit conduit en prison. Sans verser une larme, ce n'était vraiment pas le moment, elle était sortie sur le palier, avait attrapé sa fille sous les aisselles et l'avait tirée jusque dans l'appartement. Ensuite, elle avait saisi la valise et le sac, pour les mettre également à l'intérieur. Enfin, elle avait nettoyé le sol avec une serpillière, puis refermé la porte. D'après ce qu'elle avait dit à Eloy, elle n'avait qu'une seule idée en tête, protéger sa famille. En attendant que son fils rentre, elle avait emporté la valise dans la chambre de Lina, en se disant qu'elle rangerait un peu plus tard. Revenue dans le salon, elle avait ouvert le sac à main de sa fille. Et c'est alors qu'elle avait découvert le billet d'avion pour Sydney et le passeport. Elle avait ensuite fouillé dans son porte-monnaie et avait trouvé le justificatif du virement. Vingt-six mille euros. Elle avait donc pris le reçu, la carte bancaire et l'argent liquide, pour faire penser à un vol. Elle avait également subtilisé le billet d'avion, le passeport et le visa, puis elle avait rangé tout ça dans un tiroir du buffet. Et c'est à ce moment-là que lui était arrivé.

— J'étais offusqué, je ne comprenais rien. J'aimais beaucoup Lina, mais ma mère n'arrêtait pas de dire qu'il n'y avait plus rien à faire, qu'on ne pouvait pas revenir en arrière. Elle m'a dit que Lina avait tenté de nous abandonner, cette salope. Elle l'a appelée comme ça, oui, “cette salope”. Qu'elle n'en avait rien à foutre de moi, rien à secouer de sa famille. Qu'elle avait essayé de nous abandonner sans prévenir, du fric plein les poches. Que c'était une égoïste. Une traîtresse. Moi, j'ai ravalé mes larmes et je me suis laissé convaincre.

Sa mère lui avait ensuite expliqué la marche à suivre. D'abord, elle lui avait demandé d'aller chercher une vieille couverture qui se trouvait dans la buanderie. Pendant ce temps, elle avait arraché la chaîne en or de sa fille, celle qu'on lui avait offerte pour sa première communion, ses gants de cuir hors de prix, puis à tous les deux ils l'avaient roulée dedans. Ils avaient attaché le tout avec de la ficelle. Ensuite, elle lui avait dit qu'il fallait retrouver son père. "Va donc savoir où il est allé se fourrer, le pauvre homme." Ils étaient descendus dans la rue. Ils l'avaient trouvé à la place Sants. Des personnes le retenaient, qui l'ayant vu marcher sous la pluie d'un pas incertain et absent, sans manteau et sans parapluie, et en sandales, sans but précis, l'avaient obligé à se réfugier sous une corniche en même temps qu'ils prévenaient la police municipale. Ils avaient remercié ces gens et l'avaient ramené à la maison sans attendre l'arrivée de la police.

À l'appartement, ils l'avaient complètement changé, car il était trempé et ils lui avaient servi le dîner. Ils l'avaient couché. Sa mère avait mangé un morceau. Mais lui avait été incapable d'avaler la moindre bouchée. Ils avaient attendu le petit matin. Sa mère lui avait alors demandé de ramener la voiture de Lina et de se garer devant la porte d'entrée. Eloy avait pris les clés dans le sac et s'était mis en quête de la vieille Corsa. Ensuite, à eux deux, ils avaient sorti le corps de l'appartement, l'avaient descendu dans la rue et l'avaient caché dans le coffre.

— J'ai demandé à ma mère où il fallait l'emmener. Ma sœur aimait beaucoup la mer et je lui ai proposé la plage. Un emplacement idéal pour Lina. Mais elle m'a dit non, qu'il valait mieux la conduire à Collserola. Que je n'avais qu'à trouver un coin isolé et la laisser loin du sentier, dans un endroit difficile d'accès. Elle m'avait dit de la recouvrir de feuilles mortes, un point c'est tout. De pas oublier de laisser le sac ouvert, comme ça la police penserait à un vol. Ensuite, je devais reprendre la couverture et les ficelles et m'en débarrasser dans une poubelle sur le chemin du retour, loin de la maison et du parc.

— Et tu as suivi ses instructions au pied de la lettre.

Eloy acquiesça en secouant honteusement la tête.

— Que vouliez-vous que je fasse ?

— Continue, dit l'inspecteur Sena.

— Je me suis arrêté sur un chemin. La pluie tombait à seaux. Je l'ai chargée sur mon épaule. Lina n'était pas très lourde, vous savez. Elle était même très légère.

L'inspecteur Sena ne fit aucun commentaire.

— J'ai grimpé une vingtaine de mètres dans la montagne. J'ai laissé le corps près d'un arbre, dit-il en prenant son visage entre ses mains. Mais je n'ai pas été capable de le cacher sous les feuilles, ajouta-t-il avant de retirer brusquement ses mains. Moi, je l'aimais beaucoup, comprenez-vous ? C'était ma sœur. Elle était si pâle, elle avait l'air si petite, elle était devenue si peu de chose. On aurait dit qu'elle avait rétréci.

Il s'arrêta un instant, sa voix coupée par les sanglots.

Sena lui tendit un verre d'eau qu'il vida d'un trait.

— Continue.

— Je l'ai allongée sur le dos, je lui ai croisé les mains sur la poitrine, et j'ai laissé le sac près d'elle, ouvert. J'ai fait un signe de croix et je suis parti.

Sena l'observa quelques secondes, d'un air sévère.

— Et puis tu as fait comme s'il ne s'était rien passé.

Eloy acquiesça. Ses lèvres tremblaient.

— La police urbaine a-t-elle confirmé l'appel concernant la découverte du père en train de vagabonder place Sants ? demanda le juge Losada.

Milo acquiesça.

— Ce n'était pas la première fois qu'il s'enfuyait, dit-il. Il sait ouvrir les portes, à condition qu'elles soient juste claquées, comme celle de l'entrée de son immeuble, mais pas celles qui ont une chaîne de sécurité.

— Que penses-tu qu'il s'est passé ? demanda Singla.

Milo croisa les bras.

— Emilio Estrada est un fils de pute. Je suppose que Carolina a dû lui envoyer une amabilité de ce genre en guise d'adieu.

Toute guillerette ensuite, sans imaginer ce qui allait lui tomber dessus, elle a ouvert la porte et est sortie de l'appartement. Elle allait la refermer derrière elle, sans se retourner, lorsqu'elle a senti ses mains sur son cou. Elle a lâché la valise et a tenté de se dégager de ses griffes. Mais elle n'a pas pu planter ses ongles dans ses mains, parce qu'elle portait des gants. Elle a fait deux pas sur le palier, est arrivée jusqu'à la première marche, a attrapé la rampe. Elle a tiré de toutes ses forces, lutté pour descendre. Elle a réussi à en descendre deux, peut-être davantage. La théorie de Bonhora était tout à fait exacte, sauf qu'il ne s'agissait pas d'un géant. Son père se trouvait tout simplement plus haut qu'elle. Carolina manque d'air. Sa vue commence à se troubler. Elle entend les blagues du présentateur du jeu télévisé. Ses jambes se dérobent peu à peu, le sphincter. Elle perd connaissance, mais les serres ne la lâchent pas. Une fois au sol, morte à même les marches, les mains se desserrent enfin autour de son cou. Je pense qu'il s'est passé quelque chose de ce genre.

— Et ensuite le père laisse la porte ouverte, descend jusqu'à l'entrée et sort dans la rue, poursuivit la commissaire-chef. Ce que je ne comprends pas c'est comment un homme dans son état peut faire des choses pareilles ni pourquoi.

Le regard de Milo s'assombrit.

— Par instinct, commissaire-chef.

Tous les trois le regardèrent d'un air perplexe.

Tout de suite après, il leur décrivit un cas semblable qui avait eu lieu une dizaine d'années auparavant. Un camionneur allemand, pendant ses trajets le long des routes de France, d'Allemagne et d'Espagne, avait assassiné dix-neuf prostituées. Il les étranglait par-derrière. Il leur rompait l'os hyoïde, puis il jetait les corps sur les bas-côtés, sans la moindre trace d'agression sexuelle. Lorsqu'il a été arrêté, il a avoué en avoir tué trois dans la province de Lérida, mais la police de Catalogne lui a mis cinq assassinats sur le dos. Jusqu'à sa mort en prison, il a toujours clamé son innocence pour les deux autres agressions. Ces dernières avaient un *modus operandi* différent, avant d'être étranglées, les deux prostituées avaient été sodomisées.

— Emilio Estrada était camionneur et l'accident qui l'a laissé dans cet état s'est produit à Lérida, il y a dix ans. Nous nous le sommes fait confirmer par la police de la route. Ensuite, il n'y a plus jamais eu de prostituées étranglées avec ce *modus operandi*. Les agents de la police scientifique vont lui prendre un échantillon d'ADN pour le comparer à celui qu'ils ont retrouvé sur les deux victimes de l'époque. Ce sera le même, j'en suis persuadé. Et nous pourrons enfin boucler les deux affaires.

Le juge Losada avala sa salive.

— C'est pour ça que vous avez dit que c'était un fils de pute.

Milo lui lança un regard d'acier.

— Les deux prostituées étaient plutôt grosses. Et Carolina a commencé à maigrir il y a une dizaine d'années. Tirez-en vos propres conclusions.

La commissaire-chef secoua la tête avec une certaine incrédulité.

— Mais une personne à qui on a extirpé une partie du lobe frontal ne peut pas...

— Si, répondit-il sur un ton monocorde. Elle peut avoir de sporadiques moments de lucidité. Et oui aussi, elle peut éventuellement se montrer agressive. J'ai comparé les faits. Il a pu cesser d'être le même qu'autrefois, mais ne pas avoir perdu son instinct d'assassin. Sa pulsion au-delà du rationnel, son penchant le plus primitif, tellurique, inexplicable. Peut-être que Carolina l'a réveillé en lui, je ne sais pas, je ne suis pas philosophe.

— Et pourquoi la mère a-t-elle caché ça? demanda le juge. Aujourd'hui, cet homme n'est pas responsable de ses actes.

Milo se pinça le nez.

— Vous ne voyez toujours pas pourquoi, n'est-ce pas? Eh bien, pour ne pas perdre l'aide de l'État en raison de sa dépendance. Si on l'avait interné dans un centre, Isabel Estrada aurait cessé de toucher deux cent cinquante-six euros par mois. Voilà pourquoi elle a caché ça. Et après avoir sacrifié sa fille, elle a tenté de faire la même chose avec Eloy. Pour deux cent cinquante-six putains de misérables euros.

Sur le miroir, ils virent qu'Isabel gesticulait, hors d'elle, devant les questions de la sous-inspectrice Mercader. Ils mirent le son.

— Je voulais juste protéger l'avenir de ma famille! Voilà pourquoi je travaille comme une bête. Pour leur donner à manger!

Milo poussa un soupir d'exaspération.

— La personne qui prétend ça est une mère qui vendredi dernier s'est assise pour dîner à quelques mètres du cadavre de sa fille roulé par terre dans une couverture et ficelé comme un simple paquet. Vous n'aviez pas compris ? Eloy vient juste de tout vous expliquer.

— Cette femme n'est plus un être humain, murmura le juge.

— Et ça vous étonne ?

35

Baissant la tête, Milo abandonna la salle intermédiaire et se dirigea vers sa table de travail. Il commença à rédiger son rapport. Au bout de dix minutes, il s'arrêta d'écrire. Il saisit des documents qui se trouvaient près de l'ordinateur. C'était le sergent Crespo qui les lui avait remis quelques jours auparavant. Il y avait des informations sur le compte Twitter de Carolina Estrada, qui signait Jacqueline. Il lut son profil : "Étudiante, stagiaire, âme en peine. Il doit bien y avoir un monde meilleur. Je hais les larmes." Il l'observa le regard fixe, sans voir les mots. Il se rappela ses yeux gris-vert, sa beauté triste. Il se ressaisit et chassa cette image de son cerveau. Avant de les ranger, il lut son dernier tweet : "Sydney, c'est là que je vais. On se revoit bientôt." Il les mit dans un tiroir qu'il referma violemment.

Il se pencha à nouveau sur le clavier.

Au bout de quatre-vingt-dix minutes, Rebeca vint s'asseoir sur son bureau.

— Cette femme est incroyable, dit-elle. Elle nous demande de faire les démarches nécessaires pour se faire rembourser le voyage à Sydney par l'agence, les mille six cents euros. Tu peux croire ça, toi ? Et non contente de ça, elle veut qu'on s'occupe également de faire virer l'argent de Jaque sur son compte personnel, comme héritière légale. Ce n'est pas une mère, c'est une hyène.

— Carolina, elle s'appelait Carolina, dit Milo d'une voix fatiguée.

— D'accord, comme tu voudras. Mais j'ai finalement réussi

à la faire craquer, dit-elle fière d'elle. Elle a tout avoué, sans exception. Alors, je suis une bonne enquêtrice ou pas ?

— La meilleure, *chica dura*.

Il continua à taper.

— Tu en as encore pour un moment ?

Milo demeura les yeux fixés sur l'écran.

— Oui, ça va être long.

— Merde alors, je m'étais dit qu'on pourrait aller fêter la fin de l'affaire. Toi et moi. Et en profiter pour faire la paix. On a eu une semaine plutôt mouvementée, tu ne crois pas ? À mon avis, il est temps de faire un peu la fête, non ?

— Je reconnais que c'est très tentant, mais aujourd'hui je ne peux absolument pas, sous-inspectrice.

Elle fit une moue de déception.

— J'ai compris, tu as un rendez-vous.

Milo acquiesça sans cesser de taper.

— Tant pis pour toi, imbécile, dit-elle en descendant de la table. Justement des amis m'avaient appelée ce matin. Ils étaient ravis d'adopter le berger de Majorque.

Milo s'immobilisa avec les doigts en l'air.

— Plus la peine, dit-il.

— Mais c'est un foyer idéal pour lui, c'est une famille qui…

Il se tourna vers elle.

— Je t'ai dit que ce n'était plus la peine.

Rebeca leva les bras et s'éloigna en marchant à reculons. Elle se cogna au sergent Crespo, se retourna, et abandonna l'*open space*.

— Quelle mouche l'a piquée ?

Milo haussa les épaules.

— Demain, Rojo et Cervera reprennent le boulot, dit Crespo.

— Bonne nouvelle, répondit-il en mettant un point final à son rapport et en s'adossant confortablement dans son fauteuil. Tu travailles encore, à cette heure-ci ?

Le sergent rangea de petits tas de feuilles dans plusieurs dossiers.

— On m'a demandé de chercher des informations sur la deuxième victime, l'avocat Lorenzo Puig. J'ai découvert des choses assez intéressantes. Par exemple, que c'était un agent du…

— Du CNI*.

Crespo arqua les sourcils.

— Mais j'ignore s'il appartenait aux services nationaux ou à ceux d'ici, ajouta Milo. Le mec jouait un double jeu.

— Le CNI catalan, c'est juste une rumeur, dit-il soudain sérieux.

— Admettons, mais tu es sûr que personne n'est en train de l'inventer ?

— C'est une légende urbaine, Milo, impulsée par le CNI espagnol lui-même. Ça fait partie d'une stratégie antisouverainiste. Il a investi plus d'une dizaine de millions d'euros pour financer des journalistes critiques envers le processus souverainiste, pour subventionner des médias opposés à l'indépendance et pour divulguer des informations négatives à propos de plusieurs dirigeants nationalistes catalans.

— Puisque nous parlons d'Intelligence, tu as une idée de la façon dont Boada a réussi à se faire muter au GEHME ?

Crespo ne répondit pas.

— Je demande ça, parce que je doute que ce soit grâce justement à son intelligence.

— Et d'après toi pourquoi l'a-t-on nommé chez nous ?

Milo prit un air candide.

— Toni, moi, je ne suis jamais au courant de rien, tu le sais mieux que personne.

Le sergent finit de ranger ses documents.

Milo s'étira sur son fauteuil, comme un chat.

— Avec tout ce mélange de drapeaux, j'espère qu'on ne va pas finir par nous retirer nos compétences concernant la sûreté du territoire et par nous subordonner à la garde civile.

Une légère rougeur teinta les joues du sergent Crespo.

— Ça n'arrivera jamais, dit-il.

Milo se leva. Il attrapa son blouson, regarda fixement son collègue.

* Centro Nacional de Inteligencia. (Les services secrets espagnols.)

— Toi, tu sais plein de choses, sur les services secrets, n'est-ce pas ?

— D'où sors-tu ça ? dit Crespo sans la moindre expression sur le visage.

Il conduisit dans la ville en savourant ses derniers instants au volant de la Mercedes. Il n'y avait presque pas de circulation et il remonta la rue Balmes, très lentement, afin de prolonger au maximum son plaisir de conduire. Il laissa derrière lui la Ronda et enfila la rue Bertrán. En soupirant profondément, il freina devant l'entrée du parking, actionna la télécommande et alla se garer au deuxième sous-sol. Ensuite, il se dirigea vers l'ascenseur et appuya sur le bouton d'appel. Il monta jusqu'au dernier étage. Sur le palier, il sonna à la seule porte qui s'y trouvait.

Susana Cabot lui ouvrit avec un air fâché.

— Tu penses que c'est une heure convenable pour débarquer ?

— Si tu ne veux pas que je te rende la voiture, tu n'as qu'à le dire. Je peux entrer ou tu vas me punir en me laissant dehors ?

La juge s'écarta pour lui permettre d'accéder à l'intérieur de l'appartement.

Il se dirigea vers le salon, remarqua immédiatement le désordre qui y régnait. Plusieurs plaids jetés sur le canapé, des assiettes avec des reliefs de nourriture sur la table basse, une bouteille de vin à moitié pleine, près d'un verre vide. La chaîne hifi éteinte, le téléviseur également. Les rideaux tirés. Une odeur de renfermé, de manque d'hygiène.

Le chauffage était trop fort. Il retira son blouson.

— Tu rumines ton malheur ? demanda-t-il.

Susana tendit sa main ouverte et Milo y déposa les clés.

— Tu m'as surprise alors que j'étais assoupie. Si tu m'avais prévenue, j'aurais rangé un peu. Tu veux boire quelque chose ?

— Non, tu le fais très bien pour deux.

— Commence pas à critiquer, hein ! fit-elle en s'asseyant à un bout du canapé. J'ai mal à la tête.

Contrarié, Milo jeta son blouson sur une chaise.

— Que se passe-t-il encore ?

— Que se passe-t-il ? Tu t'es dégonflée, madame la juge. Tu m'as dit que tu retournerais au bureau dans une semaine et tu as prolongé ton congé encore de trois semaines. Tu es en train de capituler, tu préfères rester enfermée ici, à te morfondre, que sortir à l'extérieur pour affronter la réalité. Et ça, ça me met hors de moi. Ça me fout en colère, merde !

La juge saisit un des plaids et s'y enveloppa jusqu'au menton.

— Tu ne comprends rien. C'est mon corps qui me le réclame.

— "C'est mon corps qui me le réclame, gnagnagna", l'imita-t-il en prenant sa voix de fausset. C'est quoi ce genre d'argument ? On ne doit jamais donner au corps ce qu'il réclame. Tu ne le savais pas ? Si tu fais ça, tu es foutue. Si tu es fumeur, ton corps te réclame de la nicotine, si tu es un junkie de la drogue, si tu es alcoolique… Et il faudrait lui obéir dans tous les cas ? Allez, arrête de me casser les couilles. Nos corps sont des connards, on ne doit jamais les écouter.

— Tu t'es remis à lire des ouvrages de développement personnel ? décocha-t-elle.

— Non, ça vient de moi. Si le cerveau contrôle tout, alors nous devons contrôler notre cerveau. Et toi, si je me souviens bien, tu avais une tête bien pleine, tu ne la perdais jamais. Bien sûr, tu as vécu une expérience traumatisante, je sais, mais ni plus ni moins que d'autres personnes qui se promènent par-ci par-là, dans les rues de Barcelone. Et tu sais ce qu'elles font, elles ? Elles essaient de dépasser leurs traumatismes.

— Eh bien, je suis ravie pour elles.

Milo respira profondément.

— Tu n'as pas le droit, madame la juge. Ces gens-là ont été dépossédés de tout, ils sont détruits, dépersonnalisés, foutus. Ils sont en proie à la dépression, à l'alcoolisme, à l'angoisse et à la maladie mentale. Ce sont des gens qui souhaitent juste devenir invisibles, mourir une bonne fois pour toutes, abandonner la partie. Ils vivent dans des cages toutes froides, sans âme, tandis que toi, tu brûles du dedans, comme tous les gens chanceux du pays qui touchent encore un bon salaire.

— Tu me reproches quelque chose ?

— Madame la juge, tu ne comprends rien à rien, dit-il en pointant son doigt en direction de la terrasse. Dehors, le monde est en train de s'effondrer. Tu veux savoir ce que j'ai vu, cette semaine ? Un fils qui a tué son père, un père qui a tué sa fille, un individu en colère contre cette indignité ambiante commettre des monstruosités, une mère sacrifier ses enfants pour quatre sous, des types qui se laissaient aller à leur instinct animal. Oui, j'ai vu la peur, la superstition, le primitivisme. Et la barbarie ne peut pas être une réponse à tout ça. La folie ne peut pas en être une non plus. Le désespoir ne peut pas être la réponse, s'énerva-t-il avant de s'arrêter un instant. Mais j'ai aussi vu la dignité de ceux qui protestent, la beauté de ceux qui résistent. J'ai vu des gens décidés à ne pas s'avouer vaincus, des personnes luttant contre l'adversité afin de reprendre la maîtrise de leur existence alors qu'elles vivent dans la plus extrême pauvreté, des jeunes acculés tenter de s'en sortir à n'importe quel prix. Et chacun, sachant qu'il n'est pas maître de son destin, que le hasard peut soudain bloquer le gouvernail, tout changer de façon drastique. Que l'avenir ne se trouve pas entre leurs mains. Qu'on ne peut jamais savoir à l'avance ce qui va nous arriver. Que ce putain d'angle mort nous empêche toujours d'être tranquilles. Mais chacun lutte, Susana, chacun lutte. Alors que toi tu es là, dans ton antre de luxe, bien au chaud avec ta douleur, comme une lâche, sans oser te remettre à vivre, à souffrir, à te tenir à nouveau debout. Sans dignité.

Les yeux de la juge demeurèrent fixes, sans battre des paupières.

— Voilà tout ce que tu es en train de rater, dit Milo, ce que j'ai vu. Et je t'assure que ça, ce n'est pas *Blade Runner*, c'est la réalité, quelque chose de bien plus sinistre, ajouta-t-il en saisissant son blouson. Je m'en vais, ne t'inquiète pas, ce sera ton tour la prochaine fois de me sermonner. Je suis épuisé.

— Milo, dit-elle d'une voix étouffée. S'il te plaît, ne pars pas.

— Je suis désolé, madame la juge. Je ne supporte pas le manque de loyauté.

36

Lorsqu'il arriva chez lui, le berger de Majorque le reçut juste derrière la porte. Il lui mit ses pattes antérieures sur la poitrine et lui lécha le visage sans arrêter de faire des bonds, en remuant la queue et en aboyant de joie. Le répertoire complet.

Ils descendirent immédiatement dans la rue.

Ils allèrent dîner dans un nouvel endroit, El Filferro, très près de Casa Leo. Milo demanda la même chose que d'habitude. Tandis qu'il attendait qu'on le serve, il aperçut un journal qui traînait sur le comptoir. Le processus souverainiste occupait toute la une. Il fit une grimace. Il se demanda s'il n'y avait pas une autre nouvelle plus importante, un sujet plus prioritaire. Il fut tenté de lire son horoscope. Il hésita un instant. Finalement, ça aussi c'était une superstition, se dit-il, une contradiction de la réalité. Et en plus ça ne marchait jamais, même par hasard. Il replia le journal.

Ils mangèrent dans la rue, en regardant la nuit.

Puis ils jouèrent quelques instants sur la place du marché. Revenu à l'appartement, Milo retira son blouson et ses chaussures, puis il rangea son arme dans le tiroir. Il se coucha sur le canapé, le chien à ses côtés, et alluma le téléviseur. C'étaient les nouvelles. Le ministre parlait de la loi de sécurité des citoyens. Il changea immédiatement de chaîne.

— Mon Vieux, ce n'est pas bon pour toi de regarder ce genre d'images, il faut que tu gardes une tête propre.

Le berger de Majorque se mit à aboyer.

— Voilà ce que j'aime, que tu sois d'accord avec moi.

Le présentateur de la météo annonça des gelées pour la nuit.

— Dis-moi quelque chose que j'ignore.

Il zappa à plusieurs reprises jusqu'à tomber sur la chaîne qui diffusait *Les Simpson*. Le chien aboya à nouveau.

— Je suis tout à fait d'accord avec toi.

Le samedi, la lumière du petit jour était étrange, électrique, gris plomb. Il s'enfonça dans une mer d'huile. Il nagea vers le large avec des mouvements apaisés, sans se dépêcher, battant des bras et des jambes doucement, en cadence. Ensuite, il fit la planche quelques secondes, tentant de reprendre son souffle coupé à cause du froid. Avant de relever la tête, il avait déjà compris que le berger de Majorque n'était pas très loin. Il nagea jusqu'à lui, à toute vitesse à présent. Et cette fois, au lieu de le traîner jusqu'au bord, il l'accompagna pendant tout le trajet, en imitant sa lente et malhabile façon de battre des pattes.

Il entra dans la douche sans tirer le rideau, en le tenant d'une main, encourageant le chien à y entrer lui aussi. Puis il régla la température de l'eau et savonna l'animal à fond.

— Mon Vieux, il faut que tu sois beau, propre comme un sou neuf.

Le berger de Majorque le regarda d'un air fâché, comme s'il lui demandait pourquoi il lui faisait ça, pourquoi il l'avait trahi de cette façon.

Lorsqu'ils eurent tous les deux fini de se laver, il l'essuya avec une serviette et alla s'habiller. Il prit un petit-déjeuner léger, but deux cafés, et ils descendirent dans la rue. Cette fois, il tenait Mon Vieux en laisse. Ils traversèrent la ville à pied. Lentement, sans se presser, en profitant de la promenade. Un peu avant d'arriver au carrefour des rues Numancia et Travessera de les Corts, il se mit à pleuvoir. Ils coururent jusqu'à l'entrée de l'immeuble de quinze étages. À l'interphone, il appuya sur le bouton du troisième étage, appartement n° 3. Mme Liang répondit de sa voix aiguë. Après une courte conversation, Milo entendit le déclic de la porte et il la poussa. Ils montèrent par l'ascenseur, le berger de Majorque le regardant avec une certaine inquiétude. Ils longèrent le couloir. Mme Liang les attendait, la porte grande ouverte, la petite Xiao Wen à moitié cachée derrière ses jambes. En apercevant le chien noir, son regard doux, ses yeux en amande, elle écarquilla les siens.

Milo s'accroupit entre les deux.

— Xiao Wen, je te présente Mon Vieux, dit-il en caressant le dos du berger de Majorque. Mon Vieux, je te présente Xiao Wen. Ta nouvelle maîtresse.

Mon Vieux tourna la tête vers Milo.

— C'est un excellent foyer, je peux te l'assurer, dit-il en levant la tête. N'est-ce pas, madame Liang ?

— Vous pas avoir peur, nous bien soigner le chien.

— J'espère bien, madame. Je suis policier, ne l'oubliez pas.

Mme Liang se mit à rire, en se disant que c'était une bonne blague.

Milo prit la tête du chien entre ses mains.

— Mon Vieux, je viendrai te rendre visite de temps en temps. Je te le promets.

— Xiao Wen être très contente. Merci, monsieur policier.

Milo tendit la laisse à la fillette. La petite ne sut pas très bien quoi en faire et elle la lâcha. En revanche, elle passa ses bras autour du cou de Mon Vieux.

— Il adore se baigner dans la mer, *Les Simpson* et le pain avec du chocolat. Mais par-dessus tout, la *butifarra*.

Xiao Wen l'emmena à l'intérieur de l'appartement.

Mon Vieux la suivit la tête baissée, très lentement, la queue entre les jambes. Il tourna la tête vers Milo, les yeux tristes. Milo avait le cœur gros. Il se redressa, balbutia un au revoir et s'éloigna rapidement vers le fond du palier.

Il descendit l'escalier à toute vitesse.

Dans la rue, il fut reçu par la pluie. Il pleuvait fort et de grosses gouttes roulèrent sur son visage. Il remonta le col de son blouson, enfonça les mains dans ses poches et marcha sans but. Au pâté de maisons suivant, il entra dans un bar. Il regarda derrière lui, par-dessus son épaule, des deux côtés, et il entra. Il s'assit sur un tabouret, au comptoir.

Le garçon s'approcha de lui.

— Qu'est-ce que je vous sers ?

Milo avait la gorge sèche. Il avait vraiment trop parlé pendant ces dernières vingt-quatre heures. Il vérifia l'heure, il n'était pas encore midi. Il haussa les épaules.

— Un bourbon, un scotch et une bière, dit-il.

Le garçon le regarda d'un air stupéfait.

— C'est possible ? *Podemos ?* insista Milo.

— Bien sûr que nous pouvons.

Pendant qu'on lui servait les trois boissons, son portable se mit à sonner. Il vérifia le nom. Susana Cabot. Il ne répondit pas. La juge avait besoin de prendre des décisions toute seule et lui avait besoin d'actes, pas de mots. Lorsque le téléphone s'arrêta de sonner, il coupa le son.

Il observa les trois verres sans bouger. Il se demanda où tout cela allait le mener. *Tu m'avais donné ta parole, fils de pute.* Il connaissait parfaitement la réponse. Il tendit la main vers l'un d'eux. Elle tremblait. Les yeux en amande le regardaient extrêmement déçus, la tête baissée, la queue entre les jambes. *C'est de là que vient ton obstination à couper les liens avec les personnes qui t'aiment.* La sanction. Des cris d'enfants résonnèrent dans la rue, des rires. Le garçon tendit la tête et dit qu'il tombait de la neige fondue. Non, il y avait une autre réponse. Les enfants. Il posa le verre sur le comptoir. Sa main tremblait toujours, il avait la chair de poule.

Le garçon fit un signe vers l'extérieur.

— Vous les entendez ? dit-il. Ils sont complètement excités.

NOTE DE L'AUTEUR

La biologiste "chasseuse de chants", qui fait une apparition au chapitre 5, existe, elle s'appelle Eloïsa Matheu. C'est d'elle que j'ai obtenu mes informations sur les oiseaux et les trilles qu'on peut entendre dans les bois de Collserola, ainsi que sur les effets d'autres sons de la nature sur les êtres humains.

www.sonidosdelanaturaleza.com
www.eloisamatheu.com

REMERCIEMENTS

Je voudrais exprimer toute ma gratitude à Víctor Otero, Jaume Fornell, Alberto Prats, Manel Haro, Úa Matthíasdóttir, Anik Lapointe et Carlos Pujol qui ont mis à ma disposition toutes leurs connaissances et leur expérience. En plus de leur patience, toutes ces personnes ont en commun une vertu : elles vous font réfléchir, elles vous font énormément réfléchir. Également, et de façon tout à fait particulière, à Roser Herrera : ses conseils avant et ensuite ont été capitaux. Et enfin, à Teresa Serra, la mère de toutes les prières, dont l'intervention a été indispensable.

Pour en savoir plus sur la collection Actes noirs,
tous les livres, les nouveautés, les auteurs, les actualités,
lire des extraits en avant-première :

actes-sud.fr
facebook/actes noirs

Achevé d'imprimer sur Roto-Page en août 2016 par l'Imprimerie Floch à Mayenne pour le compte d'ACTES SUD, Le Méjan, place Nina-Berberova, 13200 Arles.
Dépôt légal 1re édition : septembre 2016.
N° impr. : 89973.
(Imprimé en France)